河魂

孟广顺◎著

中国工人出版社

第一章

人生在世一口气。气没了，人怎么赤条条来的，就得怎么赤条条地离去。

韩河生十六岁那年的初春，他和老河口方圆十里内的百姓，谁都不会想到当了一辈子船主、用一只破船把黄河东西两岸连接起来、不知摆渡过多少渡客的父亲韩大忠与哥哥韩河长，竟前后不到半月相继命绝过世。他与母亲韩柳氏的一切生计，从此只能由他一个少年用稚嫩的肩膀挑起来。

韩大忠死得很蹊跷，可以说死在了一阵歇斯底里的喊叫上。农历二月的一天早上，晨曦刚刚映满东方天际，韩大忠叫醒老大河长，像往常那样准备到渡口开始一天的摆渡。他站在院子里正抬头看天，突然听见不知从哪个方向传来“啪”的一声闷响。那声音打破了老河口上空的宁静，让人很是惊恐。凭着他几十年的经验，韩大忠晓得远处有人在打枪。他不清楚村里村外发生了什么事情，顾不得扣上用一团线疙瘩缠成的布纽扣，敞着胸襟急匆匆地爬上墙头，又顺着墙壁上到屋顶，朝四周一望竟发现黄河大堤上开来几辆卡车，车后跟着一大队端着长枪、打着太阳旗的日本兵。韩大忠惊得睁大了眼睛，很久都没能回过神来。待河长在院子里“爹爹”地喊他时，他才猛然警醒：“快，快！把你娘和你兄弟喊起来躲躲，日本鬼子来啦。”

河长按他的吩咐跑进屋去喊河生和韩柳氏，他自己却站在屋顶上扯开嗓子朝周围大喊：“鬼子来啦！鬼子来啦！全村兄弟爷们儿们快躲起来呀！”那声音在几里外都能听到，他向村民发出一个绝望的信号。百姓既对鬼子的到来感到惊慌失措，也对他那种吓人的声音倍感吃惊。没一会儿，在慌乱而迷茫中起床的村民聚集到了一条窄巷里，并立时传来女人和孩子的哭声，有的还朝他家的方向拥来。

而等他站在屋顶上一遍遍地喊醒村民后，他自己却憋涨得满脸青筋，一下子倒了下去。河长与河生在院落里看不到父亲的影子，就在下面一声声地呼唤，可他再也站不起来了。韩柳氏催他们兄弟俩上去看看咋啦，他俩爬上屋顶围在老船主身边，“爹爹”地喊他多遍，韩大忠只用眼睛怔怔地看着兄弟俩，却无论如何也说不出话来。

河长和河生俩人无法把老船主从屋顶上弄下来。韩柳氏踮着小脚从前院叫来了韩大忠的兄弟韩二忠和比她还大的河生婶子韩张氏，再加上河生同岁的堂兄弟河友，才用绳索将韩大忠吊放下来。躺在炕上，不论家中谁人喊他，他也只有拿眼瞧大家，嗓子里无论如何都发不出声来。河生的叔叔说准是得了邪病，叫老大河长去请大夫瞧瞧。河长不敢耽误，一口气跑六里地，找到镇上唯一的一个药铺，连敲三遍门才出来一个留着胡子六十多岁的老头儿，老头儿问他家里谁病了这么急，河长说：“请大夫快去给俺爹看看，他不知咋地大声喊过一阵后就不会说话了，全身僵硬得厉害。”

那大夫是镇上有名的郎中刘会天，大家都说他看病有回天之术，就像韩大忠当船主一样，十里八里没有人不知道他。他由河长陪着，带上一些药材和用猪皮做成的药箱子，不紧不慢地朝老河口走去，赶到河生家已大半晌午。一家人围着刘会天，说韩大忠这条命就靠郎中大人的回天之力了。刘会天捋捋有些花白的胡子，看过韩大忠的舌苔，又瞧瞧他的两眼，最后抓过韩大忠的两只手腕把了好一阵子脉，时不时地皱眉头。望着他的神色，河长河生兄弟和韩柳氏及近门族人都大感迷惑。

刘会天哀叹一声，称自己行一辈子医没遇到过这种病，从气脉看怕是救不活了。河生叔叔韩二忠问他：“俺家哥哥究竟是哪门子邪病上了身？”刘会天瞄一眼韩大忠的脸膛说：“他喊得太过头了，泄了全身的元气，肺和声带可能都坏掉啦。人一旦声嘶力竭，耗尽底气便无药可救了，还是给他准备寿衣吧。”这番话使韩家人个个目瞪口呆，随即河长河生兄弟俩便“嗷嗷”地哭出声来。刘会天给韩大忠留下一些自配的大药丸子，嘱咐河长与河生按时给老人一天吃三回，韩柳氏忙从炕席底下取出钱票交到郎中手里，又让河长的堂兄弟河友套辆毛驴车送他回到了镇上。

韩大忠自屋顶被吊放下来后再没起来过，在炕上躺了两天，睁着双眼气绝身亡了。他的死因没有更多说法，只有刘会天的诊断，是气大伤身要了他的老命。

而那口气是在看到鬼子后过度惊吓和极端焦虑中散尽的。他的丧葬由兄弟韩二忠主事，全族院的男女老少都为他披麻戴孝。因他一生摆渡积攒下不少的钱财，家中给他置了口上等棺木，全村各姓大人几乎都赶往韩家院里为他发送。韩二忠带河长与河生兄弟俩，给赶到的外姓人一一谢礼，问那些人为何也给韩家老去的人送葬，每个人基本都是一种口气，说韩大忠是为了让村里百姓躲避鬼子而死的，理应来送他上路。

韩家的老坟本来在老河口村西漫洼地里，可选坟时河长兄弟俩偏要把老船主埋葬在堤内黄河边上，叔叔韩二忠也就应了两个侄子的想法，同意把韩大忠的坟头从祖坟上拔出来，并请邻村护马庄以给人做媒和辨阴阳、看风水维生的远房舅舅朱奎，去河滩上转悠几遍，用罗盘分经后定下穴位，那墓埋得若河里发大水时都有可能淹至坟根。而河长与河生相信舅舅朱奎有入地眼，说俺爹一生摆渡，没离开过渡口，到死都不合上眼睛，可能正想望着黄河哩。自此，韩大忠的坟墓头枕河堤，脚蹬对面老东阿镇倚傍的四楼山，葬在了黄河西岸的河边上。他的两个儿子从河东用船载回一块方整的青石板，请做碑的老石匠为他刻上生卒年月和碑文立在墓前，落款标明的树碑时间是民国二十八年二月壬寅日。

这一年韩柳氏才四十二岁，故去的老船主已经六十六岁。嫁给比自己大二十四岁的韩大忠时，如花似玉的韩柳氏刚满二十。行船的人都明白，不论黄河还是长江上的船工和纤夫，这一行当的规矩是多数人一生保持独身不宜婚配，因为说不定哪天就会在惊涛骇浪中船毁人亡，葬身在奔腾不息的黄河长江里去喂鱼虾，为了避免牵挂，在河上漂泊的汉子一般不让家人张罗婚事，即使一人出事死了，在家中摆放一架停尸床便足够，不会拖累嫁给自己的女人。而说亲时，谁家都不愿把闺女许配给摇橹划船的，女方父母均会托人打听未来的女婿是不是在黄河上摆渡的船夫，弄得一清二楚后才商讨是否答应女儿的亲事。

韩大忠娶韩柳氏时已四十四岁，他不是那种靠人提亲说媒把媳妇娶进家的人。韩大忠年轻时曾发誓一生不娶女人，但老天爷在他命中姻缘上注了一笔，派送个女人与他相伴。一次韩柳氏坐船去河东，船未停稳她就急着往下跳，结果两脚落空掉进河里，眼看着要被打着漩的河水卷走，是韩大忠跃身跳到河里，用两只胳膊抱住她的身子将她拖上岸边，救了她的命。不久，她一人偷偷来到坐落在黄河大堤根下的老河口，对韩大忠说她这条命是韩大忠给的，除了他谁也不嫁，即使他以后出了啥事儿为他守寡，自已也认啦。就这样，春节前韩大忠顶着大雪把韩柳氏娶进门来，两个月后韩柳氏怀孕，在她二十一岁的下半年生了老大河长。

日本鬼子踏入中国土地的第三年，鲁西平原沿公路、河流等主要交通要道，陆续有了鬼子的驻军。韩大忠看到的鬼子是进驻东阿境内的一个支队。这帮鬼子在鱼山脚下驻扎下来，那儿是河西河东两边摆渡的主要渡口，从老河口出发顺着大堤往西南，要行八里的路。因老河口渡口不大，摆渡的规模也比鱼山小得多，所以只在这里留下十个鬼子看守，任务是修炮楼封河面，防止东西两岸的八路军和游击队在本地发展武装。鬼子在大堤上选择的炮楼地点，正好可以把渡口和弯曲的河岸尽收眼底。从堤坝炮楼去北边老河口和南边护马庄两个村子的路途相差不远，甚至到护马庄的距离比往老河口还近一程。

也许刚来的鬼子忙于安营扎寨，老河口尚未看到封河。那只已磨损得十分严重的老船，躺在刚化完冰开河不久的河边。它是韩大忠死前被铁锚锚在那里的，弯形的锚钩深深地扎在河水冲积的松软泥沙中，旁边留着船主下锚时的脚印。那是用力踩出的痕迹。枯水季节过后已开始渐渐涨潮而又不太大的河水冲不动它的身躯，但泥沙会与日俱增在它旁边淤积。沉默的老船不过是一只最多能盛下十来个人的小船，但又是从老河口过到河东唯一的渡船。它静静地趴在那里，既像为韩大忠默哀，又像等待主人的到来。

韩大忠突然过世，把河东河西的百姓们隔在了两岸。连续几天，抬眼即可看见那些影影绰绰的渡客焦急地来回走动，直到太阳下山才消失。老船主死后，由老大河长领头支撑起家中的生活。河长兄弟俩怕船被淤泥淤住，两天就得下一次河，一人站在一边，用力摇晃一阵，让混浊的河水钻入船底，使它始终漂浮在水面上。后来，有人为过河拿着钱踏进门槛，恳求韩家人去摆渡，他俩按照叔叔韩二忠和母亲韩柳氏的要求，子承父业替代老船主拾起了摆渡的活计。早已熟悉了韩大忠那张面孔的过客们，发现河边一夜之间堆起一座坟墓，再看河长兄弟俩左胳膊上都戴着黑孝，脚上穿着糊有白布的孝鞋，顿时明白了发生的一切。当听说老船主死在喊叫上时无不惊诧，问河长兄弟喊叫也能喊死人吗？河长哭丧着脸说，气都喊断了，想活都活不过来。就这样，从韩船主身上，过河的人才懂得大喊大叫也是会死人的。

河长带着发育过早、个头儿魁梧并且比同龄人懂事的河生，在黄河上摆渡半个月，也像韩大忠在世时挣回不少钱财。但此后数天，两岸的过河人又被隔断了，那船一直停在河西渡口纹丝不动，任凭涨上来的河水漂来荡去，多数人都猜测船主家可能又出事儿了。忽然一天，河西的过河人站在堤岸上，又看到河边老船主的坟旁堆起一座新坟，位置在老船主坟头的左前方，明眼人一看便是按携子抱孙的格局下的葬，显然是经阴阳先生堪舆后定的穴地，葬法和顺序正是老船主的大儿子。人们猜得一点都不错，这坟也是由朱奎堪定的。等候船只的人立时惊讶得议论纷纷，发问老船主家是怎么啦，他死干吗还要带走一个儿子呢？

河长的死不是韩大忠把他带走的。那年他仅二十一岁，刚由表舅朱奎做媒，与河东老东阿镇一个姓郭名春花的十九岁的闺女订完婚，原定等来年春节过门，可河长命短，没能等到那一天。除朱奎和韩二忠领着河长去河东订亲见过春花外，其他人没谁晓得春花长什么模样，更不了解她家的背景。但有人却说是她命硬妨的，要不怎么会订亲不久就发生如此的惨祸呢？也有人七嘴八舌说朱奎给老船主选的墓地不好，没占住丝毫的风水。只有河生心里清楚，老大的死既不是韩大忠坟地的缘故，也与没过门的嫂子春花扯不上任何关系，而是小日本的子弹夺去了他的性命。

那天早晨，河长是第一个走上黄河大堤的村民，四周朦朦胧胧辨不清人影。他用铁锨挑着一只破粪篮子，本想在村里村外转悠着拾完粪再带河生摆渡。当他沿着大堤向南行走时，不曾料想自己进入了鬼子的视野。在宁静的早晨，他听见鬼子叽里呱啦的说话声，意识到危险后，曾想转身朝另一个方向走去，但为时已晚。随着一声清脆的枪响，他便在毫无知觉中“咕咚”脸朝下栽倒在河堤上，铁锨重重地砸向他的后背，柳筐篮子滚出老远，撒了一地的臭粪。大概鬼子把他当成了八路军或游击队，毫不迟疑地朝他瞄准打了一枪。那枪法打得又准又狠，子弹不偏不斜正好击中河长的脑袋，把脑盖都掀开了，鲜血伴着白花花的脑浆立刻在大堤上流成一片。过河的人看到尸体马上捂着嘴巴，脸色蜡黄一路呕吐着跑去老河口报信。韩二忠带河生及他的堂兄弟河友，拿着绳子和草席赶往大堤收尸，河生看到老大那悲惨的样子，两眼竟没有了眼泪，只发着愤怒的目光。挪动河长尸体时，崩裂的头部还“咕咕”地朝外冒血泡。

“是鬼子干的！”韩大忠死后成为掌门人的韩二忠说，“看看那脑袋上的洞就知道是鬼子的子弹打的啦。韩家人要记住，小日本要了咱家的两条人命。”河生尤其记住了这句话。

河长死后埋葬好些天都没告诉河东春花家，这对女方来说是个天大的不幸，涉及春花以后嫁人的问题。但消息一传开，已经有人相信郭家闺女命硬克夫。

在前后不足半月的光景里，十六岁的河生先失去爹，后又没了兄弟，一个曾经靠摆渡小日子过得十分红火的家，霎时只有他和母亲韩柳氏了，偌大的院子显得空空荡荡，很让河生娘儿俩顿生悲切。河生发现还很年轻的母亲，几乎在睁眼闭眼之间，满头的青丝忽地一下子全白了，过去红润的脸庞也增添了几分憔悴和苍老。

过完韩大忠和河长的五七，正赶上清明时节柳树冒芽，各家各户都往门框上插柳。河生手里抓一把折来的柳条深沉地对母亲韩柳氏说，那只船从爷爷辈上传下来，爹和哥哥不在了，他自己要学摆渡，不能把家传的祖业丢喽。韩柳氏丧夫失子后，唯有与河生相依为命，生怕他再有个好歹，说："你过去没干过摆渡的活，一人没个帮手怕是不行。再说黄河里有很多的精怪，也有不少的规矩，一个孩子啥都不懂，犯了河规也会要人命的。哪怕不靠摆渡挣钱，咱也不能再冒这个险。"河生听完韩柳氏的话没有言语，忽然想起河长与老东阿镇春花的婚配之事，说："俺哥出事后河东那边还不知道，咱该给人家去说一声，别再耽搁了俺那嫂子一生的大事。"

这话正说到韩柳氏的心里，她对河生说："可咋着对人家说哩？！要说还得由你二叔和朱奎舅舅去说。"河生当下来到前院，韩二忠问他一句是否有事儿，他把韩柳氏的想法学给了叔叔听。韩二忠在布鞋底子上磕了磕烟袋锅子，头也不抬，说："是该给河东去报个信，不能老叫人家等着啊！闷得越久将来事情越不好办。跟你娘讲吧，二叔有空去找你朱奎舅舅，俺俩一起去河东走一趟。"

河生说："俺爹和俺哥都走了，叔叔和舅舅带俺一起去行不？"韩二忠犹豫一会儿，想眼前的河生虽然尚未长成大人，但已经有男人的模样，也算是韩家的一条汉子，让他去见见世面未尝不可。

得到二叔和朱奎准许的河生，约定好三天后去春花家报信。他按韩二忠的嘱托准备了一刀肉礼和点心，又向母亲韩柳氏要了些钱票带在身上，一大早由他摆渡过河去河东的老东阿镇。船上没载更多的过客，连划桨的也不过他们仨人。韩二忠望着激流的河面一声不吭。朱奎不知道河生像他爹那样还会划船掌舵，坐在船舱里瞧着他那老到的样子，心想：小子还真行哩，真不愧是船主的儿子。而河生直视对岸把握着船的方向，尽量避开湍急的漩涡和浪头，使那只老船稳当地行进。

韩大忠给河生起这名，是因为他出生在黄河岸边。生他那年刚忙完秋收，太阳落地前韩柳氏挺着已足月的大肚子，跑来河边寻找摆渡的老船主。在韩大忠下好铁锚扶她向河堤走的过程中，她忽地喊说肚子疼，体内的那个小生命，像要马上从两腿间滑落出来。老船主见她实在撑持不住，就把捂着肚子蜷缩成一团、满脸冒汗的韩柳氏，连拥带抱搀扶到堆栈着巨石的避风处，脱下自己身上的夹袄铺在了媳妇屁股底下。一袋烟的工夫，韩柳氏下身露出了婴儿的头颅，待沾满血丝的整个身子全部脱离开母体、孩子“哇”地发生几声啼哭后，焦急万分的韩大忠即刻把孩子接过抱在怀中，而那长长的脐带还与媳妇连接着，一直延伸到她的两腿间。韩柳氏先从单褂上撕下一条布丝，悲喜交集地让老船主把孩子放在她怀里，然后把脐带拉到自己嘴边，贴近孩子的肚脐，用牙咬断了那根滋养孩子生长的“肉绳”。老船主见又得一子，拍掉手上的泥土，竟用右手食指拨弄了两下孩子的“小鸡鸡”，高兴得在河岸上跳起来，并跑向河边，跪在沙土滩上对着黄河河面，感激涕零地给河神磕了三个头，当下便给孩子起名河生。

河生自小跟随老船主和哥哥在船上玩耍，从有记忆的那天起，他的脑子里就印下了父亲和哥哥划橹摆渡以及大人一个猛子扎进河里、随后朝船上扔上来几条黄河鲤鱼的情形。待长到七岁，老船主有意培养他的水性，一手托着他圆圆的屁股蛋子，一把抓住他的小胳膊，让他在黄河里学凫水。凭一身机灵和聪明，他不仅学会了在大河里游泳，而且经过观察黄河水浪的变化，摸索出了在河中凫水的门道。等到十二岁，他已可以在夏天河水不太急的时候，一个人从西岸游去东岸，根本不用大人的看护。老船主一边摆渡送人过河，一边看他凫水的姿势，常常乐得笑逐颜开：“行哩小子，游黄河必须看准浪头。浪是一层一层的，你就得拣准浪的空隙往前钻着游，不然一个浪头把你打下去，二三里地准出去啦。”多年黄河水的洗礼，使河生摸清了黄河共有多少道弯，渡口从西到东一趟线，有多少个漩涡和多少层波浪，每一个地方有几杆子深。再大了一些，父亲又教他掌橹划船怎样观看天气和看风使舵，顺风顺水和逆风逆水时从渡口起锚开船，应走什么样的弧形航线才能到达对面的渡口，逢哪种日子要祭拜河神。这些都使河生像他爹那般，有了一种在黄河里玩水的看家本领，也成为他继承父业划桨摆渡的足够资本。

“河生啊，你真的要像你爹那样学摆渡吗？”老船划过河心激流最大的河段时，朱奎拿笑眼看着摇橹的河生问。河生顾着躲避前面的浪头，只“嗯”了一声。韩二忠用烟袋杆子敲得船舷“嘣嘣”响，嫌他不正面回答舅舅的话。河生说已拿定主意，哪怕不娶女人不成家，也要当一名新船主。韩二忠说：“不孝有三无后为大，你爹这一支脉就你一根独苗了，你不娶媳妇续香火，俺还想替你爹抱孙子哩。”扯到这个话题上，河生竟一时有些脸红。

朱奎笑笑说道：“十六岁的大小伙子有啥害臊的？你当船主舅舅不反对，姻缘一到你不找女人，恐怕会有好女人像你娘找你爹那样上门来找你。不过你得记住，山有山神河有河神，河中行船摆渡不可对河神不敬。”

河生一边摇橹一边好奇地问朱奎河神究竟是什么，韩二忠说：“世上你不懂得的事情多着哩，下到河里好比走上了一辈子的路途，让朱奎舅舅好好给你讲讲，日后真当船工也好图个吉利平安。”朱奎立时觉得自己成了世上最受尊敬的人，露出一脸的笑容，竟向韩二忠讨来一根卷烟，点着“咝咝”地吸了两口，又用右手食指弹了弹发黑的烟灰，烟灰在河面上随风飘扬而去。“黄河洛水神着哩。上古伏羲氏那个时候，黄河里有一只龙马负图而出，背上净是些犹如星象的黑白阴阳斑点，既有列星之分，又有斗正之度，赤文绿字，记载着夏商周和秦汉朝代的兴亡，十分神奇，那正是后人听说过的《河图》，从那个图上老祖先伏羲氏演变出了八卦。”

河生听得几乎快要入神，摇橹的双手渐渐放慢了速度，老船一时在原地打起转转。韩二忠喊他一声小名，有点急躁地说：“你看看，你跟你表舅他说他的你摇你的，别光听不摇啊，这么个摇法啥时才能到东阿镇？”见叔叔口气生硬，河生这才加劲往前摇去，但催朱奎接着讲，称自己听着呢。

朱奎笑嘻嘻地说：“你可得听你叔的话，能快则快，咱们还有大事哩。刚才提到的洛水，就是河南的洛河，它在咱们的上游，源于陕西华山南麓，长流八百里到洛口入黄河。大禹治水时，有一只神龟负书从洛河里爬上来，都称那是神灵之精，背甲上不仅有阴阳斑点，还刻着六十五个赤文朱字，包含九类大法，道明了治理天下的行为准则，那便是自古以来人们所知道的以说五行为首的《洛书》。河洛相为表理，一经一纬，预示了天地之成。正是先有了《河图》和《洛书》，才有了流传几千年的《易经》。黄河与洛水是多么的了不起噢。”

韩二忠也听得津津有味，转头对河生说：“这些东西虽然稀奇，但你要像你舅舅那样能掌握住，还得多长见识才行。”

河生问朱奎《河图》《洛书》里有没有河神之说，朱奎摇晃着脑袋称那不是一码事儿。“天空有风伯，河中有雨师，也称风伯雨师星，在天上被命为司中和司命，是文昌宫里的第四、第五星。在天宫太微上垣、紫微中垣和天市下垣的二十八宿里，风伯是东官苍龙七宿的最后一星——箕星，雨师则是西官白虎七宿的第五星——毕星。你可要牢牢记住，雨师有三个叫法，一说为屏医，二说为屏号，三说为玄冥。”

韩二忠对朱奎讲的这些越听越迷糊，认为他神乎其神了。而河生却把舅舅的话一句不落地记在了心里。他也觉得眼前这个看上去不起眼、在土坷垃里打滚的表舅，还有如此上知天文、下知地理的本事，越发想对他讲的风伯雨师刨根问底，便问：“你说了老半天到底哪个是河神。”

朱奎故意卖着关子，慢条斯理道：“雨师便是河神，玄冥说的也是雨师，俗语称为河伯。他本是华阴人，八月上庚日渡河溺水而死，被天帝封为河伯。洛河里也有洛神，是伏羲氏的女儿洛嫔，人称她为密妃，也是过河时淹死的，因此同样成为水神。船工们都明白，河伯死在庚辰日，这一天是他的祭日，不可出船远行，否则会溺没不返。”

河生对这些神话传说倍觉好奇，又问他是不是一年只有这一天才可以祭河伯。朱奎立时瞪大眼睛，告诉河生一年中有六个这样的日子，每六十天中便有一个庚辰日，让他在每两个月中一定要查清是哪一天，到时必须清晨一大早到河边祭祀，求得河伯护佑。河生果真听了朱奎的教导，尤其对朱奎最后提醒他的那句“河伯导前避蛟龙，万灾消灭天清明”的嘱语听得极其真切，在心中有一种踏实和慰藉。过了些时日，他不知从哪里买来一本老皇历，专门用来查看哪天是河伯死的那个庚辰日。

这趟过河，舅舅朱奎的一顿说辞，让河生觉得自己懂得了不少，也长大了许多。他把靠岸的老船锚好，一手提着肉礼，一手拎着点心，跟在韩二忠和朱奎后面行走在山路上，心里仍一遍遍地回味和重复朱奎那番具有传奇色彩的神话。至于叔叔和表舅在前面说了些什么，他没能听清，只恍恍惚惚知道他俩边走边说，长吁短叹了一路。到了镇子快进春花家时，他才听见韩二忠转过身来喊他：“到人家你光听大人说话就行了，可别多插嘴哩。”

河生点头应着，抬眼打量那处很具规模的宅子。它坐落在东阿镇的北部，有北房和两面临街的东西厢房，从根到顶是用带花纹的条石砌起来的，连院墙都是那般条理分明。两扇朱红大门闩着漆黑的虎头门吊，门头修建得十分讲究，门口还站着一个穿一身黑褂黑裤四十多岁的汉子把门，一眼便看出是春花家的伙计或是侍应。河生心里猜测郭家不是一般的普通百姓，于是便向两个长辈打听底细。

朱奎告诉他春花爹叫郭继聪，早年也在河面上跑船，后来做起了大生意，与老船主有过一段交情，不然怎么会同意把自家的独生女儿许配给河长一个船工呢？！说到最后，朱奎又叹出一口长气来。

因韩二忠和朱奎以前带河长订亲来过东阿镇，河生跟在叔叔和舅舅身后，随即便被那人引领进了院里，春花爹娘马上走出堂屋迎客，对那年轻汉子说："刘三，你到门外去吧。"那人连连点头，很听话地又回到门口，河生从此记住了那汉子名叫刘三。

与春花的家人见面，对双方来说都是个伤感的事情。春花爹是个五十多岁很和善的老头儿，叼着一杆长长的烟袋，春花娘郭刘氏也一身的干净利索，唯独没看到春花的影子。韩二忠和朱奎正想张口谈老船主和河长的事，郭继聪摆手示意他俩："两位哥哥不用多讲，俺都听说啦，算俺那十九岁的妮子命不济吧。"

韩二忠和朱奎对看一眼，不知该如何向春花爹娘解释。坐在旁边的河生，则红着脸喊了女方父母一句"大爷大娘"，说："俺哥哥不应那么命短，是小日本毁了两家的亲缘。"朱奎立马接过河生的话茬说："是啊，我曾给他们合过婚的，一个属马，一个属猴，马上封侯是很不错的婚姻哩，可谁能想到会出这样的岔子啊。"

春花娘看了看河生，觉得他很会说话，不像是个孩子，问他小河长几岁，韩二忠说哥儿俩相差五岁。春花娘暗中合计，自家闺女比眼前的这个小男人正大三岁。"出这样的事儿谁也没办法，只是周围都传俺家闺女命硬克夫。"春花娘边说边落下泪来，"以后再找婆家也找不到太好的啦。"

郭继聪见来客已坐很长时间，催促春花娘把春花喊来见过韩二忠和朱奎。郭刘氏走到院里，对着西厢房连喊两声"春花"，一个高挑身影、有着俊俏脸庞的女子出现在院子里。河生与春花目光相对视的一刹那，春花明汪汪的双眼里透着少见的灵气，河生整个人仿佛被悬空在云端里，魂魄瞬间被她摄走，惊得他顿时发愣了，体内悠然生起一种莫名的冲撞和激动，甚至全身有一丝颤抖。他怎么也未想到，这么一个俊美的姑娘竟如此红颜薄命，不免从骨子里替她有些难过和伤心。

春花进到堂屋，羞羞地见过韩二忠和朱奎，侧脸瞅瞅河生，然后红着眼圈躲进了里间。韩二忠说："唉，能娶到大哥家的闺女按说是韩家的福气。韩家也不是不讲良心不论理的庄户，俺们发愁怕那些传言再毁了闺女以后的婚事。"

春花这时从里间屋里走出来，很有礼貌地称呼了韩二忠和朱奎，说她已想好从今起永远不再找婆家嫁人，守在爹娘身边一辈子。“别傻啦！自古男婚女嫁，哪家的闺女不嫁人啊？要是谁不信那些传言，遇到好的人家该嫁还得嫁哩。”春花娘说着，眼里掉下两滴清泪。郭继聪让夫人把订婚时的彩礼找出来还给韩二忠，就算退了这门亲事。郭刘氏早已有所准备，从里屋提来一只大花包袱摆在韩二忠和朱奎面前，说订婚时的彩礼都在这儿，一样不落，让韩二忠查验。韩二忠将包袱推到郭继聪面前，说：“退婚归退婚，不是大哥家的错，而是韩家对不住你们，这彩礼说啥俺们都不能收回。”郭继聪说不论是哪方的不是，退婚就得退彩礼，不然春花以后不好找人家。

僵持之际，河生突然离开座位，双膝着地跪在了当门里。春花爹娘和韩二忠及朱奎一时都未弄清他下跪的目的。春花站在里间的门口，对他的举动大感意外，只是在潜意识里想到他有话要说。河生先向春花爹娘和叔叔及表舅磕了三个头，又掉转方向对春花叩了叩首，然后说：“大爷大娘、二叔表舅，春花姐因俺哥遭了一些流言蜚语。俺不怕春花姐姐命硬，如果不嫌俺小，不嫌俺是船工，你们要是同意，俺这一生想娶了春花姐姐。今儿个就把俺哥的退婚当成俺的订婚，俺会好好侍候春花姐姐一辈子。”

这一顿突如其来的自我表白，完全超出了双方大人和春花的意料，大家一时都愣在了那儿。河生起身后，头也不回地走出堂屋，消失在郭家的院子里。春花瞧着他的背影，从心底里泛起一股说不出的滋味，没看出河生竟在一次见面后对自己产生那般的疼爱和怜惜之情，顷刻间脑子里一片空白，心绪纷乱得像塞上了一团乱麻。

第二章

在春花和她爹娘及韩二忠、朱奎毫无思想准备的情况下，河生突然向郭家提出求婚，要替代哥哥娶没过门的嫂子，当时不只是因春花的美貌令他魂不守舍，更重要的是他认为韩家应该对得起郭家，对春花一生负责才行。小小年纪的河生懂得好事不出门坏事传千里。所谓春花命硬克夫都是旁人瞎吵吵起来的，根本不可能因春花许配给河长，才出那样的祸事。他认定即使春花与河长没有订婚，那天早晨河长也是会被鬼子的子弹要掉小命的。既然哥哥的死已经给人家闺女在名誉上造成一定影响，河东河西听到传言的人家，大多不会托人迈进郭家门槛给春花提亲。与其让她一人承受如此大的打击，不如自己替哥哥把她娶进老河口，他不相信春花真的就命硬克夫。

河生出了郭家大门，红着脸一人沿着来的山路，一口气独自踽踽地回到河边，羞臊而激昂使他那颗年轻的心几乎快要跳出来。春天正午温暖的阳光照在宽阔的河面上，反射过来一阵阵晃眼的粼光，河的中央滚动着一层层平缓的波浪。岸上没有过河的渡客，肯定是看见那船锚在那儿船主有事，不得不改日再来。河生知道韩二忠和朱奎不可能在春花家吃饭，远落他一程路，需要几刻钟的工夫才能到渡口，便一屁股坐在满是泥沙的河滩上，思绪万千地瞧着那只漂荡的老船等候他们回程。

春花见河生当即给爹娘和自己磕下请求婚配的头礼，羞红着脸躲进了里间，任凭大人对这门亲事怎样决断。她倚在炕沿上，回想河生那张棱角分明的脸膛和提亲时的那份真情，两人虽有三岁之差，但她觉得河生已经有一种大男人特有的味道，说不好自己该不该答应下来，也就任其爹娘权衡定夺了。郭刘氏见女儿一声不吭躲到里屋，猜不透春花的心思，与郭继聪互看一眼随后跟进去，小声问春花有何想法。春花对郭刘氏不说行，也不说不行，只让爹娘给她做主，一切都听爹娘的安排。这使郭刘氏大感为难，说本来要嫁的人是哥哥，现在弟弟却主动提出要娶没过门的嫂子，历来没有这样的先例，传出去郭家的脸往哪儿搁呀。

河生的行为既让韩二忠和朱奎感到尴尬和难堪，又忽地使他俩想到，一个屁大的孩子竟给两个大人指了一条解决问题的出路，难道郭家与韩家真的不是一家人不进一家门吗？韩二忠打破尴尬的局面说："河生才十六岁还不懂事，说话不当，请春花和她爹娘别往心里去，如果不行只当河生没说。"郭继聪笑笑，称河生体魄健壮，跟他哥哥一样倒是个不错的孩子，只是年龄比春花小了点儿。

朱奎觉得该是自己发话的时候，便顺水推舟说："俗话说女大三抱金砖，倒是个上等的婚姻，若真的命中注定两家这世结亲，谁想拆都拆不散。大哥大嫂要是同意，春花侄女还是韩家的人，也不会背命硬克夫的黑锅啦。俺看这样行不，你们一家商量商量再定。"

韩二忠和朱奎让河生搅和得在春花家坐立不安。郭继聪和郭刘氏见已到饭晌，一再留他们吃过午饭再回河西，俩人说着"不吃"，起身边打招呼边往门外走。春花爹娘有意无意间未再提退彩礼的事儿，那只大花包裹依旧摆在堂屋的八仙桌上。韩二忠和朱奎离开老东阿镇，在回程的路上十分气恼地把河生骂了个没完没了。但转念想，河生真是人小鬼大，啥样的事儿都敢干，这回倒是给两家提供了一个下台阶的机会。河生在河边等了很久，见叔叔和舅舅回来，收起铁锚先上了船。韩二忠和朱奎前后脚爬到船上坐稳后，河生就把船摇往对岸。他想挨骂或者挨打是少不了的，故意跑到他们身后去摇橹，而韩二忠和朱奎也掉过头来一脸严肃地面朝着他。

韩二忠气呼呼地说："娘的，算你小子有种，蛋上还没长毛就敢向人家闺女提亲，你也做得出来。你那嫂子的爹娘会怎么想咱们？还以为是咱事先商量好的呢。要知道你有这个熊胆，当初根本不让你跟着来。"

朱奎劝住韩二忠，但也絮叨河生，埋怨他有想法应该早说，称自己给人说了几十年的媒，不知撮合成过多少男婚女嫁，从没遇到过像河生这样自己当面求老婆的。

河生远远地跟在韩二忠和朱奎身后，回到老河口已过饭晌。心里本来很酸楚的韩柳氏期待着这趟退婚有个好的结果，见三人都耷拉着脑袋进门尚未吃饭，猜测可能是女方给出了难题，二话不说急忙跑到厨屋做了一锅面条端到堂屋。河生端一碗躲到一旁，韩二忠和朱奎光吃不说，更让韩柳氏如坠云里雾中，她走近河生小声问是不是遇到了作难的事情。河生回韩柳氏说春花家啥也没提。她只好坐到韩二忠身边去问个究竟。

“他叔他舅，”韩柳氏说，“人家不愿意啦？”

韩二忠把碗筷往桌子上一搁，抹掉沾在嘴巴上的面条说：“郭家很是通情达理，人家没在退婚这事上为难咱们，都是河生这兔崽子惹了一肚子的气，让他自己说吧。”

韩柳氏转头问河生惹出怎样的乱子，河生不敢吱声。韩二忠又说：“他要娶没过门的嫂子春花，当场给人家爹娘磕下了头。他才十几啊？”

韩柳氏听后不敢相信河生的作为，即刻流下两眼泪水说：“河生你哥已害人家一回，你是不是也想再害那闺女一次。在黄河里跑船，万一有个三长两短，难道想在这个院子里留下两个寡妇吗？到时不更应验了她命硬克夫。你现在还小，要娶媳妇等不跑船以后再由表舅做媒，这门亲事暂且不能定。”朱奎看韩柳氏极不赞成河生与春花续亲说：“水已洒在地上收不回来，好在郭家谁都没说不同意，临回彩礼也没给拿，还真没准儿能成哩。河生与春花命里相合，大三岁是个绝好的婚配，看春花家的意思吧，人家若是同意咱不能说不同意，人家不同意咱也不能强求，是一家人就得进一家门。”河生站在当门里，分别对韩柳氏和韩二忠及朱奎喊声“娘、二叔、表舅”，有些忏悔地说在郭家做得不对，但又辩称不是春花的命硬，外面都那么说怕是没谁敢娶她，并说自己就想娶一个大三岁的媳妇，也好陪伴母亲。

后来的数天，因地里的麦子还在灌浆尚未成熟，河生一人摇橹摆渡。过河人发现，十六岁的他其稳健的姿势和娴熟的技巧跟老船主没啥两样，但谁都未能看出他内心的焦虑与不安。每每有人上船，他总先问一句是不是去老东阿镇，其他便不再多说。韩二忠和朱奎自那次退婚后，也没把河生向春花求婚当成一回事儿，更没听到东阿镇那边递过来任何话，只有韩柳氏心里无比惦记，生怕河生真的会背着大人把春花领进老河口的家中。

那些日子，河生戴一顶破草帽，风雨无阻地行船在波涛汹涌的大河上，初夏已有些燥热的阳光把他晒得黝黑。待再出船时，他记起舅舅朱奎对他讲过的要选庚辰日祭拜河神，翻出老皇历查看准这一天，让韩柳氏头晚做好几盘供品，并找出老船主死后没用完的草香草纸。第二天一大早趁河上还无渡客，河生对着河面，用手指在泥沙地上画了一个圈儿，摆上预备好的供品，插好三炷香，洒下一溜白酒，点燃一卷祭祀用的草纸，然后跪下身去，朝大河磕下仨头，祈求河神的保佑。最后一个头，他伏在河滩上很久没起来，心中起了一个念头，愿河伯能让他见到春花姐姐。他深信不久的将来春花会站在那边的渡口等自己过去接她。

但是，一天天过去了，一船又一船地把渡客从河东送到河西，又从河西摆到河东，望眼欲穿的河生，却没能看见他所祈盼的那个身影。对于处在萌动期的河生，春花完全占据了他的全部，甚至令他难以自拔和焦躁不安。他在河上变得沉默寡言，脸上一丝笑容也没有。天黑以后，大河上已看不到人影，他仍把船摇到河东，下锚停靠在渡口，一个人孤独地在漆黑的大堤上走来走去，朝老东阿镇方向眺望个不停，直至看不见任何希望，才极不情愿地爬上船，一摇三回头地向河西漂去。在两岸大堤上走夜路的人，那些天时常听到河面上传荡着一种让人心碎的声音：“春花，你咋不来呀？……春花姐姐……”

其实，河生向春花下跪求婚，没多久就在两岸传开了。一次摆渡时，一船过河去老东阿镇的农妇们见河生郁郁寡欢，嬉笑着问他：“河生，听说你要娶那个没过门的嫂子，可要小心她会把你吸干哩……”河生听后非常生气，板着脸把双橹提到船舷上不再摇了，老船正行在河的中央，眼瞧着那船在激流中转着圈儿顺水而下，把一船的女人都吓得脸色蜡黄，忙向他求饶赔不是，求他赶快把大伙摆过去，不能让船翻在河里。河生也清楚脚下的老船那么不由掌控地随波逐流极为危险，就将撑杆重新扎进河底，这才把船稳住。他阴沉着脸对船上的妇女说：“谁要坐俺的船过河，以后封上自己那张没把门的破嘴。俺不怕吸干，你们哪个想吸现在可以来试试。”那些女人听完不仅不怪他，惊恐之后反而开始狂笑。

河生像先前那样在东西渡口又等了好些天。在仍见不到春花后，他横下心要去老东阿镇走一趟，看看让他日思夜想的春花。傍晚时分，他把船靠在东岸上，摸黑走上了那条记忆中的山路。赶到春花家的屋后已伸手不见五指。他知道春花住在西厢房里，外面正是河生停住脚步的大街。那里有一棵大树，贴着树干围起一个厕所。他抑制不住内心的紧张，先钻进厕所撒了一泡尿，边尿尿边想怎么才能把春花引出来。提好裤子走出厕所，抬眼望见春花厢房窗口棂子上透着幽暗的灯光，认定春花还没睡觉，便弯腰在地上一阵乱摸，拣起几粒小石子儿，对准春花的后窗户连砸两下。第一下没人应声，第二块小石子刚砸出一声轻响，窗口立时传来春花的惊叫："谁呀？谁砸俺家的窗户？"

春花的喊问被郭继聪和郭刘氏听到，郭刘氏在院里说道："刘三啊，你出去瞧瞧，看谁在咱屋后砸小姐窗户。"晚上比较寂静，说话的声音传得较远，河生听到后赶紧跑到厕所后面躲藏起来。不一会儿，刘三便提着马灯围着屋根边转悠边喊："谁呀？胆子不小，敢砸俺家小姐的窗户，不想要命啦？有种的赶紧出来！"河生趴在厕所墙后头，屏住呼吸观察着刘三的动静。刘三在屋后停顿片刻，又钻进那棵大树下的厕所找一遍，确定没有任何异常后才折身回去。

大门被刘三"哐啷"一下子闩上，说："夫人小姐，屋后啥也没有，安心睡吧！"河生料想刘三不会再出来寻人，便尽力让自己保持镇静。大约一袋烟工夫，他又壮着胆子从手中拈起一粒小石子儿，砸向春花的窗户："春花姐姐，是俺……河生。"

春花正在厢房里琢磨屋后到底是谁，伴随小石子"啪"的一声脆响，她听出从窗户外传进来的那种急促而又不敢声张的说话声，在判断出是前不久见过面的河生所为后，那张俏丽的脸颊霎时在灯光下现出一片潮红。自河生那天突然提亲后，她有心无心地想过许多。随着时间的推移，她竟发觉自己怎么都忘不掉他那极具男人气概的脸膛了。加上朱奎对她与河生婚配的掐算和劝告，父亲郭继聪及母亲郭刘氏曾多次跟她讲订过亲的男人未婚先死，意味着女人一生好的婚姻随之死亡这样一个现实，使她不免对选择韩家以外的男人心灰意懒。尽管爹娘尚未跟她明说可以考虑河生的请求，但她心中已有一定的底数。此时，河生出其不意地一人大黑天跑到老东阿镇来见她，更令春花觉得这是个很有主见的小男人，日后肯定能够干出一番大的事业。这么想着，春花怀里像揣着一只老鼠，心绪被搅得纷乱，倒为屋后的河生有些着急了。

河生向后窗户投去几粒小石子，悄悄喊了一阵话后，既听不到春花的回音，又不见熄灯，以为春花不理会自己，就躲在暗处愣愣地翘望厢房后窗。他暗自发狠，既然来了就必须见到春花，见不到她绝不离开东阿镇，哪怕等上一夜也要听听春花的说法。他抬头眼望透着光的高高的窗户，等候得心急火燎，周围的一切都未能引起他的注意。低头转脸后，猛然发现一个影子伫立在跟前，着实吓出一身冷汗。定神再瞧，是他左盼右想的春花不知何时悄悄站在了自己身旁，见面前的那种急切在刹那间消失得毫无踪影。

"你咋黑天来啦？"春花用细柔的声调说，"路上一人不害怕吗？"

心潮澎湃的河生想喊她一声“春花姐”，但又张不开口，蒙着脑袋不再顾及春花的想法，突然抓住她的手臂，把她拉到厕所后避人的地方，当下紧紧地抱住了她：“俺要娶你，你得答应俺。”春花害怕得厉害，可又不敢叫喊，心脏跳得她喘不过气来，脸上像烈火烘烤一般地发热。

“听到了吗？姐姐！”河生说，“你不嫁给俺，俺就翻船死在黄河里。”

春花听完这话有点儿蓦然心动，小声说：“你别瞎说，别让过路的人听到。”

“俺才不管哩。”河生说着，抱住了春花，并用自己的厚唇堵上了春花的嘴巴。他从春花嘴里闻到一股淡淡的女人香，这令他激动不已。河生紧搂着她说：“俺把你亲了，也把你摸了，从今以后你是俺的女人啦。你要不同意，俺就天天过河来找你。”

还是像跪地求婚那样，河生的言行总是那么不可思议，确实叫春花措手不及。河生说完松开她的身子转身想走，却被惊魂未定的春花牵住了手：“你好好划船摆渡，可不能有个好歹。”

那一夜，河生很晚才划船闯过涨潮的河面回到老河口。韩柳氏见天黑河生一直未归，又在大河上看不到船的行踪，着实担心，先是一人蹲在河滩上以泪洗面。再也等不住时，又跑回老河口叫来韩二忠和他的女人韩张氏及河友，几个人轮流一遍遍地朝河东呼喊河生的名字。河生从老东阿镇一路小跑回到东岸跳上船后，凭着白天熟悉的河道把船使劲划向河西。在河的中央他听到了韩柳氏和韩二忠及河友一声声的呼唤，压制不住激动的情绪，对西岸做出一阵回应，河西渡口才停止大呼小叫，而韩柳氏则禁不住号啕大哭了。

回到家，韩二忠问河生到哪儿去了，河生说河东一个渡客带的东西多，让他帮忙送到老东阿镇去，因此耽误了收船。韩二忠早在心里揣摸着河生有没有去找春花。婶子韩张氏说人回来就行了，劝韩二忠回前院去，韩二忠这才没再问其他话。等叔叔婶子和河友都走后，韩柳氏给河生做了些吃的，一边看着他吃一边问是不是去见了郭家的闺女。河生毫不避讳，说：“没人叫咱帮忙送东西，正是去见了春花姐姐。俺把她亲了，也把她摸了。同不同意，你们大人看着办吧。”一席话把韩柳氏堵得有口难言，惊呆地坐在椅子上半天没能喘过气来。

自那以后每天摆渡，河生脸上比从前有了更多灿烂的笑容。然而，他难耐吻过春花的柔唇、尝过姐姐香舌后的相思之苦，感怀时光比没有经历那种极为刺激的体验之前更加难熬。船到河东，他把锚抛在岸上不想再摆回河西，懒懒散散在大堤上百无聊赖地遛来遛去，视线一刻也不离东阿镇方向的来人。又过去几天，他刚把船停在河东渡口，一个高大的汉子从河堤上来到他的跟前："哎，河生，夫人让俺给你送个信，回去叫你舅舅和叔叔再来郭老爷家一趟。"

河生一看送信人是刘三，猜想不是有好事就是有坏事，问他啥事还得找韩二忠和朱奎。刘三把他拉到岸上，说："那夜俺跟在小姐后面都看见啦。你胆子可真不小啊，把小姐亲了摸了吧？！行，有种。"

河生开头有些生气，想他刘三竟敢在后头盯梢，可一想对春花咋亲咋摸反正他也未看清，那又能咋样呢？！河生说："刘大叔说得对，俺是把春花姐亲了也摸了。俺哥没那福分，俺偏要把她娶进门来。"刘三笑着说："行啊，历来都是撑死胆大的饿死胆小的，你当时怎么不把生米煮成熟饭呀！"说完，刘三匆匆离开渡口往回走去，在几十米的地方又回头喊河生，让他两三天后一起跟韩二忠和朱奎去。

按老东阿镇派人送来的信，韩二忠和朱奎先聚在河生家商量猜测半日，郭家这么急催着去到底有啥事儿。韩柳氏了解内情，偷偷把河生那晚去老东阿镇发生的情况，给韩二忠和朱奎学说一遍，他们这才恍然大悟。韩二忠指着河生的头说："你小子净给大人没事找事，把女人娶进来你睡觉都不知道钻哪个被窝。"

朱奎劝韩二忠和韩柳氏说："事到如今还是准备彩礼带上吧。"他们中午领河生再次赶到郭家，郭继聪和郭刘氏已备好酒席，刘三在旁边听候着主人的吩咐。往酒桌旁一坐，郭继聪开门见山说全家已商量过，春花本人也同意跟河生的这门亲事，以前与河长有过订婚仪式，他弟弟这次用不着再重新订婚，掐个日子啥时过门就算把闺女打发了。韩二忠放下酒杯，说河生年龄还小，婚期能否再往后推一推。郭刘氏喊着韩二忠"大哥"，说："既然同意把小女许配给河生，俺家闺女可成了一女嫁两夫，还是早一天过门早一天利索，免得外人在背后说三道四。"

韩二忠脸上露出左右为难的神色："河长跟他爹刚过世两个月，按说当年不能婚嫁，等过完他们的周年再嫁娶咋样？"郭继聪和郭刘氏听后沉下脸来不说话。

朱奎发觉气氛不是很好，在桌子底下用脚轻轻踢了踢韩二忠，打着圆场说："俺看还是按郭大哥和郭大嫂说的办吧，老人过世叫白事，男女嫁娶叫红事。当年死人当年嫁娶正是以红冲白，对双方都有好处。"

韩二忠意识到自己提出推延婚期有些不妥，赶忙采纳朱奎的意见，马上笑着改口对春花爹娘说："刚才当俺白说。既然大哥大嫂有这个意，咱今天让河生他舅定个日子。"边说边把事先备好的彩礼提给郭刘氏和春花看，并拿出一把钱票塞入春花手中，称是韩柳氏让带给她准备嫁妆的花销。春花爹娘笑脸相迎，催春花把那包彩礼提到里间去。河生看婚事已成定局，立马端起酒杯来给郭继聪和郭刘氏敬酒，喊着“大爷大娘”行了大礼。待河生敬完酒，郭刘氏把他支进里屋跟春花去说悄悄话。

河生这次却没了那晚的胆子，掀开门帘进去，春花抿着红红的嘴唇，正用一双迷人的美眼瞪着他，把他瞅得眉羞目臊。河生小声说：“春花姐姐，那晚你怨俺不？”春花羞答答地望着他，悄悄地嗔怪河生太坏。“俺不坏怎么能把你娶到手？”河生说着，突然贴近她的脸颊，用那种只有他俩才能听清的细声对春花说：“等进门那天俺对你更坏，叫你一夜睡不着觉哩。”春花听着咯咯地笑出声来。

“春花呀，”外屋传来郭刘氏的喊声，明显是听到了河生跟她的嬉闹，“俩人见见面就行啦，出来给你叔叔和舅舅倒茶。”

春花与河生一前一后走到明间。朱奎站起身接受了春花的赠茶，坐下后问郭继聪和郭刘氏想在麦前还是麦后把春花送过河。郭刘氏说能在麦前还是赶在麦前。朱奎掐指一算，说：“那定在四月初六吧，是个黄道吉日。”

河生就这样在他十六岁那年麦收前，匆匆忙忙把大他三岁的春花娶进了门。方圆几里的百姓听说他真的娶了原来与哥哥订过婚的嫂子，曾有过好一阵难听的议论，时日一久人们才见怪不怪渐渐淡化掉，只留下个话把儿时而当一回笑料。

春花过门那天，老河口为她和河生结成一对夫妻沸腾了，也替韩柳氏的后院增添一个美丽的儿媳而欢愉，唯一担心的是传言中命硬的春花到底克不克夫。被接亲的妇女姑娘领进门揭开盖头的那一刻，到场的男人和女人们瞧着春花那副可人的容貌，怎么也不相信河长是被她克死的。许多兄弟爷们儿跟披挂着红绸缎成为新郎的河生开玩笑，称娶到这般漂亮的媳妇，即使第二天离开人世都认啦。

河生满脸春风得意，知道对方是在说春花命硬的事儿，当场回敬说，什么命硬不命硬，他不信这个邪。待一天婚庆完毕长辈们散光，小辈及孩子乱哄哄地全扎在东厢房里跟春花闹洞房。见夜已很深，韩柳氏对妯娌韩张氏说：“天不早啦，姊妹你与河友赶紧把那些孩子劝走，也好叫河生跟春花圆房。”韩张氏带河友进到东屋，边劝边推才使洞房平静下来。

人走场清后，韩张氏把河友支开，借助灯光帮春花整理崭新的铺盖。铺好被窝，河友娘顺手从合袍里掏出一块白布压在褥子底下，问她：“侄媳妇，过河前亲家母都教你了吧？”春花害羞地点头称知道该如何做。韩张氏说：“女人头一次都会疼的，河生比你小，你叫他别着急，慢慢来才行。别忘把那块落红的白布垫在下面哩。”春花还是不多讲，韩张氏瞅见她如同饮下大碗的烈酒脸上绯红一片。出门时韩张氏小声对春花说：“夜里再疼也别大叫，你公公走后婆婆一人住在堂屋里，夫妻间的事情不能让她听到。”春花把韩张氏的这些话默默记在了心里。

河生在堂屋里应酬完客人，已觉得有些疲惫，坐在板凳上六神无主地想洞房里的春花。婶子韩张氏跨进堂屋，先对大嫂韩柳氏说了些女人间的事，后嘱咐河生说：“你去陪侄媳妇睡觉吧，记住可要把那块白布垫在下面，明天一早拿给你娘瞧瞧。”

河生解掉身上拴了一天的大红绸缎，洗一把脸和手脚，一进东厢房随身把门闩上，接着熄灭了蜡烛和油灯。韩柳氏把所有人打发走，踮着小脚查看一遍大门。路过东厢房的窗户时，先听见屋里传出春花几声轻轻的呻吟，知道自己年少的儿子在开始行使丈夫的权利。

半夜时分，劳累一天的韩柳氏本来躺下后睡得挺香，突然被春花“哎哟”的一声尖叫惊醒，披衣开门再次走到东屋窗下，对着里边轻喊：“夜里声音传得远，你们可别叫哩。”黑暗中的河生和春花被韩柳氏的喊话吓了一跳，顿时躺下不敢动弹了。

“娘！”河生对着窗外喊，“没事，你睡去吧。”

第二天一早，河生还在睡梦中，春花已起床来到堂屋，十分羞涩地把那块染着一片红色的白布，递给半夜没能睡着的韩柳氏，以此证明自己是把一个黄花身子送进韩家大门的。韩柳氏看一眼，极为满意地笑着说：“婆婆知道媳妇是正经闺女，把它扔掉吧。”

春花扔了那布从厕所里出来，韩柳氏问她河生懂不懂事。春花回韩柳氏的话：“娘该清楚他懂不懂事，俺怕他要得太多身体吃不消哩。”韩柳氏说你可得想法叫他节制着点儿。

一连数天，春花发现河生开始委靡不振，面色日渐变黄，尤其在忙碌的收麦期间和划船摆渡时，河生变得有气无力，时常躺在地头或河滩上歇着，晓得是他夜里不老实造成的结果，不得不实话告诉韩柳氏：“俺说他不听，一夜他要好几次，这么下去不把身子骨弄垮啦。”她让韩柳氏劝劝河生。韩柳氏感到当娘的不好亲口对儿子说这种男女之事，教春花夜里尽管睡觉，其他事儿由她去做。再入夜间，韩柳氏专门观察东屋的动静，一听到春花大声说话，她便猜想河生可能又要跟春花行房。于是从院子里找来一根小木棒跑到窗户底下，对着窗棂子连敲几下说："好好睡觉啊河生，明天还得下河哩。"河生马上规规矩矩地躺下不敢再折腾。

麦收过后，河生摆渡载着春花回娘家。行到老东阿镇城根，忽然发现街头有一队队的日本鬼子串来串去，他俩不知道发生了什么事情。进到家问迎接他们的刘三镇上有啥大事，日本人又是从哪儿冒出来的。刘三说："那是日本第五十九师团柳川悌的队伍，老早前就驻扎在老东阿镇，看各家各户麦子有了收成，到处搜查抢粮食，老百姓可要遭殃啦。"这让河生和春花顿时想到了老河口，鬼子已在大堤上修起炮楼，怕是不久也会到村里抢粮和祸害百姓。郭继聪和郭刘氏见女婿陪闺女回门走娘家，对河生好一顿款待。郭继聪问他老河口那边情况怎么样，河生说现在还没啥，以后谁也不敢保证。春花与母亲见面后都不由自主地热泪盈眶，郭刘氏对春花说："闺女，日本人不仅要抢粮食，恐怕还要封河哩。你和河生从今往后方便多来两趟，不方便少跑几回，心里想着爹娘就满足啦。"春花听着，情不自禁地扑在郭刘氏怀里呜呜哭起来。

春花和河生在老东阿镇住了一夜，与爹娘一直说话到三更天。第二天上午离开老东阿镇时，郭继聪给春花带上很多东西，让刘三送他们到渡口。站在门口，他对河生说："俺家闺女虽然比你大，但你是她爷们儿，要好生照顾她。"

河生不住地点头，让二老尽管放心，既然娶了春花，他会好好服侍她一辈子，这话令郭继聪和郭刘氏大为感动。河生、刘三和春花三人行走在回渡口的山路上。河生探问："听说爹是做大生意的，为吗不见他外出操持？"春花称她不清楚爹在外是做啥生意的。

刘三说："省城那边用不着老爷操心，另有人替老爷管着，他们自会按老爷的意图做事。"至于做怎样的大生意，河生没能问出底细。但刘三告诉河生，以后万一遇到难处或者在老河口待不住，他可带春花到省城济南去。

刘三把春花和河生送到渡口。相互告别后，河生起锚把船推进河中。春花站在船头上频频与刘三挥手："刘叔，你路上可要小心哩。"河生蓦然瞧见直立在岸上的刘三竟抬手抹了抹眼角，忽然心里"怦"地一动，感叹他真是个重感情的好人。春花说刘三老家在菏泽，爹娘死得早，从小成了孤儿，要饭要到老东阿镇，郭继聪和郭刘氏把他留下来，已在她家待了好多年，她一直称呼他为刘叔。船到河心时，他俩望见刘三仍站在大堤上遥望大河。过了一袋烟的工夫，河生和春花再回头朝东岸看去，大堤上已不见了刘三的身影，视野里猛然看到一队端着枪的日本兵从大堤上跑下来，随即渡口便飘摆起了雪白血红的太阳旗。

第三章

春花和河生在大河上看见鬼子封河的一瞬间，脑子里立时闪过一个可怕的念头：再去河东看望郭继聪和郭刘氏恐怕不是那么容易了。而刘三不见了踪影，是被鬼子抓走还是他躲到了哪儿，他俩百思不得其解。

黄河虽然不到发大水的时候，但混浊的河面平缓而有冲力。河生在快中午的阳光下，拼命地把老船朝河西渡口划去。春花抹一把泪眼，看到长长的撑杆插到河底足有三四人深。因逆流而上，河生吃力地只撑几下，脸膛上便立刻淌落颗颗豆大的汗珠。春花看着河生的样子有点儿心疼，掏出手绢从船头走近他，帮他擦拭汗水。

“你别动弹，船不稳哩。”河生边弓着身子用力撑船边说，“鬼子封河，但封不住咱俩的心。你啥时候想去看他们，俺啥时把你送过河，大不了找个不是渡口的地方停船，只要不被鬼子逮住就行。”

河生载着春花到达河西岸，好在埋有老船主和河长坟墓的渡口尚未被附近的鬼子封锁，但站在河滩上已能看见远处的大堤上耸立起了一座足有两层屋子高的炮楼。他先下好铁锚稳住老船，又回船舱把郭继聪带回的物品背在肩膀上，扶着春花一起跳下来。

“叔、娘，鬼子把河东渡口封啦。”

河生进门后，发现韩二忠也坐在堂屋圈椅上吸烟，第一件事就是把鬼子封河的消息告诉给大人。春花见到韩柳氏和韩二忠，喊一声“娘”和“叔叔”，两眼又开始发红。韩二忠不无吃惊地将纸烟停在半空里，问河生啥时封的。河生说船刚离开河东渡口就来了鬼子。韩二忠听后若有所思地叹了口气：“看来这边也用不了多久啦。”

韩柳氏把春花拉到跟前，劝她不要想太多，称河东河西到处都有鬼子，遇上这样的世道，只能过一天算一天。韩二忠皱起眉头说：“春花啊，这段日子你跟河生少回娘家几趟吧，等不紧的时候再多去几次。”回头对韩柳氏说：“把囤里的麦子都倒出来，用麻袋盛好，想法藏起来才行，说不定哪天鬼子会进村抢粮。”

韩柳氏和河生按韩二忠的提醒，太阳落山后让春花提着灯笼找出几条大麻袋，把入囤的麦子全部倒了出来，但藏在什么地方让他们很是作难。河生说在院子里挖个地窖，把麦子放到窖里去。韩柳氏称那不是办法，地窖里不透风麦子用不几天准会发霉。春花把灯笼递给韩柳氏，帮河生扎着麻袋口说：“娘，俺看不如在院子里挖个大坑，底下和坑口都担上棍子，麦子放在下面，上面堆上一堆柴火，既透风透气不会发霉，又看不出来地下有粮食。”韩柳氏夸赞春花的主意，让河生当夜在靠南墙的院子里挖出一个窖似的大坑，完全照着春花的说法，把新收获的麦子藏入了柴火垛下。

地里的秋庄稼正一天天往上蹿苗，毒辣的夏天眼看就要来了，唯有临近傍晚时才有少许凉爽的河风吹进院落。春花记住叔叔韩二忠的嘱咐，好久没再跟韩柳氏和河生提过去河东走娘家的事儿。渡口已被封锁，河生只好把船停靠在岸边暂时不再下河。白天，他领着身着鲜艳单衣的春花去玉米地里锄草，春花细美的身条引得邻地干活的男女都用一种或是羡慕或是忌妒的眼神怔怔地看个没完。

春花在一双双不太熟悉的眼睛的注视下，起初有一丝发窘，脸颊也不时地变换着不同的色彩，时间久了便习惯了这种淳朴的环境和民风。尽管她在老东阿镇极少干地里的农活，但对庄稼地里的活路却不陌生，也就没有更多的幽怨。她顺着地垄在前面锄，河生紧挨着她在另一垅的侧身后头锄，时而会走神抬眼端详自家媳妇诱人的背影，男人的那种渴求随之萌发。每每这时他会紧锄一阵，追赶上前面的春花，说些打情骂俏的话。

春花偷偷打量四周，看清没人后会红着脸数叨他说：“你真是没出息哩，白天谁做那样的事啊？等天黑回到咱家炕头上俺答应你。”

河生没着没落地等到晚上，一上炕马上吹灭油灯，很急迫地爬进她的被窝里。而春花却用薄被蒙着脸嘤嘤地哭泣，将河生的情绪搅得纷乱，冲顶的兴致也弄得烟消云散了。河生不知其中原委，着急地说：“俺得罪你了吗？你要不愿意咱就不做，你不要哭啊。”

春花觉得身边的小男人很体贴自己，止住哭声伏在河生的胸前，说："俺想俺爹娘……"

河生一边将春花搂在怀中，一边安慰说等鬼子撤掉渡口的岗哨准摆渡送她过去探亲。春花被河生的言语打动，渐渐躺平身子，把河生拉到了她身上。

这样的日子像初秋的庄稼遇到雨露，有滋有味地过了很短的一段。河生仍惦记着趴在河边的那只老船，早晨抽空去渡口巡看它是否还锚在那里。当他下了河堤正要走向渡口时，炮楼里"叭"地传出一声枪响，子弹紧接着"嗖"地从耳边飞去，扎进了黄河大堤的泥土中。河生惊出一身冷汗，趴倒在地，眼前随即闪过哥哥河长死时的惨状。他机警地躲避着炮楼，边往回爬边恨得咬牙大骂："总有一天让你们不得好死！"

死里逃生的河生一口气跑回家，脸色变得极其吓人。韩柳氏和春花问他咋啦，他把刚才鬼子朝他打冷枪的事说给了她们听，韩柳氏顿时面色如土："好儿啊，以后咱不摆渡也不去大堤啦，你可不能再走你哥那条路。"春花瞪一眼河生，又气又恨地埋怨他："明明知道鬼子在大堤上建起炮楼，为何偏要冒死去看那只破船？"

河生说："不去哪行？那只船是咱家祖传下来的，丢啥也不能丢了咱的船呀，还得靠它送你过河去看俺大爷大娘和养家糊口哩。"

韩二忠听说河生差点像河长那样丢掉性命，从前院匆匆赶过来，板着脸说："行啦，长记性吧，以后不准你再到河里去。"

河生从此被叔叔的教导禁锢在家中，也知道了河西渡口虽然没有鬼子站岗，但炮楼上的枪口是对准渡口的，鬼子完全能够躲在炮楼里凭借枪弹把整个河面封起来。

韩柳氏愿意河生和春花陪着她过这种平静的生活，认为儿子和媳妇守在跟前手摸得着、眼看得见是最大的安慰，也是对她最大的孝顺。四十二岁的她觉得自己还年轻，一切的家务都身体力行，所以从不用河生和春花伸手，只要这么平平稳稳地过，再能抱上大孙子，到老后不会落个无人问津的下场便是万幸。春花过门头一个月，韩柳氏先是怕河生房事过度毁了身子，后见春花始终没有怀孕的迹象，她又变得着急了。趁河生下地她和春花两人在家，笑着问："媳妇啊，近来你跟河生夜里还那么勤吗？"春花明白婆婆是在问他们小夫妻的私事，有些不好意思地低下头去，回韩柳氏说："咋不勤哩，他像头牛犊似的成夜成夜的不叫俺睡觉。"

韩柳氏弄清不是儿子不跟媳妇行房事后，心里便琢磨河生和春花到底哪个身体上有毛病，沉闷一会儿又探问：“那么勤你咋每月都见红哩？”

春花一时不清楚婆婆说的是什么意思，佯装笑脸对韩柳氏说：“俺反正身体没毛病，是不是太勤河生出了问题呀？”

韩柳氏翻来覆去琢磨了一夜。第二天吃过早饭，她不再让河生下地，非得带他和春花去六里外的镇上找刘会天看病。刘会天的药铺刚拉开大门，见是老河口老船主的家人，忙把韩柳氏和河生及春花邀进屋，问韩柳氏：“他嫂子，哪个有病哩？”

韩柳氏坐在药铺的板凳上，把春花过门后不怀孕的事向刘会天简单说了一遍，让他给河生和春花俩人诊一诊，是谁的毛病就给谁治。刘会天听完韩柳氏的意思，先把河生拉到身旁，问了许多关于房事的话题，坐在一边的韩柳氏和春花听得都有些脸红。刘会天眯瞪着两眼把完河生的脉搏，然后张口笑说河生没任何毛病，叫他到旁边待着。轮到春花时，刘会天还是照样问一些房中的话和上月见红的日期，说话间竟把昏花的老眼停留在春花那张俊俏的脸孔上。韩柳氏看他对儿媳有点着迷，心里边骂老不正经边催促：“郎中啊，快给俺家媳妇瞧瞧，有病没病俺们还得赶回去做事哩。”

刘会天见韩柳氏催他，这才叫春花把右手腕递到面前。他用手先抚摩几下春花的肌肤，那种细腻的感觉在他脑子里烙下了一生刻骨铭心的永久回忆。刘会天摸着摸着就笑了，说：“他大嫂，恭喜恭喜！你家媳妇有喜啦，回去好好养着吧。”

韩柳氏惊喜得“哎呀”一声，笑逐颜开地掏出几张钱票递给刘会天：“俺若抱上大孙子，先请你到老河口喝喜酒。”自此，韩柳氏精心照料春花，大活小活一概不让她动手，有时连饭碗都端到东屋春花的炕头上。

春花怀孕对整个韩家族院添丁加口是件大事。韩二忠和韩张氏喜上眉梢，有空便到后院围着春花嘘寒问暖，着实让河生感受到人丁兴旺对韩家的重要性，但他不懂女人怀孕需要忍受的痛苦。从第二个月起，春花开始呕吐不止，甚至连胆汁苦水都翻上来，有时还会从眼里掉下泪珠。夜里躺在河生的怀前，说着说着孩子出生后起名的事儿，便会忽然小声哭出声来。河生问她为啥哭，春花说：“俺想俺爹娘。俺得把怀孩子的事告诉俺爹娘，也让他们高兴高兴。”

河生抚慰她谦哄她，说等哪一天他看好机会自己摆渡过河，把这消息传递到老东阿镇去。春花听后又替他担惊：“不许你一人过河，要去你得带俺一块去。鬼子如果把你抓走喽，舍下俺娘儿俩可咋办哩。”河生很懂事地把她哄入被窝，然后俩人相拥睡下。

春花怀孕的第三个月已到初秋，天气由闷热转为清凉，河里也到了发大水的季节。上游涌来的河水巨浪滔天，巨大的漩涡一个接一个地在河面上相互推挤，几天便淹到了两岸大堤根下，原先河滩上一切草类和树木，都被浸泡在黄黄的河水里。河水涨到老船主和河长的坟头前，就很难再往上涨，恰似两个水文标尺立在河边。河生好多天没去看那只老船，它被漂起老高，随着河水的回旋左右摇摆着，却始终离不开河生把它锚下的地方。

妊娠反应过后，春花对韩柳氏说在家里待得憋闷，要到外面走走，无论韩柳氏怎样劝她，也不能阻止她的行动。春花挑了一个秋高气爽的日子，拖着日渐隆起的肚子，跟随河生去地里拾掇庄稼。满地都是快成熟的玉米和黄豆，处处可嗅到庄稼和青草散发出来的芳香，还能听到浮在水沟里的青蛙不停的“呱呱”的叫声。春花置身在田间碧野之中，心情豁然明朗，把所有的痛苦都忘得一干二净。河生让她坐在地头歇息，不要动了胎气，她却跟在后面看着他收拾庄稼。中午快要回家时，东边的老河口方向突然传来几声刺耳的枪声，他俩浑身打着冷战愣在了原地，意识到村里可能发生了大事。从玉米地里钻出来朝村子望去，只见在老河口上空的蓝天白云下，冒起股股浓烟，一股布料和柴火烧焦刺鼻的味道随风飘来。

事情发生得并不奇怪。在听到枪响的那一刻，河生和春花已料到是鬼子进村抢粮，两人更佩服韩二忠对事态的判断，庆幸头前早早把粮食从囤里倒出来藏好的先见之明。河生急出一身大汗，拉着春花急匆匆往家中奔去，春花有孕在身很是不便，两人只好小跑一阵再走一会儿，即便这样春花也气喘吁吁。河生说：“不知有多少鬼子在村里，我先回去瞧瞧，你留在地里等我，免得叫该死的鬼子发现你。”春花死活不答应，说死也要跟河生死在一块。河生拗不过她，边走边劝春花回家后先躲起来，她这才点头答应。

鬼子不仅在老河口抢了百姓的粮食，在护马庄也进行了抢夺，并枪杀反抗的村民。他们用枪逼迫百姓将抢到手的粮食全部拉到炮楼里去，准备运送给日军大部队。河生和春花跑到村口，沿街哭爹喊娘的凄凉景象即刻映入眼帘，佝偻着身子的老头，蹲在街头无声地擦泪，感叹日子被魔鬼世道毁坏了。一群百姓围在一个被鬼子打死的汉子旁，拉劝为死去的汉子哭昏过去的老娘和女人、孩子。河生对春花说，女人怀孕见死人不好，催她去一旁等着，春花远远地看着河生，只见河生钻进了人群。那个被打死的汉子叫大柱，也被鬼子揭去了脑盖，跟哥哥河长的死法差不多。他止不住地往上反胃。转身时，河生瞅见三十多岁、长一副长脸的村保长李光腚与叔叔韩二忠也挤进了人群。

韩二忠扯着嗓子喊："大家谁都别哭啦，人死不能复生，光哭不顶啥用，还是把大柱埋了吧，这是鬼子欠咱老河口的又一条人命！"

李光腚也跟着说："老少爷们儿都动动手，找领席子把大柱的尸体包好抬走吧。"

听完韩二忠和李光腚的话，大柱院里的兄弟含泪转身去找草席。河生正站在原地发愣，韩二忠从背后拍了一下他的肩膀说："还在这儿看啥，快回家瞧瞧你娘去。"河生没敢多待，拉着春花跑回家中，进门就被呛人的烟雾呛得难以喘气，随即传来韩柳氏在院子里的号啕哭声。在南墙根下扑打火星的韩柳氏，见河生与春花回来泪如雨注，抹着鼻涕伤心地说："鬼子没抢到粮食，在柴火垛里用刺刀插了两遍，给点火烧啦。"河生一脸的愤怒，叫春花将满脸黑灰的韩柳氏扶到堂屋门台坐下，抓起一把铁锨将大堆灰烬铲开跳进大坑，把烧焦的木棍一根根捡起扔到一边，下面的麻袋已被烧烂，麦子冒着股股蓝烟。

这是鬼子驻扎后老河口遭遇的第一场劫难。河生和春花及所有的百姓认定，河堤上的鬼子只要存在一天，这种劫难便不会停止。粮食被抢的抢、烧的烧，没有粮食的日子过得尤其艰难，幸好河生和春花从大坑里捡了一些残留的麦子才能勉强度日。韩二忠家藏好的粮食没被鬼子发现，也没带来太多损失，于是便跑去给打死的大柱张罗丧事了。韩二忠正组织人手准备安葬大柱时，韩张氏泪流满面地跑来把他拉出人群："他爹，你快去找找咱家小友啊，有人看见他被鬼子赶去往炮楼送粮食去啦。"

韩二忠脑袋"嗡"的一下愣在了原地，问："还有谁哩？"韩张氏说不知道，他懊恼地"咳"了一声，交代其他人忙活大柱的丧事，便急慌赶去大堤炮楼找河友。韩张氏赶紧拉住他，说："那里你不能去，去了会没命的。小友已被抓走，你不能再让鬼子抓喽。"

河友被抓走送粮食，比韩柳氏家的粮食被烧掉要严重得多。搁下家中的事，韩柳氏喊河生和春花一起赶去前院。坐在堂屋圈椅上不停吸烟的韩二忠，见他们进屋也没说话，韩张氏却哇哇哭得更加厉害。韩柳氏劝她说："妯娌别哭啦。不是小友一个人去的，送到后鬼子还不放他们回来？！"

韩张氏咧咧着嘴说："谁知道哇！"

春花一边陪着婆婆和婶子流泪，一边不住地安慰韩二忠。河生说："你们在家等着，我去河堤上看看。"话音一落起身便要走，却被韩二忠叫住："给我回来，你去顶个屁用？还是在家等吧。"而后大家谁都不再吭声，就那么干巴巴地坐在堂屋里焦虑万分地等待，已过饭晌可也没提吃饭的茬儿。

这当口，带人去地里帮大柱打坑的李光腚，回村来到河友家，人还在大门外头，沙哑的喊声已传进屋里："二叔二婶，河友在家吗？大柱的丧事办完了，想让河友跑一趟护马庄哩。"

作为保长的李光腚小韩二忠一辈，论起来与河生、河长及河友是同村兄弟，称呼韩二忠和韩张氏为叔叔婶子。作为保长，他本应竭尽全力保护老河口村民的安全，但面对鬼子他却没了主心骨，鬼子还未进村他老早就躲了起来。鬼子走后，他又头一个跑东串西问这问那，表露出一种无奈和忏悔。韩二忠瞧他来，起身把他迎进屋里，问他找河友啥事，李光腚看大家个个愁眉苦脸，忙追问出了啥样的差错。韩柳氏说："你当保长的也不拉一帮人挡挡鬼子，那要你这个保长有啥用哩。"

李光腚哭丧着脸"哎哟哎哟"地叫着韩柳氏大婶子，直喊自己冤枉，说不管当地还是外地的土匪恶霸、小偷小摸、杀人放火和强奸妇女的，遇见天大的事他李光腚都可以说话把事化解喽，唯独不敢跟鬼子靠得太近，更不敢阻止他们的横行霸道。河生不愿在这种心烦意乱的时候听他贫嘴，便说："俺兄弟被日本人逼着给河堤炮楼送粮食去啦，你跟鬼子打过些交道，带俺去炮楼把他找回来吧。"李光腚瞪大眼睛问河友被鬼子押走是真的假的，看起来很是惊讶。春花说："谁有心跟你开玩笑呀！"他这才相信河友被押走至今未归。

韩二忠说："光腚，要是行你就自己去一趟，看看河友和村里其他送粮食的人是死是活。你要是不行那就算啦，这事也别太为难。"

李光腚心里清楚，不是万不得已韩二忠是不会求他的，心想是自己找上的门，说啥也不能推辞，只好摆出一副硬汉的架势说："行，谁都甭跟着，我一人去足够使，今天还真想摸摸鬼子这只老虎的臭屁股哩。"

李光腚一边抬手抽着自己的嘴巴恨来韩家找河友不是时候，一边走出韩二忠的大门。想起河长和大柱死时的惨状，他从心里打怵，两腿控制不住地发软和颤抖，脚下的步子也变得缓慢而无力。出村来到南头，远远瞅见大堤上的炮楼，他那副本来很长的脸更加扭曲和变形，事到如今不硬着头皮豁出命把河友从鬼子的炮楼里带回老河口，对韩二忠说啥都交代不过去，犹如在弦之箭不发是不可能的，倒这样的“血霉”自己不认恐怕不行了。可回头又想，即使自己被鬼子打死，能救回几条人命，总算对得起老河口的父老乡亲，埋坟下葬还能给立块石碑记下功德呢。他边走边想，没用一刻钟便来到黄河大堤，看到炮楼周围拉起的铁丝网。在距炮楼还有五十米的地方，站岗的哨兵从高处向他喊过话来，尽管他听不懂喊的是啥，但从对准他的枪口可以猜出是命令他停下。

李光腚站在原地不敢再往前走，挥动着双手对炮楼表明自己保长的身份，说要进去见“皇军”。哨兵没再对他喊话，朝炮楼下面叽里呱啦地嚷了一阵，随后李光腚的瞳孔里映出了一个年轻中国人的影像。他从炮楼一侧走来，站在铁丝栅栏前问：“你是老河口的保长吗？”李光腚作了肯定的回答，并问那人是不是翻译。那人说：“是哩，你见皇军想做啥呀？”

李光腚大胆地朝炮楼下面走去，到翻译跟前先递上枝香烟，点头哈腰地说：“俺村里有几个乡亲被皇军抓来送粮食，看看送到没有。”

翻译说：“快啦！跟我进去瞧瞧吧，把粮食存好皇军会放他们回家。”

李光腚跟翻译进到炮楼后，瞅见河友和本村及其他村的一些汉子，正在端枪的鬼子监视下，赤裸着上身将一袋袋的粮食扛进据点。看到李光腚像从天上掉下来一般出现在炮楼里，大家先是感到很吃惊，而后便跟他打招呼，但均被身后的鬼子用枪托狠狠砸向后背，踉跄着差点栽倒。

李光腚在炮楼前见到了鬼子的长官。幸亏那翻译是个有良心的人，介绍完李光腚的身份，又把鬼子头儿的名字说给李光腚听，并替他在长官面前说了一些好话，这才没引起鬼子的怀疑。从此老河口和周围各村，都知道了大堤上把守渡口的鬼子由一个叫松下库代的小队长率领，隶属驻扎鱼山把守黄河北岸渡口的支队。他通过翻译对李光腚说送粮的人可以放走，但以后皇军有事，附近的百姓要随叫随到，点名叫李光腚负责组织和牵头。李光腚心想，挨千刀的鬼子，今天只要放走河友及所有送粮食的兄弟，过后即使鬼子想找他李光腚的麻烦，怕是也找不到他躲在哪儿。但当着鬼子的面，他毕恭毕敬地应承说：“好说好说，凡我能办到的事儿，哪还有二话？！”

河友和几十名送粮食的村民被李光腚带出炮楼时，日头已经偏西。平安无事地离开大堤，李光腚一边抹着头上的汗珠，一边流露出得意的神情，朝老河口走去。还未带河友进门，他便扯着嗓门喊道："二叔二婶，我把河友领回来啦。"

他的喊叫好似一声春雷，把韩二忠、韩张氏、韩柳氏、河生和春花从无底深渊震醒过来，他们急忙跑到门口迎候河友的归来。一见面，韩张氏和韩柳氏便抱着河友哇哇大哭。韩二忠握住李光腚的手激动得说不出话来，韩张氏放开河友，转身双膝跪地要给李光腚磕头，被他伸手拉住，说："二婶子，你这是做啥哩？不就是几个小鬼子嘛！我这保长连河友兄弟都送不到你和二叔手上，那我还干个啥劲头啊？！"

韩二忠竖起大拇指夸赞道："行哩爷们儿，这回你算是积了大德啦。走，进屋喝酒去。"他命韩张氏和韩柳氏做了一桌好菜、打开一壶好酒招待李光腚，以表达全家的感激之情。从下午一直喝到天黑，除春花外，韩二忠和韩张氏、韩柳氏及河生、河友轮流给李光腚敬酒，最后将他灌得酩酊大醉，被河生河友俩人架着送到家中。这次冒险使李光腚在方圆十几里的村村落落里有了一个硬汉的名声。

河友躲过一劫，给韩家人提了一个醒。韩二忠嘱咐河生、河友和韩张氏及韩柳氏必须处处倍加小心，不论大人小孩都不能再落入鬼子的手中，还特别叮嘱要照料好怀有身孕的春花，不得出现半点闪失。封河后，河生老是想着河边的那只老船，总嘟嘟囔囔称要去河里瞧瞧那船怎么样了，春花这时会跟韩柳氏一同劝河生宁可放弃摆渡，也不准他去河里乱走。河生不高兴地说："上一次不也没打死我吗？船是咱家的，光去看看应该不会有事？"春花见韩柳氏很生气，劝导他说："别拧啦，都是为咱俩好，还是听咱娘的吧。"河生并不服气，说韩柳氏和春花总有看不住他的时候，只要有机会他还是会去河边瞧瞧。

韩柳氏见对河生百般相劝无济于事，一句话不说气鼓鼓跑到前院把韩二忠叫过来："他叔你看看这小河生，咋劝也不行，非要去河里瞧那破船。坏就坏啦，漂走就漂走啦，总比丢命强百倍。是人的命重要还是船重要啊？都快把春花俺娘儿俩气死啦。"河生看叔叔拉下脸来，方有些紧张地往后躲。

韩二忠说："小王八羔子，你娘和你媳妇说你说错啦？你现在去看个啥？不就是只破船吗？是咱家的丢不了；不是咱家的你天天守着也不顶用。你用不着着急，只要鬼子抢的粮食没运走，河里大水一退会有你给鬼子划船的那一天。但鬼子不来找你，你绝不能自己送到门上去。从今天起，只要让我听说你为看那只破船偷着去了河边了，我就会砸断你两条腿。"

河生被韩二忠的威严镇住了。好多天他没敢再对韩柳氏和春花提去河里看船的话茬儿。白天下地一心守候快成熟的庄稼，晚上则与韩柳氏一起照顾肚子越来越大的春花。躺在炕头上，他仍盼着河水尽快退去，好让自己能摆渡到老东阿镇，将春花怀孕的消息告诉老丈人和丈母娘，打听打听那个刘三大叔在鬼子封河那天逃没逃脱。黑暗中春花觉出他无法入睡，一下猜出他的心思，问河生："你还想咱家那船的事啊？"

河生叹了一口长气说："是哩。别说你想爹和娘，我都想他们老人家啦！可没船咱过不了河呀。"

春花一听河生看船原来是为要过河去看她爹娘，感动得直想流泪，把脸庞紧贴在他的胸前，一种说不清的幸福在她全身荡漾开来："不去也没啥哩，总不能为看一趟爹娘丢一条人命啊。"河生安慰她说以后总是有机会过河，到时带着儿子一起去，姥爷姥姥见到外孙会更高兴。

不到秋收季节，大河洪水已退到了原有的水位，跟平日里的浪头差不多，在韩大忠和河长的坟前留下一溜长长的潮印，那只老船又回到了河生下锚前的位置。一大早，韩柳氏起床刚做好早饭，河生和春花还睡在东厢房的炕头上，忽听"咚咚咚"传来几声敲门声。韩柳氏原以为是谁来借东西，扑打着身上的灰尘"谁谁"问着门外，跑去拉开大门，霎时愣住了。

"进家说吧。"韩二忠给韩柳氏递去一个眼神，示意她让李光腚和身后两个端枪的鬼子及炮楼的那名年轻翻译进院里说话。韩柳氏不晓得李光腚为啥带鬼子到家里来，急促地对着东厢房喊："河生，李保长带皇军来咱家啦，你快起呀！"

蒙眬中的河生被韩柳氏那种变了音的腔调惊醒，想必是鬼子有事而来，赶忙穿上衣服跳下炕来。春花听到婆婆的喊声，也起床穿衣服，要跟河生一道出来。河生说："你别吭声，躲在东屋千万不要出去，不能叫鬼子看见你。"

春花听了河生的话，等河生出去后提心吊胆地贴在门上听着外面的动静。河生看到有鬼子进家，脑袋有些发蒙，问李光腚咋回事。李光腚愁眉苦脸地说："我也是被他们堵在家中逼着到你家来的，皇军要你下河摆渡给河东送粮食去。"韩柳氏马上对鬼子解释说那老船已被泡坏，无法再摆渡，话音未落，鬼子便把上有刺刀的长枪往她面前晃动了两下。韩二忠用胳膊将韩柳氏挡在自己身后，叫她啥都别提啦，并问河生那船是否受得住重载。河生说："行倒是行，得看老子给不给鬼子卖命。"李光腚说："河生兄弟，这可是人命关天的大事，你答应了鬼子，就得把船给鬼子撑好，否则老河口的百姓准会吃亏。"

韩柳氏让李光腚问问翻译，鬼子会不会把河生抓去杀喽。翻译对韩柳氏和韩二忠说："你们尽管放心，皇军知道你家有人会摆渡，不过是要他用船把那些粮食运给河东柳川悌的大部队去，不会有啥差池。杀了这位小兄弟，日本人到哪儿去找会摆渡的？"

李光腚听翻译说得在理，觉得他虽然给日本人当差，却是个讲情义的人，急问："俺看出来啦，兄弟是好人。请问兄弟是哪个地界的？叫啥名哩？"翻译说他叫孙宏举，同样是山东人，从日本留学刚结束就被抓来给日本人当翻译了。

韩二忠和韩柳氏招呼着翻译大兄弟，请他在日本人面前多帮忙，必须保证河生的性命，并且最好每天晚上放他回家过夜，河生的生死系在他手心里，一切只有拜托给他了。孙宏举说："咱都是中国人，我会说通皇军确保小兄弟平安无事的。"

河生清楚给鬼子摆渡运粮已成定局，同时考虑到全家人的安全，便不再说啥话，问孙宏举什么时候开始下河。孙宏举说若家中没事，现在可跟他和鬼子走。春花在东厢房内对整个事件的全过程听得清清楚楚，当催河生马上随鬼子走时，她再也抑制不住自己的情感，拉开门从东屋冲出来，跑近河生把河生紧紧抱住说："河生，我不叫你去，你去是送死啊。"

两名鬼子发现春花有如此的美貌，嘴里嬉笑地叫喊着"花姑娘"，将枪斜背上肩，走近春花要动手动脚。韩二忠、韩柳氏和李光腚见状都愤慨地靠上前，把春花和河生围在中间。翻译孙宏举此刻忙用日本话对那两名鬼子说，皇军是来找船工的，不能对船工的家人有任何伤害，一旦耽误运粮，松下队长会追究责任，到时将军法处置。他的一顿周旋和劝说，最终把鬼子唬住收手。

韩二忠的话很有先见之明，很多事都被他言中。河生知晓叔叔看事如此深透，是历经磨难的一种积累和经验。在他看来，摇橹划船算不上难事，凭着一身好水性，到了河里即使鬼子有枪有炮也没多大用处。只要鬼子敢对他动武，他就敢把船和粮食全都翻入河中，自己跳河逃走，淹死那些鬼子。跟着鬼子出门时，他向流泪的韩柳氏和韩二忠深深鞠了一躬，劝说大有生离死别之感的春花不要替他担心，他会好好保护自己，并告诉她往河东摆渡等于鬼子给他提供了去老东阿镇的机会，抽准空闲他会去看望郭继聪和郭刘氏。从那天起，河生又重新走向大河，亲手收拾起了那只心爱的老船。

第四章

河生下河的第一天，磨磨蹭蹭地找出各种理由，上下午往河东各摆了一船粮，天黑时便提出要回老河口。孙宏举对松下库代报告说这是事先的约定，否则河生不再给皇军摆渡。起初松下恼羞成怒，曾从腰间拔枪对准河生的脑门，河生面不改色地瞪着他，没有半点畏惧。孙宏举见状忙向松下作了一大堆解释，那支抵住河生太阳穴的枪方被渐渐挪开。“皇军说叫你明天一早过来，不然他们会再去抓你。”孙宏举拉着河生的胳膊离开炮楼，看他毫无反应，又问是否听明白他的意思。河生“嗯”了一声，弯腰给他行了个礼，然后走下河堤跑回了老河口。

担惊受怕一整天的韩柳氏和春花做好晚饭后，娘儿俩坐在堂屋里等候河生回来。韩二忠和韩张氏及河友先后来到后院，韩柳氏赶忙把韩二忠让到上座。春花则有点儿吃力地弯下身子拎起一壶开水，沏热茶给韩二忠、韩张氏和河友。韩二忠和韩张氏没看到河生的影子，便知道他还没回来，焦虑的韩柳氏和春花一边在屋里走来走去，一边自我安慰地说：“别慌哩，再等等。”

一刻钟后，大门“吱扭”一声开了，大家急忙起身走到院里。

“是河生吗？”

“是我。”河生看到韩二忠和韩张氏也在，说：“叔叔婶子都来啦？”

韩二忠连说两句“回来就好，回来就好”。

春花三步并作两步赶紧来到河生面前，从上到下仔细看了个遍，这让河生反而很不自然地说：“我没事，一天磨洋工只给鬼子跑了两趟船，他们既不敢打骂，也不敢杀咱。快陪娘和二叔二婶进屋吧。”

韩二忠、韩柳氏、韩张氏和春花对河生说了一肚子担忧，并教他如何逃避鬼子的方法，叮嘱他不用想家里的事和秋收秋种，再苦再累也得忍耐，把粮食运完平安回来了事。河生让大家放心，说自己一定谨记韩二忠和娘及婶子的话，不管咋样都会保住自己的性命。夜里，春花将河生紧紧搂住，泪水沿着河生的胸膛流下，像小虫爬似的。春花凄楚地说："你可不能有个三长两短，不能生下孩子来没爹哩。"河生那一刻更加感到身边有女人是多么幸福多么重要，说："为了你跟孩子，我也不能死在鬼子手中。"

第二天，河生虽然早早吃过饭，但他并不急于下河，一直拖到太阳爬上山顶，才懒洋洋地向大堤走去。鬼子从附近村庄抓来的十几个村民，在枪炮的威逼下，从据点的粮库向河滩上已搬运了许多趟粮食，在岸边堆栈成一大堆。孙宏举领着河生向松下去报到，松下瞪着眼睛叽里咕噜地训斥了河生一顿，然后挥挥手，示意他赶紧下河摆渡。

孙宏举说："皇军嫌你来得晚，叫你每天早点儿来，粮食要运好多天哩。"

河生说："给他们卖命，我不睡觉也没用。"

孙宏举叮嘱他不要再说什么，称下到河里便没啥事了。望着从河滩走向炮楼的搬运工，河生问那些人都是哪儿的，孙宏举跟他讲是从附近临时抓来的。走向河滩的途中，他突然瞧见一个熟悉的身影："表舅？！你也被抓来啦？"

朱奎看见那只老船，早已想到摆渡的船工除了河生不会有别人，点头说："表舅看着你摆渡也好，起码知道你给鬼子运粮有没有危险。"河生小声对他说："你跟在船上吧，没准可去老东阿镇走一趟。"朱奎答应他随船运粮，河生走回炮楼"翻译翻译"地大喊几声，直到把孙宏举从炮楼里喊出来才罢。河生把朱奎拉到孙宏举面前，说："这是俺舅，船运粮食行的是上水，载重太多到对岸需要拉船的，请你跟皇军说说把俺舅派到船上行不？"

孙宏举应了河生的请求。第一船起锚时，朱奎果真与另外两个叫铁柱和二蛋的年轻人一起上船。朱奎把他们介绍给河生，说他俩也是护马庄的。铁柱和二蛋伸手与河生互相拉了拉，说："小兄弟，你家的老船主俺们都认识，如今你接他的班摆渡，咱们可是站在一条船上，好坏就看咱几个的啦。"

押船的两名鬼子发现他们聚在一块说话，从船的两头分别挥动长枪，他们用仇视的目光瞧着鬼子各自转过身去。朱奎坐在船舱摞起的粮食袋上，一声不发地眺望对岸。在河生撑船的同时，铁柱和二蛋各抓过一枝大橹帮他猛摇，但用力不均，船刚划出河边便在河里转弯。"两位大哥要一起用劲，不能一人一下，那样咱这船永远在河里打转转。”河生赤脚行躬背走在船舷上，铁柱和二蛋按河生教的，嘴里“一、二,一、二”喊着点儿，将超重的老船送进了河道。

宽阔蜿蜒的激流低吟起哀怨的悲歌，奔流不息的河水一波接一波鼓胀着平滑的表皮，横穿过船底从另一侧钻出来，急慌而拥挤地渐渐远去。也许是老船不堪重负，发沉的船体沉入水中，船舷离河面不足一尺，伸脚即可感受到河水的流速和冲力，但在河生和铁柱、二蛋的助推下，它仍平缓地行进。

“船是有些老了，”朱奎感叹说，“恐怕使不到鬼子投降的那一天啦。”

“鬼子要一年半载的投降，这船还能用些时候。”河生一边吃力地撑船一边说，“不信小鬼子能一直这样猖狂下去。”

“河生兄弟说得对。”铁蛋说，“再有两年，共产党、八路军和游击队还打不跑他们？”

押船的鬼子听不懂河生他们说的是啥，只傻呆呆地端枪直立在船头。朱奎瞅瞅毫无反应的鬼子兵，逐渐放松了心情，说：“两年怕不够，从现在起还得五年半。到民国三十四年，东洋鬼子不投降，老天也不会饶他们。”

二蛋喊朱奎一句大叔，问他这种事是不是能测出来。“不用我测，古人早已料定啦。”朱奎说，“过去的能人多着哩。唐朝有两个高人，一位是陕西凤翔人叫李淳风，另一位是四川成都人叫袁天罡，他们都是通晓天文地理的大学问家，从唐太宗到武则天一直担任主管天象的司天监，他们合著了一部神奇的书流传至今，书的名字叫《推背图》，那上面就有鬼子侵占咱中国的图说。”

河生三人被朱奎讲的《推背图》的故事勾起了极大的兴趣，把在河上行船和此时置身在鬼子的监视之下的事忘得一干二净。二蛋问朱奎那到底是一部怎样的奇书，朱奎不紧不慢地从头到尾讲给他们听。对朱奎来说，尽管自己是个农村老汉，但无论从上辈老人那里听来的，还是自己走街串户到处搜罗奇书奇志学来的，讲起过去历朝历代的野史和古往今来的变迁，他都如数家珍。

朱奎极为神秘地说，东阿地界和河东河西，没有多少人知道有《推背图》这部书，它讲的是可知又不可知的天地会运之“数”。河生问他所说的“数”是啥，他神情专注地说这个“数”是运数和劫数之数，为历代兴废之数。说“数”可知，是由于天地命运有一定规律可循。说“数”不可知，是因未来不定的变化，但不可知可由可知来推断，这正是李淳风和袁天罡为何能作出《推背图》的原因。

朱奎把集聚了大半生的学问，在鬼子眼皮底下抖搂给河生三人听。虽然他知道这三人谁也听不懂，但好好地讲上一顿，对他自己也是个很好的发泄。这回河生确实听得有些迷迷糊糊，他权当听说书的讲了一个传奇故事，于是问朱奎那书中还说了哪些事儿。朱奎说："《推背图》由六十象组成，六十象的排列以干支六十甲子为序，并一一与《易经》六十四卦相应，但次序却与六十四卦的排列不同，其中六十象对应的六十卦中，有两次为同人卦，因而六十象只对应了六十四卦中的五十九卦。五十九卦的排列次序也与《易经》六十四卦的次序有所差别，这是个值得猜想的谜。"

船已行在大河中央，朱奎还没说到《推背图》是怎么预言了日本鬼子灭亡的，河生顾不得听他再讲，对铁柱及二蛋喊："船到河心啦，哥哥们可要使劲哩。"

河心最深，激流最大。河段虽然只有百米的距离，但浪头一浪高过一浪，直朝低矮的船舷扑来，夹带着浪花冲进船舱，在粮食袋上留下一串串的白沫。激流迎面冲来的巨大阻力，让河生和朱奎感到了前进的困难，前后的船头均发出一种较劲的响声。押船的鬼子看看左右急速滚动的河水，身子开始摇晃，双腿有点儿站不稳，不停地挥动长枪对河生和铁柱、二蛋大声叫嚷，并将朱奎轰起来帮忙。朱奎叉腿站在船舷上，脚下像抹上胶漆那般牢牢地吸紧船帮，时刻保持住平衡，脸上现出一副自命不凡的表情。

铁柱望着鬼子害怕的神情，从心里一直笑到脸上，说："兄弟们，看鬼子的熊样，早晚有一天咱得把他们扔进河里喂王八去。"

河生看到鬼子们狼狈不堪的样子，故意把船撑得晃来荡去，吓得鬼子连忙趴在船舱的粮食袋子上不敢动弹。河生朝朱奎递来眼色，说："表舅，你给俺兄弟仨喊喊号子，咱摇把好船给小鬼子瞧瞧，长长咱们中国人的志气！"

朱奎心照不宣地说："好嘞！你们听准我的号子，瞧准我的手势，把力气用在一个点上。"

"黄河水呀……""嗨、嗨……"

"长又长呀……""嗨、嗨……"

"流不尽呀……""嗨、嗨……"

"百姓泪呀……""嗨、嗨……"

"鸟无足、山有月呀……""嗨、嗨……"

"旭日升、人悲哭呀……""嗨、嗨……"

"十二月中气不和呀……""嗨、嗨……"

“南山有雀北山罗呀……”“嗨、嗨……”
“一朝听得金鸡叫呀……”“嗨、嗨……”
“大海沉沉日已过呀……”“嗨、嗨……”
“兄弟爷们忍五年呀……”“嗨、嗨……”
“东洋鬼子准完蛋呀……”“嗨、嗨……”
……

朱奎站在船帮上，一边有节奏地高喊着黄河上铿锵有力的号子，一边朝对岸摆动两只胳膊。每喊一句他的身子都像风中的弯柳，伴随着老船前进的速度向对岸倾斜，最后竟然口干舌燥了。铁柱和二蛋按原先河生教给他俩的方法，踩准朱奎给他们的号子点儿，把双脚蹬住船舱里的踏板，使足吃奶的力气前后摆动着大橹，每摇一下后背都会顶到船头的夹角。河生则站在后船头上，随着号子的催促将撑杆扎入河底，推完一把再提上来重新插入水中，牢固地吃住河底的淤泥。每下一杆双手都把持着撑杆的端部，靠在肩膀上猛力向前推去。踏在船舷上的脚板，由于吃劲过大脚趾头分叉成为扇面，用力往前顶杆时一阵阵地变形。朱奎的号子与河生和铁柱、二蛋三人“嗨、嗨”的接应声撞击出的合音，在大河上下迸发出一种震撼人心的强大力量，悠远地回荡在河两岸。本来沉闷缓慢的老船在汉子们排山倒海势不可当的气魄推动下，霎时乘风破浪穿越河心激流，稳稳地驶入了平顺的河段。

鬼子从没见到过这样的阵势，尤其河生他们撑船摇橹与朱奎的号子配合产生出来的韵律，让其中一个鬼子大受感染，竟傻愣愣地抡起拳头在粮食袋上击打出节拍给河生和铁柱及二蛋加油，嘴里用极难听懂的中国话嚷叫“抱好打……抱好打……”待另一个鬼子叽里咕噜喊过话来，那鬼子才止住自己的动作。两名鬼子从粮食袋上站起身，不再端枪对准河生他们，而是斜挎在肩上，然后跷起大拇指喜笑颜开地对河生和朱奎“哂哂”地赞叹，称他们是大大的良民。

河生抹一把额头上的汗珠，继续将撑杆插入河底，问朱奎和铁柱、二蛋刚才小日本是不是叫咱自己抱好自己打。铁柱和二蛋都称光顾着划船没听见鬼子嘴里喊什么，朱奎接过话来：“那鬼子说的‘抱好打’应该是日本国的一个地名，那儿叫北海道，岛上的居民也都喊着号子撑船下海。他肯定是从北海道来到中国的，咱们的号子可能让他想起了家乡。”

朱奎这番解释，让河生三人觉得他无所不懂，且合情合理。于是，河生好奇地问那名鬼子为何要从北海道到这儿来打中国人，那鬼子除似懂非懂地能猜出“北海道”三个字外，其他什么也听不懂，直瞪着眼睛不知该如何回答。

铁柱说：“河生，你跟鬼子说话，没翻译等于对牛弹琴，别和他们扯那个闲淡啦。”

第一船粮食顺利运到对岸。船快靠岸时，河东鬼子押来的十几个搬运工早已在渡口等候，并下到水中拉起头一天运粮时在船头拴好的纤绳，弓着背将船拖到岸边。朱奎问一名在鬼子看守下负责搬运的年轻汉子是哪儿的，对方回答他是老东阿镇本地的。他跟河生在人群中百般寻觅，始终没能发现刘三的影子。

河生将一只麻袋抬放到朱奎刚才问话的那人肩膀上，趁机问道：“大哥，你知道老镇上的郭家老爷吗？”

那人脖子上布满青筋，说：“你说的是郭继聪郭老爷吧？！知道，那可是有名的大户人家。”

再到船上扛粮食时，那人故意走近河生，自报姓名说自己姓王，因在五兄弟中排行最小，镇上的人都称他王老五，正好住在郭继聪家的附近，问河生是郭老爷的什么亲戚。河生说：“我叫河生，是春花的男人，郭老爷的女婿。”老五睁大眼睛露出一脸的惊容，问他是不是要给郭继聪带信。河生说想请他给春花爹娘捎个话，转告他们春花怀孕有喜了，一旦鬼子撤掉渡口的封锁，他会载春花过河看他们。

老五说：“行哩兄弟，难得你有这份孝心，只要不被鬼子打死，我一定将信儿转达到他们的耳朵里。”

运粮中偶然结识老五，不论对河生、春花还是朱奎都是个惊喜。朱奎说他晚上回去写个纸条，第二天船到对岸后交给老五，请他带走转递给郭继聪，解去他们对河西的牵挂。河生傍晚回家把这消息讲给韩柳氏和春花听，从那天起春花每天都祈盼着老东阿镇的回音。翌日下河，河生比平常赶早许多，提前坐在渡口等待朱奎的到来。朱奎了解河生的心思，没约村里的其他汉子，一人先赶在前头来到河边。

河生急切地问：“表舅，信写了吗？”

朱奎掏出头晚写好的纸条递给河生，并把信的内容给他念一遍。河生接过信备加小心地掖入合袍里，生怕弄丢弄湿。上午第一船粮食停在河东渡口，河生在搬运的人群中喊来老五，避开鬼子的监视，偷偷把信塞入老五手中。老五小心地将纸条藏好后说："兄弟放心吧，小日本看得住一帮大活人，但看不住咱私下做手脚，郭老爷见到纸条会给你回信。"当天，老五回到镇上先去了春花家，把河生的信转到他们手里，郭继聪和郭刘氏念着念着便老泪纵横了。

吃过晚饭，郭继聪把刘三喊进堂屋，说："刘三啊，明天你也随老五去渡口搬运一回粮食吧，去见见河生和小姐，告诉他们家里一切都好，不用他们惦记。"

按照郭继聪的吩咐，刘三当晚去找了老五，叮咛他再去渡口搬运粮食时，一定喊上自己。老五说："喊你容易，一旦进去就算在鬼子那里挂了号，来去都由他们押着，渡口搬运粮食时又有端刺刀的鬼子监视，到时你可不能怕死哩。"

刘三说："我这条命都是老爷一家给的，我单身一人无牵无挂有啥好怕的？！"

第二日起床后，郭刘氏将三十块大洋一块接一块地缝入一条细细的口袋，嘱托刘三扎在腰间当裤带使用，见河生解给他。刘三把那些扁扁的大洋捋好，平平地拴在腰间，即便旁人仔细瞧也难以察觉。所有搬运粮食的人进入渡口，都要被例行搜身，这是鬼子防范老百姓制造麻烦的一道关卡。刘三一看这阵势吓出了一身冷汗，担心鬼子会把大洋搜走，那样他即使跳进黄河也洗不清了。好在鬼子只在他身上乱摸一气，并没有发现什么异常，刘三这才长长地松了一口气。老五看他十分紧张，问："身上带东西啦？"刘三故作镇定地摇了摇头，说啥也没有。

老五说："你要有带给河生的东西就先说一声，到时兄弟帮你掩蔽着点。"

刘三谢过老五，如实跟他说身上有郭继聪和郭刘氏带给河生的大洋，"俺家小姐快生孩子啦，到了用钱的时候。"知道内情的老五不让刘三再多说，只管跟在他身后，趁扛粮食的关口叫刘三赶紧把大洋递给河生。

河生和朱奎那天只期望能见到老五，让他能捎回口信就很满足了，根本没想到刘三也会加入搬运队伍出现在他们面前。他俩和铁柱、二蛋，还是由先前那两名鬼子押船，迎着太阳将船撑到对岸，河生和朱奎抬眼就望见了老五，而刘三已跟在他身后走近船头。

"刘叔，你咋来啦？"河生惊讶地问道。

刘三先跟朱奎点头会意后对河生说："老爷和夫人让我跟老五兄弟看你们来啦，春花好吧？"河生泪水聚满了眼眶，说春花一切都好，随即问起有关郭继聪和郭刘氏的情况。刘三紧贴在船帮上，用老五的身体打着掩护，边应着河生的话边瞧鬼子的举动，伸手解下腰间那串缝满大洋的腰带，急速地扔进了船舱，大洋因碰撞发出一串清脆的响声，立马引起鬼子的注意。一名端枪的鬼子走近船头，打量着他们每个人，而后又朝船舱走去，发现了压在粮食袋下那条河生尚未来得及隐藏的长长腰带。刘三见状急忙把塞满大洋的腰带抢过来藏到身后，鬼子举起枪托砸向他的脑袋，鲜血顿时从额头上流下，刘三一手捂着额头，一手仍死死地抓住那袋大洋。

"鬼子打人啦！兄弟们帮帮忙啊！"

河生的大声呼喊，让扛着粮食的搬运工们全都停在原地，扭头朝河生这边瞅来。河生和铁柱、二蛋及老五愤慨地靠上前，用身体把刘三围在中间，与鬼子形成对立之势。那名鬼子对其他日本兵叽里咕噜地喊过话去，十多个鬼子马上端着刺刀冲向河生及围成一圈的汉子们，示意他们让开。河生一脸硬气地说："咱们跟鬼子拼啦！"话一出口，接着从大河东岸"叭叭"传出两声枪响。

刺耳的枪声打破了两岸的宁静。老河口和护马庄不论在家还是在地里拾掇庄稼的百姓，都听到了，但不清楚那枪声是从哪儿打来的。韩二忠、韩柳氏、韩张氏和春花对这种声音极为敏感，虽然远处的枪声有点儿像孩子放鞭炮发出的沉闷炸响，可响枪的方向从东边传来，他们立即想到河生运粮的河东渡口，顿然心神不定了。

春花显出一丝慌乱，对韩柳氏说："娘，会不会是河生出事啦？"

韩柳氏受不得枪声刺激，那颗悬在半空的慈母之心抖成了一团，但她强压住自己混乱的心绪，安慰春花说："有你表舅跟着，河生应该不会有事，咱都别瞎猜哩。"

其实，韩柳氏心中并没有多少底儿，转身离开春花，便用手去抹眼角。韩二忠和韩张氏忐忑不安地来到后院韩柳氏家中，春花喊了一句"叔叔、婶子"，便将他俩邀进屋。韩二忠坐在堂屋上座，卷着草烟不说话。韩张氏望望韩柳氏，对她和春花说："鬼子哪天不打枪呀？咱自己要多想点孩子的好，要真有事，他朱奎舅还不给咱们来报信？"

韩柳氏说："我也是这么想哩！"

韩张氏转身，抬手帮春花把耷拉下来盖住脸庞的头发撩到耳根后面，劝她说："春花，你可要保重自己，肚里的孩子是咱韩家的命根子，可不能河生没啥事儿，你又出了岔子。"

春花听话地"嗯"了一声，在韩张氏和韩柳氏的安抚下，她逐渐平静了下来。韩二忠原本是来劝韩柳氏和春花的，但因弄不清鬼子为何打枪，吃不准河生到底出没出事，怕说不好更添乱，就闭口不谈打枪的事儿。他吸了一阵子烟，说了句“都别瞎猜，到晚上准知道咋回事啦”，然后，起身离开堂屋走出了院子。

那枪声也让炮楼里的松下库代和孙宏举大感意外。他们爬上炮楼，各举起一只望远镜朝对岸眺望，看到河东渡口一船粮食尚未卸完，鬼子却把负责搬运粮食的村民包围在中间，知道那边肯定发生了冲突，但没船过河又无计可施，急得松下“哇哇”乱嚷。孙宏举对松下说：“对岸有五十九师团看管，大可不必从河西调兵遣将，等船回来再问个明白。”松下不再嚷叫，就那么呆板地站在炮楼里用望远镜观察对岸的动静。

其实，鬼子的子弹并未打向河生和富有骨气的汉子们，只是朝空中鸣枪示警，想吓住河生及其他工友们。

朱奎料定，这样下去肯定要出人命了，于是，对河生和其他人喊道：“河生，好汉不吃眼前亏，你们都让开吧。”

满手是血、捂着头蹲在地上的刘三，“咯吱咯吱”地咬着牙站起来，对河生说：“谢谢大伙，我刘三一人做事一人当。兄弟们都走开，大不了今天我一人死，不能让你们跟着我送命。”

河生清楚，刘三这样做都是为了他和春花，不免心急火燎。他仍站在原地不走，嘴里一句句地喊着“刘叔，刘叔……”，而后刘三用力将他推往一旁，说：“走开吧河生，家里还有春花，不能撂下她一个人和孩子。”这时，河生才含着泪与其他搬运工走出鬼子的包围圈。几名日本兵端着刺刀逼近刘三，其中一名鬼子又举起枪托砸向刘三的后背，他再一次踉跄着差点儿栽倒。那只长形口袋也被鬼子抢了去，往地下一倒，三十块大洋哗哗地掉落在了河滩上。

大洋被鬼子们抢走分掉了。他们并没有杀害刘三，对他一顿毒打后仍逼他卸船扛粮食。朱奎和河生让他上船帮着卸粮，老五走近船头对他说：“我来前已说过，操他娘的小鬼子拿咱中国百姓不当人使唤，以后你最好不要再来啦。”刘三说：“只是受了一点儿皮肉之苦，来不来还得听老爷和夫人的，只是那三十块大洋落在了日本人手里，好让人心疼。”

铁柱往肩上掂了掂麻袋，说：“刘大哥，三十块大洋换你一条命算是老天开眼，想开点哩。”

河生抹一把汗珠，告诉刘三和老五及二蛋他们，中国人的钱不是那么容易拿走的，今天鬼子收了咱三十块大洋，明天我们就用这些大洋买日本人的几条狗命。

二蛋忽生一念，神秘兮兮地对河生说："河生兄弟，以后你想法开个船队，俺们这些兄弟到时都跟你干去，在大河上跑给小日本瞧瞧。"

河生和朱奎听后都若有所思地愣了愣，称如果将来的局势允许那么办，不妨琢磨琢磨想一条好的路子来。

结束了一天的搬运，刘三被押着回到了老东阿镇。老五把他送到郭继聪家，与春花爹娘一见面，他便跪在院子里哇哇大哭，把郭继聪和郭刘氏哭得莫名其妙。郭继聪问："这是咋啦？"刘三跪在地上既不回话也不起来。老五在一旁解释说："刘大哥给河生递大洋时，被鬼子发现挨了一顿打，大洋还被日本人抢走啦。"

郭继聪听后，气愤地大骂日本人，郭刘氏走近刘三，叫他起来赶快进屋："鬼子抢走大洋是小事，只要不出人命啥都好说。"

老五对刘三说："刘大哥快去歇着吧。"转脸对郭继聪和郭刘氏各说："老爷、夫人，我得抓紧回去，不然家里人惦记。"郭继聪留他吃饭，他说："不啦！明儿一早，刘大哥还是不要跟着去卸船啦，再遇到这事鬼子不会饶咱。"

河生也是在天黑后由朱奎陪着回到老河口的。韩二忠和韩柳氏、韩张氏、春花及河友们，早坐在院子里等候河生回家了，听得门外有"拖沓拖沓"人走路发出的响动，春花立马疾步走向门口，霎时，从门洞里传来她惊喜的叫喊："叔、娘，朱奎舅跟河生回来啦！"

韩二忠及两个女人和河友们，都欣喜若狂起身迎接。河生进院后与家人打了招呼，韩柳氏暗中直瞧河生，好像他是从鬼子监狱里逃出来似的。韩二忠邀朱奎进屋说话，朱奎说，把河生送回来就放心了，天不早就不多待啦。韩二忠伸手拉住他说："大哥别急着走啊，话还没说完哩。"

朱奎知道他肯定问河东渡口打枪的事儿，先张口说："鬼子不过朝天上开了两枪！"

韩柳氏看河生没受到任何伤害，刨根问底："打死其他人了吗？"

河生木无表情，说："谁都没死，只是刘三叔挨了一顿打。"

河生提起刘三，春花马上表现出了惊诧的神情，问河生和朱奎是不是在渡口见到他了。朱奎顺势坐在韩柳氏递过来的板凳上，把上午刘三如何在身上藏三十块大洋来渡口见河生，怎么被鬼子发觉挨打，以及替郭继聪和郭刘氏捎来啥样的口信细细道清，最后说："没被鬼子打死，算是万幸啦！"

春花依偎在河生身旁，两眼不停地落泪，问河生以后刘三还会不会再来河东渡口。河生说："不知俺大爷、大娘叫不叫他来哩，不来他会多一次活命的机会。"

连续几天，河东渡口卸船的搬运工们只看到了老五和其他人，没再见过刘三。河生向老五问究竟，老五说是他劝郭继聪和郭刘氏不让刘三再来的。

朱奎问："鬼子没去家里抓他吧？"

"没有。"老五回答，"刘三是我叫来的，鬼子只冲我说话，反正多一人、少一人，鬼子也弄不清，他还是不来的好。"

这之后的日子里，河生、朱奎和铁柱及二蛋又像开始那样，仍在那两名鬼子的监视下，每天从河西往河东开船，不慌不忙地应付着运粮。到河心要用劲的时候，朱奎还是那般喊起号子，每次都让那个会说"抱好打"的日本兵感到他们有惊天动地的气概。返回河西装船的空隙，孙宏举从炮楼下到渡口，那名鬼子凑上去跟他用日本话聊起天来，抬手举足都是划船的架势。河生问："'北海道'跟你说些啥哩？"孙宏举说："那鬼子称赞你们撑船摇橹有气魄，好想回到家乡北海道去撑船。"河生让孙宏举给他俩当一回翻译，走近那名鬼子问他多大啦，叫什么名字。

孙宏举如实翻译过去，那鬼子也对他说了好些话。孙宏举又翻译给河生说："他叫相马一郎，今年二十一岁，家是北海道的。他说不想打仗，更不想与中国人为敌。"

河生对相马一郎的话半信半疑，请孙宏举再问问他，不想打仗为何又要到中国来。相马一郎听完翻译，脸上呈现出一种难言的痛苦，叽里呱啦地跟孙宏举嚷了起来。孙宏举摆手止住相马一郎的嚷叫，转头对河生和朱奎说："相马一郎说，他是被强行征召逼着来的，家里有生病的母亲和没人照料的妹妹，看到中国人被掳杀，他心里很难受，这不符合人性，所以，他盼着战争早日结束。"

正干活的铁柱也细心听到了孙宏举翻译过来的话，说相马一郎："还算你小子有点儿良心，要杀鬼子也得留着你。"

河生站在相马一郎对面，伸手拉了一下他的胳膊说："相马，要是真有良心，以后请不要开枪杀中国人。"

相马大概听河生喊出自己的名字并对他示好，把枪斜挎到背后，脸上露出一丝友好的微笑，与河生紧紧地握了握手。

相马没有泯灭良知，让河生和朱奎觉得既在情理之中，又在意料之外。他跟河生和朱奎及铁柱、二蛋在船上待了两天，一起享受大河撑船的快乐；可相马的举动和言行，被押船的另一名鬼子报告给了松下库代。

河生和朱奎收船后的又一个夜晚，老河口和护马庄的百姓，都听到大堤炮楼那边传出了一声骇人的枪响。第二天早上，河生、朱奎和铁柱及二蛋，在离河西渡口不太远的地方，发现了相马一郎的尸体，他的双手被铁丝紧紧地绑着，脸朝上睁着两眼死去，前额眉心正中留有一个子弹穿过后的小洞。一看便知，相马被松下库代处决了。

朱奎蹲下身去，抬起颤抖的手，在相马失去血色的脸上轻轻抹了一把，帮他合上了眼皮，说：“他比你们大不了几岁，也还是个孩子，背井离乡到中国来打仗，却被一起离开家的人打死啦。”河生、铁柱及二蛋心里掠过一阵酸楚，对朱奎说：“他好可怜，咱们替他收尸，在河滩上挖个坑把他埋了吧。”

粮食装船之前，朱奎带河生三人用手在松软的河滩上扒出一个三尺多深的沙坑，将相马一郎僵硬的尸体抬进坑里，用潮湿的泥土掩埋了。下葬时，朱奎特意嘱咐河生他们，让相马的脸朝着大河东岸，一直遥望着他的家乡。时至今日，黄河西岸沿线的百姓，都知道在老河口那个渡口的河滩上，埋葬着一名六十年前尚不足二十二岁被自己人打死的年轻日本人。

第五章

相马一郎之死不仅对河生、朱奎和铁柱及二蛋心灵深处造成了巨大冲击，也对孙宏举产生了强烈的震撼。掩埋完相马一郎尸体的当天中午，河生他们将船撑回西岸时，孙宏举已站在河边等候，几个人同时发现，他的脸色极其难看，情绪无比低落。河生猜想，他可能有话要说，跳下船问是不是有啥事儿。孙宏举把新换押船的两名日本兵，以松下的名义支回炮楼，瞅着远处隆起的沙堆低沉地问："你们一早把相马埋啦？"

河生没有正面回答，只缓缓点了点头。朱奎担心松下对他们也施阴谋，拐弯抹角地询问鬼子有啥说法。孙宏举试图打消他们的顾虑，说："那倒没有。我是说替他家人埋葬相马，鬼子应该瞧瞧咱中国人的善良。他们太心狠手辣了，连自己的同胞都不放过。"

铁柱走到孙宏举身边，说："日本鬼子杀人成性，说不定哪天会杀到咱们头上，你还跟他们干个啥劲哩？"

孙宏举苦苦一笑，说他从相马的悲惨结局，看清了鬼子的兽性和真实面目，等河生他们运完粮食平安回家，他会偷偷逃走去投奔八路军和游击队，不然良心不安。朱奎赞成他的想法，催他越早行动越好。

河生说："孙大哥，你要真的想走，那就不用管我们啦，鬼子不敢对我们下毒手。"

孙宏举听后，欲言又止，翕动了两下嘴巴，终没把话说出来。但临回炮楼前，他与河生和朱奎及铁柱、二蛋拉了拉手，说："跟日本人打交道，坏处可多想点儿，好处不要想。有啥情况，到时我会提前告诉各位兄弟。"河生和朱奎几人心里都一阵狐疑，始终捉摸不透他说的是何等意思。

相马的事儿立即在老河口及护马庄一带相继传开。联想起老船主和河长及大柱的惨死，男女老幼无不对鬼子恨之入骨，从大街小巷到田间地头，到处都能听见对鬼子的诅咒声。傍晚，韩柳氏做完饭收拾院子，准备给即将要秋收的新鲜庄稼腾地方，春花则挺着显怀的肚子叠晒干的衣裳。两人也在闲聊相马一郎被打死的事儿，边骂鬼子禽兽不如，边念叨河生为啥天黑还不回来。河生趁黑悻悻地进门已站在她们身后，都未引起两人的注意，待一声“娘”和“春花”的喊叫，韩柳氏和春花才打一个冷战，絮叨他为啥进门不出个响动。

河生说：“光鬼子的枪炮声就够响的啦，还要多大动静。”

春花走近河生，问他那个叫相马的日本兵是怎么被打死的。河生蹲在门台上，脱下鞋来磕打鞋窝里的土，跟春花讲，相马是被松下打中额头一枪毙命的。“我跟朱奎舅和铁柱几个人把他埋了，离爹和哥的坟头不远。”

韩柳氏放下扫帚，拍打着身上的灰尘，嘴里连喊两遍“喝汤了”。河生穿好鞋，起身扶春花迈过三级台阶进到堂屋里。父亲和哥哥已不在世，上座的位置只有河生领受，韩柳氏坐在下座，春花则背对门口，八仙桌上油灯闪烁着影影绰绰的光，照得三个人脸色都不像平日那般清妙。韩柳氏边吃边说：“小日本逮谁杀谁，真不是人，应该叫老百姓把他们都捏成面人，下到开水锅里煮喽。”

春花抬起头，对韩柳氏说娘要煮鬼子她来做帮手。河生却埋怨她们瞎咧咧，说：“煮能把鬼子煮死吗？还得靠共产党和八路军才能把鬼子赶走。”

到了晚上，洗刷完没事的韩柳氏，果真把春花喊进厨屋，舀来两碗白面在瓷盆里掺水和完之后，手把手教她捏成一个个的小面人，在面板上立成一排。韩柳氏晓得春花认字，催她找个什么东西写上“鬼子”的字条。

春花喊河生：“家里有笔墨吗？”

河生听见她的声音，回答说，他们家又不是教书匠，哪来的笔墨呀？！春花对韩柳氏说没笔写不成。韩柳氏灵机一动说：“我给你弄点锅灰，用水拌拌跟墨水一样。”

说着，韩柳氏弓下身子趴在炉灶前，伸手从锅底抓出一把灰来，放在碗里倒入几滴水，顿时搅得满碗漆黑。春花从灶台黑乎乎的墙上，撕下一片被烟雾熏得发黄焦脆的纸，催韩柳氏在灶前的柴火窝里挑出一根细细的枝条，蘸着碗里的黑水在黄纸上写了“鬼子”两个字，交到韩柳氏手上，被卷成一团塞在了其中一个小面人的腹中。

“行啦！”韩柳氏说，“咱现在烧水把这些鬼子煮喽。”

河生从小听大人说过，大凡对付不共戴天的仇人，妇道人家会用这种古人传下来的奇术，要么捏成面人放进开水里煮，要么缝成小布人选准要害部位下针扎，以解心头之恨。结果如何不得而知，反正在心理上求得了平衡和安慰。那晚，韩柳氏跟春花把被捏成面人的鬼子扔进开水锅里，最后煮成一锅面糊糊才算罢了。自此，老河口和护马庄不少百姓都照她们的做法，时不时地捏面人煮鬼子。打那以后，两个村子里的百姓无不好奇地向河生和朱奎们打听，炮楼里的鬼子有没有被煮死的，他们则回答没见煮死一个。

韩柳氏纳闷，傍晚趁朱奎跟着河生来家中，问他：“表哥，以前听老人讲这法子很灵，为何用在鬼子身上不顶用啦？”

朱奎坐在堂屋里“吸溜吸溜”地喝着热茶说：“这是过去传说的阴阳术，要想对付仇人，得先看懂鲁班全书，那上面有很多施法和解法。你们光捏面人，不知对方的生日时辰是无法力的。”

说这事的当间，韩二忠和李光腚一前一后走进门来，韩柳氏和朱奎马上起身给他俩让座。韩二忠谦让着朱奎，说李保长来看看你们下河运粮何时能完，估摸着鬼子秋收后还会到各村各户抢秋粮，让他们运粮能拖则拖。李光腚对河生和朱奎说：“是哩，你们运得越快，鬼子抢得越凶。鬼子抢粮哪有不伤人的，再遇上一次抢粮，我这个保长可就难当啦。”

春花又把话题引到了捏面人煮鬼子上，称不管有用没用，解解心里的恨总算可以。韩二忠听后露出一脸的嘲笑，让她们往后别再做这种劳而无功的事，告诉韩柳氏和春花，要真想打跑鬼子必须想法跟鬼子斗，弄死几个鬼子他们准害怕啦。朱奎问，鬼子手里有枪、有炮、有子弹，百姓手无寸铁咋个斗法。

韩柳氏指指李光腚说：“这得由李保长做主，村里人都听你的啊。”

李光腚立刻举手示意韩柳氏不要再提，用一副哭腔对屋里的人说：“大婶哎，我可没这个本事，叫我多往鬼子那儿跑几次没啥说的，但没有八路军和游击队做后盾，光咱们这样跟鬼子斗，不是拿着鸡蛋往石头上碰，找死吗？”

韩二忠说跟日本人斗，本来是一句有意无意的话，但河生却牢牢地记在了心里。临近运完夏粮的最后两天，河生一边撑船，一边琢磨怎么样对付船上的鬼子。他跟朱奎、铁柱和二蛋讲，船划到河心把两名鬼子推到河里淹死，对东岸的鬼子说押船的鬼子没来，返回西岸就称这俩鬼子留在了东岸，即使对两边打马虎眼，鬼子也不一定能弄明白。铁柱摇着大橹，称河生的主意倒是个消灭鬼子的好方法。押船的鬼子听不懂河生及铁柱想要把他们扔到河里去，时而直愣着眼睛看河生等人，时而朝大河两岸瞧来瞧去。

朱奎坐在粮食袋上，像没听到他俩谈话，面朝南，目空一切地盯看滚滚而来的河水，什么话也不说。铁柱问他，觉得河生说得咋样。朱奎沉思良久，起身又站在了船舷上："好啦！船到河心了，咱们还是喊阵号子吧……"

"黄河水呀……""嗨、嗨……"

"长又长呀……""嗨、嗨……"

"流不尽呀……""嗨、嗨……"

"百姓泪呀……""嗨、嗨……"

"鸟无足、山有月呀……""嗨、嗨……"

"旭日升、人悲哭呀……""嗨、嗨……"

"十二月中气不和呀……""嗨、嗨……"

"南山有雀北山罗呀……""嗨、嗨……"

"一朝听得金鸡叫呀……""嗨、嗨……"

"大海沉沉日已过呀……""嗨、嗨……"

"兄弟爷们忍五年呀……""嗨、嗨……"

"东洋鬼子准完蛋呀……""嗨、嗨……"

……

还是先前一样的号子，还是朱奎那次的劲头，但河生和铁柱及二蛋却再也找不到那回的感觉，以至老船都已冲过河心激浪，大河上还只是一片有气无力吆喝的余音。三人在黄河边生，在黄河水里长，从小坐船乘风破浪，站在大堤上看河里驶过的一艘艘船只，听两岸的船工和纤夫喊过多种多样的号词，可没有一首像朱奎喊出来的这个号子那么奇特和那般的凄凉，他的吼声里充满了悲愤和希冀。河生和铁柱、二蛋都在心底发问：他喊的到底是一首什么样的词令呢？

知道朱奎这首号词的谜底，是他们在河东渡口卸完粮返回河西的途中。卸载后的老船轻松地在河面上漂流，高照的秋阳热辣辣地射在他们古铜色的脊背上，经河水浸泡出来的肌肤，使他们每个人从头到脚，全都散发着少有的活力和健壮。唯有两名鬼子在太阳底下包一身黄装，头戴钢盔，脚下穿着皮质的军鞋站在船的两头。去时，朱奎没有回应铁柱的问话，回程他仍不发声响，铁柱与河生都不清楚他到底是怎么了。于是，铁柱摇着橹给河生递去一个眼色，河生朝朱奎“哎”了一声问：“表舅，你今天咋啦？”

朱奎抬头看了看他，说：“没咋，我在想你跟铁柱说的那事儿，我看不到时候哩。”铁柱问他为啥，朱奎老成持重地说：“听清我刚才喊的那号子是啥了吗？”河生三人都摇晃起了脑袋。

朱奎又说：“上次我已喊过一回啦，那正是《推背图》上关于日本鬼子完蛋的预言。”

二蛋摇一把橹，靠在船头上稍加停顿。他对朱奎说，反正船上的鬼子听不懂咱们说的啥话，请他讲给他们三个听听。朱奎神秘地说：“流传了几千年的《推背图》共有六十象，每一象都有一个图和谶文及颂文。第一象从甲子开始，图中有两个圈，一个红一个白，红代表日，白代表月。日月为天象中最大的阴阳，两圈相交，既有日月相互循环交替，又有阴阳交感之义，这是古人对宇宙和自然的一种认识。”

河生急着问，哪一象说的是日本鬼子灭亡。朱奎侃侃而谈：“李淳风和袁天罡把第二象作为开始，从唐朝说起，到第三十九象说的便是日本侵略中国。那图中画有一只鸟立在山头上，一轮太阳从山下升上来。图下的谶文就是我喊的头两句，‘鸟无足，山有月，旭日升，人悲哭’。颂文是我号子里喊的后四句话，‘十二月中气不和，南山有雀北山罗；一朝听得金鸡叫，大海沉沉日已过’。清朝有个高人叫金圣叹，他对这一象有很好的注解，认为是‘此象似外夷争斗，扰乱中原，必至酉年方得平定’。酉在十二属相里正是鸡，到民国三十四年才是鸡年，还有五年的灾难啊！”

河生不理解朱奎所说的话，咋会道清了日本侵略中国和鬼子哪年完蛋，问他是不是有人瞎猜。朱奎朝河生摇摇头说：“那些谶和颂都是先人留下的，全是藏头诗，那诗中隐藏了太多的奥秘。你们听吧‘鸟无足，山有月’，图中鸟在上，山在下，鸟去一横塞进一山是个‘岛’字，日本自古是岛国，暗示中国将被日本所扰乱。”

铁柱听得几乎快要停住了手中的大橹，凭自己的推断说：“另外两句是什么升和哭，是说中国百姓悲伤啼哭啦？”

朱奎笑着说：“你小子倒是聪明。‘旭日升’合了图中的太阳从山下升上来，看看日本鬼子打的旭日升旗便可知道啦。‘人悲哭’是说从甲午战争到现在，不知有多少善良的中国人被日本鬼子杀害，人人悲伤哭泣。”

河生问他后面的颂文讲的又是什么，朱奎稳坐在船舱里，瞧押船的鬼子毫无反应，接着说：“‘十二月中气不和’，应该是说三年内的十二月，在日本和别国之间肯定要发生大的战争；‘南山有雀北山罗’，应当应验自投罗网，会有人出来收拾他们；‘一朝听得金鸡叫，大海沉沉日已过’，是说日本鬼子到民国三十四年气数已尽，要遭失败，日落西山。五年后正赶上乙酉金鸡之年，日本人必被咱们打败。”

朱奎讲完长长出了口气，他不怕这个关于日本破灭的预言被河生他们传出去，也无所谓船上的两名鬼子听懂与否。他心想，让更多的百姓知道，不要看鬼子如今横行霸道，再忍四五年的光景，他们遭到天谴必败无疑。河生和铁柱及二蛋打这时候起，记住了五年以后鬼子会自取灭亡，盼着那一天早点儿到来。

朱奎凭自己的推测对《推背图》做出的解释，不久便在民间流传开来。他本来在老河口、护马庄以至鱼山等地，早已有一定的名气，这回更让人觉得他是位高人。其实，颂文里究竟暗示的是哪种大事，朱奎并未真正解深解透，只是认定《推背图》以图画和文字标明了必发的事件。“十二月中气不和”，确切地说，是暗示了日本帝国主义由于对外扩大势力，与美国发生深刻的矛盾，特别是一九四一年十一月，日本一方面派使臣到美国谈判，另一方面偷偷准备战事进攻。到十二月，当谈判进入实质性阶段时，日本竟然不宣而战，偷袭了珍珠港，这天正好是十二月七日。“气不和”巧妙地影射了日本发起的珍珠港事件和日美之间的貌合神离，朱奎所说的，未来三年肯定有大的战争发生也算是说到了点子上了。而“南山有雀北山罗”，讲的是日本发动太平洋战争犹如麻雀入网自寻死路，并且，美国当时的总统又叫罗斯福，另在北方还有强大的俄罗斯。从当年起，又经过了五年多的联合奋战，中美苏打垮鬼子，日本帝国主义在乙酉金鸡之年走到了穷途末路。河生他们当初感到朱奎讲的只是个模糊的概念，到后来尤其是一九四五年鬼子投降，才明白他按《推背图》字义推断得还真准确。

河生三人只顾听他大胆的推测了，对为何通过《推背图》给他们讲日本何时投降这样的玄妙之事，三个人当时谁都没走过脑子，还是朱奎最后把话拉回到他要表达的意思上。靠岸跳下船后，朱奎问河生：“懂得我跟你们讲这些是啥目的吗？”

三人含糊其辞地说“懂了”，朱奎蓦然一笑：“你们仨懂个屁。我给你们讲鬼子在中国还有五年的嚣张，是叫你们别当垅上的萝卜露头青。你们愣头愣脑弄死两个鬼子，到时不但每个人都难逃脱，老河口和护马庄两个村的百姓也要跟着遭殃。共产党和八路军会一步步把这些鬼子全部消灭光的，可不要着急哩。”河生、铁柱及二蛋听后恍然大悟，原来朱奎是借古讽今，给他们的冒险计划浇了一盆冷水。

就在那天夜里，河生睡到三更天时，突觉肚子一阵疼痛，摸黑披上单褂跳下床来，一手捂着肚子，一手提着腰间的裤衩，“哎哟哎哟”轻声叫唤着拉开屋门，疾步跑进西南角的厕所蹲坑去了。春花翻身醒来摸索几下枕头，忽地不见了河生，就在炕上“河生河生”地喊他。河生正在厕所里痛苦地呻吟，听春花的喊叫，颤抖着嗓子回说：“别叫啦，我拉肚子哩！”春花知道他的去向后，又放心地合眼睡去。随着河生猛一用力，肚子里的脏货便“扑通扑通”落下来。他如释重负地舒了一口气，觉得浑身痛快了许多。收拾完下身正要起来，在静谧的夜空里猛然传来一阵“噼噼啪啪”激烈的枪炮声。他对这种声音已极为熟悉，从声音大小上来判断，不像是在附近，但又不知道在哪儿开枪。那枪响持续不停，把满天的星斗都震得有些晃荡了。

河生心里有些发毛，提着裤子跑到南墙根的窗户下，抬脚“咚咚咚”猛踹韩二忠的北屋后墙，“二叔二婶，你们赶快起来哩，鬼子不知在哪儿打枪啦。”之后，他又站在院子里对着堂屋和东屋大声嚷嚷，也催韩柳氏和春花抓紧起床，生怕祸事突然降临。等韩柳氏和春花迷迷瞪瞪，十分紧张地边穿衣服边跑到院子里，南墙的窗口就有了韩二忠沉闷的回音：“哪儿打枪哩，河生？”

河生回他说，不是河东便是河西，直让他赶紧起来出去瞧瞧。河生把韩柳氏和春花劝在家中，自己走出了大门。在黑色的夜幕下，老河口街头的胡同里，聚集了众多的百姓，熙熙攘攘互相惊奇地喊问着。听着仍然不断的枪声，李光腚在一个个黑影中找到了韩二忠和河生，说到村南头的场院去看个究竟，大群人马上跟随他们朝村南走了。但足足在场院里听候了半个时辰，才确定那枪声不是从河西的村子里响起的，而是回荡在大河的东岸。韩二忠说：“响枪的地方像是老东阿镇，说不定那边的百姓又遭殃啦。”乡亲们见鬼子没在河西放枪打炮，重新恢复到了先前的平静。

李光腚在黑暗中喊道：“没事啦！没事啦！大家回去再睡一会儿吧。”

一场的人陆续散开后，河生却站在场院里不肯回家。韩二忠问他："别人都走了，你还在这儿愣着干啥啊？"

河生忧心忡忡地喊了句"二叔"，说："你说是老东阿镇，俺大爷、大娘会不会有事哩？"

韩二忠说："鬼子杀人放火，与你大爷、大娘有何干系啊？回去吧。"

韩柳氏和春花见河生回来了，向他打听那枪声是从哪儿打响的。河生知道韩柳氏和春花本来就怕鬼子打枪，如说是老东阿镇，春花更会担心，便跟她俩说，枪声从哪儿传来的没弄清楚，安抚她们再回屋睡觉。春花不知内情，也不再想那么多，妊娠嗜睡使她躺下后又呼呼入了梦中。而河生却再也合不上眼，躺在炕上闻着春花身上发出的香气，更加思虑起老东阿镇打枪的事来，甚至把那边他所熟悉的每一个人都在眼前过了一遍。但一想郭继聪和郭刘氏只不过是个做大生意的人家，既与日本人没任何恩怨，也跟八路军和游击队毫无牵扯，鬼子抓人打枪怎么都不会轮到他们的头上。这样想着，他心中才获得了一丝安稳。

夜间的那阵枪声，使护马庄也跟老河口一样乱了阵脚。朱奎和铁柱及二蛋在运粮的最后一天，先到老河口喊上河生，然后几个人一起走向大堤炮楼，算是向鬼子报到了。河生在未寻见孙宏举的影子后，正要与朱奎他们下河，孙宏举却从据点里露了面，来到了他们身边，问河生："昨晚听到枪响啦？"

河生说："听见啦。鬼子到底在哪儿打枪啊？"

孙宏举不敢在松下和鬼子跟前提有关八路军的话茬儿，示意河生和朱奎他们抓紧往河里走。"在老东阿镇打了半夜。"孙宏举告诉河生，"一批与八路军和游击队有联系的地下人物，被抓的抓、被杀的杀啦。"他叮嘱河生今天是最后一次运粮，千万要多加小心，平安地回到家中。河生问他，打算何时离开鬼子去找八路军，孙宏举犹豫了一下，说再等等吧，只有跟八路军和游击队取得联系万无一失后才可离开，没有绝对把握不能乱动，免得给日本人留下把柄，并叫河生对他想要投诚的事情一定要保密。河生请他放心，称这样的事他能给自己讲是极大的信任，宁可自己掉脑袋也不会出卖他。孙宏举点头，对河生表露出了一片赞赏，踏实地望着河生下渡口去了。

最后不多的几麻袋粮食，被抓去的村民们在鬼子的看押下装上了老船。河生一声起锚，铁柱和二蛋将铁锚从沙土中拔起，"哐啷"扔进了船舱，随即俩人纵身一跃跳上船去。秋日的早晨，大河上吹来徐徐的凉风，让人全身上下都感到舒适。

河生与铁柱和二蛋仍是先前的分工，朱奎还是坐在多少天来习惯了的粮食袋上。与过去唯一不同的是，河生脸上多了几分凝练，手里的撑杆也变得有点儿沉重了。

朱奎说："河生呀，到河东见到老五，问问你大爷家昨天晚上有没有事哩。"

河生只"嗯"了一句。其实，他心中比朱奎想得更多，也更焦急。在他的心里，虽说郭继聪和郭刘氏与八路军没啥瓜葛，但鬼子是杀人不眨眼的，谁都不敢保证在那种兵荒马乱的年月不会出岔子。铁柱知道河生的丈人在老镇上，似乎看出他对昨晚鬼子打枪的担忧，对他说："兄弟甭担心，不行晚上随收工的老五他们去一趟看看。"

这次行船从没见过河生那般地卖力。尚未到河心，河生便主动"嗨哟嗨哟"地先叫响号子，铁柱和二蛋及朱奎跟着他的节奏渐渐喊起来，顿时觉得那船"嗖嗖"地往前蹿，时间比以前大大缩短。等到渡口船一靠岸停稳，河生就站在船舷上东瞧西看，然而，那十几张面孔让他失望了。他在负责搬运的人群里既没看见刘三，也未盼到老五，立时急出了满头大汗。

"表舅，"河生喊朱奎，"老五今天没来。"

朱奎、铁柱和二蛋马上挨个寻找，等一个个地数遍，他们相信河生说的是真的，无比失落。朱奎见一个扛麻袋的汉子走近船头，凑上前问道："爷们儿，老五今天哪儿去啦？他为啥没来哩？"

那汉子抬眼瞅了瞅他，说："知道昨晚鬼子抓人杀人了吧？"

河生接过话说知道，那汉子已抓起麻袋角的大手松开了，"听说老五见鬼子烧了他家的院子，急红眼杀了一名鬼子，抢走一杆枪跑啦。"

朱奎和河生大吃一惊，他们谁都没想到，老五还有这种胆量，更料想不到鬼子昨晚不光是抓与八路军和游击队有关的人，对普通老百姓也都烧杀抢掠。

铁柱问："知道老五跑哪儿去了吗？"

那汉子催他们把麻袋抬上肩膀，离开船头时说："不知道，反正这一跑，不是死就是去找八路军和游击队去了，别处没有他的活路。"

河生再无心思管其他的事情，慌乱地倚靠在船帮上怔怔地发呆，远处端枪的鬼子朝他瞪了一眼，用刺刀对着他晃了晃。朱奎见状，忙喊他上船干活，河生这才跳进船舱里。待那名汉子再次走近船头时，他急切地问："大哥，知道镇上郭继聪郭老爷家昨晚有事吗？"

那汉子同样瞧了瞧他，说："有哩。大啦！"

朱奎问大到什么程度，那汉子说，早晨来时路过郭继聪家，看见从院子里“咕咕”地冒黑烟，并有一个男人嗷嗷大哭。河生一听这消息，立即感到了事态的严重，浑身没了半点力气，想春花爹娘肯定这次遇到了大难。他对朱奎说：“表舅，你们把船撑回河西吧，我得混到这帮兄弟中间去镇上看看，弄清到底咋回事。”朱奎见他天不怕地不怕的虎劲儿上来，阻止他说：“你不能去。真要有事，你去也不顶啥用，不但救不了你大爷、大娘，连你也搭进去，你得跟俺几个回河西。”

河生被朱奎和铁柱及二蛋强行拉着把船撑回了河西。炮楼里的鬼子倒没对他们咋样，松下库代夸奖一阵后放他们各自回家了。散前，朱奎对铁柱和二蛋叮嘱说：“老东阿镇春花家的事没个准头，谁都不能对外张扬和瞎讲，更不可传到春花耳朵里。”他们记住了朱奎的话，并对他打下保证，朱奎才同意各自离开。他把河生送到老河口村头，临回护马庄前说：“你现在已经不是小孩了，媳妇都怀了身孕，不能一时性急让家里人跟着你伤心哩。俗话说，吉人自有天相，你大爷、大娘他们是福不是祸，是祸也躲不过，你可要为春花着想啊。”河生听完，差点儿掉下泪来。

河生按照朱奎的教导，把猜测的一切不幸和听到的噩讯，都深深地埋藏在心底，还是跟往常一样回到家中。韩柳氏和春花为他的平安归来而高兴，中午给他包了顿饺子，还把韩二忠从前院喊来喝了几杯辣酒。席间，连春花也未看出他心中隐藏着的秘密。河生几杯酒下肚，脸立刻红涨起来，送走韩二忠后，便歪歪倒倒地跑进东屋，一头栽在炕上呼呼地睡去。一觉醒来，太阳已落山，院子里早已变得黑咕隆咚了。春花喊他进堂屋喝汤，韩柳氏直埋怨他没出息，数叨他自己不会喝为何不控制点儿。河生啥话不讲，只管吃他的东西。春花劝韩柳氏说：“娘，马上收秋了，河生回来的正是时候，这次喝多下回他记住就行啦。”韩柳氏不再唠叨，叫河生赶紧喝完汤收拾停当，好让春花歇着，不要累了她。

河生觉得心头闷得厉害，晚饭后一人先到庄稼地走了一圈，黑暗中用手摸了摸已成熟的玉米和黄豆。回到老河口南边的场院，一屁股坐在大石磙子上胡想。大堤上的鬼子炮楼闪着刺眼的灯光，都是对准河边和渡口的。河生眼前掠过鬼子杀人放火的情景，悔恨当初真不该给鬼子撑船往河东送粮，让鬼子吃着中国人种的粮食，回头又杀中国人。他在那儿坐了足足有一个时辰，村子内外已见不着人影了，这才想起是该回家歇息的时候。刚离开场院几步，远处却传来一阵狗咬人的叫唤声，接着听清身后有人跟脚。

“大哥，”身后有人问路，嗓音是颤巍巍和凄楚的，“知道村里有个摆渡的叫河生吗？”

河生熟悉这个声音，转身看了看那个问路人，惊喜中带有迷惑：“是刘三叔吧？你怎么这时候来啦？从哪儿来的？”

刘三身上背着个黑乎乎的包裹，听眼前的人喊他刘叔，知道碰见了河生，叫一句他的名字，蹲在地上哇哇地放声大哭。

刘三是满含悲愤地绕过老河口对面的河东渡口，转到鱼山对岸混入一群被押来河西修筑工事的民工中间逃过来的。鬼子头夜在老东阿镇抓人，应该说是按汉奸提供的线索展开的一次大搜捕。镇上的很多人都不清楚鬼子为何也要抓郭继聪和郭刘氏。一队的鬼子端着枪冲进院里时，刘三正在院外的马棚给牲口上料。他听说鬼子由人领头，在乱嚷乱叫的嘈杂声中踢开了春花家的大门，等他从马圈里出来要跑进家救护郭继聪和郭刘氏时已经晚了一步。院内和屋里的东西，仅片刻便被鬼子砸得乱七八糟，随后，春花爹娘就衣着不整地踉跄着，被押出院朝西面的据点里走去，身后的郭家大院也燃起了大火。他本想喊叫并冲上前跟鬼子拼个你死我活，但一切都无济于事。鬼子抓了郭继聪和郭刘氏又朝马棚走来，刘三只好躲在马槽底下逃过一劫，两匹大马也被日本人牵走了。

郭继聪在屋角拐弯时，故意喊：“要把以前交代的东西送到河西哩。”

刘三在马槽下听清了郭继聪的最后嘱托。鬼子把人押走后，他冒死跑进院里，将郭继聪留给他的那个包裹拿到手，极其绝望地跑出了郭家院落。过了半个时辰，镇子西边传出了一阵激烈的枪声。天一亮，他就听大街上少有的几个人说，夜里所有被抓走的人，全都被鬼子枪决在了镇西的土岗子上了。刘三含泪瞧着从院里冒出的黑烟，悲痛地边“老爷夫人”地呼叫，边跪在大门口声泪俱下。等一切的希望转眼消失，他咬牙切齿地发着狠，对着院子磕下仨头，起身背上包裹离开了老东阿镇。

刘三一天滴水未进，顾不得身心疲惫辗转东西，瞅准机会才混入被押往河西的民工中，下船后又死里逃生一路打听才来到老河口。此时见到河生，他一生中的第一次逃亡才告结束。河生早已听说春花家出了大事，刘三的到来，更加证明了早上那汉子的说法准确无误。河生蹲下身去，问他郭继聪和郭刘氏是死是活，刘三把前后过程给他说了个详尽，河生顿时支撑不住，伏在他身旁呜呜地哭出声来：“春花怀孕这可咋跟她说啊？”

刘三刚到时，是河生安抚他，可现在，河生被这突如其来的打击，一棒子打蒙了，泪如泉涌，两人不知该谁劝谁了。刘三在黑暗中抹掉眼泪，拉起河生说：“咱俩谁都别哭。你不想让春花知道老爷和夫人的事，那咱谁也不吭声。”

河生应了他的劝告，凄楚地问刘三以后他准备去哪儿。刘三心里一片凄凉，说以前是春花爹娘收留了他，他们不在了，自己没有可去之处，大不了去济南春花爹留下的生意场混口饭吃。河生问他，郭继聪被抓前有何交代，他说，春花爹老早前写好一封信算是遗嘱，让他带给春花和河生。说着，从身上摸索出那封信递给了河生。

“咱俩都不识字，”刘三说，“不行到家让春花念给咱们听听。”

河生说见到春花啥话不提，信也不能让她念，能瞒多久瞒多久，等她生完孩子再说。

刘三跟河生快进家时，河生在门外称呼着“刘叔”，对他说，没地方去可在老河口住下来，春花又是他看大的，家里人手也不多，让他把老河口当成自己的家，反正有吃和住的地方，不过是多一个人多一双筷子。并当即向刘三表态说，刘三算得上郭家的老仆人，不管咋样，他跟春花都会像对待长辈那样好好待他，这让刘三着实感动了一回。

第六章

刘三在一次劫难中失去了往日的家园，也失去了令他忠心耿耿可效力的主人。但由于他对郭家有过不少的付出，自己方没落到流浪的地步。

河生把他领进家门，韩柳氏和春花刚刚躺下。听得河生大黑天站在院里跟人说话，韩柳氏从堂屋里问出话来：“河生，你在跟谁说话哩？”河生称是河东的刘三叔，让韩柳氏和春花起来相见。春花一听是刘三，先在东屋里惊喜地喊声“刘叔”，当即穿衣激动地迈下台阶来到刘三面前。

“刘叔，”春花情不自禁地流泪问道，“你咋一人来啦？俺爹娘咋没来哩？”

刘三对春花难以启齿，暗中强忍泪水，说：“老爷和夫人……老东阿镇太乱，他们搬到济南去了，让我留下过河来照顾你跟河生。”春花知道家里在济南那边有很大的生意，对刘三的话没起半点的疑心，直讲自打鬼子封黄河，再没能过河去看望爹娘，想得她夜里都睡不着，见到刘三真的令她高兴万分。她听刘三哽咽的说话声，便问：“刘叔，你见到俺为何哭哩？”

河生掩饰住自己内心的忧伤，接过话说，是因刘三与她见面兴奋的，刘三也在一旁附和，春花这才信以为真。在韩柳氏尚未穿好衣服拉开屋门时，春花站在院子里与刘三叙旧的瞬间，河生跑进东屋把那封信偷偷塞在了炕席底下。在他眼里，那封信不过是让他照料好春花而已，不会有什么特别的内容，以至于很长时间都没拿那封信当一回事儿，甚至后来都差点儿忘了。

韩柳氏在堂屋整理穿着的空当，侧耳细听了春花与河生和刘三的对话。知道是春花娘家的来客，她不免有些急慌，边扣着长襟上的纽扣边打开屋门，嘴里亲切地喊着“他刘叔”，把刘三邀进昏暗的屋里。刘三没见过春花的婆婆，借着灯影看韩柳氏还是个年轻妇女，称呼着她“大嫂”，脸上便显得有点儿不自然起来。韩柳氏第一次面对亲家的客人，瞧大黑天来了个衣着有些脏乱、跟自己年龄不相上下的高大汉子，心里虽七上八下觉得很难为情，但不论从哪个角度说，也不能怠慢了刘三，便思忖着这一夜家里几个人应该怎么分着安歇。河生把韩柳氏和刘三互相作完介绍，两人互为礼让地客气了一番。

春花在韩柳氏面前讲了刘三一大堆的好话，称赞他如何老实憨厚，对主人多么忠心，干起活来又是多么卖力以及自小命苦，等等，给韩柳氏留下了一个极好的印象。河生说，刘三从河东过来一天未能吃口东西，催着他娘去做些吃的。韩柳氏马上吩咐河生和春花陪刘三说话，自己跑进厨屋点灯擀起面条来。

不一会儿，河生和春花听到韩柳氏在厨屋里喊：“河生，快来端碗啊。”河生以为真的煮好面条了，就三步两步拐进厨屋。只见韩柳氏刚把面条下进锅里，还蹲在灶门前“咕嘟咕嘟”拉风箱烧火。不等河生开口，韩柳氏问：“你刘叔大老晚来做啥哩？”河生方明白娘是要问他一些话，想想说：“俺大爷、大娘搬到济南去住了，听说春花要生孩子，怕咱家农活干不过来，特意让他留下来照料俺俩。”韩柳氏望着灶膛里跳跃的火苗沉思了一会儿，又问刘三还走不走，河生称刘三留下来就是要住在家里，不然咋个照顾啊。

韩柳氏顿时不知该咋办了：“长期住在咱家，你跟春花住东屋，我住北屋，你刘叔可咋住哩？”

河生也被住宿的问题一时问蒙了，回答不了娘的问话。往堂屋端碗前，河生忽然想到一个办法，说：“在东屋支张床，我和刘叔睡一屋，让春花跟你一起睡不就行啦。咋着咱也不能撵人家走啊！”当下，河生从正房西头的小屋门上卸下一扇门来，又找出两条板凳在东屋里间搭成一张床，让韩柳氏翻箱倒柜抱来褥子和铺盖，算是安顿刘三过了一夜。

家里突然来了一个陌生人，韩柳氏心里总觉得别扭，与春花躺在堂屋的炕上翻来覆去难以入眠。俩人从河长聊起，一直聊到春花嫁给河生怀孕生孩子方觉困乏，鸡叫三遍天已快亮才渐渐合眼。刘三的到来给韩柳氏平添了一份心事和惦记，她认为不能因照顾不好春花娘家的来客，让亲家说出啥不是。第二天一早，春花睡得正香，她便轻手轻脚地起床做好早饭，等河生和刘三及春花起来吃。河生因郭继聪和郭刘氏突然故去，悲伤得几乎在抽泣中睡下。刘三则既为主人的遇害难过了大半夜，又对来到一个陌生地方感到不太踏实。这样一来，一听厨屋里有拉风箱做饭的动静，他就悄悄穿衣下地，站在东屋门里朝外眺望。

老河口和整个院子被东边朝霞映红以后，刘三开门想去厕所，在院里正碰上从厨屋出来的韩柳氏，两人均蓦然愣了愣，看对方一眼又赶紧扭过头去，但各自的脸上似乎都留有一种难以察觉的神色。刘三尽管不知道韩柳氏跟自己比谁大，但按山东地界的风俗习惯，他先张口问候了一句“大嫂早”，说到老河口来真是添了麻烦，觉得十分抱歉。韩柳氏很客气地称呼他“大哥”，叫他一家人不要说两家话，不嫌贫寒只管住着。说这话的一刹那，刘三瞅见韩柳氏脸上忽然一片泛红，不知为何自己也不敢正眼瞧她了。

除河生家人外，最先知道刘三来到老河口的，是韩二忠和韩张氏。吃过饭，他们像往常一样从前院来到后院，与韩柳氏和河生商量着秋收秋种的大事。不声不响进到了堂屋，韩二忠霎时便认出来坐在椅子上的人，就是河东亲家的仆人刘三。相互问候完，韩二忠问起春花爹娘和老东阿镇那夜打枪的事，刘三不知所措地与河生对视后，仍按头天的说法把他来老河口的原因重复了一遍。

韩二忠说：“亲家没事就好，你来也算河生这边多个帮手。”

韩张氏与韩柳氏和春花躲进里间，打听了关于刘三的许多情况，清楚他是被郭继聪和郭刘氏派来帮忙后，就对刘三十分地不见外了，走到外间跟他去打招呼，说要请亲家来客中午去前院坐席。刘三懂得这是对客人的最大礼节，可那股悲愁尚未缓释，于是，就不停地给河生递去眼色。河生说：“既然二叔二婶请了，那中午就去前面呗，把朱奎舅也喊来。”

朱奎上午被外村一个富裕人家请去踏勘墓地，回到家中沏了一壶好茶，坐在圈椅上慢慢悠悠地歇息。将茶水哩哩啦啦倒入碗中，一支茶杆即刻直立在浓郁的茶水中晃来晃去。他边瞧茶杆边摇头晃脑，自言自语说：“呵，莫不是今天要有客来？”正琢磨凝思，洒在桌上的茶水透过八仙桌缝隙，“嗒、嗒、嗒……”地滴落在当门铺有花纹红砖的地面上。砖的中间像铜钱那样烧出一个方形的“口”字，三滴水正好纵向掉落在“口”旁，砖的上边沿及右边沿与另一块砖之间留有清晰可见的接缝。朱奎朝下一看，砖上的水印与砖心和砖缝恰似一个“河”字，不禁惊奇叹息：“该不会是河东郭家来人了吧？！看来中午又有饭局啦。”

端起碗刚饮一口热茶，就听河友一边喊着“表舅”一边走进大门。朱奎起身离开椅子，站在堂屋明间迎候：“河友来有事呀？”

河友说：“舅，春花嫂河东娘家来客了，俺爹娘叫你去陪席。”

朱奎锁好大门，由河友陪着来到老河口，直接进了前院韩二忠的家。

韩柳氏和河生及春花都在，他朝他们说了句日常见面的话，直接跟刘三打招呼。刘三从春花跟河长订婚起就多次见过朱奎，知道他是河生的表舅，立即直身像对待郭继聪那般地客套。见韩柳氏和韩张氏及春花忙活完了饭菜，河生与河友拉开大八仙桌，摆好一圈凳子，韩二忠和朱奎谁都不肯坐上座，死拉硬拽地将刘三安排到了贵客座位上。

酒席由河生倒酒，河友执茶，韩柳氏和韩张氏及春花坐在一旁看他们喝酒。韩二忠把酒杯夹在拇指和食指中间轻轻举起，示意朱奎和刘三也端杯。朱奎说："来前我就猜到河东有客，第一杯应为刘三兄弟的到来喝。"平生没喝过几回酒的刘三，不太懂酒席上的规矩，见春花婆家如此厚待自己，不知如何是好了，酒端在手中，有点儿喝也不是，不喝也不是的感觉。

河生见他为难，说："刘叔，你到老河口跟到自己家一样，既然表舅起杯，你就喝齐吧。"刘三这才把端在手中的第一杯酒一饮而尽。

几杯酒下肚后，韩二忠和朱奎啥事没有，刘三却脸色大变，头晕目眩，说话也有点儿不由自主了："我为啥要来老河口……你们知道不？……我是被郭老爷……派来的。当年春花小时我抱过她，现在小姐却要生孩子，她长大了。我是她家的长工也好奴仆也罢，但我是她的刘叔。我没地方去啦！……这次来就不走啦！……俺家老爷和夫人……不让我离开春花和河生，不让我走……帮河生把孩子带大我再走……你们会嫌弃我不？"

这一番表白，不仅让韩二忠和朱奎清楚了他的来历，也让韩柳氏和韩张氏有了底数。韩二忠急忙表态说："刘兄弟想到哪儿去啦，俺们盼都盼不来，哪会有啥嫌弃哩。"

韩张氏对河生娘说："大嫂，刘大哥留在老河口更好，以后还多个男劳力哩。"

韩柳氏的眼神里透露出了一种说不出的苦楚，对韩张氏不自然地笑了笑。河生听刘三话说得已不利落，很担心他把话说漏，说了声"刘叔别喝啦"，起身就要收他的酒杯。韩二忠瞪河生一眼说："你刘叔自己没要撤杯，你着啥急啊？"

春花走近酒桌，给朱奎和韩二忠倒满杯后，端过刘三的酒杯说："刘叔，你在俺家多年，对俺爹娘如对亲生父母。俺娘和二叔都说啦，你安心住着，想住到啥时就住到啥时，让侄女敬你一杯酒。"

刘三接过酒杯的手突然颤动了，把酒都抖洒了出来。他望着春花，眼泪紧接着聚满眼眶，脸上的肌肉也不停地抽动：“春花……为了老爷和夫人，也为你和河生……刘叔再不能喝也把这杯酒干下去。”

刘三喝多了。他被河生和春花搀扶着回到后院，像河生那样睡了一个下午。韩柳氏和朱奎一直留在前院说话，他们每个人都思考过滤了刘三席间所说的每一句话的含义，但始终没能找出破绽。韩柳氏提出，刘三长期住在家中会不会被外人说长道短。朱奎称，刘三是春花的长辈，又是亲家派来帮忙的，不应有多大的是非，假若有是非，也没必要装进心里去。韩张氏劝河生娘既是答应人家住下来，就不能再说别的，一切看命吧。韩二忠沉思良久，称走一步说一步，刘三在河东是个很好的管家，有这么个人手比没有强。至于他脑子想到的其他问题，作为韩家的掌门人，韩二忠实在不好当着朱奎和韩柳氏的面儿多讲。

刘三就这样算是被韩家人接纳了下来，但是属于一种介于外人和亲戚之间特殊地位的人。刘三很清楚自己所处的环境和位置，知道不能太过于放松自己。在他看来，春花仍是他所要侍候的大小姐，郭继聪和郭刘氏不在世，她就成了他的主子，一言一行都象征着老爷和夫人，不容刘三有丝毫的懈怠。同时，他认为只有春花这么一个自认的亲人了，没谁能比春花对他了解得更彻底。再说，他住在老爷的亲家家中，韩柳氏出于礼节越是客气，他越不能把自己当作亲戚让人服侍着，必须尽快与这个家和老河口的百姓融合在一起。

从第二天起，刘三把一切悲痛埋在心里，保持着在老东阿镇的习惯，吃饭吃在河生和春花及韩柳氏后头，干活干在他们的前面，从早到晚从不闲着，把屋里院外打扫得干干净净，没事时便一人躲在东屋里不露面儿。时间一长，韩柳氏觉得他有些孤独和可怜，对春花说：“喊你刘三叔到堂屋来坐吧。”而刘三仍然回避着韩柳氏，任凭春花如何劝他、拉他，都不愿进堂屋，实在憋闷得厉害了，就在院子里走走看看，不让春花和韩柳氏多心。

秋收前的头日上午，河生下不了河，领着春花到地里去看庄稼，把刘三暂时留在了家中，说庄稼活忙不开时自会叫他下地。家中只有韩柳氏和刘三两个人。韩柳氏在堂屋为春花生育准备孩子穿的各种小衣服。刘三起初闷在东屋，后想起厕所的粪坑已满，抓起一把破铁锨将大粪掏出来，运到厕所后墙下晾晒。顿时，满院子里散发出一阵臭烘烘的味道，差点儿把韩柳氏熏晕。她拎着手中的活计站在门里偷偷一瞧，瞅见刘三不嫌脏、不嫌累地那么闷头干着，心头升起一种慰藉。自老船主和河长死后，她已很久没有感受家中有可依靠的男人给自己分忧解难了。

刘三的老实、忠厚和能干，使她突然间产生了一种莫名的安全感。她沉思一会儿，放下针线冲了一碗红糖水，端着来到刘三身后，说："刘大哥，你歇会儿喝口水，不着急哩。"

刘三扭头发现韩柳氏站在跟前，不好意思地避开她的目光，把铁锨靠在墙上，忙接过水来说："大嫂你回屋吧，院子里臭。"韩柳氏也躲开他的眼神，故意走进厕所看看，整个粪坑不仅被掏空，还在周围洒了一层虚土，把里里外外收拾得极为干净。

"日子长着呢，以后咱们谁都别客气。"韩柳氏说，"咱俩不知谁大，不能老是大嫂、大嫂地喊我哩。"

刘三听清韩柳氏是有意问两个人的年龄，便不再隐瞒，说自己四十四岁。韩柳氏听后说，刘三你整大俺两岁，并告诉他，往后如不好喊她韩柳氏和河生娘，只管叫春花的名字，她就知道喊的是自己了。刘三牢记住韩柳氏的交代，从那以后不曾再称呼过她"大嫂"，遇事真的喊她春花了。

秋收开始后，老河口村里村外到处都是收割谷物、黄豆和掰玉米棒子的百姓们，个个忙得不可开交，连早晚吃饭都成了次要的问题。刘三和河生两个人一人一垅躬着腰，费力地把金黄的黄豆棵子割下来放成一排，由韩柳氏在后面打捆。尽管春花腆着大肚子，但也跟在韩柳氏后头忙碌，每拾一把低矮的黄豆就得直起身来喘口气。刘三的突然出现，使老河口不少人都大感意外，立刻想到韩柳氏家多了一个与她岁数差不多的男人，纷纷猜测他从哪儿来，又是河生家的什么亲戚，不时会有人走到地里跟春花或韩柳氏胡乱聊扯。春花懂得那些人是前来探听刘三情况的，既不回避更不隐瞒，直截了当地说："那是俺刘叔，爹娘让他打河东过来帮着收秋的。"这样，那些好奇的男女们才见怪不怪了。

保长李光腚家的庄稼与河生家紧挨着。在其他百姓不再用那种奇异的眼光看待刘三后，他跨着地垄走过来，喊河生歇会儿。河生对一直低头收割的刘三说："那是老河口的保长李光腚，刘叔歇会儿与他认识认识。"

刘三收起镰刀伸了伸酸疼的腰，跟河生来到地头，待春花向李光腚介绍完，刘三很有礼貌地说了一些请他关照的话。李光腚说："行，一看刘大叔就是条山东好汉。我这保长跟坏人打交道多一些，韩船主家的人，尤其是客人我更应该照应。河生这条命还是我从鬼子手中捡回来的哩。"

韩柳氏直夸李光腚是个有本事的人，说今后有事还得请他多帮忙，夸奖得李光腚很是高兴。聊到河东鬼子打枪时，李光腚忽然问春花爹娘如何，刘三吞吞吐吐地回话称一切都好，老爷和夫人已离开老东阿镇去济南住了。李光腚话锋一转，神乎乎地说：“听讲没有？咱们这边的游击队也要打鬼子的炮楼哩。”

河生问他是哪儿来的游击队，李光腚称，只是听人吵吵嚷嚷还没见到过，回头又说有风准有雨，无风不起浪，游击队收拾鬼子是早晚的事情，叫河生他们到游击队来时给他当好证明人，他这个保长为老河口的百姓办了不少好事，可不能让游击队把他当汉奸处决喽。

韩柳氏说：“保长把话说哪儿去啦，俺虽是妇道人家，但知道谁是好人谁是坏人哩。”

春花在一旁逗着李光腚，称以前是以前，以后是以后，以前做得好不等于以后能做好，到时也会被当成汉奸遭到枪决。李光腚指指春花，让她盼他点好儿，咬定如果他李光腚做了对不起老河口百姓的事，就遭天打雷轰。

春花对刘三已不用作专门的了解，从小她就已熟悉他的为人和品德。对河生和韩柳氏来说，秋收最忙，但同时又给他们娘儿俩提供了进一步接触刘三的机会。韩柳氏细心观察，从秋收到秋种，多数重活苦活都由刘三一人承担了。一次，河生在地里拉了一大车的庄稼，车轮被深深地陷住了，河生的脖子上都勒出了青筋，春花跟在后头又不敢使劲，河生急得都快掉下泪来。刘三瞅见后，抬脚从另一块地里跑过去，抢过河生肩上的拉绳，对河生说：“你跟春花帮你娘把棒子掰下来堆好就行啦，这样的事你别一人做，让刘叔来拉，你还没长大，力气没练出来哩。”他蹬住前脚，肩膀和后脚猛一用力，一车的庄稼“腾”地就被拉出了陷坑，并自己很轻松地送回了家。

韩柳氏把这些全看在眼中，但从不表露在嘴上。春花每遇到刘三干这种重活时就会对她说：“娘，你看刘叔真是个能干的人。俺爹和河长不出事，家里哪会轮到你和河生作这么大难啊？”

韩柳氏对春花说：“是啊，不是咱的命苦吗？”

韩柳氏一切农活都不让春花插手，即使春花跟着去地里也叫她在一旁歇着，自己跟在河生和刘三后面尽量做一些拾遗补阙的活计。秋收临近收尾的前一天傍晚，河生和刘三将大捆大捆的玉米秸装车运回场院，韩柳氏则蹲在地上拣炸开外壳崩落在地上的黄豆粒儿，起身时，韩柳氏身子一斜，忽地站不起来了。她捂着腰，疼痛得冒出了一头的虚汗。刘三看她不对劲儿，跑到韩柳氏跟前问她咋啦，韩柳氏咬着牙跟他讲可能扭伤了腰。他想扶她，但又怕外人看到说闲话，只好蹲下身去，把自己那块发着汗酸味的毛巾递给韩柳氏："你先擦擦汗，我喊河生和春花来抬你。"他把车子拉到韩柳氏的身旁，自己扶住车把，让河生和春花将她往车上抬。河生抱不动韩柳氏的整个身子，春花也不敢用劲抬她的两脚，不得不喊刘三："刘叔，我扶车把，你跟河生把俺娘抬上车吧。"

刘三来世上四十多年，第一次实实在在地抱住了一个成熟女人的身子。把两手伸向韩柳氏两腋下的那一刻，他禁不住有些发抖，脑子里一片空白，竟愣在了那儿。韩柳氏在那一瞬间，也感受到了那双大手的温热和轻抚，顷刻间，有点儿心神不定，脸上泛起了一丝红晕，不得不为躲避河生和春花的眼睛而低下头去。春花见刘三愣着不动，喊道："刘叔、河生，你俩赶快把娘抬上来呀。"刘三方从云雾虚空中坠落在地，对河生喊出了一个"抬"字，用手紧紧搂住韩柳氏的前胸，把她抬到了车上。当双手碰到那两团软乎乎的暄肉时，像是一道闪电击中刘三的全身，他顿觉一阵酥麻，连汗毛都直立了。韩柳氏当时明显感觉到身后这个男人的大手的力量，虽然腰部的疼痛感让她顾不得多想，可无声传递来的那股暖流却把她的心绪搅得一塌糊涂。

刘三佯装无事，从春花手上接过车把，对河生说："把你娘扶好点。"河生要抢着拉车，被刘三挡住，推到了一旁。

天渐渐黑下来后，许多村民仍在地里抢收抢种，路上的行人十分稀少，偶尔走过几个妇女，也是脚步匆匆，没谁过问韩柳氏的伤情和她前面的拉车人。行了一段路程，河生让刘三要是累了歇一会，他来拉，刘三头也不回，说："不用，你娘不如一车粮食重。"

春花腆着肚子跟不上车轮的转动，慢慢落在后面，河生叮咛韩柳氏一句，停脚等候行走极为缓慢的春花。韩柳氏坐在车里扭头看了看刘三的背影，他低着头一言不发的样子，更使她想起当年老船主从地里拉着她回家的情景，心中自然有些悲喜交集。

"疼得厉害不？"闷了一路的刘三从车前问过话来，"不行的话，明儿拉你找大夫瞧瞧或揉揉。"

韩柳氏听到这话，她那孤寂的心瞬间被这个高大男人的细心关怀激活了，难以自控地流下了眼泪来："好多啦！……他叔，这些日子把你累坏了吧？谁叫家里没劳力呢。"

“不累，只要庄稼不糟蹋在地里比啥都强。”刘三说，“俺明白，你带河生和春花过活不易，你看你的头发都愁白啦。”

虽然刘三没正眼瞧过韩柳氏，但却早已把她愁白的满头白发记在了心间。韩柳氏想不到，他会暗中对自己观察得那么仔细，并且话语里透着感人至深的关爱。想他过去虽是个仆人，但在骨子里却充满善良与温存，只可惜他一人独自承担了四十多年的辛酸。就这样，韩柳氏坐在刘三拉的车上，两人各自想着心事，河生陪春花跟在后头。失去老船主和大儿子后痛苦不堪的韩柳氏，又一次体味到了那种家里极其和美的宽慰。刘三尽管在春花家多年，享受过郭继聪和郭刘氏对他的照顾，但从未找到属于自己的那份归宿感，仅在这短短的一段路途中，他“咯噔”一下子有了被女人注视甚至上心疼爱的感觉。

韩柳氏扭伤了腰，在炕上躺了半个月后才敢下地走路，所有的家务事都落在了春花的头上。刘三和河生到地里忙秋种秋播，只有她在家挺着肚子侍候婆婆。头几天见韩柳氏在炕上疼得“哎哟呀哟”的，她腆着笨重的身子跑到地里找刘三和河生，说韩柳氏腰里的骨头是不是扭断了，问他俩谁能拉她去找大夫瞧瞧。河生放下麦种要回家，刘三对河生说，你一人弄不动你娘，还是留在地里让春花给你做帮手，由我一人拉着你娘去看病，免得耽误地里播种。春花觉得刘三说得在理，决定让刘三拉着韩柳氏去，她跟河生一人打垅一人撒种子。

刘三像那天一样把韩柳氏抱上车，并按她指的路，饭晌前找到了镇上的郎中刘会天。韩柳氏被刘三抱着进到药铺，刘会天抬眼望望韩柳氏，又疑惑地看了刘三两眼，问韩柳氏坐不下、站不住的咋会弄成这个样儿。刘三替韩柳氏说了一遍扭伤的过程，让他瞧瞧伤着骨头没有。刘会天让刘三把韩柳氏扶抱到用一张木板搭成的诊床上趴好，伸手一节一节地击打韩柳氏的腰椎，直敲得她连喊带叫。

“忍着点。”刘会天说，“伤筋动骨百日愈，没伤着骨头，只把腰肌韧带拉伤啦，得养些日子哩。”

刘会天按住韩柳氏的后腰，轻揉重搓了近一个时辰，每揉搓一下她都会发出一声凄惨的叫喊，疼得直流眼泪。刘三站在诊床旁边，韩柳氏每张嘴喊疼，便会不自觉地用两手抓住他，在他手上狠劲地捏掐，直把他的手心手背掐出一个个的指甲印儿。刘三不出声响地忍着，对韩柳氏说：“只要你好受就使劲掐吧，你劲不大我能受得了。”听他这样说，韩柳氏反倒放松了自己，把快要掐入刘三手背肉里的指甲赶快缩了回来。

刘会天知道韩柳氏的丈夫早已去世，看到刘三这么忍着她的折腾，并对她百依百顺、体贴人微，以为她已改嫁给了眼前这个男人，于是漫不经心地问道："你往前迈的这一步不错，看看人家多么疼你，是麦前还是秋里重新坐的轿子啊？"

刘三和韩柳氏两人一听，脸即刻红了起来。虽然韩柳氏脸朝下趴着，但刘三偷偷瞅瞅她，发现白净的耳根也像刚刚喝过烈酒似的。韩柳氏本想跟刘会天翻脸，但发现他仍一副认真的样子，不是故意取笑，就把要发怒的话收住，说："刘郎中你咋净瞎说哩，这位大哥是俺亲家派来帮忙的。"刘三马上接过她的话，急忙说自己是春花的叔叔，绝没有那层关系，刘会天这才明白当面开了个令韩柳氏两人难以启口的玩笑，停手道歉说："抱歉抱歉，人老说话都糊涂，大兄弟和姊妹可别当真哩。"

最后，他在韩柳氏腰部贴了两块自己熬制的黑乎乎的膏药，嘱咐她三天到药铺来更换一次。刘三把她重新抱扶到车里赶回了老河口，路上他俩谁都没开口，只是在韩柳氏要他停车换个姿势的那一刻，俩人互相对视了一下，从对方的目光里各自都能猜出隐含了多少心照不宣的秘密。

随后的几日，刘三拉着韩柳氏又去刘会天那里换了几回膏药。等她彻底恢复后，地里的秋种已结束，乡里乡亲们都忙着拾掇收回家的粮食了。河生和春花把成堆脱好皮的玉米捻下粒来晾干，刘三则在院子里铺出一地的黄豆，边晒边用扁担一片片地猛砸猛敲，将豆穰拣出堆到一旁，没日没夜地整整忙活了十多天。然而粮食入仓却让韩柳氏和河生犯难了。李光腚曾不止一次地说，秋后鬼子有可能还会来抢粮，加上麦子在夏季那次的掠夺中被鬼子烧掉了大半，河生对秋粮如何保存不得不更加慎重，说："刘叔、娘，玉米和黄豆不行就挖窖子藏起来吧，万一鬼子真的来抢，怎么都不能让他们找到。"

春花看了看婆婆，可韩柳氏却拿不定主意，"唉"了一声说："藏到窖里发霉总比鬼子抢走得好，这年月有发霉的粮食吃就算不错啦。"

春花瞧见她说话的过程中不断瞅刘三，明显是想听听他的想法，心领神会地说："刘叔，河生跟俺娘说把粮食放到地窖里，你看行不？"

刘三觉得自己是外人，本不想多言多语，但春花主动发问，他只好说："藏到地窖里也行，不过不如垒一道假迎门墙，外面打一层土墙，里边留成空心，把粮食放进去，上面敞口盖上些柴火，既透气，又不会被外人发觉。"

这个主意立即让河生和春花心明眼亮，直夸他想的办法好。而在韩柳氏眼里，一桩桩事情、一样样农活，到了刘三手上根本算不上什么，顿感他成了老船主过世后家中的一个顶梁柱，她抬起一双透亮的眼睛望着刘三说："大哥说得对，不行咱就砌个假墙吧。"当天，刘三带河生从堤外拉回了几车胶土和沙土，掺和上麦秸秆搅拌成富有拉力的湿泥，由他"掌舵"，两人在门里摔起一道空心假墙，下面留出一个小口用作以后淌粮食。

假墙顶替了摆在院子里的大囤，粮食全被倒入了风干已无湿度的空心里，上面盖了一层玉米秸，进门咋看咋是一堵墙，不知情的人根本想不到那里边藏了救命的粮食。第二天，韩二忠和韩张氏从前院来到后院，忽见一夜之间门内竖起一面墙来，纳闷地问韩柳氏："原先好好的，咋这时想起打墙来啦？"韩柳氏不说打墙的缘由，只说是朱奎以前曾说过在门口拉一道迎门墙好，免得家中老出事。听说是朱奎的建议，韩二忠信以为真，进屋聊扯其他事，再没对为何垒墙有所疑问。

其实，韩二忠也怕鬼子哪天进村抢粮时措手不及，于是想出好多点子，把自家收成的粮食不声不响地藏了起来，只是不对外人讲藏到哪儿而已。老河口的百姓都像他们这样把事情考虑在先，不给鬼子留下一丝一毫的可乘之机，这种担心是正确的，一点儿也不过分。河生和刘三刚把粮食藏好的第六天，孙宏举突然在傍晚急匆匆地跑到老河口，直接进家找到河生，告诉他鬼子三天内要到各村抢粮，让他放话出去，提醒全村老少爷们儿能藏就藏，能躲就躲。

河生问："孙大哥，鬼子说准哪天了吗？"

孙宏举说大概时间不出三天，具体啥时间，松下没定准。这个消息很快一传十、十传百地传遍了全村，乡亲们各自想着逃避秋粮遭抢和避免被鬼子杀害的法子，一时间，老河口又乱了方寸。韩柳氏、河生、春花和刘三清楚，墙里的粮食不会有啥事儿，剩下的问题是怎样躲过鬼子的杀戮。春花腆着大肚子吓得直哭，河生劝她不要慌乱，称不行让她和韩柳氏躲到外村去。

韩柳氏发愁说："三天谁知哪天啊？谁家能让咱躲那么长的时间？"

刘三低头思忖半天，对韩柳氏和春花说："都别愁。俺从河东逃过来时，带了老爷和夫人留给我的十几块大洋，用这些钱，你们到镇上刘郎中家里躲躲，就说你的腰没好需要再治治，春花也要保胎，有钱他不会把你们赶出来的。"他说自己留下看家，等没事后再去喊韩柳氏娘儿仨回来。在春花眼里，刘三遇事总是像在老东阿镇一样想得那么周到，觉得去刘会天家躲避可行，直劝韩柳氏照刘三的主意离开几天。韩柳氏却担心他一人留下遭遇不测，当场有一丝的犹豫不定，说：

“俺们都躲走，闪下你给俺看家，万一……”

刘三听出她话中的意思，笑笑说，不论河东河西，论辈分，春花和河生也算是他的侄女和侄女婿，在这种关键时候，他当叔的理应替他们着想。“春花肚子里还有孩子哩，你和他俩一起去吧，别执拗啦。”韩柳氏深情地看了看刘三，没再与他争执。

韩柳氏和河生、春花临行前，刘三跑进东屋取出包裹中的大洋交到韩柳氏手中，说：“这钱你拿着，到镇上刘会天家用。”韩柳氏与他三番五次地推让，说那钱是春花爹娘留下的，她不能拿，要拿也得由春花保管，说着将大洋转到了春花的手里。

河生对春花说：“娘说得对哩，你先收着吧，用时再拿出来。”

刘三帮他们收拾好行囊，往车上装了两床被子。天黑时，韩柳氏跑去前院，跟韩二忠和韩张氏说刘三留在家里，河生拉她和春花去刘会天那里瞧病。刘三把他们送到村外路口，在他的注视下，河生拉着母亲和春花离开了老河口。

第七章

此时，老河口处在一种极度紧张的气氛中。村里不少乡亲能躲的躲到了外头，很多妇女带着孩子和公婆，能回娘家的，全都离开老河口住到了娘家，只留下男人看守家当。韩柳氏和春花由河生拉着，以瞧病的名义去了刘会天的药铺，家里只有刘三一人平静地等着鬼子的到来。韩张氏本要学村里其他人带河友离开，被韩二忠制止住："去啥哩？鬼子来是为了抢粮，又不是为了抢人，抢不到粮，他们敢把村里看家的人全杀光喽？"韩张氏见韩二忠似乎很有把握，便打消了离家的念头，不再跟他较劲，老老实实地和他一起留在了家中。

保长李光腚知道村里的妇女孩子走了大半，如释重负，肩头上的担子轻了很多。第二天上午，他围着村子挨家挨户地查看各家由谁留下来看家，转到韩二忠院子里见他们三口谁都没走，奇怪地问："二叔啊，你咋不让婶子回娘家呀？"

韩二忠把他邀进屋，沏了茶水，说躲得了初一躲不过十五，既然鬼子要杀要抢，跑到哪儿也白搭，不如一家人守在家里，即使死也死到一块。李光腚抿一口茶说："二叔说得邪乎啦！这一次鬼子找不见人抢不到粮，下回他们准不会往老河口跑了。"接着，又吹嘘道，只要他李光腚在，小鬼子不敢在老河口横行霸道。

韩张氏说："那敢情好，有保长保驾，俺跟你二叔和你河友兄弟走不走的不吃紧。"

李光腚却摆手止住，叫韩张氏先别拿这话来堵他，只讲到时他会尽全力保护村里的乡亲不受损失，就怕鬼子六亲不认，那样，他有一百个脑袋也保不住。正喝茶闲聊时，刘三从后院走了进来，正在院子里拿木杈摞柴火垛的河友朝屋里喊："爹、娘，俺刘叔来啦。"

韩张氏站在堂屋门口迎候刘三："大兄弟来啦，快进屋喝茶。"

刘三客套地进屋，韩二忠和李光腚早已起身等他，刘三问了句"保长好"，自觉地坐在了旁边的板凳上。李光腚喊着"喝茶、喝茶"，问他："河生、春花和大婶子都没出门吧？"刘三说，韩柳氏和春花由河生拉着到镇上找郎中瞧病去了，一时半会儿回不来，由他帮着守家。话一出口，李光腚已明白七分，夸赞刘三不愧是亲家派来的好帮手，到人命关天的时候舍己为人，很让他佩服。

韩二忠说："保长别夸啦，这不是没有办法的办法嘛。谁愿意放着好日子不过，跟鬼子斗这个闲气呀。"

李光腚暗自琢磨，韩二忠说的很在理儿，面对疯狂的鬼子，乡亲们惹不起躲得起，再不只有跟随八路军和游击队一起把鬼子打跑，其他无路可走。他们天天听说八路军和游击队到处打胜仗，但自鬼子封河，却从没见过八路军是啥样儿。保家卫国对脸朝黄土背朝天生活的农民来说，犹如一座悬空的阁楼，敢瞧不敢攀，这也是让韩二忠和李光腚最感头痛的问题。

韩二忠见李光腚沉默不语，哀叹说："我早想过啦，咱老河口的兄弟爷们儿，光这样躲鬼子也不是办法，村里应该组成一支护村队，轮换着昼夜巡逻，有啥动静也好早早地提醒大家准备。"

李光腚一听，不知是惊喜还是后怕，瞪眼瞧了韩二忠好一会儿，说："他二叔你净给我出好主意，我把留在村里没走的男劳力聚到一块分分组，我保长当护村队长，即使鬼子来抢粮，还没等进村就会被咱发现。"少顷，又问刘三能否加入护村队。刘三自已不敢做主，直看韩二忠的眼色。韩二忠说："既然李保长提出来啦，大兄弟加入护村队不是不可以，反正你一天两天的离不开老河口。"刘三听从他的建议，对李光腚说："行，我算在你保长这里报过名啦。"

护村队共组织了三十多个劳力，每十人一班，一天三班轮换，打更巡逻交班后还各回各的家吃饭。其他人分完后，李光腚把自己与韩二忠和刘三排在一个组，这俩人对他来讲是值得信赖的，遇到麻烦可以帮他挡驾，其他组的人巡逻情况要向他们通气。自孙宏举透信后的第二天下午起，护村队两人一伙东西分散着，在村里村外观察鬼子的行动。一天过去了，大堤炮楼里丝毫没有动作，一些护村队成员开始觉得，大家可能被那个报信的翻译给骗了，便不再像头天那般精心了。

晚上，轮到李光腚这一班打更。他手中提着一个中间被敲成了大洞的破铜锣，只要看到鬼子从炮楼里出来往老河口蠕动，他就会及时敲锣向村民发信号。刘三锁好河生家的大门，手里抓根大长棍子，跟在李光腚和韩二忠后头，走街串巷到处乱转，把村里的老狗惊得“汪汪汪”乱叫一气。而炮楼里仍亮着灯火，与平日没啥异常，于是，李光腚领头躲到了一个偏僻的牲畜棚里睡觉去了，其他人找遍几处地方都未找见他们的影子，也熬不住困乏，偷偷回家倒在炕头上和衣而眠。村里人知道有护村队巡逻，只要铜锣不响，就说明平安无事，于是便在开始有些寒冷的深秋早晨，大胆地睡起了囫囵觉。

东方天际渐渐发亮，刚能看清人的面孔，村南突然“叭”地传来一声炸响，把东倒西歪躺在牲畜棚睡觉的李光腚、韩二忠和刘三等人惊醒。刘三第一个听见响声，认准是鬼子打枪，忽地边喊边蹿起来：“快起快起，鬼子来啦！鬼子来啦！”

韩二忠被刘三的喊声激得全身一抖，赶紧摸索身边的家伙，并对李光腚大喊：“快敲锣呀！光腚。”李光腚迷迷瞪瞪地睁开眼，也顾不得许多了，嘴里叫着：“麻烦啦！麻烦啦！”“哐哐哐，哐哐哐……”一阵急促的猛敲，把老河口的乡亲们全都震得惊恐万分。

鬼子真像孙宏举报的信儿那样，开始抢粮了。松下库代事先并不说何时执行抢粮计划，等百姓还在睡梦里，除留下炮楼上站岗的日本兵外，率领十几名荷枪实弹的鬼子朝老河口开来。他们走在半路，也听到了李光腚手中铜锣发出的信号，先冲着那锣声响起的地方包围过去。韩二忠和刘三料定鬼子会先抓发信号的人，催促李光腚紧敲几遍后，马上把破锣扔掉，跑回了自己家中。

松下库代带鬼子赶到牲畜棚后，只搜到那只扣在牛马粪堆上的铜锣，人早已跑得无踪无影，气得他叽里呱啦地乱吼乱叫。那些没有隐藏粮食的人家，眼瞧着家人哭天喊地在争夺粮食中，不是被鬼子用刺刀刺死，就是被开枪射死。但因大多数人家接受了麦季的教训，都事先将粮食藏到了隐蔽之处，使鬼子未能像麦季那样得逞。鬼子先后进入了韩家前后院，搜查很久也没找到粮食藏在哪儿。特别是在河生家，鬼子站在那堵迎门墙前，怎么都不会想到粮食就藏在里头，松下“八格牙路”地转着圈子叫唤，却无计可施。

两个时辰过后，鬼子没能在老河口抢到足够的秋粮，把各家各户看家人全都赶往村南的场院集中了起来。刘三、韩二忠、韩张氏和河友，随着人群走进了场院，看到孙宏举站在松下库代旁边，他朝他们会意地眨眨眼，嘴角闪过一丝胜利的微笑。紧挨在李光腚身旁的韩二忠和刘三，深知那眼神的含义。而在离孙宏举和松下库代侧面的不远处，两名鬼子趴在地上，架着机枪对准场院里的乡亲们。韩二忠小声地对保长说：“光腚，这帮杂种要问那个铜锣，可不能说哩。”李光腚说，他知道该如何应付，并叮嘱韩二忠和刘三，假如鬼子问话谁也别吭声，到时只能见机行事。

四周全是端着刺刀的鬼子。一个胆小的男人在人群中吓得呜呜哭出声来，韩二忠骂道：“哭个蛋呀，哭得再好听，鬼子该杀你照样杀，没出息的东西！”那哭声随着他的训骂顿时消失。上百号愤怒的村民都怒视着鬼子，他们瞧见松下手里提着那个铜锣晃来晃去，像遇到仇人那般令他气急败坏。松下一脸凶光，慢慢踱着步子，锣心因他用手枪不时地敲击而发出几声呜咽的鸣响。他突然停住脚步，直视着场院，抬手把那个铜锣抖动在半空中，对场院里的乡亲们大喊大叫。

等停顿下来，孙宏举往前一站，把松下的话翻译给乡亲们听：“松下队长说，他手里的那个铜锣是给八路军传递信号用的，问皇军进村时谁敲响的锣，说出来皇军会放了大伙儿。”

除韩二忠和刘三外，百姓们几乎没有谁知道孙宏举的背景。听他替鬼子翻译追问敲锣的人，场院里即刻骚动起来。有人破口大骂：“小卖国贼，日本鬼子是你爹还是你祖宗啊？”

孙宏举对这种辱骂和冤枉早已作好了心理准备。他觉得，既然自己吃这碗饭，在没离开鬼子投奔八路军和游击队之前，遇到这样的场面是不可避免的，也就显得若无其事了。松下的目光又扫视了一遍每个人，挥动着手枪急得嗷嗷直叫，随时都有可能大开杀戒。孙宏举看出松下已忍耐到了极限，焦急地抹了一把额头上的汗珠，朝韩二忠递过眼色来，并对乡亲们说：“老少爷们儿们，我说中国话日本人听不懂，松下队长说，他再给大家五分钟，如没人出来承认敲锣，他立即把所有人一个不留地全杀掉。”

人群里有的愤慨，有的由于害怕瘫倒在地。这时，忽地传出一个声音：“兄弟爷们儿们，咱们上百号人，不信揍不死十来个鬼子，大伙合起来跟鬼子拼啦！”

虽然鬼子弄不清这声音喊的是什么，但个个如临大敌，煞神似的把枪口瞄准了手无寸铁的乡亲。韩二忠见那喊声极具号召力，已经把一些年轻汉子煽动起来了，大有火山爆发之势，马上摆手制止住：“大家听我一句，小鬼子的机枪正对着咱们，不等咱们冲上去夺他们的枪，子弹早把大家撂倒啦，千万不能轻举妄动啊。”

闷在人群里原本不想出头露面的李光腚，看鬼子真的要杀人，又见乡亲要跟为数不多的鬼子拼命，怕惹出大祸，再也沉不住气了。他走出人群来到松下跟前，一把从鬼子手上夺过那个铜锣，冷冷地说："我是村里的保长，这破锣是我敲的。"

孙宏举把他的话翻译给松下，那狗日的小队长假惺惺地笑着走近李光腚，先用手枪顶了顶他的脑袋，之后猛然抬手，"啪"地狠狠抽了他一记耳光，嘴里叽里呱啦说了一堆日本话，示意身后的鬼子把李光腚拉走枪毙。

韩二忠清楚，如不救他，李光腚必死无疑，安慰了一下韩张氏和河友，又拍拍刘三的肩膀要走出人群。韩张氏拉住丈夫，哆嗦着劝道："他爹你不能去啊，鬼子不是人，你被他们杀喽，俺和河友可怎么活呀！"河友也一声声"爹爹"地呼唤，让在场院的所有乡亲都撕心裂肺。韩二忠还是那般坚定地走到了松下的面前，指着李光腚说："放开他，那锣是我敲的，跟他没关系，要杀要剐冲着我来。"孙宏举目不转睛地盯着韩二忠，意思是，他这种时候不该替人顶罪，韩二忠却让孙宏举把自己的话翻译给鬼子听。孙宏举低头想了想，用日语机警地对松下说："韩二忠说，那个铜锣他们谁也没敲，是要饭的叫花子胡敲了一阵，根本没向八路军报信。"

松下库代听完孙宏举的解释，疑惑地瞪了他一眼，然后走近韩二忠，连喊两声"八格牙路！八格牙路！"同样抬手打了韩二忠一个嘴巴，朝后一挥手，马上跑来两个端枪的鬼子，用刺刀把韩二忠和李光腚逼到两棵大树旁，用绳子把他们绑在了树上。韩张氏和河友见状浑身战栗着、哭号着，催大家想法去救救他们俩。其他乡亲胸中燃烧起熊熊怒火，呼喊着"打死鬼子，打死鬼子"，就要冲上去。这当口，只听"叭、叭、叭"几声枪响，乡亲们立刻被镇住，全都愣在了原地。

在乡亲们六神无主的时候，刘三拨开人群，红着眼睛走了出去。他先给孙宏举递去眼神，要求鬼子给韩二忠和李光腚松绑，并把他们放掉，一切后果由他来担。还特意嘱咐孙宏举，要跟鬼子讲清楚，那锣是他发现鬼子进村敲给乡亲们报信的。孙宏举靠近他喊了他一句"大叔"，说这样不行，鬼子真的会把他杀了。刘三说，自己死才死一个人，可韩二忠和李光腚一死，全家就塌天啦。"请兄弟把我的原话跟鬼子翻译过去，救出保长和河生二叔，我要是能活下来，准给你下跪磕头。"

孙宏举对刘三的举动很是感动，把他的话如实地翻译给了松下，鬼子立刻把他也拉到树前绑上。松下先用一根军用皮带对三人轮流抽打，只见三人从上到下一片片的青肿，头、脸直流鲜血。刘三忍住疼痛，咬着牙朝鬼子大喊："操你娘的小日本鬼子，把李保长和韩二哥放喽，要杀就杀我一个人，老子不怕死！"

松下见刘三宁死不屈，瞪着牛眼把三个鬼子兵喊来，在距三人五米的地方站好，端枪瞄准了他们。孙宏举见势不妙，急中生智对松下说，这三个人都不能杀，韩二忠和刘三是当地有名的新船主河生的亲叔叔，以后除非皇军不再用他家的船过河，杀掉他们想再征用河生的船可要比登天还难了。

松下明白了韩二忠、刘三和河生的关系，犹豫了一会儿才变怒为笑，拍拍韩二忠和刘三的胳膊，命令鬼子把他俩放了。轮到李光腚时，松下指着他对孙宏举说，这个人不能放，他名义上是保长，暗地里通八路，要给他点颜色瞧瞧。随后，他从身旁一名鬼子手中夺过枪，对准李光腚的脚后跟，用刺刀狠劲刺了过去，场院上空立时传来李光腚痛苦和令人心碎的悲哭。

鬼子在深秋的早晨，抢走了部分老河口乡亲的粮食，并对看家护院的乡亲们在场院进行了长时间的肉体和精神折磨，发泄完对抢粮计划失败的不满后才收队回了炮楼。乡亲们纷纷围拢到韩二忠、刘三和李光腚身边，安慰他们。李光腚捂住脚踝倒在地上号啕大哭，疼得脸上直冒冷汗，两只手已被鲜血染红。

韩二忠蹲下身问他："光腚，你觉得还能走路不？"

李光腚咬咬牙说："怕不行啦！脚脖子吃不上劲，鬼子挑断了我脚后跟的大筋。"

刘三当时没有说话，拽着河友跑回前院，推来一辆地排车子，催韩二忠让人把李光腚抬到车上，然后与河友拉他一路小跑找镇上的刘会天去了。刘会天用盐水洗去李光腚脚上的鲜血，只见脚后跟上裂开了一道大血口，白肉和大筋朝外翻着，再用手上下掀动他的脚板，已完全失去了常人的那种拉力。刘会天上好药，又拿出一长条白布，帮李光腚牢牢地包捆住受伤的脚踝，说："你的脚后筋接不上啦，肉能长上就算不错，恐怕得瘸一辈子。"

李光腚自此再也无法像从前那样走路了，他瘸了。

韩柳氏和春花由河生拉着，在前一天的傍晚赶到镇上。刘会天看没有多少病人，便早早收摊关了药铺的门。河生先放下车把，敲门喊有人看病，才把刘会天催出来。刘会天从门缝里瞧去看又是韩柳氏和春花，便开门把他们邀进去，问谁有病要看。韩柳氏说，以前落下的老腰病没好，还得请他再治治，另外，春花怀孕，请他瞧瞧要不要保胎。刘会天说她的腰病不是一天半天能治好的，妇女保胎一次也不一定管用。

春花顺水推舟说："刘郎中家如有地方，俺们娘儿仨在你家住几天好好治治，不知妥当不？吃住俺都掏钱。"

刘会天一开始露出了为难的表情，随即低头拉开安着诊床的里间小门去后院片刻，回到药铺后对韩柳氏和春花说："行吧，家里能腾出两间屋子，只要有钱，你们想住多久住多久。"他没想到韩柳氏带着春花和河生，是为躲避鬼子抢粮杀人找上门来的。

在韩柳氏和春花未入后院之前，河生先跟在刘会天身后从小门进到了后院。他发现，药铺是临街搭建的一个配房，后面有一个挺大的院落，并有东西厢房和一大溜的正房，整个院子是一个方正的四合院，大有远离尘嚣的意味。刘会天站在正房的台阶上，跟一个五十多岁的妇女嘀咕着，那妇女看上去应该是他的亲眷。河生对韩柳氏说："行哩娘，刘郎中家地方大着呢。"春花询问一天收多少钱，刘会天尚未开口，从药铺后面的那个小门里钻出了那位妇女，跟韩柳氏讲，三个人一天吃住一块大洋，让他们商量好再定。

河生说："俺们不欠你们的钱，你们也别赚俺的钱，两边都就合着点。"

刘会天朝那女人摆摆手说："行啦，家里的，这都是老熟人，咱让人家两成。"原来这个女人是刘会天的老婆。

于是，河生催春花先付一天的钱，刘会天老婆喜笑颜开地望着手中的大洋，领韩柳氏、河生和春花三人进了后院。韩柳氏被安置在东厢房的外间，春花则跟河生睡在里间。那一夜，韩柳氏和春花都没能睡踏实，唯有河生躺下就"呼呼"打起鼾来。韩柳氏望着漆黑的屋顶，翻来覆去地想着这回鬼子抢粮会闹出什么人命来，担心刘三能否平平安安地既保住家中的粮食，又能让自己不遭受鬼子的伤害。刘三自河东来老河口后的一幕幕，不断地从韩柳氏眼前晃过，她心中突然有了慌乱的感觉，继而幻化出自己跟刘三在一夜之间成就了那种事情，顿时浑身像喝过烈酒那般，透出一种说不出的燥热，那是一股很久以来不曾有过的热流和激动。但转眼间，她觉得自己怎么那么没有羞臊，赶紧控制住思绪，努力让自己进入梦乡。

春花在里间听到婆婆翻身时床铺"嘎吱"发出的响动，察觉到韩柳氏尚未睡着，用胳膊肘捅了捅河生，在河生耳旁悄悄地说："咱娘咋睡不着觉啊？"河生侧卧背对着春花，迷迷糊糊地说了句“娘睡不着准是想事情呗”，接着打起呼噜。春花开始也在想，鬼子到家里抢粮，韩二忠和她的刘三叔会是个啥样的结果，可韩柳氏在外屋发出的动静，忽然把她拉到了另一个地方。她想，婆婆除了在想鬼子抢粮的事外，肯定是在替刘三叔担忧，因为有刘三叔的日子让韩柳氏和春花感到好像老船主又活过来了，家中又有了主事的大人，更给以后的生活多添了个盼头。想着想着，她脑海里突然掠过一个大胆的想法，婆婆能跟刘三叔走到一起，两人都不必再忍受孤独带来的折磨，残缺不全的家也可重新焕发生机。她在黑暗中对外屋试探性地喊：“娘，睡着没有啊？”

“还没哩。”韩柳氏回答，“春花有事啊？”

春花见韩柳氏真的没睡，扶着河生的身子和衣下地，摸黑走到外屋韩柳氏的床边，俩人挤入一个被窝。“你来咋睡啊？床这么窄。”

春花说：“俺想跟娘睡一宿，河生睡得跟死猪似的。”

两人先聊扯了好一阵鬼子抢粮的话题，从韩柳氏的哀叹声中，春花揣测出婆婆对刘三的牵挂，故意把话转到刘三身上：“娘，你觉得俺刘叔咋样？”

韩柳氏说：“他在你家待那么多年，好坏还用问我？你爹娘派他来可没少给咱帮忙，哪件事不是多亏你刘叔啊。”

春花又问：“娘想过再找人家吗？”

韩柳氏听完这话，在黑暗中沉默良久，虽然心里偷偷琢磨过今后的大事，也想到过刘三，但面上却难以开口，更不想让春花知道自己的心思，说：“有你跟河生守着我，你再给我生个胖孙子，其他啥都不想啦。”

春花不相信韩柳氏的话，知道她在自己面前不得不有所掩饰，说：“娘，既然俺刘叔人不错，他也一个人，咱把他长期留在老河口吧？以后您要是愿意，就跟刘叔成喽算啦，用不着再往外走了。”

韩柳氏嗔怪她说：“去去去，娘没那么多的想法，赶紧睡吧！”

春花笑着说了句“娘嘴硬”，顺势躺在韩柳氏身边睡下，但从婆婆语气中真切地感受到了她心底的兴奋和对刘三的满意。第二天，刘会天先给韩柳氏查了腰病，又帮春花切了脉，对她们所说的病情百思不得其解，称韩柳氏的腰病早已好利索，春花怀胎也没毛病，用不着住下来诊治，怎么也想不到她们是因躲避鬼子而要留住的。晚上，老河口一带仍没听说鬼子到各村抢粮，河生便要拉她们趁黑回去，被刘会天劝住：“天晚回去啥？要走明天一早再走。”她们这才又住了一夜。

正是这一夜的留宿，河生、春花和韩柳氏躲过了鬼子抢粮和围剿。一觉醒来，鬼子在大清早打响第一枪的一刹那，韩柳氏身在六里外刘会天家中就听到了那声闷响。她穿好衣服马上把河生和春花喊了起来，走到院子里辨听了半个时辰。当鬼子在场院打出那三声枪时，韩柳氏作出了准确的判断，对起床出屋的刘会天说："一定是鬼子开始抢粮啦。"刘会天在吃惊的同时，方才悟出韩柳氏带着春花和河生住进他家是为躲避劫难，对河生说："我留你们娘儿仨留对了，如果头晚回去准被日本鬼子堵在家中。"河生像是很有把握地对韩柳氏说："这回不用咱们闹着回去啦，过不多长时间，保准有人被送到药铺来。"并叫刘会天作好接收伤者的准备。刘会天不相信河生的话，他觉得鬼子杀人一杀一个死，自从开药铺以来，还没接收过被鬼子打伤致残的。

"不信你等着瞧吧。"河生说，"那三声枪响，老河口看家的人没有受伤的才怪呢。"

事情真的被河生言中。不到吃早饭的时候，刘会天还未打算去药铺，愣被一阵火急火燎的敲门声惊坏了，只见刘三和河友两人将李光腚架进了药铺。凄惨的号叫和刘三"春花，春花"的喊声，瞬间把韩柳氏、春花和河生引了过去。他们看到李光腚的左脚往下耷拉着，鲜血从门外到门里滴成一条线，知道他被鬼子打伤了，但伤到何种程度当时并不清楚。河生和春花喊着"刘叔"，问他和河友李光腚伤得有多厉害，韩二忠和韩张氏有没有挨鬼子打。河友对他们点点头，说韩二忠和刘三也遭到了鬼子的毒打，只是没和李光腚一样挨鬼子的刺刀。刘三进到药铺只顾配合刘会天给李光腚治伤，没把自己青紫肿胀的伤痕露给刘会天、韩柳氏和春花他们看，所以春花三人听河友一说，更担心了。

韩柳氏关切地问："他叔，你伤得咋样？快让刘郎中帮你看看。"

刘三觉得全身疼痛，却装出一副无事的样子，说："我没大事，李保长的脚怕是没治啦。"

刘会天看过李光腚的脚伤后束手无策，用长条白布包扎完，让刘三帮忙带了些止血化淤的药，就算打发了这个被鬼子祸害了的人。临走时，刘会天向刘三索要诊费，但来的三人都身无分文。春花从口袋里掏出一块大洋递给刘会天："这块大洋是俺娘儿仨半天吃住和你给保长看伤的钱。"刘会天接过大洋在手心里掂了掂，像是不太满意的劲头。

韩柳氏问："刘郎中，一块大洋不会不够吧？"

刘会天笑笑说："有啥多少的，一块就行啦。"

刘三和河友拉着李光腚看完伤，顺便把河生、韩柳氏和春花接回了老河口。一村的人都站在村口等他们回来，对刘三的这个举动感激涕零，说他是老河口乡亲们的救命恩人。刘三想到会有那样的场景，故意让韩柳氏、春花和河生稍后到，免得一起进村叫别人看见说闲话。他和河友在村民的护送下，先把李光腚送到家中安顿好后，才走进韩家前院去看韩二忠。河生拉韩柳氏和春花停在胡同里，一看大门锁着，便直接去了河友家。韩张氏见他们回来，走到院里喊了声"大嫂"，就呜呜大哭起来："他爹被鬼子打得不能动弹啦！"春花和韩柳氏把她扶进屋内，瞧着不断呻吟的韩二忠，心中难过得说不出话来。

韩柳氏流泪说："他叔，不行让河生、河友也拉你去找郎中诊诊？"

韩二忠痛苦地咬着牙，喊河生和河友扶他坐到椅子上，"不用，忍忍就好啦。"随后问韩柳氏和春花躲哪儿去了，春花说陪韩柳氏去镇上看病，在郎中家小住两夜刚好躲过鬼子抢粮。

"是刘叔的主意，"河生说，"他把俺们支走，自己留下来帮俺们看家。"

韩二忠握住刘三的手，说他虽是远方兄弟，但在大难临头的时刻敢冲出去救他和李光腚，让全村人都有说不尽的感激。刘三说："二哥甭说啦，那是我该做的。再说，不是我救了你，而是那只老船救了咱俩一命。"

河生弄不懂鬼子不杀他们与老船有啥关系，韩二忠说，是孙宏举以鬼子将来再找你撑船为由，才说动鬼子放他们一马。河生愤愤地说："好啊，小鬼子再找我下河撑船，到时候让他吃不了兜着走。"韩柳氏坐在旁边始终没言语，从韩二忠的话里，她听出刘三在这次鬼子抢粮行动中，给老河口的乡亲们心中树起了令人刮目相看的形象，眼睛更盯着他的身影不想移开了。

刘三整个人，在老河口乡亲眼里突然高大了许多，谁都不相信他这个外乡人竟有如此的胆量敢挺身而出、勇于牺牲。从韩二忠、韩柳氏、韩张氏到河生和河友，韩家人从这时起，没有一个不打心底里彻底接纳了他。老河口恢复平静半个多月后，李光腚在家人的搀扶下才能下炕，走路时左脚只能点地，瘸得十分厉害。一天中午，他由族院的侄子架着来到河生家，进门看见刘三后，虽然无法下跪，却泪流满面地朝他和韩柳氏抱拳行礼，说他不仅欠韩家一条命，还欠了韩柳氏和春花的钱，一辈子也忘不掉。刘三劝他，只要能活下来啥都甭提。

李光腚很吃劲地迈上台阶进屋坐稳当后，让河生去前院把韩二忠喊来。河生问他喊俺二叔有啥事吗？李光腚说："你去喊就是，没事我叫人架着来你家做啥哩？！"

河生用最简单最省力的办法，走到院内南墙根下，抬脚"咚咚咚"朝墙上踹了三脚："二婶，叫俺二叔过来，光腚大哥找他有事。"韩张氏也透过窗户棂子问有啥事，河生没有回答。河生懂得，只要不回话，人准会过来，不用再费口舌。不到一袋烟的工夫，韩二忠果真叼着卷烟走了进来。

李光腚还是跟见刘三那样向韩二忠施了大礼，说："喊二叔来商量点事。"

三人聚到一起，大有同舟共济的感慨。韩二忠对李光腚说："死都一起死过一回啦，啥事还用商量？"李光腚说，有事可以不去找别人商量，但不跟他和刘三商量，心里发虚，说："我的脚不中用啦，再当村上的保长怕不合适，不能带大伙护村子还叫啥保长啊？俺想把村里人召集到一块说说，把保长让给你们俩干，谁都行哩。"

刘三听李光腚要把保长的位置让给他或韩二忠，马上推辞说，他干不了这样的差事，自己是外乡人，村里也不一定能答应，还是叫韩二忠或者其他人干为好。韩二忠说："外乡人不外乡人是小事，关键是光腚的脚跑不了路，我岁数也大啦，不行让乡亲们推举推举。"李光腚提议到村民会上自己提出来，让大家表态。

当天下午，一家一个代表，被李光腚指派的人召集到了那天敲锣的牲口棚院子里。那是个很大的空场，可以容纳上百口人。到场的人东一个、西一个地站坐不一，在院子里"嗡嗡"地乱嚷嚷，最后被架进来的是李光腚，韩二忠和刘三跟在他身后。

"人都到齐啦？"

"到齐啦。"

李光腚被侄儿架着，一手扶着牲畜棚的门框，说："今天让大家来就说一件事。你们也看见我这样子啦，鬼子挑断了我脚后跟的大筋，估计一辈子也离不开拐啦，村里要想平安就得有能跑路的。当然，跑路谁都能跑，但能跑路没胆量不行，这种年月，鬼子加土匪坏人多着哩，没个虎势劲儿怕是镇不住。所以，为了老河口家家户户的安生，我想把这保长让给二忠叔或刘三叔干。大家别嫌刘三叔是外乡人，论胆量和勇气咱们谁都比不上他，那天在场院里的阵势，大伙都瞧见啦，有他和二忠叔这样的人，老河口的老少爷们儿还有啥亏可吃呢？"

他的话立即引起在场人的共鸣，大家七嘴八舌地开始议论、赞叹韩二忠和刘三的英雄壮举。李光腚举手示意大家安静，说：“都表个态，二忠叔和刘三叔他俩谁干好？”韩二忠知道，让村里人对一家人的他和刘三表态，一定程度上是为难大伙，于是先开口说：“谢谢大家的信任。光腚提议让我干保长，我自己看都不行，岁数大了拔不动腿。要选合适的，就选刘三兄弟更好，反正俺们是一家人，大事小事我给他筹划筹划可以，遇事绝不会不管，哪会眼瞧着让兄弟爷们儿吃亏哩。”他的提议得到了在场乡亲的赞许，大家都“行行行”地呼号着，把手高高举在半空表示同意。

李光腚转身对刘三说：“行啦，从今天起，你就是老河口的保长，该跑该办的事情你可得多费心。”刘三环视了一下场内的乡亲，脸上流露出复杂的表情，这么多年，他第一次戴上耀眼的花环，得到了老河口乡亲们的尊重。

刘三感动地说：“按说村里的保长应由本村人担任，现在大伙选我这个外乡人接替光腚爷们儿干，说实话，我心里有些不安。既然这么信任我，我绝不负大家的重托，一定把老河口的事情办好，哪儿有差池，请兄弟爷们儿们随时指点。”

经历过一次磨炼，刘三得到了乡亲们的认可，当上了老河口的保长。但这差事并不好干，有点像个跑堂的小二，不论哪家打架骂街都得去调解。刘三回到河生家的当天，许多村民来家中道喜，让韩柳氏和春花忙活个不停。等人散尽，春花说：“刘叔，你当保长给家里可争脸啦。”刘三憨厚地望望韩柳氏，叫春花先别将事情想得那么好，还不知能不能干好哩。韩柳氏瞅了瞅他，说：“有河生二叔帮你忙，有啥过不了的火焰山啊？”

晚上，没用河生和春花多嘴，韩柳氏竟炒了一盘鸡蛋，拌了一盘咸菜，催河生把韩二忠和河友喊来，陪刘三好好喝几杯酒。春花看出，韩柳氏真的对刘三上心了，河生也在暗中思虑过母亲与刘三以后的生活。

秋天过去了，天气日渐寒冷，夜间，伴随着刺骨的寒流下起了头一场霜冻，人们都开始添加过冬的厚衣。因地里已无多少农活，大家都躲在家中取暖。而这时的刘三，身上依旧穿着单薄，有时从外面回来，冻得嘴唇发紫。穿着一层夹袄显得更加笨重的春花与韩柳氏在堂屋里做针线活，见刘三还是跟以前一样进门就往东厢房钻，说：“娘，你看刘叔，身上没啥厚衣服穿，挺可怜的，我给他买块布料做个夹袄吧。”

韩柳氏嘴角露出了一丝微笑，不回春花的话，走进西间提出了一只花包裹，让春花把刘三喊到堂屋。春花问，包裹里是啥东西，韩柳氏告诉她，是老船主死后留下的新衣裳。春花把一件厚褂子和一件棉袄抖开一看，发现衣服全是新的，故意抿嘴乐着逗韩柳氏，说她是专门偷偷给刘三做的。韩柳氏指她一下，让她不要贫嘴，快把刘三喊过来试试。

春花挺着身子迈进东屋说："刘叔，你这回有人疼啦。俺娘给你做了两件衣裳，你去试试合适不。"

刘三当即脸红成一片，说他有穿的就行，天不算太冷能凑合。春花假装生气地说："你看你，俺娘可是好心，你不要拿娘的好心当成驴肝肺哩。你不去她准不高兴，以后也别想再试啦。"

说完，她推了刘三一把，说自己在东厢房有事，让他去堂屋歇着。刘三两手挠着头皮愣在院里。恰好一阵北风刮来，把他的单衣掀开，露出了宽厚的胸膛，他浑身打着冷战，赶紧拉好衣服，想以一副好的状态面对韩柳氏，这一切都被韩柳氏瞧在了眼中。

"他叔，"刘三耳畔传来韩柳氏的喊声，"大冷天的别站在外面啦，进屋来吧。"

春花躲在东屋门后瞧刘三怎样进屋去见韩柳氏，听见韩柳氏的叫声，伸出头来对刘三说："刘叔，你咋这会儿傻啦？俺娘叫你进屋哩。"刘三这才不再犹豫，红着脸，迈上了堂屋的台阶。

第八章

韩柳氏给刘三做的衣裳，是等春花晚上睡下后，她跑到堂屋西间，在影影绰绰的油灯下用几个晚上一针一线亲手缝制的，棉衣里一茬茬铺套了当年最好、最保暖的棉花。黑色褂子的布料，是她去刘会天家躲避鬼子抢粮时，背着河生和春花跑到镇上买后带回来的。她糊弄春花说，那是老船主死前留下的新衣服，只不过想掩人耳目罢了。

刘三进了堂屋站在韩柳氏的对面，却不敢正眼看她，只说不应该花工夫费心劳神地缝做。韩柳氏翻起眼睑瞄他一眼，知道他内心羞臊，讲这些完全是没话找话说，掩饰男人在女人面前的那种慌乱，便不接他的话茬儿，只让他转过身去，把两件衣服全套在他身上试了几遍。

“嗯，合适。”韩柳氏说，“从今儿个起，褂子穿上别脱啦，天冷后再换上这件棉袄。”

刘三瞬间感到的不只是温暖，韩柳氏话音里那种女性的关爱，让他想起了自己早已过世的母亲。他常想，自从母亲去世到现在，这么多年来，就没有遇见过一个真心疼爱自己的女人，韩柳氏的这片真情让他很是感动。想着想着，他的眼角情不自禁地有点儿湿润了。正当韩柳氏要收叠棉袄时，刘三蓦然转身跪在了当门里，等韩柳氏反应过来，他已给她磕了三个头：“你对我这么好，我这一辈子都要谢你，哪怕给你家当牛做马都心甘情愿。”

韩柳氏惊诧地瞪大眼睛，边拉刘三边瞅门外，嘴里轻声喊他快起来，说他这是干啥哩，让春花和河生看见咋想啊。刘三也觉得有些失态，起身后马上躲到了门后头。韩柳氏走到炕边，把棉袄叠好塞入包裹，四个角打成十字扣，背对着他说："以后你别一人躲在东屋啦，就到堂屋来说话，反正家里没外人。"

韩柳氏借试衣跟刘三进行的交流，被春花看作两人难得的一次相聚。她认为，韩柳氏与刘三之间的距离越拉越近，会让她和河生在婆婆与外来的叔叔中间更容易做人。她估摸着时间差不多的时候，从东屋出来，站在院子里故意用劲咳嗽两声，给韩柳氏和刘三传递一个信息，让两人都清楚她要进屋，免得有何举动碰到难堪。实际上，刘三试完衣服早已规规矩矩地坐在椅子上，韩柳氏则走进西间收放包裹，并无半点不雅之举。听她那样假装遭风受凉的咳嗽，韩柳氏心里埋怨着她："还用咳嗽啥哩？要进来就进来。"

春花进去先瞅瞅他俩，发现韩柳氏十分平静，而身着那件新褂子的刘三脸色却阵阵发红，并低下了头去。春花拉拉他身上的衣服说："刘叔，俺娘给你做的衣服挺合身哩。"刘三对春花说了句，"你娘的手是很巧"，其他就没啥话了，随即，借故有事要出门，起身避开了春花。

晚上喝过汤，春花把河生拉到东屋，跟他讲白天他娘帮刘三试衣服的事情，说刘叔住在家里，她和他娘都很宽心，也替河生顶了半个天，叫河生劝劝他娘，把刘三留在老河口不要走了。河生说，这事得看他娘同不同意，还要征求叔叔韩二忠和婶子韩张氏的意见。春花有些不高兴，说："留不留刘叔是咱家的事，不过是想让他多住些日子帮你和娘一把，又没其他的事情。前边二叔那里可不能吭声，说出去人家以为娘跟刘叔有啥事哩，还咋叫刘叔在老河口待啊。"

河生沉思了一会儿，觉得春花说得对，决定不跟韩二忠提留不留刘三的事儿，转头对春花说，俩人分开好些时候没在一起睡觉了，夜里总睡不踏实，天凉一入睡更清冷，缠着春花赶快搬到东屋来。

春花娇嗔地说："我也想哩，可咋对娘说啊？"

河生说："说你身子不舒服，夜里得叫我侍候你。"

春花暗暗骂河生肚子里净是鬼道道。可又想，她搬回东厢房，刘三只能去堂屋与韩柳氏睡在正房，虽然两人各睡一间，不可能发生那种男女私情，却担心韩柳氏不会准许，春花让河生自己去跟韩柳氏和刘三挑明，河生说："这事我咋说呀？好媳妇，还是你跟娘讲吧。"

春花走进堂屋，把韩柳氏叫进里间，说自打怀孕跟河生离开这么久分着睡，河生实在憋不住，哭着闹着要她搬回东屋俩人一起睡，让韩柳氏帮她拿主意。韩柳氏听完，先是没开口，想了很久才对春花说，都是过来人，河生这种要求不算过分，只是刘三在哪里睡是个难题。

春花说：“只有让刘叔搬到堂屋来，你睡东间，他睡西间，外人是不知道咱家是咋歇着的。”

韩柳氏极难为情，说要是让外人听说了，村里啥样的闲话都会说出来的。春花也装着一筹莫展，对韩柳氏说，“娘，你看怎么办好哩”？韩柳氏摇头，竟拿不定主意。河生等不到春花的回话，喊着她的名字径直闯进堂屋来。坐在椅子上喝水的刘三，见韩柳氏和春花两人在里间嘀咕半天不出来，喊道：“春花，河生过来啦。你和你娘有啥为难的事说不开啊？”

春花随口应着，把韩柳氏拉到明间，把河生要她搬去东屋歇息的事叙说一遍，刘三听完就愣在了椅子上。河生说：“刘叔，春花搬过去睡，你也不影响俺们，没啥哩。”

刘三马上举手打住，称跟河生小两口睡在一屋太不成体统，家里实在安排不下，他就搬到南面的牲畜棚去睡。刘三讲完，起身要走，被韩柳氏一句话喊住了：“他叔你回来，孩子要住到一起，你搬到堂屋来吧。”当场叫河生帮刘三把那张大门板挪进了堂屋西间。

从春花搬入东屋的这夜起，河生激动了好几个晚上。韩柳氏和刘三在堂屋各住一间，尽管隔着明间的客厅，可两人谁都没合眼。韩柳氏思前想后，考虑刘三会不会夜里突然闯到她这边来，冒犯她这个独身数月的寡妇，又琢磨，这种住法万一传出去，老河口准会炸了锅，到时，不仅她和刘三无立足之地，也会给河生和春花带来巨大的影响，甚至会令他们无地自容。她越想越觉得头皮胀大，整个身子不知不觉笼罩在一种无形的压力之中，压得她喘不过气来。鸡叫过三遍，已三更天了，她才迷迷糊糊地睡去。

刘三躺在西间的床板上，身上压着韩柳氏给他增添的厚被子，却无论如何也无睡意。他想的与韩柳氏大不一样，一方面，他心中对韩柳氏、河生和春花充满了无限的感激，认为韩家从这时起，可能真的拿他当成了自家人，他该怎么样才能报答韩柳氏，不负这一家人的恩情呢；另一方面又嘀咕，韩柳氏在黑暗的夜里将如何看待自己，会不会把他当成洪水猛兽，若是产生疑心，觉得他不是个正派人，那在老河口就没有住下去的必要了。但同时，刘三又忽东忽西地闪出更多的念头，他望着漆黑的屋顶，先思索韩柳氏夜里该是怎样一种诱人的睡姿，甚至还想到，假如夜里韩柳氏喊他过去，自己该如何应付。

刘三和韩柳氏各自猜测着，侧耳细心聆听屋里的动静。天已渐渐发亮，一切都平静如水，什么都没有发生，她和他方明白，对方是如此守规守节。

就在刘三和韩柳氏互相揣测的那天夜里，搬入东屋的春花，在轻唤呻吟和声声呢喃中，与河生行过鱼水之欢后难以入眠。河生的鼾声在漫漫长夜里与她相伴，一身松软的她，忽地想到，堂屋的韩柳氏和刘三会不会也像他们那样？可她不敢将这个想法讲给河生听，只能自己混混沌沌地坠入梦乡。刘三自第一晚与韩柳氏同室而眠后，不论白天做什么事，均盼着冬日的夜幕早早降临。虽然夜里没有他想得到的结果，但在静谧的空气里仔细听辨睡在另一间的韩柳氏发出的细微声音，对他来说，可谓一种极大的满足和享受。

入冬后，天气更加寒冷，夜里如要方便，大家都懒得披衣起床跑往院里的厕所。河生家和家家户户一样，睡前把尿盆拿进屋里，找把凳子搁在炕头边上，有尿时，顺手端进被窝，就算解决了。每晚，东屋里的尿盆由春花提进去，堂屋呢，则由刘三抢着提。韩柳氏有时上厕所回房，就顺手把尿盆带进来，他也赶快伸手接过，替她摆在习惯了的老地方。第二天一早，韩柳氏还在穿衣，他又先喊了一声“春花，起来了吗”，直至听见“嗯，起来啦”这句话后，他才走进东间，把摆在韩柳氏炕前的尿盆端到厕所倒掉。在整个冬天，这已成了他义不容辞的义务，好似规定好的程式。每天早晨当他走过客厅，迈进东间站在韩柳氏面前时，两人脸上都会出现稍纵即逝的红晕。

河生和春花最早看出刘三这种莫名其妙的情绪变化，对韩柳氏说：“娘，这段时间俺刘叔咋像换了一个人似的？”韩柳氏没太在意刘三内心的变化，因为在平日里，他在她面前还是过去的那些客套，便诧异地问河生，他刘叔咋会成了另外一个人？

春花说：“你看他，见谁都不爱说话，心里肯定有事。”

韩柳氏思忖半天，才往自己身上考虑，想刘三会不会对自己产生了那种狂想，便试探着问河生和春花，刘三跟他俩说过什么没有。河生说，刘三啥也没提。自此，韩柳氏认定，他可能是想其他的心事。

在一个黑夜，刘三和韩柳氏像以前那样睡下时，鸡已叫过头遍了，韩柳氏听刘三不断翻身把门板压得“嘎吱嘎吱”响，知道他一直没睡着，就躺在东间问过话来：“他叔，还没睡着啊？”

刘三希望她能在夜间隔屋跟自己说话，听到她的声音，立时有了劲头，他的回话穿透堂屋黑夜的屏障，传到了韩柳氏的耳朵里：“没哩。你也没睡啊？”

韩柳氏哀叹一声，又问：“他叔，你最近是在想河东你家老爷吗？”

刘三被韩柳氏问得有些不知所措，于是，他只好接过韩柳氏的话，称是想郭继聪和郭刘氏，不晓得他们在济南咋样。韩柳氏说，等春花生完孩子，叫他带河生和春花一起去济南。

“也怪难为春花的，自娶进老河口，俺这媳妇只回过一趟娘家，是该去看看啦。”

对面传来的话，一下把刘三的思绪转移到了另一个伤心的地方，多日来韩柳氏的身子被郭继聪和郭刘氏猛然间替代了。他躺在被窝里听着想着，就忆起了河东春花爹娘惨遭杀害的情景，眼泪情不自禁地流淌下来。很久，刘三没再说话，韩柳氏只听到他一阵凄楚声。

刘三盼着韩柳氏能在黑暗中走来安抚自己伤痛的心，但又清楚，那是枉然的。

韩柳氏暗自对刘三和春花爹娘间的情感不住地慨叹，心里光想他是个性情中人，根本没料到他是多么地渴望自己，劝说道：“他叔，再难过也不能对春花讲这事哩，她想起亲家会更难受。”刘三回答韩柳氏说：“不跟春花提老爷和夫人的事，咱都歇着吧，明天还有事哩。”

第二天一早起床，刘三仍像往常一样，赶在韩柳氏之前穿好衣服，朝东间问完话后，才走到韩柳氏的炕前端那尿盆。她偎在炕沿上，边系长襟上的纽扣，边凝视着他的脸膛，看清他因没能睡好，眼睑红肿了。

春节前，一场纷纷扬扬的大雪把黄河两岸覆盖得严严实实，洁白的雪花聚压在树枝上摇摇欲坠，整个村庄成了一个银色世界。大雪过后的天气格外寒冷，水洒在地上瞬间结成了冰碴。河生清扫完院内的积雪，跺掉脚上的白雪，把两手捧到嘴边哈着热气跑进屋，对刘三说，大河即将封冰，让他一起到河里帮忙把那只老船推上来，免得冻在河水中了。

刘三称，那得去炮楼跟孙宏举说说，叫他带着下河，以防炮楼里的鬼子朝他们开枪：“我现在是老河口的保长，出面找鬼子名正言顺，要去就现在去吧。”

上午的阳光透过云层照在皑皑白雪上，耀得人睁不开眼。老河口各家各户的男人都爬上屋顶打扫厚厚的积雪，从屋顶推下来落在胡同里，被风吹成飘逸的粉末。刘三和河生一前一后沿村里扫开的土道走向村南，过场院后便没路可走了。因为平常没事谁都不会去炮楼闲逛，因此朝大堤方向的路上的雪没人打扫，他们不得不踩着一尺多深的积雪，凭记忆沿着路深一脚浅一脚地往河堤上走，每走一步，脚下都会发出“咯吱咯吱”的响声。两个人身穿大黑棉袄，腰间和裤腿都扎着麻绳，与满地白色形成了鲜明的对比，老远就可看出他们移动的身影。刚上大堤，炮楼里的鬼子就喊过话来。河生在大河里撑船了解鬼子的习性，让刘三不要再往前走，停住脚，对炮楼喊，说要见孙宏举。站岗的鬼子听不懂他嚷的是啥，只好对据点“哇哇”大叫。没多久，孙宏举走出据点，拉开铁丝网的大门跑过来，问河生和刘三为何这时候到堤上来。河生说，得把老船从河里拉上岸，否则会被冻住，请他出面带着下河，免得挨鬼子的枪子儿。孙宏举说，要向松下报告一下才行。他让河生和刘三在原地等着，自己返回到据点。

孙宏举再出来时，他用日本话跟炮楼上的鬼子说清要下河的理由，那鬼子回应几句，随后把枪口挪到了另一个方向。河生问孙宏举，松下为啥这么快就答应了他们的要求，孙宏举说：“他们明年大概还用得着你和那只老船，不然不会让你们把船弄上来的。”

刘三跟他讲，自己现在是老河口的保长，以后有事要冲着他说。孙宏举高兴地看了看他，接着问起李光腚的情况：“李保长受伤咋样啦？”河生说，腿瘸跑不动路，因此才把保长让给刘三干。刘三问孙宏举，那次乡亲们对他产生了误解，他有没有往心里去。孙宏举摇摇头说没有，他早知会那样，再说，乡亲们误解得也没错，谁让自己给日本鬼子当翻译呢。

“早晚我得走，”他说，“不离开鬼子老天不容啊。”

孙宏举陪河生和刘三下到渡口，见他俩脱鞋蹚入冰冷的河水中，一人一边把住船舷往岸上推，他也主动走近船头，抓牢船头拴纤绳的楔子，帮他们费力地将老船拖上岸，并把船翻扣在河滩上，防止落入舱里的雨雪化成积水沤了船板。

回途中，孙宏举给刘三和河生透露了一个很重要的消息，说张经武率领的山东纵队正在到处招兵买马，组织更多的地方武装和游击队，对黄河沿线的鬼子进行打击。鲁西反共总头目本得观和封河日军成天提心吊胆，三九严寒，黄河一上大冻，用不着船只摆渡了，日本第五十九师团会踩着冰面从河东派兵过来增加防务。

河生问他，听没听说这一带有游击队，孙宏举说：“早就听说啦，鬼子正怕年根底下挨游击队的打呢。”分开时，孙宏举嘱咐刘三和河生给村里的百姓带个话，万一年底游击队跟鬼子打起来，既要保护好自己，也得保护好游击队成员。刘三握住他的手，说了一番感谢的话，叫他有事及时来老河口找他们。

又一场风雪来临后，黄河河面在寒风中凝固了，结起了足有两尺厚的冰冻，大河上下白茫茫的一片。以往这个时候，如果没有鬼子的封锁，正是黄河两岸的人们踏过厚冰互相串门的好时机，但现在两岸鬼子的机枪对着大河，把河东河西隔成两块，河面上看不到踩冰过河的人影，因此变得极为苍凉和死寂。孙宏举透出的消息，很快在老河口和护马庄一带传开，往常这时候，人们已开始忙活起过年来。但此时在老百姓的眼里，游击队攻打鬼子炮楼比过年要重要得多，因此，攻打炮楼成了人人议论的头等话题。

一天傍晚，朱奎带着铁柱和二蛋来到河生家中，问刘三传言是否准确。河生跑到南墙根下，又抬脚踹了几下前院的土墙，把韩二忠喊来了后院。坐在河生家的堂屋里，朱奎说，护马庄的老百姓听说游击队要打鬼子，家家户户都作好了掩护游击队的准备。话锋一转，说游击队只能让鬼子不得安宁，打不了大的战役，黄河解除不了封锁。

韩二忠说："大战役只有靠正规的八路军。不过，游击队跟小鬼子闹闹也会让他们知道知道咱们的厉害。"铁柱和二蛋跟韩二忠、刘三和河生讲，到时若真的打起来了，两个村庄联合起来给鬼子造成迷惑，不能让他们分辨出哪个是游击队，哪个是老百姓。躲在里屋的韩柳氏和春花走进明间，让朱奎和铁柱、二蛋回去后吩咐乡亲们多买些鞭炮，河堤上枪一响，两个村一齐噼里啪啦放个不停，叫鬼子弄不清是打枪还是放炮。刘三笑笑，夸奖韩柳氏和春花，说你们娘儿俩还真行哩，打枪与放炮同时响，即使咱们也难以分清哪是枪声，哪是鞭炮声啊。

朱奎三人回到护马庄，真把韩柳氏和春花的话当成了一个好主意。不知是他们，还是村里的保长组织，护马庄的百姓不几日都在家中藏好了一包包的鞭炮，不论谁问，全说是留着年下放炮使的。老河口同样照着韩柳氏和春花说的办法，私下由刘三和河生串联，让各家各户买些鞭炮来。但不少人家拿不出买炮的钱来，这令刘三十分作难。这时，正好路过河生家的李光腚一瘸一拐地走进大门，看刘三和河生愁云满面，问他们遇到了什么难事。春花说，刘三和河生正愁有的人家没钱买炮哩。李光腚"咳、咳"两声，说："这好办，只要游击队打掉鬼子，替咱百姓出气，为我断筋报仇，我出钱买炮分给大伙，也算对抗日有贡献。"说完，他一踮一踮地回家拿来了几块大洋交到了刘三手上。

河生很为李光腚的行为所感动，对韩柳氏和春花说，老船主和河长都是被鬼子打死的，掏再多的钱买炮都值得，反正游击队来打鬼子，他们不能袖手旁观。刘三不好直接问从河东带来的那些大洋花完没有，光说给全村人每家买炮花不了几个银子。韩柳氏和春花清楚河生和刘三的心思，各自跑进里间和东屋拿出十几块大洋来。

“够啦够啦！用不了这么多，”刘三把一半大洋还给韩柳氏，“先收好吧，不够再要。”

韩柳氏推让着硬塞到刘三手中，说：“带上吧，花不完再拿回来不是一样？”

当天，河生和刘三带上大洋，拉着地排车到六里外的镇上找到一家卖鞭炮的店铺，连价钱都没砍，开口就说把店铺里刚进来的大堆鞭炮全包圆儿喽。卖主在惊喜中现出疑惑，问他俩买这么多的鞭炮做啥用，河生和刘三谁都不挑明，拉起满当当的一车鞭炮回了老河口。

当夜，鞭炮便被分发到各家各户。李光腚一瘸一拐地跟在刘三和河生后头，每到一家都叮咛，何时燃放得听刘保长的信儿，只要韩家院里一有炮响，大家跟着点准行。等他们把自己独特的想法和决心变为现实后，便有一种万事俱备只欠东风的感觉，盼着游击队早日打响消灭日本鬼子的战斗。

然而，一天天过去了，眼看着到了年根儿，也未听到有游击队要来的信儿，大河上始终没能响起正义的枪声。刘三和河生已有些沉不住气了，他俩趁着天黑前小心翼翼地爬上白色的大堤，藏在岸上用来防洪的大石堆后，偷偷观察黄河上的动静，忽然发现铺满积雪的河冰上，一队扛枪的鬼子排成一条线朝河西走来，身后冰面的白雪已被踩成一条发黄的小路。

“天杀的！”刘三骂道，“看样子小鬼子已经不是第一天从对面来河西啦，游击队真应该将河冰炸塌，把鬼子漏到河里去。”

河生隐蔽着身体，对刘三说，鬼子每天准时换班，在冰上走一条路，如游击队真要打鬼子，说不定早已掌握了鬼子换班的时间，那就骑驴看唱本——走着瞧吧。当他们退到一个拐角的避风处时，侧面有俩人忽然爬过来，“谁？”随着刘三和河生的问话，朱奎和铁柱围到了他们身边。

“你俩咋也来啦？”刘三惊讶地问。

朱奎笑笑说，护马庄那边的河堤没有藏身的地方，只有这儿能够避身，可以看到河上的情况。铁柱问，孙宏举透出的消息有谱没谱。河生说：“那还能有假，是他亲口给刘叔俺俩讲的。”刘三说，这事不会出差错，摸鬼子炮楼只是早晚的事情，让他告诉护马庄的乡亲们不用心急。

河生问朱奎：“表舅你算算，看游击队哪天能来哩？”

朱奎听后，按照所学李淳风的起例掌诀，果然扳起指头掐算开了，并皱着眉头不时抬眼眺望大河、炮楼、护马庄和老河口的天空。刘三、铁柱和河生都搞不清他是啥意思，问他咋啦。朱奎神乎乎地说：“没咋，快啦，跑不出今天夜里。”河生顿感奇怪，对他说，他咋会知道游击队夜间来打鬼子呢？

朱奎伸头瞧瞧大堤上没有人迹，跟他们说，唐代李淳风有个很灵验的测法叫“六照星”，掐指一算便知事情成败，大安、留连、速喜、赤口、小吉、空亡三吉星三凶星中，此时此刻的年、月、日、时全赶在空亡上，预示着今夜有血光之灾。

“你们看那儿，”他伸出手指，从大河一直划过炮楼和护马庄、老河口上空昏暗的天际，说，“我已注意老半天了，用过去的望气和风角看，天空中共有十种气，而这一带就占了八种：帝王气在半空里内赤外黄，或如龙或如华盖，夹带着五色在天上浮游，咱们这儿没有。有的只是猛将气——两军相当，气发其上，冰河上空飘浮着几条如龙如虎、上黑下赤、状似旌旗的云带便是。军胜气——也在黄河与老河口和护马庄上头飘荡着，可要看清它赤白相间、像日月晕状、如枪筒对着人、青中带黄、气如覆舟，说明游击队今夜将有战功。再看河面与炮楼上空云雾最底层的那股黑气，叫作军败气——既像牛马从雾中奔腾而出，又如天狗下凡舔人血，重晕白虹贯日，围城客胜，明显是鬼子要遭外来攻击，军士散乱之象。它的上一层还有一种气盘旋在河面和炮楼上空，你们也看到了，正是那条赤气在中间、乌气后拖着白气如一座楼台、像山岳被绕，那便是兵书上所说的伏兵气——两军交战赤气先发，有四面埋伏之应，该有游击队在鬼子周围埋伏。再看，紧贴着河面和绕着大堤炮楼半腰的那股气，低矮得像雾像烟，如瓜蔓联结，十里以内三里以外，又有前白后青之气相随，恰似鸡兔、死蛇、飞鸟和惊鹿相逐，其中，气如黑衣以黄为绿，越往高处越是气青渐黑——这实为暴兵败气，鬼子定有死伤。瞧朝西和西南的老河口和护马庄，两个村庄上空在天黑之前，南北竟发青云白气，东边则升起黄气，白气在中，青气像一头抵人的公牛，既像烟火又像星晕——这是城胜之气，两庄合璧肯定能制住鬼子的攻。当然，老河口和护马庄上头也有一种不祥的云彩，你们看，就是上面的那种赤气，四周被黄气包围着，一条线列阵天下，遍布四方带着杀戮——古人称这种气为屠城气，怕是鬼子要对两村进行围剿。再把河内河外和东西连起来看，整个云雾和气晕很像青白如脂膏和死人倒地，天气昏漠，云气阴沉——这是战阵气，必有敌我双方交战的应验。所以，咱们今天夜里就等着游击队来收拾小鬼子吧。”

朱奎虽然给河生、刘三和铁柱指出黄河、炮楼及村庄上空的那些云叫什么样的气，但他们没一个人能看懂和分辨出气是如何分层的，在冬日天黑前的暮霭里，把眼睛都看花了。刘三问朱奎，他看气真的能够断定游击队晚上会来打鬼子吗？朱奎自信地说，那云气已给了他一个完整的答案，“你们不要不信，这可是古人经过几千年验证留下来的好东西，不然，老祖宗不会把这些经验之谈写进皇帝要看的书里”。他还告诉刘三他们，当年秦始皇得知东南的天子气，竟南巡厌胜；汉武帝听说长安狱中有天子气，便下令杀了全部犯人；秦皇汉武欲寻海外仙山，渺茫难见，就在每条船上配备了一名望气家，对望气格外地重视，不过汉武帝的残暴不次于秦始皇。最后，河生和铁柱见天色已晚，又寒冷难忍，说这回得看朱奎望气望得灵不灵，于是又悄悄地退下河堤各自回村，只管等着这一夜奇迹的发生了。

按照朱奎的判断，老河口和护马庄两个村的百姓，有的真就一整夜不睡觉，等着游击队来打鬼子，可直到第二天，东边天空已发亮也未听到枪炮声。于是，几个好事之人顶着朦胧冷雾找到河生和刘三，询问朱奎是不是瞎猜的。韩二忠听到后院又嬉笑又嚷嚷，也早早起床来到后院，对前来问话的人说，甭管朱奎说的真假，相信游击队会来打鬼子不会有错。

这当口，李光腚披着棉袄瘸着走进门来，见那几个人站在河生家的院子里，问：“是因没能等到游击队夜里打炮楼吧？”韩柳氏说，正是因为朱奎的一顿胡诌，才搅了老少爷们儿们的一夜好觉。李光腚说：“信则有不信则无嘛，朱奎舅也不是游击队队长，来不来只是他的一种算法，不必当真。”已穿好衣服的春花，拉开门走出东屋，跟大家打了招呼，说朱奎表舅算是个有学问的人，没有的事他不会瞎造出来，哄嚷着叫大家进屋坐。韩柳氏说：“天怪冷的，进屋喝壶茶暖暖身子。”

除韩二忠和李光腚进屋外，那几个问事的人却喊着要回去。刘三说，游击队夜里没来打鬼子就不喝茶啦？劝留他们说话，这才把所有来韩家的人邀进屋内。春花和河生刚沏好水摆上茶杯，忽听远处传来一阵巨响，随即从河堤和河里响起了“噼噼啪啪”激烈的枪声，把一屋子人都震起身来，互相瞧着不吭声了。

“准啦准啦！”河生说，“朱奎舅算得真准哩。”

刘三让河生赶快去取鞭炮，那几个人啥话不说，跨出堂屋拔腿跑回了家。李光腚嘴里惊诧地叫嚷着"游击队好样的"，也踮着瘸脚往院外走，并对河生和刘三喊："快放炮，快放炮！把村里人家的炮全引响。"

从大河里传来炮声的一瞬间，老河口和护马庄两个地方先后接二连三地燃响了鞭炮，村庄上空升腾起股股蓝色的烟雾，把黄河两岸都震撼得地动山摇。但仅仅是一阵儿，那几声爆炸和枪声响过之后，再也没能听到更多的枪炮声。刘三和河生燃放了几挂火鞭，一听恢复了原有的寂静，对游击队的进攻感到有些奇怪。刘三问，为啥打几枪就不打啦？

河生回答不了这样的疑问，只好对他摇晃脑袋："走，咱俩到大堤上瞧瞧去。"

身后，韩柳氏和春花在堂屋里喊叫："河生，你俩快回来。"

刘三与河生跑上黄河大堤，离鬼子炮楼很远。在他们头天与朱奎和铁柱见面的那个大石堆，及护马庄那边的远处堤岸上，早已站满了两个村的乡亲。他俩爬到高处，朝大河里望去，发现在血红带白的朝霞之下，在河冰积雪上踩出的那条发黄的人行小路上，冰层完全被地雷或手榴弹炸塌落入河中，出现了一个极不规则的大洞，露出来的混浊的河水，与周边耀眼的积雪形成了鲜明的对照。

两岸的鬼子端着枪，踩着冰面，从东西两个方向朝河冰塌陷的河心围过去。刘三、河生和乡亲们，马上跳下石崖藏到了石堆后面。那片塌陷的河冰，显然是头晚被游击队在积雪里埋藏的地雷炸塌的，换班的鬼子路过此处触雷，全部掉入黄河被水冲走了，周围积雪上只散落下几个钢盔。

乡亲们大声赞叹和议论游击队神不知鬼不觉地就把一个班的鬼子消灭在了黄河里。这时，刘三和河生才反应过来，猜出为何响过几枪后再没动静，肯定在爆炸发生的那一刻，鬼子慌乱中勾响手中长枪的扳机，其实，游击队早已悄悄撤走了，并没与鬼子正面交锋。

这次事件过后，从河东和鱼山调来的鬼子连同炮楼里的鬼子一起，在松下库代的指挥下，对老河口和护马庄进行了一次大搜捕，但连个游击队队员的影子也未看见，自此也加强了封河的兵力，冰面上哪怕有个狗影移动，都会"叭叭"地打过枪去。乡亲们以为，春节前游击队不会再有大的动作，跟往常一样开始为过年作准备。

李光腚冬日闲来无事，虽然走路极不方便，却爱戴着一顶狗皮帽子、穿一身大黑棉袄棉裤走东串西，甚至到了一户人家里，能把主人熬得睁不开眼睛了，他还稳如泰山坐在原处不知疲乏地聊这聊那。这天晚上刚喝过汤，韩柳氏和春花尚未收拾完碗筷，他就扯着嗓子在大门外头边喊“刘保长”，边走进院来。

韩二忠从后窗户听到他来，问了一句：“光腚来啦？”李光腚应道：“二叔，到俺大婶家来喝水啊。”又把河友爹从前院叫了过来。刘三把他让进屋，韩柳氏腾出湿漉漉的手忙给他沏茶，问他咋这么早喝汤哩？李光腚说冬天事少，早喝完，女人孩子们可以早歇着了。

整整一晚，他坐在下座的椅子上，眉飞色舞地聊起那晚游击队炸冰将鬼子漏进河里的事。春花熬不住，跟他招呼一声回东屋睡觉去了，韩柳氏也涩着两眼不断地打哈欠。而李光腚毫无去意，韩柳氏又不能早点儿躺下睡觉，只好眼巴巴地听他和韩二忠、刘三拉呱儿。

韩二忠猜想，游击队不会炸一次河冰拉倒，年前有可能再行动一次。

李光腚说：“那就好啦，咱们下次更得多放一些鞭炮凑凑热闹，让鬼子瞧瞧，老百姓是多么积极抗日。”

说到此时，河生谈起朱奎凭啥能算出那天游击队会对鬼子发动进攻，韩二忠说：“凭啥？凭你表舅这么多年学的本事，看人家那神机妙算，说小鬼子能过初一过不了十五，看来鬼子没有几天活头了。”

李光腚嘴上“嘘嘘”地发出一片感叹，说东阿地界里像朱奎这样的能人不多，他能掐算出鬼子哪天挨打，使乡亲们心里有底，也算为抗日做贡献了。韩柳氏却忽然对朱奎生起一种担忧，说：“他朱奎舅现在被称作神人，鬼子眼下顾不过来，一旦等他们有了闲心，再有探子给通风报信，他怕是没啥好果子吃哩。”

河生听韩柳氏说这话心里极不舒服，戗驳韩柳氏说，他朱奎舅没事儿，人家能掐会算，哪能让小鬼子抓住？韩二忠瞪着河生说：“很多事往往是祸从口出，人算不如天算，小鬼子何时完蛋是天意，你朱奎舅有没有这一劫也要看天意。”

李光腚和韩二忠在河生家一直扯到下半夜才走。

刘三还像以前那样，把韩柳氏的尿盆拿进屋摆在炕头前，然后才进西间睡觉。河生进东屋后，春花已睡实，便轻手轻脚地爬上炕躺下。待整个老河口和大河两岸都进入了睡梦，不知是几更天，刘三和韩柳氏最先听到村南传来了持续不断的枪声。

“他叔，”韩柳氏从东间急迫地喊，“肯定游击队又来打鬼子啦，咱们赶紧起来吧。”

刘三摸黑穿着棉衣说：“是哩，快把河生和春花叫起来。”

夜间格外刺耳和密集的枪声，完全不像炸河冰那晚爆炸过后戛然而止，而是一阵紧似一阵，老河口的百姓们甚至都能听到子弹“嗖嗖”地从屋顶上方一掠而过时的呼啸。刘三将河生叫醒的同时，睡下不久的韩二忠也从前院黑咕隆咚的窗户里喊出话来：“刘三兄弟，准是游击队跟鬼子打起来啦，咱们抓紧放炮啊。”

没过多大工夫，老河口和护马庄再一次连成一片，放响了震耳欲聋恰似枪声的鞭炮，使鬼子一时弄不清哪是枪声，哪是鞭炮声了。

第九章

游击队对黄河渡口的袭击，是根据山东纵队的统一部署进行的，目的是打掉黄河沿线鬼子的封锁，为两岸的地下武装联合抗日消除障碍。鲁西聊城一带的游击队，是在日本侵入中国的第二年秘密组建起来的。东阿支队由一名四十多岁叫曹克村的队长率领，队员有本地吸收的进步青年，也有省城介绍来参加的。在乡下，到底谁是游击队员，一般老百姓不清楚，因为淳朴憨厚过于老实的村民们，只守着自家的一亩三分地生活，加之游击队神出鬼没，更让人觉得他们神乎其神了。

头两天的那次炸河，正是曹克村领导的游击队经过封冰后多日观察，摸准了鬼子的换班规律和时间，趁夜间在积雪上下了地雷。为缩小目标和减少东西两岸鬼子们的注意，他只带了三名队员，在厚厚的棉衣外从上到下又套上一层洁白的外套，与大河冰面上的积雪形成一色，使鬼子看不出冰冻的河面上有人在移动。曹克村手里端着笨重的匣子枪，那枪装不了几发子弹，而且打一枪就得拉一下枪栓；其他三名队员都在三八大盖枪膛里压满了子弹，随时应付可能发生的情况。

借助夜间积雪映照的光亮，他们从大河的北边踏着冰冻，小心翼翼地来到了鬼子踏出的那条被踩实发黄了的冰雪小道上，然后用身上的白衣打掩护，在小道两旁的积雪中，交叉着埋下了十多颗地雷，并在左右第一颗地雷之间用导火线连接，其他地雷则按顺序连成一体，只要碰到第一根左右相连的导火线，所有的地雷就会全部爆炸。

在短短的下雷时间里，炮楼里探照灯曾多次扫向他们，但大河上雪白的颜色迷惑了鬼子们的眼睛，从而使他们轻而易举地下完了地雷，平平安安地离开了河面，撤回到了大堤安全的地方。在刘三和河生用来藏身的那个大石堆拐角处，曹克村和三名队员脱下身上的白布，与枪械一起藏到石头缝隙里用雪盖住，然后在那里蹲守到天亮，亲眼看见了河冰是怎样被地雷炸塌，以及换班的鬼子是如何掉进黄河里冲走的。

天亮后，老河口村民们跑上大堤来到那个大石堆前，曹克村和队员们也穿着大黑棉袄棉裤，站在村民中看热闹。因那天跑上大堤的人不光是老河口的众多乡亲，附近村子也有不少老爷们儿前去瞧稀奇，各种陌生的面孔极其杂乱。刘三和河生曾经疑惑地打量过曹克村和那三名队员，但以为他们是附近村庄的村民，所以没有引起太多的注意。当村民们望着塌陷的大河，解恨地骂起鬼子和赞颂游击队时，谁都没想到，干下这档子大事的游击队员就站在他们的身边。

曹克村和游击队员等大堤上的百姓走个精光后，才把衣服和枪械扒出来，悄无声息地离去。他们去了哪儿，没有人知道，但实际上，他们并没离开东阿地界，只是藏到了一个不为人所知的地方准备下次的战斗。他们猜到，鬼子事后肯定会搜捕游击队员，秋后算账，所以，故意拖延了几天再展开年前的进攻。他们选择距春节还有三天的腊月二十八下半夜，聚集了全县二十多名队员，在老河口和护马庄发动了对鬼子的攻击。黄河两岸自有鬼子以来，从未听到过那么激烈的枪声，并且，时间过去一个时辰了尚没有停息的迹象。刘三、河生和韩二忠引响全村的鞭炮，却不晓得游击队躲在哪里跟鬼子交火，等村里的“战斗”渐息后，才听见枪声是从村南传过来的。

激烈的交火在黎明前的黑夜里持续进行，空气中到处弥漫着浓浓的枪药味，呛得人喘不上气来。乡亲们都躲在家中不敢出门，那些本来被枪声吓哭的孩子在黑暗中钻入母亲怀里。春花挺着肚子跑到堂屋东间，依偎在韩柳氏炕上的另一头，用棉被围住自己的身子，屏息静气地聆听远处的枪炮声，生怕鬼子追赶游击队窜进家里来。韩柳氏自从老船主和河长去世后，已听不得枪响，心都紧缩成一团，与春花谁都不敢说话，就那么静静地等待着战斗的结束。刘三和河生放完鞭炮后，先在屋里躲了一会儿，后听枪声越来越紧，并能听到鬼子边朝老河口方向打枪，边“哇哇”地大喊大叫，心中一下子对游击队的战果没底了，嘱咐韩柳氏和春花不要出来，两人走到院子里观察村外的动静。他俩朝头顶一望，只见鬼子刺眼的探照灯在老河口上空扫来扫去，猜想游击队很有可能已经把村南某一处易于隐蔽的地方作为阵地向炮楼开火，如果撤退，只能凭借大街小巷从村子里跑掉。

其实，河生和刘三猜准了这次战斗的结局。

曹克村带领游击队员，把老河口村南与护马庄村北之间的壕沟当成阵地，计划端掉老河口大堤上的炮楼，再往南推进到鱼山去，逐步把东阿地界内黄河沿线的据点拔掉。但是，由于兵力和武器的悬殊，近两个时辰没能攻下目标。炮楼里的鬼子一边坚持还击，一边向河东和鱼山求援，几华里的路途，鬼子们半个小时就从东面河冰和南面大堤两个方向赶了过来，在猛烈火力的掩护下，直扑曹克村游击队员们占据的阵地。刘三和河生在院子里听到村南的枪声渐弱，而大堤上的枪声渐强，想必是寡不敌众，越发对盼望已久的战斗担心了。

河生说："刘叔，游击队如果打不过鬼子可咋办啊？"

刘三答不上河生的话来，让他沉住气等等看，自己跑到南墙根下对着窗户喊："二哥呀，南面咋光听到鬼子打枪和哇哇乱叫哩？"

韩二忠屋里没点灯，但从漆黑的窗户里仍传出他的话音："不知道啊，是不是游击队撤退啦？"

当村南的枪声由激烈变为舒缓、连续不断变得零零星星时，韩柳氏和春花下炕来到刘三和河生跟前，问他们游击队是不是撤走不打啦？河生说，得出去瞧瞧才知道。韩柳氏拉住他，说："你去啥哩？！游击队打胜会接着打，打不过自然会跑掉。你出去瞧能管啥用，我看你不想要命啦。"

大家正在院子里猜想那仗打得如何，忽然听到"咚咚咚"一阵急促的敲门声。韩柳氏和春花被那声音吓得赶紧退到大门里那堵迎门墙的后头，刘三也将河生推过去，劝他们谁都别动弹，说他去开门看看是谁再说。刘三装作刚起床的样子，走到门口用懒洋洋的声调冲着门缝问"谁啊"，门外颤抖着嗓子轻声喊话，说是游击队员，叫他赶紧开门想躲躲。刘三听清外面那人的身份后，顿时意识到，这一仗没能取得理想的战绩，便对墙后喊："河生、春花，是游击队兄弟！"

韩柳氏、春花和河生蹑手蹑脚进到门洞里，催他开门把那人放进来。刘三迅速拉开大门说："兄弟，赶快进来。"只见那人哎哟一声，"扑通"倒在了门槛上。河生问那人是不是被鬼子打中受了伤，那队员半天才说："是哩，好几个都伤着了，队长也伤得不轻，分散跑啦。"

韩柳氏让刘三和河生将那人架进来，又把大门重新闩好。天黑看不清那人是啥模样，也看不出伤在了哪儿，可三八大盖步枪却还拎在那人的手中。春花进屋要去点灯，让受伤的队员到屋里歇会儿，那人劝他们都别忙活，告诉刘三、河生，鱼山和河东打增援的鬼子都在后面，马上就会追过来，求他们找个地方把他躲藏躲藏。刘三和河生暗中架他的那一刻，两个人的手上都沾满了黏糊糊的鲜血，那人走路也一瘸一拐。鬼子在后头紧追，这让刘三、河生、韩柳氏和春花感到情况紧急，这种时候，他们绝不会再把那名游击队队员推出去，但一时又想不出把他藏在什么地方安全。刘三让那人把手中的枪给他，说先把枪藏好不能叫鬼子搜走。那人很放心地将三八大盖步枪递给刘三，刘三提在手里一掂量，长枪足有六七斤重。他在院子里转悠了几个地方，问河生藏在哪儿好。河生说，扔到迎门墙的空心洞里去。刘三眼睛一亮，抓着枪托从迎门墙上方覆盖的柴火间隙里，把枪扎进了装有粮食的空洞内。

回到门台前，韩柳氏急忙问："把这位兄弟藏到哪儿去啊？"

春花和河生想遍了家中可用来隐藏的地方，刘三均摇头说，这些地方都藏不住，鬼子进家哪儿都会搜。韩柳氏急得满头大汗，问刘三，他想把兄弟藏到哪儿去。刘三讲，如不受伤，即使站在家里，鬼子也认不出兄弟是游击队员来，但眼下又确实想不出躲藏的好去处。那人坐在堂屋的台阶上，看起来没了半点力气。他见韩柳氏一家有些为难，便对他们说："我不能拖累你们啦，要死，就让鬼子杀我一个人。"

说完，那人强撑着身子站起来要往外走，被河生一把扶住，说："大哥，俺们不能眼瞧着你去送死啊。"转脸喊韩柳氏："娘，把你东间的火炕砸开，让他钻进去吧。"

没有更好的办法了，刘三与河生跑进东间，抬腿"咚咚咚"几脚在韩柳氏睡觉的土炕下面踢出个大洞来。两人把踢碎的土坯扒开，跑到院子里提来一只柳筐，将土坯盛走倒在厕所的一角。

等韩柳氏和春花把那人扶进屋，河生说："大哥受伤先忍着点，炕洞里边虽然净是黑灰，但能藏住你。不管外面发生什么事情你都不能吭声。"那人感激地对韩柳氏和春花点点头，在刘三和河生的帮助下，忍住剧烈的疼痛钻进了炕下的那个大洞。等河生搬来一块新土坯将洞口大致封住，并将炕沿上的布帘耷拉到地面盖好后，刘三吩咐韩柳氏，囫囵着身子上炕躺下装着睡觉。

随后，刘三把地上的血迹清理干净。这时，河生和春花也躲往东屋，穿着衣服爬进了被窝。

一切都是在黎明时分紧张完成的。

藏好游击队员后，他们装得像平常那样若无其事。没过多久，胡同里即响起了鬼子追赶而来的枪声。韩二忠家的大门先被鬼子用枪托砸开，韩二忠、韩张氏和河友，被鬼子们用枪逼在院落里一动不敢动，鬼子们叽里呱啦地嚷叫着搜遍了各个角落，未能找到游击队员的踪影。随后，韩柳氏、刘三、春花和河生，听见鬼子在胡同里不知又朝哪儿打了一枪，接着传来了砸门的声响。刘三对东间大声喊道："春花，我去开门啦，你们可别出声哩。"韩柳氏懂得刘三的这番话既是喊给自己听，也是喊给那名队员听的，赶紧对着炕下说："兄弟，鬼子来啦，你千万不能出声，更不能出来啊。"炕下发出一声沉闷的回音："真是拖累你们啦。"

刘三走向大门的同时，河生早已下床站在东屋乌黑的门内听动静。他想，若是孙宏举跟着来再好不过了，他可以替他们说句开脱的话，把鬼子糊弄过去，但穷凶极恶的鬼子对付八路军和游击队一定是毫不留情。为防不测，他从门后抓起一根木棍握在手中，万一在堂屋里发现了那名队员，就跟鬼子拼个你死我活。刘三嘴里"谁啊？谁啊？"地嚷着拉开了大门，随即便被冲进来的鬼子用枪逼迫到一旁，闯进来的几个鬼子接连踢开东屋房门，把河生和春花赶到刘三身边。黑暗中，韩柳氏也在鬼子刺刀的威逼下，从堂屋里被押了出来。河生朝鬼子中间打量了一眼，与那个熟悉的面孔不期而遇了。

"孙翻译。"河生在那堵墙前张口叫了一声孙宏举的称谓，孙宏举顷刻意识到，河生有话要跟他讲，凑近他说："鬼子搜查的是游击队员，你们不用怕。"河生小声对他说，要想法把闯进堂屋的鬼子劝出来，孙宏举马上明白河生话中的含义，本想再问一些关于游击队员的事，可见鬼子早已冲进堂屋，二话没说紧跟了进去。

鬼子借助手电筒搜遍了整个堂屋和东屋，也没找出屋里藏着的游击队员。松下在韩柳氏的东间转悠半天始终不肯出来，眼看着就要走到炕前的那个洞口，孙宏举立马上前跟松下说，这一家正是皇军夏天抓去划船运粮的那户人家，不会藏有游击队，请皇军不要把时间耽搁在这儿。这时，恰逢村外又"叭叭叭"响起了一阵枪声，松下急不可耐地挥舞着军刀走出来，对河生、刘三、韩柳氏和春花"哇哇"说了几句日本话。孙宏举说，松下让刘三他们发现有八路军和游击队，立即报告。

"行啊，"刘三说，"我这保长如遇见皇军要抓的人，一定如实上报。"

松下听完孙宏举翻译过去的意思，朝身后的鬼子"嘿嘿"两声，拔腿走出了大门。韩柳氏和春花看着鬼子离去，长长地松了一口气。

天亮后，韩二忠和韩张氏十分紧张地来到后院，询问韩柳氏，鬼子有没有伤到家里人，刘三说，幸好那名翻译从中打掩护，不然，保不齐家里谁会遭劫呢。他们也问韩二忠和韩张氏咋样，韩张氏说："可把俺吓坏啦，鬼子明晃晃的刺刀对着他爹俺们三个的胸口，哭都不敢哭一声。他奶奶的，小鬼子真是恨人哩。"

韩二忠坐在上座的椅子上，当河生端来茶水递到他面前时，韩二忠看到他手上沾有红红的血迹，问他是杀鸡还是杀鸭啦？河生和刘三这才注意到，各自手上的血迹尚未来得及洗掉，两人缩回手转到一旁搓弄着，支支吾吾地说不上啥来。韩二忠暗自寻思必有情况，靠近韩柳氏轻声问："家里来人啦？"

韩柳氏瞅瞅脸色变得焦黄的春花，春花走近韩二忠说："二叔二婶，咱家藏了个游击队员。"

韩二忠和韩张氏都惊得站起身来，朝院里望望，问有无被鬼子发现。韩柳氏说没有，要被鬼子发现，他们现在就不会待在家里了。韩张氏瞧着韩二忠的眼色等待他说话，韩二忠说："都到这份儿上了，啥都甭说啦，游击队兄弟该救。可鬼子抓不到游击队兄弟，就不会罢手，咱们都要做好准备。"他叮嘱全家人，谁都不能对外吭声，说这要是被鬼子知道就都完蛋了。韩二忠提出，要见见被藏起来的那名游击队员，刘三和河生正想领他到韩柳氏的炕前，把那人喊出来，却又听村南传来紧急的枪响，他们不得不停在明间里。韩二忠告诉韩柳氏，暂时不要让那人出来，说不定鬼子还会再搜捕，等过了风头再说。韩二忠、韩张氏和刘三、河生及春花在堂屋说话的当间，韩柳氏跑去烧火简单做了些吃的，然后从厨屋端来一碗粥，手抓两个窝头走进了东间。刘三和韩二忠、韩张氏及河生、春花知道她要给藏在炕洞里的队员送饭，都跟着她进去。河生蹲下身撩起炕帘，把那块堵住洞门的新土坯搬开，露出了一个黑乎乎的洞口。韩二忠和韩张氏低头一瞧，见炕洞里头朝外躺着一个满脸是血和黑灰、看不清面目的青年人，不太大的地方刚能装下他的身体。

韩二忠关切地问："兄弟，伤得咋样？受得住不？"

那人在温暖的炕洞里竟合眼睡去，听到外面传来的声音没有惊恐，很久才开口，有气无力地说，被鬼子的子弹打伤了肩膀和胳膊，能受得住，只是给家里人添了不少的麻烦。韩张氏对着炕洞喊了那人一句"兄弟"，叫他别说这话，说他们打鬼子不正是为老百姓过好日子嘛。

韩柳氏弯下身对那人说："兄弟你翻过身来，还得再受些委屈，鬼子没搜查完哩。俺给你放些吃的，你在里头凑合着吃点，若毁了身子骨，将来咋打鬼子哩？”

那人按韩柳氏的嘱咐，吃力地翻身脸朝下趴了过来。韩柳氏将那碗粥和窝窝头递进炕洞后，刘三再一次把那块土坯堵上，并特意在土坯上磕出一个透气孔，对那人说，只要不是家里人，不管是谁在东间说话都不能理他。那人“嗯”了一声，韩柳氏、春花和韩二忠他们听到炕洞里发出一阵凄楚的哭声。

受伤的游击队员静静地躺在炕洞里，忍着疼痛，摸黑吃下了韩柳氏给他递进来的东西，顿觉肚子充实了许多。他摸了摸肩膀和胳膊，棉衣已被凝固的血液粘住，当初刚受伤时倒没觉得有多疼，一旦平静下来，疼痛反而更加剧烈，不禁使他冒出了一身的虚汗。他暗暗庆幸自己遇到了一个好人家，在危急时刻救了他一条性命，但转念便想到了那些跑散的战友和受伤撤退的曹克村，他们是否躲避过了鬼子的追捕，撤下阵地后是死是活他一概不知。

躲在漆黑的炕洞里，其他事情也顾不过来了，他不清楚现在到了什么时辰，时间对他来说，不过是个无声无息和毫无意义的模糊概念了。他记住了韩柳氏、韩二忠和河生的话，在黑暗的炕洞里等待着。合上眼短暂地睡一会儿醒来时，他突然听到远处接连不断传来打枪声，预感鬼子可能真的像韩二忠说的那样，尚未结束对游击队的搜捕。

一个时辰过后，老河口的村民和护马庄的村民一样，全都被鬼子抓走，集中在了大堤下覆盖着厚厚积雪的田野上。在鬼子刺刀的威逼下，河生扶着春花出门前，故意在她俊俏的脸颊上抹了几把黑灰，让人看不出她的容貌。刘三、韩二忠和河友走在最前头，河生两人和他娘、二婶跟在后面，到达村南的雪野后看到，鬼子比原来多出了一倍，恶狠狠地端着上好刺刀的长枪，把两个村的几百口群众包围在中间。韩二忠、刘三和河生，在人群里找到了朱奎、铁柱、二蛋和李光腚，互相问候一句后，他们将韩柳氏、韩张氏、春花和他们各自的家人挡在了身后。透过人缝看到，远处横七竖八地摆放着十多具鬼子的尸体，有一伙男劳力在那些尸体前，被逼着用铁锹铁镐刨开坚硬的冻土，挖出两个很深的大坑。之后，鬼子威逼他们，抬起那些尸体抬放进了其中的一个坑中。松下和另一个鬼子头儿手握军刀站在坑边，侧面仍用两挺机枪对准人群。孙宏举在离松下三米远的地方，用一副痛苦的神色扫视着村民们。当他的目光与河生和韩二忠及朱奎他们相遇时，久久没有挪开，随后低下头去。

河友躲在大人们后面，不知所措的眼神里带有一丝恐惧，问韩二忠：“爹，是要埋那些被游击队打死的鬼子吗？”

不等韩二忠开口，朱奎头也不回地望着前方说：“不光埋被打死的鬼子，鬼子还要杀咱们乡亲给死掉的鬼子陪葬。”听到这话，韩张氏和韩柳氏立时就抽泣了。朱奎说：“你们不用哭，今天轮不到你们死，你们的阳寿没到哩。我掐算过啦，倒是我朱奎今天该有一劫，不过我死不了，命中注定有贵人相助，只是有惊无险而已。”

刘三和河生及韩二忠相信朱奎的说法，因为每件事无不被他言中，但他们很清楚，自己站在人群最中间，不论从前还是从后，即使杀掉雪地上的一半人，怎么也轮不到他朱奎。可他的这种说法，让韩柳氏和韩张氏及春花，多多少少从心理上消除了一丝害怕。

一场屠杀在雪白的田野展开了。

松下对人群“哇哇”乱嚷一阵，示意孙宏举翻译给大家听。孙宏举沉思一会儿才说：“乡亲们，我先对大家说句心里话，游击队的进攻让鬼子损失了十多个，现在还在到处搜查，只要搜不到游击队员，他们就要用大伙双倍的性命偿还鬼子的命。对大家我能帮多少是多少，如果实在帮不上，请乡亲们也别埋怨我。刚才松下说，皇军已搜捕到一个帮助游击队逃跑的人，现在正在押送的路上，要带到这儿来向大家示众。那个人是河西镇上的郎中，他帮游击队长治完伤后把人放跑啦，松下要用他的鲜血祭奠死去的鬼子。”

韩柳氏听后惊恐地睁大眼睛，情不自禁喊出了“刘会天”的名字，从他身上陡然想到他一家人会有一个怎样的结局。春花也无比惊恐地说：“刘郎中咋会被鬼子抓来呢？是谁背后告了他啊？”

韩二忠虽然嘴上说，既然救了游击队员，就要做好丢命的准备，但也禁不住有点儿颤抖了。韩柳氏和春花扭头瞧刘三与河生，他俩脸上顿时冒出了几滴冷汗来。

河生小声地对韩二忠和韩张氏说：“二叔、二婶，要是我跟刘叔今天都被鬼子杀害喽，俺娘和春花就托付给你们啦。”

韩张氏泪流满面，让河生不要讲这种令人伤心的话，说韩大忠和河长会在阴间保佑着韩家人不受伤害。他们正悲痛万分地互相安慰着，“叭”一声枪响，吓得众人浑身一颤，抬头朝前一望，那些挖坑的男人全都被鬼子用刺刀逼站在坑沿上。随着那声枪响，一个高大的影子“咕咚”栽倒在了另一个大坑里。

“那是护马庄的赵小春，”朱奎愤恨地说，“他是今天被鬼子杀害的第一个人。”

当人群里为赵小春被杀悲哭不止的时候，松下又像狗一般对着群众“哇哇”嚷叫起来。孙宏举将他的话翻译过来，说松下让大伙揭发谁家藏了游击队员，不然都会是同样的下场。然而，人群里连赵小春家人的哭声都听不到了，整个雪野充满了愤怒和悲壮。“让小鬼子杀吧。”大坑边的一个年轻汉子忽然扭头朝着人群喊，“即使到了阴间，我也要找鬼子报仇雪恨。”话音刚落，又是“叭”的一枪，那个汉子也跟着栽进了大坑。

鬼子每杀一个人都会停一会儿，然后大声地对人群喊：八路军和游击队在哪儿？得不到答案，就会开枪射杀一名站在坑边的汉子，有时，松下会举起刀从背后砍下其中一个人的脑袋。二十多个村民的尸体全都倒在大坑里，那些被砍了头的尸体，从碗口粗的脖颈处“咕咚咕咚”地喷出血柱，将坑中的土染成了红色，还有一两颗脑袋滚在坑外的雪地上，在血色的阳光下，形成了雪白血红刺眼的光亮。在场的村民已感觉不到天气的寒冷，看到那可怕的情景惊恐万分。韩柳氏、韩张氏和春花止不住地流泪，她们与其他的妇女、孩子都一言不发。男人们面对鬼子的残忍，则愤恨地瞪大了血红的眼睛，紧握起了有力的拳头。刘三对韩二忠、朱奎、李光腚和铁柱说，他要出去救救乡亲们。朱奎拉住他说：“你别干傻事啦，不用你出去，他们会来找咱们。”

果真，松下杀掉那些坑边的汉子后，提着刀朝人群走来，嘴里叫嚷着“八格牙路”，用眼睛打量每一个男人、女人和孩子。走到刘三、河生、韩二忠、朱奎、李光腚和铁柱面前时，松下停住了脚步，凶恶的目光从他们和韩柳氏、韩张氏、春花及河友脸上一扫而过，两位妇女立即把春花和河友拉到身后，躲开松下的目光。他扫遍了他们每一个人，最后把视线落在了朱奎身上，举起刀示意他走到前面去。河生和春花喊了声“表舅”，劝他不要出去。朱奎咬着牙让他们自己保重，说今天是死是活要看老天爷的安排。他被松下带到大坑边上，脸上没有丝毫的畏惧。在松下要对他讯问的当口，刘会天也由一队鬼子押来，并被推到朱奎身边，两人并排站在一起。

孙宏举看了看他俩，几次想张口对他们说啥，却欲言又止。松下气急败坏地吼出了几句日本话，孙宏举翻译说：“皇军问郎中，那名游击队长跑到哪儿去啦？”

刘会天佝偻着身子，脸上带出疲惫、憔悴且坚忍的表情，摇头说不知道：“我行医多年，只管看病治伤，不问人家是啥身份，更不打听伤者去哪里。即使明知是游击队，我这老头子也不会告诉鬼子。”

孙宏举把刘会天的一半话翻译给松下听，气得他举起刀要砍向刘会天。孙宏举见状，忙用身体挡住松下，说皇军没弄清真相，不可乱杀无辜平民。松下收回刀瞪着孙宏举“哇哇”大叫着，抬手打了他一个耳光，孙宏举连退了好几步，把地上的积雪都踢了起来，眼里也充满了怒火。

朱奎冷笑着对刘会天说：“行哩老先生，说出来是死，不说出来也是死。鬼子就是把咱们全杀喽，也不可卖咱游击队啊。”

刘会天说，他这把老骨头已经不值钱了，即使杀了他，也不过是落个脑袋点地。而后，他竟对在场的乡亲们大喊：“老少爷们儿们，都不用担心替咱打天下的游击队长，他的腿被鬼子长枪子弹打碎了骨头，我给他治完伤把他放跑啦。从鬼子冲进药铺的那一刻起，我已做好被杀的准备，生死无常没啥好怕的！”

站在人群中的刘三、河生和韩柳氏及春花，觉得刘会天跟从前比，完全变成了另一个人，他们没料到，这个弱不禁风的人竟是这么一副硬骨头，不免对他肃然起敬了。

朱奎本是跟刘会天一样的想法，见郎中大义凛然，他也勇敢地面对死亡了。“五年哪，”他的话带有一丝隐秘和讽刺的意味，让人猜不透他说的是何种意思，“只要再过五年，准有咱百姓的出头之日。”

松下指示孙宏举，把朱奎的话翻译给他听，孙宏举思忖后才指着朱奎说：“他是个民间预言家，在大河上帮皇军运过粮食，刚才他讲皇军有五年的光景。”

这番话倒是引起了松下的兴趣，他走近朱奎，突然露出了一副笑容来，问他五年后谁胜谁败？朱奎冷冷地注视着他的眼睛，说天地有道，到时自分胜负，得民心者得天下，鬼子应该懂得这个道理。松下听完孙宏举的再次翻译后，莫名其妙地瞧起朱奎来，并让孙宏举问他，到底是大日本帝国获胜，还是八路军获胜。朱奎哈哈一笑说：“鬼子要在中国土地上打胜，天理不容。”

孙宏举听了这话，脸上淌下一串冷汗来，他不知道该不该把朱奎的话翻译给这个可恨的日本人。松下大概觉出朱奎的话是在讲日军必败，又露出了憎恶的面孔，挥动军刀对朱奎和刘会天再起杀心。

韩二忠、刘三、河生和铁柱及韩柳氏他们，看着这个场面，本想冲出去把他俩救回来，但被李光腚挡住了。他踮着瘸脚直接走到松下面前，指着朱奎和刘会天对孙宏举说："让鬼子把他俩放喽，就说我知道游击队在哪儿。"

朱奎惊奇李光腚的义举，说他何必为自己冒这样的险呢？李光腚横着脑袋说，自己反正已经死过一回了，脚被鬼子挑断后筋没多大用处了，再死一百回也是一个样。松下听完孙宏举的翻译，真的命令鬼子把朱奎和刘会天放回到了人群里，然后逼李光腚说游击队在哪儿。李光腚又对孙宏举讲，必须把全场的百姓都放走，他才如实说出游击队的下落。

孙宏举抹了一把头上的汗珠，小声地对李光腚说："李保长，你要哄骗了日本人，他们准会杀了你。"

李光腚毫不在意，说尽管把他的话说给鬼子听，用他一人的死，保几百号乡亲们活命算不了什么。孙宏举感动地朝他点点头，如实将他的话翻译过去。松下库代对李光腚无计可施，不得不向周围的鬼子挥动军刀，把百姓们全放了。

雪地上，所有的鬼子都把枪口对准了李光腚一个人。他环顾四周，见老河口和护马庄的百姓们差不多都散尽了，便琢磨着法子跟鬼子磨蹭。他听见远处离去的百姓一片哭号，盯着一支支乌黑的枪口，意识到了自己的大限，心中泛起了一股酸楚，不觉有些留恋眼前这片故土和家中的妻儿了。他看到乡亲们全都站在老河口方向朝他眺望，并呼唤着他的名字做最后的告别，更感到大难临头时的那份期待和无限的忧伤。当鬼子再次问他游击队在哪时，他朝老河口的乡亲挥了挥手，说："小日本鬼子，想在老子口里套出游击队去哪儿，简直是妄想。八路军和游击队过河去捣你们的老窝啦！"他说完，发出了几声狂笑，紧接着，老河口和护马庄的乡亲们，眼瞧着李光腚在一阵乱枪扫射中栽倒在了白色的雪地上。

第十章

老河口和护马庄的百姓们，在腥风血雨中度过了一九四零年的春节。满地的白雪在阳光照耀下融化成了一股股的浑水，有的从屋檐和树枝上滴下来，像是在为那些被鬼子杀害的死难者哀泣。

被游击队打死的十多名鬼子，当时就被埋在了那个由村民们挖的大坑内。两个村遭鬼子枪杀和砍头栽在另一个坑里的年轻汉子的尸体，老河口由刘三和韩二忠及河生领头，护马庄由朱奎和铁柱、二蛋组织，冒着鬼子打枪的危险，刨开冻土从坑中扒了出来，然后拉回村里下葬了。一时间，大堤下两个村外苍白的庄稼地里，猛然竖起了几十座坟头，在寒风中飘荡的白幡以及培起的黑黄泥土，在耀眼的积雪中显得尤为骇人与悲凉。

李光腚为救朱奎、刘会天和两个村的全体村民，大无畏地舍掉了自己的性命。鬼子撤走后，河生、刘三、韩二忠和朱奎、铁柱及刘会天他们，先踏着泥泞把他的尸体抬回老河口。他中弹后的身体像马蜂窝似的，到处都是子弹穿过留下的血洞，没有一块完整的地方。刘三和韩二忠与朱奎商量后，决定在老河口村南的牲畜棚院落里为他搭建灵堂，为两个村的村民吊丧提供场所。办丧的一切花费原打算由两个村筹集，但刘会天和朱奎一千个不愿意，流着老泪把花钱的事儿揽了过去，不管多少都由他俩承担。等帮李光腚停好尸，他俩首先要了一身孝布，从头到脚给他披麻戴孝，在灵堂前磕完三个头，与李光腚的女人和孩子一起跪在地上为他守灵。

刘三和韩二忠让朱奎到地里转转，给光腚择个上好的吉地，让他在阴曹地府得个安宁。朱奎披着白孝，由河生和铁柱等人陪同，各抓起一把铁锨走向野外。

他先看了李光腚家的祖坟，觉得那坟的位置不是太好，又想他死得很冤，这笔账早晚要找小日本算清楚，于是就对河生和铁柱说："其他位置不用选啦，还是把光腚埋在他被打死的地方吧，让坟墓对着大堤上的炮楼，天天盯着鬼子，叫鬼子瞅见他的坟，一辈子心里都不踏实。"

这样，朱奎在村南的漫洼地里，稍离开那片血腥的刑场远一些，给李光腚堪定了墓穴，用罗盘分经后定向，让坟墓头朝着西北，脚蹬着河东的四楼山，一趟线穿过鬼子的炮楼，怒视着日本人的可恶行径。

灵堂摆设了五天，主要是为了错过大年三十和初一，从早到晚都由两个村的人主事操持。初二出丧这天，乡亲们将李光腚僵硬的尸体穿好寿衣，入殓到刘会天出钱买的一具上等棺材里，封棺后由韩二忠喊丧，朱奎和刘会天穿一身孝衣走在最前头开道，后面跟着为李光腚打幡和披麻戴孝的女人、儿子和族人小辈。刘三和河生及铁柱、二蛋等八人分成两排抬棺，两个村的人全都戴起白孝，一路哭号撒下了满地的纸钱，从老河口出殡去村南的墓地，足足有一里多长的送葬队伍，痛哭流涕地伫立在雪地上。炮楼里的鬼子们，瞧见他们在为一个被枪杀的村民送葬，只是木呆呆地翘望，却不敢再开枪。棺材入坑里，埋起了大个的坟堆后，李光腚的女人、孩子和朱奎及刘会天，趴在他的坟头上泣不成声，最后被韩二忠和刘三等人拉着才离开了潮湿的黄土。

朱奎抹了一把鼻涕，在苍凉的雪地上对村民们喊："人死不能复生啦。老河口和护马庄的人，可不能忘记光腚是怎么死的，要记住这笔血债啊！"

村民们满含悲愤，埋葬了一个个死去的人。回到李光腚家中，瞧着他撇下的孤立无助的女人和孩子，朱奎和刘会天当着韩二忠和其他村民的面表示，两人出粮、出钱负责供养他的家人，以报答李光腚对他俩的救命之恩。

鬼子屠杀村民们后不久，又在其他地方抓去了大量劳工，从鱼山到老河口大堤上的炮楼，沿黄河堤坝外围拉起了几公里长的铁丝网，不论谁，要想靠近炮楼，那比登天还难。

被韩柳氏和河生及刘三搭救的那名队员，第二天才知道，因他们的进攻失败而让村民们遭受了残害。

当刘三、河生和韩柳氏及春花被鬼子赶到村南那片雪地后，那名受伤的游击队员见家里没人，曾在天黑前拖着受伤的身子从炕洞里爬出来过。他急匆匆地跑进院子西南角的厕所撒了一泡尿，不敢有丝毫的大意，观察了一阵院外的情况后，又蜷缩着身体钻进那个漆黑的炕洞中。虽然在外面的时间是那么的短暂，但是有一种悲泣的哭声灌入了他的耳际。他猜想，肯定是村里的百姓们遭殃了。

韩柳氏、春花和刘三及河生，光顾着忙活村里死人的后事，没有半点过年的心思，加之风声还紧，到家后，只对着炕洞里的游击队员说再忍些时日，朝炕洞里放了些吃的后，又离家而去。刘三和河生没日没夜地在为丧事忙碌，韩柳氏和春花傍晚回家顾不了许多，惊慌与恐惧让她们往肚子里填口东西后，坐到深夜也不敢休息，熬不住后俩人才去东屋，挤在河生和春花的床上度过漫漫长夜。等办完李光腚和其他乡亲的丧事，鬼子们已不再追捕跑掉的游击队了。那名队员已在炕洞里躲藏了五天五夜，疲惫且受伤使他落下了满身的酸疼。

自从鬼子把老河口和护马庄的村民射杀后，家家户户白天、黑夜都闩着门，不接待任何的来客。不仅没有过节的气氛，而且连往年春节的年货都未准备，日子像平常一样的清淡。

第六天早晨，韩柳氏做好饭，又给炕洞里递去了干粮和稀粥。待一家人吃完，刘三跑到大门洞，在闩好的门后加顶了一根大木棍后，回屋告诉韩柳氏和河生，可以把那名游击队员叫出来了。三人走到东间对着炕洞喊进话去，并搬开堵在洞口的土坯，那人一脸黑灰从里头爬出半个身子，刘三和河生马上俯身把他架了起来。

刘三说："兄弟，这几天让你受苦啦。"

那人听着这个耳熟的声音，可又不敢轻易相认，便直愣愣地盯着他瞧。站在一旁的河生，见那人脸上全是黑灰，朝明间小声喊："春花，端盆水让大哥洗洗脸。"

春花早已备好洗脸水，端着走了进去。只见那人"咕咚"一声，双膝跪地，朝他们每个人都磕起头来："刘三大哥、河生、春花，我是河东老东阿镇的王老五啊。"

一句"老五"，顿时把刘三、河生和春花、韩柳氏惊得不知所措。他们几乎同时把老五拉起来，吃惊地问，是不是河东的王老五。"是啊，"王老五拉住刘三的手说，"咱在河东渡口都帮河生卸过船，还帮郭老爷和夫人给这边带过三十块大洋，被鬼子抢走了，你们忘啦？"

这番话让刘三、河生和春花才真正相信，他就是那个从老东阿镇杀了鬼子逃出来的老五。春花见是娘家那边的邻居，无比激动："你啥时加入的老东阿镇游击队啊？你来时俺爹娘好不？”河生知道，再往下说肯定会露馅儿，喊韩柳氏一声“娘”，让她俩先去外面看着大门，等一会儿再进来。春花和韩柳氏信了河生的话，真就出屋走向大门洞去了。

春花和韩柳氏在门口等待了有半个时辰。她们不知道河生和刘三跟老五在屋里说些什么，光为自己能救一个河东娘家那边当游击队的乡亲而高兴。等河生把她俩喊进屋，老五佯装平和地对春花说，郭继聪和郭刘氏一切都好，他离开老东阿镇过河加入游击队时，她爹娘搬到济南去住了。老五按照刘三和河生交代的话去说，春花听着，当即流下了眼泪，说：“等生完孩子，咋着也得让河生和刘叔陪我去济南看看爹娘。”尽管河生和刘三满口应承，但各自的心里都难过至极。

韩柳氏见自己家救了个与河生和刘三相识的游击队队员，就问老五，咋会跑到东阿来加入游击队。老五说，老东阿镇那夜遇上鬼子抓人，放火将他家烧掉后，他一气之下杀死了一个鬼子，过河跑到了东阿地界来。很多天以后，他才碰上了一位中年人，经过多次询查便加入了游击队。刘三问他，是回老东阿镇还是去找曹队长，老五说，老东阿镇无论如何也不能再回去了，伤一好马上就去找组织。

王老五与刘三和河生谁都没想到，能在这种特殊的环境和特殊的时期相遇。他的伤不是很重，但仍被子弹穿透了肩膀和胳膊上的肌肉。韩柳氏和春花留他在家里养好伤后再走，老五说，过些日子自然会好，没有大碍。河生要陪他去镇上找刘会天疗伤，他拒绝了，说那样风险太大，一旦被鬼子发现，全家人都得跟着遭难，老河口也不会得到安宁。春花说，事到如今，甭管这些，既然没伤到腿脚，不用人扶着架着走路，从别人面前过，只要不一瘸一拐，不仔细瞧，旁人看不出来的。再说，鬼子们刚刚平静下来，不会有事。在一家人的劝说下，老五才稍稍化装，跟随刘三去了镇上刘会天的药铺。

刘会天大难不死，对老河口和游击队更增加了几分感情和敬重。他认准自己的那条老命是从阎王爷那里捡回来的，经历过生死后，忽然觉得一切都是那么的无常，把生命看得既珍贵又冷淡了。他天天坐在药铺里，跟每个来这里的人，讲鬼子杀人时的残暴和李光腚及护马庄村民们的勇敢，见人就用最脏的话破口大骂鬼子。

刘三陪老五走进药铺时，他正伏在药柜上跟几个坐在诊屋里的人骂鬼子，见他们进门，马上直起身走到药柜外面迎候：“哟，刘三兄弟来啦？”刘三打量了一眼每个人，边问“不耽误你的事吧”，边向刘会天使去眼色。刘会天心领神会，对其他人笑笑说："各位兄弟爷们儿，家里来客了，对不起，今天只好关门了。"那几个人很客套地跟他打声招呼，离开了诊所，刘会天随后"哐啷"一下闩死了药铺的门。

老五扫视这间不太大的药铺，房子不高，也很简陋，但摆放着许多治病的药材和器具。刘会天瞧着老五，问刘三他是哪里的，有什么样的病症。刘三回他："不瞒你说，是位受伤的游击队兄弟，那天跟曹队长跑散啦。"刘会天清楚，肯定是刘三救了眼前的这个人，嘴里边念叨，曹队长手下的兄弟啥都好讲，边把老五拉进里间诊床坐下，让他脱下棉袄瞧瞧伤在哪儿。老五脱掉贴身的一层衣服，棉衣衬被伤口流出的鲜血粘在了一起，疼得他满头大汗，再也不敢用劲硬脱了。

刘会天和刘三发现老五肩膀上渗出的血水已经发干，稍一动便把发红的肌肉掀起来，于是对老五说，自己不要乱动啦，得用盐水洗开。刘会天走到外屋，端了一罐淡淡的白盐水，手里抓着煮过的铁丝夹子，夹了几块棉团浸泡蘸满盐水，将老五棉袄与肩膀上的伤口粘连处慢慢浸湿，轻轻地把棉衣和伤口剥离开来，最后又照同样的方法，处理了老五胳膊上的那处伤。

刘会天清洗完伤口，用镊子往伤口里塞着药捻，并告诉刘三和老五说，伤得不算重，但也不算轻。小鬼子的一颗子弹从前面打过来，刚好穿过左肩膀脖颈下的肌肉从背后飞走，再偏或再深一指头，不是打断他脖子上的大动脉，就是打碎他的肩胛骨；另一颗子弹也从前面打来，紧贴右胳膊上端那块肌肉穿过去，但只是受了点皮外伤，要比左肩轻得多。"算老天开眼，幸亏刘三兄弟带你来得及时，伤口还没化脓，赶上天热，这伤可就麻烦啦。"刘会天往两处伤口上倒着药粉说："天杀的，老子年纪大啦，要是让我年轻二十岁，咱也要扛枪跟日本鬼子去拼拼。"

包好伤口后，老五重新穿好棉袄，向刘会天道了一声谢。刘三对老五说："都是自己人，刘郎中那天也差点儿丢掉老命，是他放走了曹队长。"老五急切地问曹队长去了哪儿，刘会天收拾好包伤的器具和所有的用品，跟刘三和老五讲，曹队长去了哪儿他也不知道，治完伤他卸了自家的一扇门板，被四个人趁天黑抬走了。刘三说："是谁告了你哩？"刘会天唉声叹气，说没人告他的黑状，曹队长拖着断腿从老河口一路进到药铺，天亮后鬼子顺着雪地上的痕迹和血印，一直追到这里，那时，他已将曹队长送走了，鬼子只有把他抓走了。

老五治完伤，跟着刘三再次回到了老河口，从镇上到黄河大堤，沿途没有鬼子的炮楼和哨卡，更没人问他的来历。韩柳氏、春花和河生又留他在家中养了多日。韩二忠和韩张氏知道后院藏着一个游击队员，便趁一早一晚的空闲去河生家看望。老五起初有些紧张，听说是河生的二叔二婶，也算郭继聪和郭刘氏的堂亲家，说起老东阿镇也很熟悉，便打消了顾虑。

这个秘密只限于他们这些大人之间，连河友都不敢告诉，一直保守到老五离去。临离开老河口的头天上午，春花在堂屋东间摇着小木车纺棉线，韩柳氏则趴在炕上给老五赶做一件新棉袄，好让他走时换下那身有血的旧衣，河生和刘三、老五正在西间计划着如何送他平安走出老河口。忽听“咚咚咚”有人敲门，这使他们每个人都为之一惊。韩柳氏和春花停下手中的针线，聚集到西间。河生赶紧扶老五钻进一只大瓮缸中，盖好缸盖，又压了一篮的干白菜。

刘三嘱咐说：“你们该干啥干啥，跟平常一样，我去开门。”

他极其冷静地走到大门洞里，先对准门缝瞧了瞧，发现孙宏举站在门外，问了句“谁”后，拉开了大门，说：“孙翻译咋这时候来啦？快进屋。”接着朝屋里喊，“春花、河生，给宏举兄弟沏茶。”

孙宏举身上裹了一件日本人穿的军大衣，虽然很客气，但脸色并不好看。进屋先对河生和春花及韩柳氏问了一声好，便沉着脸只管喝茶了。韩柳氏夸他那天敢在鬼子面前替他们讲话，还挨了鬼子一巴掌，着实受了不少的委屈。孙宏举说：“鬼子心狠手辣，挨一巴掌也没能救下那些乡亲们，天天睁眼闭眼都是乡亲们被杀的情景，我好后悔当初到鬼子军营里来哩，现在一天都不想给鬼子们干啦。”

河生尽量劝慰孙宏举，说：“你在鬼子旁边干一天，起码有个敢在鬼子面前替咱乡亲讲话的人，他们有什么样的行动和消息也会知道得早。从去年到现在，哪一回鬼子抢粮抓人不多亏你在松下那里说合着呀。”

韩柳氏说：“他哥，河生说的是理儿。你虽然名义上给鬼子做事，可心与咱们是通着的，要不干了，也得想好路子后再走，哪里不在打仗啊！”

孙宏举对河生和韩柳氏的话听得很真切，说那天夜里游击队是吃了人少枪少的亏，没法对付河东和鱼山调来的鬼子，那天如果真的打掉炮楼，他会毫不含糊地跟游击队走，现在，鬼子连个游击队的人影都摸不到，想走去找谁呀？刘三见他极为真诚，与韩柳氏和河生对视一下，追问他：“兄弟，你说的是真心话吗？”

孙宏举瞧着刘三，拉河生给他作证，说这想法去年曾给河生说过，可惜没碰上八路军和游击队的队伍，“等时机成熟，不离开日本人，我就不是亲娘养的”。

河生与刘三会意地点点头，对孙宏举说：“行啦大哥，咱都不用发誓。”说着，他走近西间那只大瓮缸，取掉上面的那篮子干白菜，揭去缸盖，把老五喊了出来。孙宏举见里屋猛地站着一个陌生人，愣在了那里，几次张口想问这人是谁。春花在一旁看出了他的心思，介绍说，老五是老东阿镇娘家的邻居兄弟。刘三看春花忧心忡忡，闪烁其词，便直截了当地把话说开了："他叫王老五，是那天攻打炮楼的游击队员，受伤逃到家来了，明天要离开老河口找队伍去。"孙宏举上前拉住老五的手，明说自己是鬼子的翻译，但绝不是那种没良心的中国人。老五将信将疑地直瞧河生和刘三，他俩都朝他投来了一种值得信赖的目光，他这才放心地对孙宏举说："我信你大哥，受伤后我一直藏在这里，是春花和河生一家人救了我。"

韩柳氏却对老五与孙宏举的见面感到万分担忧，脸上显现出极为复杂的表情，用颤抖的声音"他大哥、他大哥"地称呼着孙宏举，说她们一家人的性命可攥在他的手心里啦，叮咛他千万不能到日本鬼子那里报信去。孙宏举说，他身穿这张黄皮，跳进黄河里也洗不清，不过，他可以起个恶誓：如果把王老五躲藏在河生家的消息透给鬼子，叫老天爷天打五雷轰，连全尸都不落下。

孙宏举的这一番肺腑之言，深深地打动了韩柳氏和老五及全家人，终于获得了他们的信任。说到最后，孙宏举不问老五要去哪儿找队伍，也不打听其他情况，只让老五告诉他，以后要是离开鬼子时，怎样才能取得联系加入到游击队中去。老五说，他真要有这份心，到时跟河生讲一声即可，他会带游击队员来老河口接应。

河生清楚，孙宏举来肯定是无事不登三宝殿，在说清了他要加入游击队的事情后，问是不是鬼子派他来有啥事儿。孙宏举话锋一转，说还真有事，请河生或刘三带他去一趟护马庄。松下极信民间法术，在日本经常与那些民间艺人和术士相聚，有很多这方面的朋友，会时常高谈阔论，并透露出了一个天大的秘密，即日本朝野上下，无不背后请高人指点。所以，派他来一定要找到朱奎，想听听中国民间术士对战局的看法，发泄心中的郁闷。

大家听后大感意外，想不到，双手沾满中国百姓鲜血的刽子手，竟要向中国人寻求精神上的抚慰。河生问松下，找俺表舅只去拉呱儿吗？会不会要了他的性命？

孙宏举说："我想不会。松下还想利用朱奎为他服务，咋会杀了他呢？"

与孙宏举见面的当天上午，河生带他去了护马庄，老五思前想后，决定马上离开老河口。韩柳氏和春花及刘三，感觉他的这一想法非常突然，问他为何说走就走。老五说，害人之心不可有，防人之心不可无啊。既然叫日本翻译知道了，那我必须快快离开，不是怕鬼子会拿他咋样，而是担心万一有差池，鬼子追来会殃及全家。只要人走了，在家中搜不到，鬼子便无法给河生家乱扣私通八路军和游击队的帽子，更不敢无缘无故地把他们抓去杀喽。刘三和韩柳氏及春花看老五考虑得有几分道理，又见他很是执着，商量后才同意把他送出老河口。

老五说："那杆枪得取下来哩。"

刘三想起那夜被扎进迎门墙空洞里的长枪来。他并不急着去取，而是先考虑如何才能让老五把那杆枪随身带出去。在大家都为之苦恼时，春花望着院里爬墙的长梯，眼睛一亮，说："刘叔、娘，咱家那架梯子是竹竿做的，把它拆下来截喽，将枪藏在空心里，再拴两根绳子挑一副担子，谁能瞧出里边有枪来呀？"

当下，刘三把长梯的两只腿拆卸下来，用锯截成两米长，又找来一根木棍，将里边的硬节间隔捅开，问老五能否藏下那杆长枪。老五抓在手中，从这头直通通看到另一头，说："行，能盛下。"准备停当后，刘三搬两个板凳摞在一起，小心地站上去，伸手把那杆长枪从迎门墙里拽了出来。

老五稍吃了两口干粮，瞅准路上行人稀少的中午时分，在堂屋当门里下跪，向韩柳氏和刘三及春花磕下仨头，含泪与他们告别了。刘三送他到老河口的村头分手时，他接过刘三肩上的挑子，试量着搁放到受伤轻一点的那一只肩膀上，用那根堵住两头中间藏有长枪的竹筒，挑着两只盛满破萝卜烂咸菜的篮子，悄悄地离开了。

刘三舍望着他的背影小声喊道："兄弟，路上可要多加小心哩，以后有机会一定要回来。"

老五停住脚步回过头来，望着相距很远仍伫立不动的刘三，蓦然泪如泉涌，但他没有回应刘三的喊话，只十分感激地挥了挥手，然后大步流星地向前走。

孙宏举和河生怎么也想不到，老五在他们离开老河口短暂的时间内，无声无息地离开了。他俩到达护马庄时，正赶上朱奎家吃午饭。见两人进门，朱奎和老婆放下筷子迎候，并问河生："咋带孙翻译来啦？"孙宏举听出朱奎和家人不太欢迎他的到来，请河生把来意先给朱家人说清楚。

河生说："表舅、妗子，孙翻译虽然给鬼子干事，可他不是坏人。松下那天听说你懂天文地理和算命，叫他来找你，想听你的指点哩。"

朱奎不相信在他看来是个杀人恶魔的松下，会向自己请教问题，瞪着他俩反问："有那事？"

孙宏举进一步向他解释说："是松下叫我来找你的。他在日本就信这个，要找你去谈谈中国方术。"朱奎没心思把饭吃完，沉吟了一会儿，说松下上次没杀他，这回怕是没安好心，一口咬定不去。孙宏举一筹莫展，说："你最好去，若不去见他，松下肯定会带鬼子进村来抓你，那时，你和家人倒霉，村里其他人也会跟着遭殃。"

朱奎思虑半天，又问："他叫我去是问这些吗？"

孙宏举说，那就不好说啦，也许有两种可能，一种是了解你的本事后，有可能让你像我一样给鬼子服务；另一种可能是，他会跟你比试一下高低，小日本啥样的坏事都敢琢磨。河生问朱奎心里有没有把握，朱奎说，如果讲咱中国自己的东西，他松下不是对手，但要利用他帮鬼子打咱乡亲，他宁可跳河。

"行，"朱奎信心坚定地对孙宏举说，"松下设的鸿门宴我去赴一赴，见到他，我要算算何时是他的死期。"

河生和孙宏举一直等朱奎吃完才走出护马庄。河生跟他俩在岔路口分道时，专门嘱咐孙宏举，不论发生什么样的事情，都要保证朱奎的安全，让他多费心关照。孙宏举说："兄弟你放心吧，即使搭上我这条命，也要让你表舅活着离开炮楼。"朱奎对河生说："既然来了都别再想那么多，现在不到老天灭我的时候，跟你娘、你二叔、刘叔和春花讲，不用记挂着我，真要被鬼子杀喽，那算表舅我没本事。"

河生回到老河口，韩二忠吃过午饭刚好坐在后院的堂屋里。八成是正在说老五走的事儿，直令韩二忠声声叹息。河生告诉大家，朱奎已经跟孙宏举去了炮楼，韩二忠绷紧着脸追问道："他去那儿做啥哩？"

韩柳氏把孙宏举找朱奎的前因后果学给他听，韩二忠说："死活不能跟鬼子打交道，随时都会丢了命。"

河生忽然想起了老五来，问刘三又把他藏到哪儿了。刘三说，哪里也没藏，老五饭前就走啦。河生惊诧地自言自语道，咋这么快就走了呢？春花说，老五是为不给她家添麻烦才走的。河生想，老五枪伤没好就一个人去找组织，心中很不是滋味。

朱奎跟在孙宏举身后，边踩着雪道朝炮楼走，边思考松下会问他哪些事情，又应该怎么对付这个杀人狂，甚至想好，大不了跟这个禽兽不如的鬼子同归于尽。

孙宏举低头走在前面，对把朱奎找来心存一丝不安，他对松下的凶狠和鬼子的反复无常，既痛恨又后怕，身后这位九死一生的长者，此刻跟自己活着进炮楼，还能不能睁着眼出来，如期兑现向河生打的保票和承诺，对他而言，肩上的担子有千斤重了。但眼下已无退路，不管好歹，只有既应付和满足松下库代的嗜好，又尽最大努力保护好朱奎的生命，绝不能让他一个活生生的人站着进来躺着出去。假若自己连这么点自信和把握都没有，那么，身后的朱奎就更心烦意乱，朱奎没有了好的状态，就会乱了应变的章法。

他俩一路言语甚少，只听到脚踩积雪发出的一种参差不齐的杂音。孙宏举向炮楼上的哨兵说完口令，把门的鬼子便拉开铁丝网的栅栏，放他俩进来。快到据点时，孙宏举说："松下和你谈话，我会在旁边当翻译，一定会好好配合你。不过，该翻译的我翻译，不能翻译的，我想就不翻译啦，咱要做到好汉不吃眼前亏才行。"朱奎谢过他的好意，对他说："不论你认为该不该翻译，凡我说的所有的话，包括好的和坏的，你都翻译给他，让日本人瞧瞧咱中国人的骨气！"

松下的房间，是据点里的一间背阴向阳门冲西开的正房。按中国传统的建造布局，正是所谓的东房。午后，他已盘腿坐在日式地铺上，闭目养神等候孙宏举和朱奎的到来。孙宏举推门进去报告后，他连眼皮都未眨一下，仍是那么合着双眼，让他把朱奎带进去。朱奎穿了一双泥鞋迈进门槛，孙宏举马上递过来一双木板拖鞋让他换上，他极不习惯，也不想穿日本人那种不跟脚的破货，干脆把泥鞋脱在门口，将木板鞋踢到一边，赤脚踏上松下的地铺。

朱奎扫视了一圈屋里，全都是就地取材，用的是中国本地的建筑材料，只是屋里的摆设是按照日式风格布置。松下的面前有一张很矮的桌子，上面摆放了一套日式茶具，北墙正中悬挂着一幅巨大的旭日升旗，中间血红的太阳看起来很血腥。东墙上方，留有一个很大的窗户，南墙东侧上头，也设了一个窗子，每天上午阳光会从窗户里照进来。而在那面旭日升旗的旁边，却挂着一个让人费解的黄色葫芦。

朱奎每看一处，都在认真思索眼前这个日本鬼子的别有用心，尽管是在中国的土地上打仗，他仍用一种日本人的信仰，支撑自己犯下滔天大罪的空虚内心和精神世界。松下闭着眼睛，示意孙宏举叫朱奎坐在他的对面。朱奎很不客气地落座，孙宏举随即背对门口，坐在他俩侧身的桌旁。松下"哇哇"嚷了一阵后，命令孙宏举把话翻译给朱奎听。

孙宏举说："他问你在这所房子里，能不能看出他有什么样的用意？"

朱奎冷冷一笑，说他以前去过济南，曾让人到省立图书馆，给他找过关于日本国营造方面的书，并研究过地图里的学问。北海道的日本人，把房子看作人体的象征，北墙是人的后背，南墙是人的前身，东墙象征人的头部，西墙被看作人的脚踝，这种思想被大多数的日本人所接受。窗户也被称为"神窗"，南墙东侧的门窗，在日本人的眼里，近似于人的眼睛和鼻子，他的这间屋子正是按照这样的格局布置的。

松下听完孙宏举的翻译，非常吃惊地睁开了两眼，顿时对这个中国布衣平民有些刮目相看了。他又命孙宏举问朱奎，为什么他要在北墙上挂那个葫芦。朱奎说："葫芦又称'壶中天'，所有前方后圆的坟墓都是葫芦的形象，日本人把葫芦当作仙境，说明他有一种死后升入仙境寻求再生的愿望。"

松下听后，嘴里突然"吆西吆西"地乱嚷起来，对朱奎和孙宏举大发了一顿阔论。他先给他俩讲了一个关于葫芦的故事，说在一座叫作"悬壶城"的大门旁，有一位卖药的老人，有一天老人突然带着几个孩子钻进了药酒葫芦里，里边别有一番天地，随之夸奖日本国的每一座神社、宫殿和城市，都是按藤原时代后期成书的《作庭记》和一部叫《相家》的规范修建的，处处体现了大和民族的智慧。

朱奎对松下的言论最初光听不说，想看看这个日本鬼子到底发狂到何种地步，这更激起了松下高傲自大的欲望，称日本帝国为什么今天能占领中国乃至东南亚，是因为大和民族随时都在遵循"天道"。日本历史上有个叫太田道灌的军人，是创建江户市的武将，他曾去参拜江之岛神社。在回来的路上，一条九品鱼跳到了他的船上，于是，他把九品解释为九座城池，从此先有了千代田城，后又有了越城等。江户市建在七块台地的中心，所以叫八重洲，正是现在的东京，从十七世纪初起，便成了大日本帝国的首都，它面对着美丽富饶的富士山，合了东方的太极晕。过去的平城京是日本的国都，如今叫作奈良，因战争公元八世纪改迁到平安京，也就是现在的京都市。

这样的大和民族能不如日中天吗？说完这些，松下极其自豪地哈哈大笑了。

朱奎再也听不得松下的胡诌八咧，请孙宏举把他的每句话准确地翻译给他听："你松下库代说的这些不足为怪，你可回日本去查一查，东方先有中国的风水、堪舆、形法、地理、青囊、青乌、卜宅、相宅和图宅、阴阳等，六世纪传入东瀛后，才有你们日本国的《作庭记》和《相家》。所谓的平安京，则是以中国的长安城为蓝本仿制而建造的，选址也是根据中国的青龙、白虎、朱雀、玄武四神相应确定的。可以说，先前日本的每一处设施，都受到了中国古人的影响，连日本人说话时的发音，都是在福建南部方言传入东洋后创立的。你们日本侵略中国，不是遵循天道，而是逆天而行，在中国的土地上还有什么资格来谈太极和天道呢？”

孙宏举仔细听着朱奎的话，边向松下翻译边浑身冒汗，他担心这些语言刺激了松下，使他毫无面子，从而把朱奎拉出去砍喽，便提醒朱奎说：“老先生，你能不能少说点儿？”朱奎不听他的劝告，说既然坐到了鬼子的面前，就没打算活着回去，把自己肚子里的东西好好讲给日本人听听，让他们了解了解那个巴掌大的国家是借了谁的光。

松下对朱奎的话忽然表现得极为大度起来，夸奖他竟对日本的建造有深刻的见地，转身指着北墙上的旭日升旗说：“这是大日本帝国的象征，它告诉天下各国，大和民族将永远成为东方的中心。”

朱奎看了一眼那面白底红心血淋淋的太阳旗，毫不退缩地对松下说：“这个旗帜代表不了什么，它不会保证你们日本国成为东方的中心。全世界的生气之源都在中国。昆仑山是天下的主山，不仅黄河由它发祥，气脉也从那里向全世界扩展。它是一切物的本源，就连音笛定音用的都是昆仑竹。两条神龙守护着这座长达两千五百多公里的神山。它西起帕米尔高原东部，横贯新疆、西藏；向东延至青海境内，为西北东南走向。东段呈东西走向，分出三支：北支为祁漫塔格山；中支为阿尔格山，东延至布尔汗布达山及阿尼玛卿山；南支为可可西里山，东延为巴颜喀拉山，在四川边境与岷山和邛山、郏山相会合。天下由它发端出五支龙脉，其中三支都在中国，两支向欧洲方向延伸而去。”

这番话让孙宏举和松下听得入了神，惊呆在地铺上，他们没想到，一个普通的中国农夫，竟对天下地理有如此深的研究，把这些令日本人看来极端深奥的东西讲得出神入化，陡然之间，忘却了相互敌对的态势。松下开始低下他那高傲的头，不时地朝朱奎点头，并抓过桌子上精致的茶壶，给朱奎倒了一杯水，示意他接着往下讲。

朱奎更加坚信，自己能在气势上压倒对方，端起茶杯很不客气地一口喝干，接续前面的论述。气作为一种物质而存在。中国的三支龙脉又分北、中、南：北龙——气脉发于祁漫塔格山，行至南山口出雅拉达泽山和锡铁山，沿黄河通过青海、甘肃、山西、山东西北部和东三省等北方地区，延伸至朝鲜半岛，到朝鲜的白头山后隐入海中，最后连接了日本的诸岛，北平、天津等城市都处在北龙上。中龙——气脉始发于阿尼玛卿山，通过黄河与长江之间的地区，包括四川、陕西、河北、湖北、山东、安徽到达渤海湾，西安、洛阳、济南等过去的帝都和城市，均为中龙气聚所在。南龙——是最大的一条龙脉，其气始发于可可西里山，后生出了他念他翁山，沿长江通过云南、贵州、广西、广东、湖南、福建、浙江、江苏等南部地区入海，连接台湾海峡后又折返回头，越过马坦群岛扩散至东南亚。最后与发于昆仑山西南的气脉合为一体，从而使昆仑山之气入藏后，生发出世界屋脊喜马拉雅山，而此山之气又行至印度生发东高止山到斯里兰卡，东来气脉经菲律宾与西南气交，扩经周边诸国至澳大利亚才算最后终止。

松下见朱奎到此停住，迫切地催问，另外两条龙脉去了哪些国家。朱奎不紧不慢地说道："欧洲的一条，是昆仑山之气首先在北面生化了新疆境内的天山山脉。天山往西北，生出了慕士塔格山和公格尔山。二气入塔吉克斯坦和苏联，扩散至哈萨克斯坦、土库斯坦后形成高加索山。此山脉气入罗马尼亚，并横跨法国、瑞士，经英国到西班牙才停止。另一条龙脉是天山往北偏东，先延生北塔山和蒙古的阿尔泰山，入苏联后过乌兰巴托生雅布洛夫山和切尔斯山，然后过白令海峡到了美国的阿拉斯加山，入加拿大后再生海岸山的落基山，延伸至墨西哥的马德雪山，最后到巴拿马才收住。这些所有的源头都在中国的昆仑山，所以说，一个没有元气的国家不会成为一个中心国家。"

松下听着朱奎的讲解，内心痛苦不堪，他本想用自己在日本国学来的只言片语，对付一个中国的半大老头子，以显示他作为一名大日本帝国军人的气概，却被朱奎好好地教训了一番。当他自卑地面对一个曾经差点被自己亲手杀掉而又高过自己的农民时，他仍强撑着悲哀的灵魂，不服输地说，日本自古就是不屈服的民族，必定会取得战争的胜利。

朱奎鄙视地跟他说："日本在上古时代不过是只虫而已，你们的版图已经说得很明白。在地球这个生命体上，每一块大陆上的每一个国家，又是若干个阴阳互受体，它们不是偶然产生的。在史前地球尚未有生命之初，这个星球由七个天神掌管，后来放生了许多生灵，待有人类之后，天神回到了他们的天国。七大管辖地便是世界上的七大洲，这一结构谁都无法改变，西方的'七'是祭神的日子，东方的'七'是圆满之数。七大洲形成以后，每一块大陆上的每一个国家，以版图的形式告诉了世人前程好坏和人类之间的对抗与战争。所以，对抗从有大陆和国家的那天起，就已隐含在了版图里。亚洲有史以来被称作‘雄狮’，它由上苍放逐的一头狮子化成，中国是雄狮最主要的部分，它的整个姿势是在前进，虽然现在正在遭受战争的折磨与蹂躏，而将来，任何力量都挡不住它的崛起。苏联是一只熊的化身，它的前爪盘压着中国的东三省，嘴和头直接对着美国西部；美国是一头猎豹化身，与熊的头颅相互僵持对抗。化身日本的是一条害虫，它在海里演化，必将在中国、苏联和美国的攻击下以失败而告终。”

朱奎说完，让孙宏举把原话一字不差地翻译过去。孙宏举担心会激恼松下，劝说：“最后一句不跟他说为好哩。”朱奎坚持叫他翻译，孙宏举吞吞吐吐、忧心忡忡地翻译过去，松下猛然站起身，走到朱奎对面恶狠狠地瞪着他，狂叫一句“八格牙路！”，抬手“啪”的一声打了他一记耳光，朱奎的脸上顿时现出了几道鲜红的手印来。

孙宏举瞧见他咬着牙关，但依旧很平静，于是对朱奎说：“老先生，咱不跟日本人提谁胜谁败的事，应付过去拉倒啦。”

朱奎也瞪着松下，让孙宏举问他还有什么话要讲。松下转悠到原地重新坐下，说：“朱奎，你上次说等五年的时间，我认为，大日本帝国用不了五年会取得彻底胜利。”

朱奎冷嘲热讽地说：“前人早已料定的事，不是你们日本人想咋样就咋样。中国明代隐藏在华山空峰幽谷洞里的铁冠僧人虚灵子，按照三元九运排定，眼下正行在中下元和下上元之间，在总共一万五千年内，全由白道和黑道主事，兵事战祸不断。冥王星被看作星相学上的死亡星，民国二十九年外国人发现了它，基本上与希特勒同时出现，德国鬼子正是在那年开始发动战争的。它的出现，已经表明有混世三魔王降世，除希特勒外，另外两个该是意大利的墨索里尼和日本战争狂东条英机。因此，天下才大乱，死尸遍野，白骨如山，怨气冲天，人畜遭殃，九女一夫。五百年出一圣贤，火德星君已下界，《推背图》与虚灵子说的一样，等到金鸡报晓之年，三个混世魔王无一不暴死荒野，不论德国鬼子还是你们日本鬼子，气数全尽必败无疑。”

又是一顿诅咒似的谩骂，这让孙宏举大感为难，可朱奎仍嘱咐他全部翻译给眼前的鬼子听，气得松下在屋里晃来晃去，六神无主了。

第十一章

朱奎用自己掌握的阴阳术，对松下发泄了一腔愤怒，好好地戏弄了他一回。孙宏举从他进去的那一刻起，一直暗中为他捏一把汗，生怕反复无常的松下，当场把他拉出去枪决喽。出乎意料的是，松下一反常态，几次走到身后的西墙，两回抓起挂在墙上的战刀，又都先后松开了他那双魔爪。他认为，自己作为一名大日本帝国的臣将，竟在一个中国农夫面前丢尽了天皇的脸面，连一个普通老头儿都难以对付，可见，这场战争没有什么好打的了，但心里对朱奎又不得不肃然起敬，最后嚷叫着，命令孙宏举把他放走。

孙宏举和朱奎出屋后，听到身后传来几声“噼里啪啦”的脆响，是松下怒气难消，抓起桌子上那套精美的日式茶具摔得粉碎。

朱奎不走出炮楼，孙宏举就不敢有半点的松懈。只有亲眼瞧着他远去，松下和炮楼里的鬼子不会从背后朝朱奎开枪，他才卸掉肩上的担子。他陪朱奎离开据点，迈出铁丝网的栅栏，下到大堤，往老河口方向又走了好长一段路，方停住脚步，如释重负地先夸耀了一顿朱奎的看家本事，然后对他说：“今天我把你找来，却让你挨了狗日的松下一巴掌，真是对不住你啊。不过，看你把松下气成那副熊样，真叫人解恨啊。”

朱奎为自己的胜利和能活着离开炮楼而兴奋不已，告诉孙宏举，松下竟敢在中国地盘上班门弄斧，总算让他知道，小鬼子打不赢嘴仗，将来更打不赢这场战争。“回去吧，我得去河生家报个信哩。”

朱奎挥手道别后走出了好几米，不知咋的，再次转身又回到了孙宏举跟前。

“老先生还有事啊？”

“嗯，有件事忘了跟你讲。”朱奎说，“今年是庚辰金龙年，农历二月三十、五月初一、七月初二、九月初四、十一月初五是庚辰日，这些日子都是河神的祭日。庚辰年逢庚辰日，大河要起大风浪。我已看过松下的阳寿，他满脸阴邪乌蒙之气，阳间得罪了百姓，阴间得罪了冤魂，河里得罪了河伯，到五月初一前后便是他的死期，他将溺水而亡。到那个时候，无论他怎样命令你，你都不能跟他一起下河渡水，最好找个地方躲避躲避，记住啦？”

孙宏举听着朱奎的说辞，头皮开始发麻，疑惑地问朱奎，他所说的情况会不会真的发生。朱奎说，他现在可以不信，但到那天见了黄河他就会死心，看见棺材就会掉泪啦。这话让孙宏举牢牢地记在了心中，早日去投八路军或游击队的念头，萌动得更加强烈。

朱奎给孙宏举扔下了那个生死悬念后，不大会儿工夫，就走进了河生家。见他平安无事回来，韩柳氏和刘三及春花、河生激动得都要流下泪来。朱奎十分得意地把与松下的斗争丝毫不差地学了一遍，把他们高兴得手舞足蹈，直称他是难得的高人，只是松下的那一巴掌，让朱奎直到这会儿还感到脸上火辣辣的。韩柳氏瞧着那个大巴掌印子，说：“瞧瞧那可恶的鬼子，把表哥的脸都打肿啦。”

朱奎这时倒有些不太好意思，说疼算不了啥，比杀头强得多哩。河生问他事情完结了没有，朱奎说可能没完，他的结果和出路只有两条，要么松下派鬼子把他抓去杀喽，要么好说好吃好招待，拉他为鬼子服务。想到末了，他跟韩柳氏、春花和刘三、河生合计了半天，认为鬼子对他一个农夫恐怕不会那般的客气，等待他的大概是另一条路。韩柳氏和刘三都劝他早点儿想辙，能不跟鬼子打交道，尽量躲开他们。朱奎对此一笑，说他算过自己的阳寿，老天不该让他死在鬼子手里。

临走时，朱奎忽然望见堂屋门上挂着块破烂的白布，惊得他差点儿叫出声来。他懂得这个外应，意味着河生家在未来的时日里将要发生什么样的灾祸，可又不能对韩柳氏和春花及河生明讲，只好默不作声地伸手把那破布拽了下来，若有所思地对河生说道：“河生啊，今年是庚辰年，你若有机会下河，千万要当心哩。”河生问是不是要他别忘了祭拜河神，朱奎说那不用说啦，反正下河当心为好。

三天以后，朱奎在傍晚突然莫名其妙地拿着靠给人堪舆和做媒挣得的五十块钱，送到了李光腚家，只讲他要出远门，是他和刘会天分摊好一年给孩子的供养费用。李光腚的女人对他感激涕零，却未想到朱奎送来的钱票背后隐含着怎样的大事。之后，朱奎走出李光腚家的大门，在韩二忠家坐了一个多时辰，嘴像被糨糊粘住似的不开口，连换两壶茶叶，只闷头喝茶。

韩二忠和韩张氏看出他似乎有一肚子的心事，觉得他极为反常，问他咋啦，他仍不吭声。看看他们起身往外走，朱奎走下堂屋台阶后，只撂下了一句话，让韩二忠和韩张氏以后多朝护马庄跑跑，在力所能及的情况下照顾照顾他的女人和孩子。

朱奎来到后院河生家，还是原先那副样子，问啥话始终不说，沏好茶他却连水也不喝了。深夜走时，河生和刘三把他送到护马庄，路上才跟刘三说，往后的日子请他和韩柳氏常到护马庄来着点儿，提都没提河生一句。对他的这次来访，韩家人大感迷惑，聚在一起猜测，朱奎到底有啥消不掉的烦恼，想遍所有的事，都没能缕出个头绪。

朱奎回到家，老伴已睡了，他把门掩好后，点亮油灯，翻箱倒柜地找出了一个包裹，偷偷收拾了自己上路要带的东西。

第二天，朱奎啥事不做，早晨起来就坐在堂屋里闷着喝水，好像在等待着贵客的到来。一直到中午，他听见大门终于被推开了，他坐在椅子上冷静地望着院子里的来人说："知道你准来，进屋吧。"

孙宏举被他这句未卜先知的邀请大惑不解，问他咋能猜到自己今天要来他家哩？朱奎说，孙宏举能瞒得了别人，可瞒不了他，并且知道松下叫他来干啥。

孙宏举一愣，说："既然老先生清楚我的来意，你是现在跟我去见他，还是天黑去哩？"

朱奎让孙宏举说说，是不是找他去给鬼子服务，孙宏举说，他猜得极是。松下通过那天的交谈，不但不想杀他，倒想请他当个军中参政，"日本人一手用枪、用炮打中国人，一手又想拉拢中国人为他们服务，多么可恶啊。"

朱奎给孙宏举倒上了一杯茶，对他说，天已不早，要去还是天黑再去的好。"不过，"朱奎说，"天黑你要到炮楼北边那个石堆下面的河滩去找我才行，我要在那儿见一个人。"

下午，按朱奎说的地方，孙宏举找到炮楼北边那个大石堆，沿着一条人们过去走路留下的痕迹下到河滩。他在那儿等了很久，一直未看见朱奎的人影。转身要离开时，一种令人难以捉摸的景象映入了他的眼帘，朱奎去见松下那天脚上穿过的那双大鞋，整整齐齐地并排摆在河边。孙宏举知道，有人跳河前会把自己的鞋放在岸上，以向家人透信。他走过去弯腰提起那双预示着朱奎自溺身亡的旧布鞋，忽地发现鞋窝里留有一封朱奎跳河前写好的信，他展开一看，只见上面写道：今世宁为民族死，不为东洋鬼子生，望宏举后辈早日投明。看着信上的字，孙宏举相信朱奎投河自尽了。一介农夫，为了中华民族的利益都敢舍身而死，一个留洋的学子何不早奔光明呢？想着，他的眼里不禁滚下两串感伤的泪水来。

孙宏举提着那双鞋，向松下报告说，朱奎跳河自杀了，不愿当日本人的侍从。松下僵直地呆愣了好一阵子，他怎么也想不到，中国老百姓还有朱奎这类人，宁可一死了却一生，也不为日本人所养所用，这种豪迈的气概实在让松下大为震撼。他左手接过那双鞋子，右手朝那鞋跷起了大拇指，一个杀人不眨眼的日本刽子手，被朱奎的举动完完全全地折服了。

自那晚朱奎无缘无故地到老河口的前后院，从韩二忠、韩张氏到韩柳氏、春花和刘三及河生，没有一个人心里踏实。就在孙宏举提着从河边找到的鞋跑回炮楼向松下报告的同时，朱奎的女人也慌慌张张地来到韩二忠家，与正要出门去护马庄看看朱奎是怎么回事的韩二忠及河生，相遇在大门洞里。一见韩二忠和韩张氏，朱奎的女人立刻泣不成声：“孩子他爹去哪儿了啊？走时家里一个人都不在，只在桌上压着这封信。”

韩二忠和河生不认识字，赶紧喊来后院的春花。韩柳氏、刘三和肚子已快足月的春花，闻声一起赶了过去。韩张氏催促春花：“你快念念，看你表舅信上咋说的。”

春花接过那封信，摊开念给在场的人听：鬼子要让我给他们当侍从，用我的一点点本事为他们服务，无论如何，我不能当这样的走狗。从今天起，我将云游四方，你们不要问我到哪儿去了，也不要怪我不顾家。请他娘带孩子好好过生活，假若老天有眼，我还会在有生之年再回护马庄。

最后的落款时间是，民国二十九年二月已未日，明显地是挑了初九这样一个最大的日子离去了。

与其说是一封信，倒不如说是张小黄便条，是用给死人烧冥钱用的草纸片儿写成的，里边的内容含糊其词。朱奎像是死了，又像仍然活着，让他的女人和韩家老少弄不清他究竟搞的什么名堂。不日，认准朱奎跳河自尽的孙宏举，到老河口找河生有事，顺便带来了从河边找回的那双破布鞋，韩柳氏、刘三、河生和春花见后，当即呜呜地哭了。

打那时起，朱奎的女人、孩子和老河口及护马庄的百姓们，都相信朱奎迫于鬼子的压力，一时想不开跳河身亡了，只是在身后留有太多让人猜不破的谜。

然而，朱奎生前对河生和孙宏举的劝告，却像一张无形的网笼罩着他们，他俩不晓得朱奎的话哪天会在自己身上应验。孙宏举问河生，朱奎跟你说过啥话吗？河生说，只提醒他再下河时小心，其他话啥都没讲。孙宏举听后，把有关松下的死期和将来如何个死法讲给了河生听。

“那好，”河生说，“那鬼子早该死啦，他杀那么多人，哪有不抵命的啊？即使老天爷放过了他，只要瞅准机会，我也会要了他的狗命。”

孙宏举瞧着河生没再应他的话，想朱奎说松下溺水而死，到时会不会跟眼前这个刚满十七岁的小兄弟有关系。

春天日渐来临，天气一天比一天暖和。让老河口和护马庄百姓伤心难过的满地积雪，在阳光下融化得一干二净。掩盖了一个冬天的大河冰冻，化得一片片露出了河水，未化完的那些冰凌，每逢中午时分，常常发出“咔吱咔吱”的炸凌声，用不了多久，大河上下又可翻滚起激荡的洪流了。

朱奎从大家视野里销声匿迹半个多月后，遍地的柳树冒出了新芽，杏花梨花全开了，让人有种宁静平和的心境。的确，自春节鬼子制造血案后，除朱奎成为人们惋惜的焦点外，没再发生过新的冲突和麻烦。

春花在三月初的一天夜里忽然临产，疼得她半夜捂着肚子嗷嗷直哭。河生不懂得女人生孩子是啥样儿，点亮油灯跑到院里喊韩柳氏：“娘，春花要生啦，你快起来哩。”韩柳氏和刘三早已听见春花呼天喊地的叫声，各自从东、西间穿好衣服跳下炕来。韩柳氏心急火燎地找以前准备好的东西，手忙脚乱地对刘三说：“你瞧瞧，那些东西我都放在一个包裹里，咋就找不见哩。”

刘三劝她不要慌张，慢慢想想会想起来的。韩柳氏夜里第一次从东间走进刘三睡觉的西间，瞄见他敞着胸怀正提裤子扎腰带，也不再顾及这些，在他床铺上一阵乱翻，蓦然看见枕头旁摆着自己的一条大花裤衩。她抓在手中一愣，心想，自己下身的衣物咋会跑到了刘三的枕头旁边。可她知道，假如这时问，两人都会很尴尬，只能装没看见回避过去。

当韩柳氏俯身在枕边翻腾时，刘三立马有些惊慌，他本想把韩柳氏的那条花裤衩快手快脚地掖藏到一旁，但还没等他伸手，韩柳氏已离开了床边。他肯定，她要么没注意到那条显眼的裤衩，要么发现了不打算吱声，反正两人都不失体面地绕过了那种尴尬。

韩柳氏在刘三的帮助下，从曾掩护老五压缸的白菜筐底层，提出了装有干净棉花、尿布、剪刀的包裹。刘三问他能帮着做些啥，韩柳氏说，女人生孩子，你一个大老爷们儿不能凑前，也帮不上啥忙。叮嘱他去南墙窗户下，把前院的韩张氏喊来做帮手，并一再嘱咐他，在屋里等着。韩张氏提了瓶用来消毒的白酒赶来，河生随即被韩柳氏和韩张氏轰出了东厢房："到堂屋跟你刘叔去候着吧。"

河生在堂屋里坐立不安，耳听春花的阵阵哭号，急得无所适从，紧张地问刘三女人生孩子难不难。刘三实在不好启口，说自己还没成家，女人生孩子到底难不难，他可一窍不通哩，河生方才后悔不该问刘三这样的问题。待东屋再一次传来春花的叫嚷时，他哆嗦着身子又问刘三，春花会生男孩还是女孩。刘三仍旧难为情地说："刘叔愿她给你生个大胖小子，将来韩家不就有传宗接代延续香火的人啦。"河生高兴之余，又多出了几分担心，心里默默祈求春花一定给他生个男孩，让人丁本来不太兴旺的韩家多几个血性男儿。

那一刻，河生真有度日如年的感觉，时不时跑到院子里，站在东屋门外朝里探望，但除了春花极度痛苦的号叫外，孩子生没生下来，生下的是男是女，屋里没有任何回音。他重新回到堂屋，与刘三焦虑万分地足足等了近两个时辰，到鸡叫过三遍快天亮时，东屋里忽传出孩子"哇哇"响亮的啼哭声。"生啦！"河生激动地蹿到东屋门外，朝屋里喊问生的是男孩还是女孩。韩张氏端着一盆血水走出来，笑脸迎他说："这回你当爹啦！春花给咱家生了个小小子。"

这个消息天亮后没用多久就传遍了整个村庄，因乡下风俗男孩九天后才能见外人，村里当天没人来家中道喜，否则早已门庭若市了。韩二忠第二天上午带着一脸喜气来到了后院，在他眼里，春花为韩家生下男孩，比送他百万两银子都重要，直夸春花是韩家的有功之臣。刘三一边倒茶，一边问河生，打算给孩子起个啥名儿。河生事先并没有考虑过，转头对韩柳氏和韩二忠说："娘，叫俺二叔给孩子起个名吧。"韩柳氏说："他二叔，你在韩家院里是主事人，给孩子起一个吧，只要好听起啥叫啥。"韩二忠深思熟虑老半天，也琢磨不出个像样的名字来，转脸对刘三说："大兄弟也帮起一个听听。"

刘三在河生请韩二忠起名的一瞬间想到了朱奎，当韩二忠把他看作本家人，催促给孩子起名时，他说要是朱奎在，孩子的名字就不用费劲了，可惜他已不在人世。"不过，"刘三说，"今年是龙年，干脆给孩子起名叫龙儿行不？长大要让他成大器，有大出息。”他的一番话，得到了韩二忠和韩柳氏及河生的赞同，当即给孩子定名叫“龙儿”。

春花生下龙儿，最高兴的人莫过于韩柳氏。她每天从早到晚精心侍候坐月子的春花，并把河生挑进家的细沙，用箩一箩箩地筛好晾晒在院子里，只要孩子尿湿或拉在土布袋里，她都及时将一袋新的沙土放在火炕上烘热，换下被孩子尿湿的旧沙土。春花头上包上了一块大花巾，全身围得严严实实的，怕受风寒，躺在东屋的炕上，时常瞧着龙儿胖乎乎的小肉脸蛋，露出慈爱的笑容。每每龙儿醒来，她便侧身一手撩起衣襟，一手拢住雪白胀大的乳房，倒换着把奶头塞入龙儿的小嘴里，任凭他使劲地吸吮。

再一日，正赶上春花给龙儿喂奶，韩柳氏走进东屋，看着龙儿逗人喜爱的小样儿，坐在炕沿上长吁短叹。春花喊了她句“娘”，说这些日子真是叫她受累了，韩柳氏说受累也高兴，春花给她生下个胖孙子，日子过得都比从前有劲头了。

刘三从麦地里撒粪回家，进门听韩柳氏俩人在东屋说话，对着屋内喊了声“春花”。韩柳氏跟春花说，他刘叔干活回来了。春花见龙儿醒着，直让韩柳氏把刘三叫进屋，让他看看龙儿的模样儿。

韩柳氏走到门口说：“你进来瞧一眼大孙子吧。”

刘三拍打了一下身上的土，乐呵呵地进去：“哟，俺看看俺这大孙子哩。”他伸出一根手指头搓了几下龙儿的小脸，那孩子竟眼神一动不动地直愣愣地望他。春花逗龙儿说：“这是你刘爷爷，姥爷家来的刘爷爷，叫一个叫一个啊？”春花的这句言语，使刘三想起了许多往事，心头悲伤起来，不知不觉地掉下两滴咸泪来。

刘三的样子，让韩柳氏和春花以为他是喜极而泣，但只有他清楚，自己是触景生情，想春花都已生了孩子，却还不知道郭继聪和郭刘氏丧命赴了黄泉，多么令人可怜的一对母子啊。韩柳氏真的以为他是替韩家添丁而欢喜，夜间躺在东间的炕头上，隔着客厅黑灯瞎火地问过话去：“他叔，你看俺大孙子长得虎头虎脑，真让人疼爱不够哩。”每夜都难以入眠的刘三，正翻来覆去睁着两眼瞧窗外的亮光想心事，听见东间问话便平躺过身子，说：“是啊，春花给你争脸，你好福气。说句实在的，你大哥这辈子啥都不想啦，命里没有的东西想也想不来。”

两人讲完这些话，堂屋忽然静得出奇。

西间如此回答本无他意，可在韩柳氏耳朵里，觉得他是在隐晦地诉说内心的痛苦和悲哀，或者在倾诉对自己的爱慕。多日来，因河生和春花生下龙儿带来了新的希望，她感到极大的满足和无穷的快乐，将从前的一切忧伤都抛到了九霄云外，从里到外洋溢着一种未曾有过的亢奋。刘三虽然没能察觉出她情绪上的这一微妙变化，但韩柳氏的的确确在有意无意间打开了自己紧闭的心扉。加上刘三来老河口的这些时间，确实帮她和河生顶过了不少的大事，又知人冷暖，韩柳氏打心底里开始对他动了情。

屋里的死寂使刘三有些不安。他觉得，刚才的话可能对韩柳氏造成了某种伤害，辗转反侧想向她做出一个合理的解释。正要说时，东间又传来了韩柳氏的问话："他叔呀，我前些天晾在当院里的一件衣服，不知被风刮到哪儿去啦？你没看见过吧？"

刘三这时才明白，春花生龙儿那天夜间，韩柳氏翻腾包裹，搁在枕边的那条花裤衩准是被她发现了，脸上一阵发热，浑身颤抖不晓得应该如何答复东间的询问。自他说出上一句十分悲凉的话后，韩柳氏对他又可怜又心疼，想把他叫到东间俩人坐一会儿，可又不想让刘三看出她的企图和用意，思前想后，便用那条花裤衩作为引子。

她想，刘三肯定会主动给她送过来，而西间出于羞怯和无法面对，故意装傻充愣，问："春花，你说的是哪件衣服哩？"韩柳氏知道，刘三不把话挑明，是在掩饰说不出的慌乱，自己也不好直言是女人的内衣，光说是里边贴身穿的那一件。刘三明白，不能再问下去了，"嗯"了一声，说他前些天在香台后面的旮旯里捡到了一件花衣服，当成家中没人要的破布搁在了西间。

韩柳氏说："你拿过来我瞧瞧。"

听韩柳氏要喊自己送过去，刘三心里"怦怦"跳得厉害。他忽然想到了许多，假若只为寻找一件花衣服，等天明悄悄拿走，什么样的问题都可解决了，没必要也用不着在深更半夜叫一个男人闯进独守空房的女人卧房里去，既然暗中唤他，想必有话要说。同时，刘三还做起了另一手准备，万一进去后，韩柳氏要求到她的炕头上去，该怎样应付那种突来的局面。

"他叔，你送过来呀！"等韩柳氏再喊他时，刘三慌忙披好衣服，抓起那条花裤衩暗中摸往东间。他已熟悉韩柳氏土炕的位置，直接走近她的炕边，把那条花裤衩递给仍然躺着没起的韩柳氏。

"瞧瞧是这件不？"

"你帮我划根火柴。"

刘三接过韩柳氏从被窝里递过来的火柴棒儿，“噌”的一声划着了火柴。韩柳氏半撩开被头露出两只胳膊，抓起那裤衩看后说，正是她要找的那件贴身衣服。刘三在火柴光亮闪过的一瞬间，望见了韩柳氏胸部以上裸露出的雪白皮肤，嘴里霎时有些口干舌燥。火柴熄灭后，他努力克制住体内难忍的骚动，直立在炕前，问韩柳氏还有事没，若没事他就回西间歇着去啦。韩柳氏用女人特有的娇柔声音说：“炕沿上没啥刺人的东西吧？”

这话说得很巧妙，她想留刘三坐会儿，只不过换了另一种说法，这正是刘三所盼望和等待的。他说着“没啥东西”，扭身坐在了炕边。

韩柳氏跟他说，龙儿既是韩家的孙子，也是刘三的孙子，把孩子拉扯大不容易，需要大人操很多心，让他将龙儿当成自个儿的孙子看待。刘三隐隐约约地听出了她话中的含义，说只要韩家人不嫌弃，他会尽心尽力帮她和春花把龙儿带大。

“春花这些天坐月子，整天忙里忙外的，累得我腰还真有些酸疼哩。河生他爹死后我没人疼啦，他叔你能帮我按一按不？”

韩柳氏说完，暗中红着脸翻身趴下，并挪往坐在炕沿边的刘三跟前。刘三被她突如其来的举动惊呆在那里，满身燥热得不知所措。韩柳氏见他坐着不动手，说夜里没人才敢叫他帮按按，要是害怕那就不按啦。刘三赶忙说没啥，转过身来，把两只有力的大手，隔着薄被按在了韩柳氏圆润的腰间和臀部上。

那一夜，尽管什么事情都没发生，可刘三第一次隔着棉被接触到了韩柳氏的身体，着实冲撞起一种令人难以忍受的苦痛。一股股热血直往他脑袋上顶，边按边不住地打起寒战，两腿都变得软绵绵了。尤其是每次他用力按下去，韩柳氏都会发出一声勾人的轻吟，更激起了刘三的欲望。可胆怯和羞臊，最终使他强压住了自己短暂的欲念，极为本分地完成了韩柳氏交给他的第一桩任务。

韩柳氏在刘三用手按住她腰间和臀部的一刹那，全身像遭受到雷电般的击打一样，两人都互相觉察到了对方的战栗。等刘三用力一按疼得她“哎哟”一声叫唤，她才清醒地回到了现实。她知道，在一男和一女独居一处已无隔阻的空间里，只要自己一开口，站在炕边的这个男人会像干柴遇烈火，马上就能燃烧起来，甚至都不给别人扑灭的机会。想着，她又多了几分惊慌，翻动开身子说：“行啦他叔，咱都早点歇着吧。”刘三很顺从地帮她掖了掖被边，摸黑回到西间的床板上，躺下后却未能再合上眼睛。

龙儿的出生日期，几乎与老船主和河长的周年差不几日。因炮楼里鬼子的枪口对着河岸不便大办，周年的那天上午，河生拎着头晚韩柳氏准备的供品和纸钱，扛把铁锨去大堤上先找到孙宏举，叫他对鬼子打个招呼，以便下河给老船主和河长去烧周年纸。孙宏举怕出意外，跟在河生身后下到渡口的河滩上，看着河生把纸烧掉。河生在老船主坟前摆下三盘供品和三杯白酒，插了三炷黄香，烧纸时燃着一卷冥钱引向左前方河长的坟墓前。给两座坟添些新土，本应收拾起供品离开，可河生对孙宏举说："咱也给相马烧一回纸吧，他的家人应该永远不会来给他送钱了。"

孙宏举跟河生提着从老船主坟前拾掇好的供品，走向北边相马一郎的坟墓，在河滩上画出一个开口的小圈，从布兜里抓出一刀新草纸，点燃在相马的坟头旁边。只见那纸钱像老船主和河长坟前的草纸一样，蹿着老高的火苗，银白的纸灰打着旋儿朝大河上空飘去。望着这一幕，孙宏举大受感动，对河生说："日本人的良心都被狗吃啦，他们不是人，早晚要遭到报应。"河生说："是哩，他们既祸害中国百姓，又祸害本国兄弟，不灭他们算老天没睁开眼睛。"

到了第九天，村里的左邻右舍和外庄的亲戚，都由各家女人带着贺喜的礼物来到河生家，庆贺龙儿的出生。凡进东屋看过龙儿的女人们，无不夸奖春花的福气和河生的能耐。韩柳氏和韩张氏整整忙碌了一天，才把那些前来道喜的亲戚们送走。

喝过汤，韩二忠来到后院，与韩柳氏和河生商量龙儿办满月的事儿。韩柳氏忧虑地说："这兵荒马乱的年月，给孩子办不办满月两可。"河生不让韩柳氏多嘴，说听他二叔的，家里也不是拿不出钱来办酒席。

韩二忠说："龙儿的满月一定要办，这关系到咱老韩家后继有人的事，没钱我来出。"

刘三坐在椅子上不掺和，他认为这是韩家人的家事，不便自己插话。当韩二忠定夺后，韩柳氏在灯影里直瞅他，说河生二叔定下来给孩子办满月，看他刘叔还有啥说头，起码春花有个娘家人在场。刘三看出韩柳氏把自己当成韩家的一个重要角色，说花点钱是小事，给韩家人长长面子，让孩子图个吉利是大事，那就按前面韩二哥说的办吧。

白天，在河生和韩柳氏忙活着迎来送往的时候，刘三张罗不了家中的亲戚，就从外面挑来几担泥土，从柴火垛抽出些往年的麦秸秆儿掺入稀泥里搅和好，又从院子里找出块新土坯，独自把东间被踢成大洞的火炕堵好，恢复成了原样。

天黑后，韩柳氏去东屋看过春花和龙儿，才回堂屋准备歇息。春天虽然逐渐暖和起来，但夜间仍然很凉。刘三还是像往常那样，早早地就把韩柳氏起夜用的尿盆放在原处。韩柳氏瞧那大洞已重新补齐，并看见尿盆已由刘三端进来，从心里掠过少有的甜蜜。

刘三自打前夜有过和韩柳氏那样简单的接触后，始终盼着韩柳氏再多给他一些机会，多叫他几回，哪怕俩人之间没有任何事情，对他来说都是一种享受。他躺在西间的铺板上，一心等着韩柳氏把他喊进东间。韩柳氏不上炕想不起前夜的事，一钻入被窝，孤独与寂寞立刻袭遍全身，睡到半夜，咋的也无法入眠了。她静静地躺了很久，把各种各样的事在脑子里过了一遍，最后，还是想起了前夜的那种舒服，忽觉难耐的欲望再也忍受不下去了，她脸红心跳，知道自己真的需要男人的抚慰了。

“他叔，你睡着了吗？”

刘三盼望已久令他心驰神往的时刻终于到来了。

他原本没有入睡，听韩柳氏又像前夜一样地喊他，浑身一激灵，却装出睡着的样子，故意先“哼哼”两句，然后才问：“春花，有事啊？”

韩柳氏没直接回他的话，只轻声“哎哟哎哟”地叫唤个不停。刘三听她声音不对，追问她咋啦，韩柳氏颤着嗓子说：“我肚子疼哩。”

刘三听韩柳氏说肚子疼，迅速下床摸黑进到了东间，问她疼得厉害不厉害，要不要拉她去找刘会天瞧瞧。韩柳氏暗中半掀开覆盖在身上的薄被，平躺在刘三面前说：“深更半夜地，去找人家郎中不合适，你帮我揉揉就好啦。”

说话间，刘三感到自己的两只手已被韩柳氏拉住，并直接拽向她的腹部，他这才明白，韩柳氏已脱去所有的衣服，光溜溜地躺在被窝里。

“你甭挪开，”韩柳氏嘱咐他说，“小肚子好疼哩，你使劲揉揉。”

刘三尽管在黑夜里看不清韩柳氏的整个身子，可两手在触摸到她光滑肌肤的那一刻，已控制不住自己的情绪。他先帮她轻轻地抚摩了一阵，韩柳氏却再一次往上拉他，说：“你用不上力气，还是上来帮我按吧。”

他极为被动地被韩柳氏拽上炕。而此时，眼前的女人忽地揭开了被子，黑暗中蓦然闪起一道光亮。刘三再也按捺不住得到这个女人的欲望，扑向了韩柳氏。

刘三和韩柳氏在黑夜里偷偷走到了一起。天地交合之后，他把她拥在怀里睡了第一夜。天明前，刘三要回西间的板床上去，韩柳氏紧紧地搂住他说：“从今以后，你留在老河口，哪儿都不用去，我好好待你一辈子。”刘三跟她说，他没爹没娘没有家，无地方可去，与她厮守终生，他已很知足。韩柳氏说：“自从你进韩家门的那天起，我就没拿你当外人。现在，你也算有儿有女有孙子啦，咱一起把日子过到头，你说行不？”刘三将头埋在韩柳氏的胸前，“嗯嗯”地答应着她，激动和幸福使他暗自流下了两行热泪。从这一夜起，刘三每天晚上闩好堂屋的门后，半夜便跑去东间，爬上韩柳氏的炕头，天亮前再回到西间，以掩人耳目。

一天晚上，刘三对韩柳氏无私的接纳忽感一丝忧虑，说她和河生及春花都能接纳他，他没有什么好担心的，只是猜不透韩二忠和韩家院里的族人能否承认他这个外乡人。韩柳氏说，以前他是个外乡人，可几档子事后，老河口的人都认为他行，才推举他这个外乡人当保长，所以，有啥好担心哩。还跟刘三说，河生他爹已死了一年多了，如果她现在七老八十的，那也就算啦，可年纪轻轻的不找个人家，熬到啥时算个头啊？韩柳氏说完扎在他怀里嘤嘤地抽泣起来。

刘三忙伸手帮她擦拭泪水，说：“行哩，只要你不后悔，我一个男人没啥怕的，大不了到时咱们一起离开老河口。”

“不哩，”韩柳氏说，“这儿是咱们的家，咱有儿子、媳妇和孙子。咱哪儿都不去，只要你跟我一心过日子，我没啥可后悔的。”

大河两岸被暖洋洋的春风吹成桃红柳绿万紫千红后，在村外埋葬着新坟的麦地里，开始了一季三遍的浇水灌浆。

龙儿满月前，韩柳氏在家中侍候春花，河生和刘三则扛着铁锨、挑着铁桶去地里浇麦子。老河口与护马庄村挨村、地挨地，这个村早上哪家打架骂街或红白喜事，那个村下午准会传得沸沸扬扬。铁柱和二蛋听传河生得了个胖儿子，趁在地里干活的机会，卷着裤腿两脚泥巴地从邻村地里跑到老河口的地界来找河生，问何时给龙儿过满月。河生说，一没亲戚二无族缘，各家日子过得都紧紧巴巴的，很客套地劝他们两家不用再破费。铁柱埋怨河生拿他俩当外人，说：“光凭俺俩在大河上跟你一起撑船，孩子满月也要过去，手头再紧不缺给龙儿过满月的小钱，要管不起一顿酒和饭菜那就另说啦。”

刘三赶紧凑上前打起圆场，催河生答应他俩的请求，说往远处说是乡亲，往近处说是朋友，多一个朋友多一条路，既然在河里一道撑过船，没准以后还会在一块共事呢。铁柱两人听后笑了，夸赞刘三毕竟年长想事周到。二蛋最后说：“行啦，以他们刘叔讲的为准，让河生到那天留好位置等着他们。”

龙儿的满月庆祝宴，在韩二忠的主持下，办得极为风光。晌午头里，全族院各家和远近亲戚，都由代表送来鸡蛋、衣料等不同的贺礼，村里走得稍近的邻居也来凑热闹，韩家前院和后院摆下了足有二十多桌的酒席。铁柱和二蛋是最后提着东西赶来的，河生接过礼物把他俩安排在主桌旁边的次桌，由他和刘三作陪。韩柳氏和韩张氏及族院的其他婶子大娘，在前后院的厨屋里操持忙活饭菜。坐完月子白白胖胖显得有些臃肿的春花，头上仍包着块花头巾，用小棉被裹好龙儿，先在后院叫前来过满月的每个人看个够，又抱进前院走了一圈，把大家瞧得眉开眼笑。临把龙儿送回东屋前，春花抱着孩子来到铁柱和二蛋跟前，扒开捂住龙儿小脸的被角让他俩看："给你大爷和叔叔笑一个！"

铁柱望着龙儿胖嘟嘟的脸蛋欢喜地笑了，直说河生有本事，刚满十七岁就当爹啦。二蛋边逗龙儿边逗春花，说："河生嫂，光看俺这大侄子的小身板，就能猜出你跟河生哥夜里有多来劲啦。"春花羞红着脸问，他跟河生俩人谁大，二蛋咬定他比河生小，不然也早成家了，说自己长得比河生老相，若是大伯哥哪敢跟她开这种玩笑呢？

铁柱知道二蛋明明说瞎话，不过是趁机耍耍嘴皮子而已，见他这么说，想笑又不敢笑，在桌子下面抬脚轻轻踢了二蛋一下，制止住了他跟春花的嬉闹。春花笑骂二蛋没正经，反驳他，等他娶了媳妇会更来劲，引得旁边酒桌上的客人一阵开心地哄笑。春花笑着谦让他们好好喝几杯，说他俩随河生在大河上闯过风浪，算得上风雨同舟的患难兄弟。铁柱和二蛋听完春花的言语，感动得一时说不出话来，下决心若是将来河生真能拉起一支船队，他俩一定跟着河生出生入死在所不惜。

满月喜筵由韩二忠宣布开始。见河友和几个族院里的兄弟们已给每桌端来了几盘菜肴，他在主桌旁站起身，右手端着酒杯，左手夹着纸烟，极度兴奋又老成持重地对大家喊："各位亲朋好友，今天是俺大孙子龙儿的满月。鬼子在大堤上封了咱老河口的渡口，杀了咱不少爷们儿，按说不该在鬼子的眼皮子底下把亲友们聚到一起。但韩家添人加口，也是老河口人丁兴旺的兆头。让鬼子瞧瞧，老河口和护马庄的老百姓是他们杀不绝的。只要咱们后代兴盛，早晚有一天会把鬼子轰跑。来，大家举杯干。"

院子里的男人们举起酒杯，一饮而尽，女人和孩子们则开始夹菜，满院传荡着"叮叮当当"碗筷撞击的响声，河生也端着酒站起来要敬大家三杯，他说第一杯酒，代表去世的老船主和在世的韩柳氏敬各位远亲近邻，算他跟春花对大家的答谢。第二杯，他提议为龙儿长大成人给韩家传宗接代喝干。第三杯，他敬老河口和护马庄所有死去的乡亲们。这杯酒河生本来想带头一口喝下，但韩二忠站起身，让院里的男人们不可喝干，只能洒在地上，算是告慰故去的亡灵。

酒过六巡以后，不胜酒力的男人们话开始多起来，院子里一片吵吵嚷嚷。铁柱起身走到主桌，对韩二忠和那些上了年岁的老人们说，他要敬朱奎一杯，是朱奎和韩二忠成就了春花跟河生兄弟的亲事。韩二忠马上朝次桌喊："河生，你把春花叫出来，人家铁柱要敬你朱奎舅舅的酒，这酒谁喝哩？"

河生跑进东屋去喊春花。春花把龙儿搁在炕上，掖好怀襟跟河生来到主桌边，说："二叔，当时你和表舅做的媒，他不在，你应替喝了这杯酒。俺和河生也一起敬你两个。"韩二忠愣了愣，端起酒杯先朝地上洒下几滴酒，沉着脸说行，他替朱奎喝，谁让他那么想不开哩。

韩二忠先后喝下铁柱和河生及春花共同敬的三杯酒，眼睛随即有些模糊了。正当客人们喝得尽兴时，忽然一个小男孩儿慌慌张张地跑到韩二忠跟前，哆嗦着嘴唇说："二爷二爷，你快去门外看看，胡同里来了个鬼子。"韩二忠和刘三、河生、春花及铁柱、二蛋等所有人都大吃一惊，全都停住酒杯和碗筷，不约而同地朝大门口望去。

第十二章

那小孩的一声呼叫，把当院里的亲友们都吓出了一身冷汗来。韩二忠安慰大家不要惊慌，起身离开主桌要到门外去。河生和刘三拦住他，让他在家中照顾场面，他俩出去瞧瞧是谁。铁柱和二蛋也搁下酒杯，跟在河生和刘三身后，绕过一桌桌酒席朝门外走去。他们出门洞朝胡同一看，不免惊诧地呆愣在了大门口。孙宏举穿着一身黄军衣，站在门外很远的地方，却没有进院的意思。河生他们疾步走近他，问既然来了为何不到里边坐。孙宏举笑着跟他们打完招呼，说早已听说河生生了个儿子，埋怨河生怎么不跟他报个信。河生讲，怕他在日本人面前为难，所以不好到堤上的炮楼去找他。刘三、铁柱和二蛋一再邀他进院里喝杯酒再走，孙宏举谢过他们的热情，推托说："不啦，都是你们家的亲友，我以后再来吧。再说，我穿这身黄皮，进去准把他们吓坏喽。"河生问，是不是鬼子又有其他的事派他这时候来，孙宏举摇头称没啥事儿，听说龙儿今天过满月，他背着松下私自来的。说着，从黄军衣里掏出三块大洋塞到河生手中："这是我给孩子过满月的礼物，鬼子在后面盯着咱们哩，身不由己，我回去啦。"

孙宏举走时，都未让河生他们送一送，一人悄悄地回炮楼里去了。等韩二忠、韩柳氏和春花知道他是为送贺礼来的，追出院子时，早就看不见他的身影。这令他们每个人感慨万千，认为在孙宏举的外表下，有一颗真正善良的心和中国人的良知。因此，他们相信当初见老五时，他为加入八路军和游击队所发的誓言，是出于真心实意。河生将那三块大洋攥在手心里，眼睛有点儿湿润。他没能想到，孙宏举在不被告知的情况下，把听说来的消息搁在心上，惦记着龙儿的满月，从自己为数不多的军饷所得中挤出几块大洋送来。他对铁柱和二蛋说："孙翻译是个好人哪，没少给老河口的兄弟爷们儿办事，每次下河也都由他护着咱们。”铁柱感叹说，可惜他在鬼子队伍里混饭吃，如果能与咱们一起共事，也是个难得的好兄弟。刘三说，走着看吧，没准以后他真会加入到共产党的队伍中来。

龙儿的满月筵折腾到将近天黑，客人们才走完。从这一天起，龙儿算是真正出世了。春花从月子里解放出来，浑身大感轻松。

自龙儿出生睡在旁边后，河生每晚睡觉，都觉得很别扭。过去炕上只有两个人的时候，他无所顾忌地对春花想咋样便咋样，可龙儿躺在土布袋里，虽然整日除了吃就是睡，对两人的行为没有任何妨碍，但总感到像有个生人似的在盯着自己。这种感觉大约持续了将近一个多月，河生才慢慢适应，以至在后来的日子里，夜间听不到龙儿的哭声，闻不到他稚嫩的身上散发出来的奶味和土腥味，都觉得不太习惯。

他跟春花说：“一天看不见咱这儿子，还真想得慌哩。”

春花娇嗔地说，从今以后他当爹的可得替她俺娘儿俩多想想，即使不挣摆渡的钱，他也最好不要去河里撑船了。河生说，那是鬼子造成的不能下河，老船主下了一辈子河都没出啥事，最后是死在了鬼子的枪口下。春花执拗地说，没急事反正不准他随便下到河里去，就那么守着她和龙儿安安稳稳地过日子。见河生不与她争执，春花又说：“俺好想爹娘，等天气暖和些，再过一个月，咱俩抱着龙儿去济南看他姥爷和姥娘，他们见到孩子准高兴和喜欢。”河生听后没吭声。春花纳闷，他为何不说话，问他是不是不想去济南，河生这才说行，等收完麦子动身。

清明过后半月，灌浆后的麦子一天比一天见长，开始冒穗、发黄。这时候，陆续传来鬼子在山东鲁西南地区到处挨打的消息，使黄河两岸的乡亲们沸腾了。封河的日军调动更加频繁，并要增加西岸的兵力和武器装备，以加强封锁的力度，让沿线的百姓们觉得，八路军和游击队对鬼子的抗击正进入前所未有的阶段。

自河生答应麦收后陪春花去济南看郭继聪和郭刘氏之后，春花天天都念在嘴上，兴高采烈地哄着龙儿吃奶睡觉。刘三和河生套上牲畜，拉着石碾翻压收割的麦子，从打麦场回到家，先进东屋看龙儿，见他嘟着小嘴长睡不醒，两人便悄悄退出来。春花跟韩柳氏说麦收后她要跟河生去济南，韩柳氏对刘三说：“割完麦子没事，你也陪着去吧，河生和春花俩人进城不知往哪儿走，你给他们领个路。”刘三边洗手边“嗯嗯”地点头，却不明确表态。春花问他有没有难处，刘三说没啥难处。

夜里，春花一觉醒来，去院子西南角的厕所小解，伸手一摸土布袋的沙土，龙儿身下一片潮湿。她猜到，准是小家伙尿了或者拉了，点灯下床要出东屋。河生睁开惺忪的睡眼，问她起床做啥，春花说给龙儿换沙土，他又扭头睡去。春花从厕所出来，提着裤腰往堂屋走。当她走近漆黑的堂屋门前时，东间里忽然传出刘三和韩柳氏摸黑说话的声音。她蹑手蹑脚地站到窗户下，静听他俩在说些什么。黑咕隆咚的屋里没有点灯，声音格外轻柔，韩柳氏说："今年麦子下来后，不知鬼子还来不？"

"不管来不来抢，都得把粮食藏好才行哩。"

"嗯，有你跟河生做的大墙，咱家倒不怕。"

"那我作为保长，也得提醒村里的其他乡亲们。"

接下来，春花听到屋里都沉默不语。她猜不透俩人是睡在一盘土炕上，还是刘三坐在炕边陪韩柳氏说话，若仅仅是说话，为何又不点灯呢？想着，她正要张口朝屋喊，窗户里再次传来两人的声音。

韩柳氏问刘三："在老河口待一辈子你情愿不？"

"咋不情愿哩？！我本来没家没业，你留下我，算是上世修来的福气啦。"

"那你对河生、春花和龙儿要像对自己的亲生儿女一样哩。"

"这不用说，我想要个咱自己的儿女，可你不会跟我生养啊。"

随后，春花听见韩柳氏发出了几声温情的欢笑。"你躺好行不？"明显是刘三的声音，"我想要你一次哩。"

虽然很久没能听到韩柳氏说话，但没多大会工夫，窗户里则隐约传出韩柳氏的阵阵呻吟。春花满脸羞红地站在幽暗的院子里，一方面替龙儿溻着屁股蛋焦急，另一方面又为刘三能得到韩柳氏的爱慕和接纳而高兴。她离开窗户，本想披衣站在院子里等候他们结束那事情，却不知要等到何时，不得不折身回东屋爬上炕去。河生依旧睡得那么香甜，春花瞧着一闪闪的灯火出神，遐想着刘三和韩柳氏进行那种事情时的美妙，心头也有些澎湃起伏了。她推了一把河生："醒醒，你醒醒啊！"河生睁不开眼，极不耐烦地戗驳春花为啥不睡觉，叫她有事等天亮后再讲。春花再一次推他，说："你醒醒，我给你透个秘密。"河生仍然不太理睬，说啥样的秘密也得让人睡觉啊。春花嘴里嘟囔着骂了他一句，发誓天大的秘密都不再透给他。

大概过去半个多钟点，春花想堂屋里的事情怎么都应该做完了，又披衣下床去了院里。把耳朵贴在窗户底下一听，屋里已没有任何动静，于是，故意躲开老远咳嗽两声，好让堂屋知道她要进去："娘，龙儿尿湿啦，得要换炕热的沙土哩。"

这一声喊叫，使睡在一座炕头上的韩柳氏和刘三心惊肉跳，紧接着从屋里传来一阵杂乱的声音和"噔噔噔"一溜小跑的闷响，春花猜想，肯定是刘三慌乱中跳下炕摸黑跑回了西间。等一切收拾妥当，韩柳氏才假装刚刚睁开眼睛，喊让春花等她下炕开门。油灯点亮后，屋门被韩柳氏拉开，春花进去先问会不会惊醒刘三，韩柳氏吞吞吐吐地说："不碍，你刘叔每夜都睡得很实。"

其实，刘三跑回西间躺在床板上，尽管用被子把头捂起来掩盖满心的惊慌失措，却支棱着耳朵聆听春花与韩柳氏的对话，探听她到底发现什么没有。春花明知西间是隔墙有耳，根本不提自己听到的任何隐私，径直走进东间，问韩柳氏炕好的沙土搁在哪儿。韩柳氏说，平常都放在炕头褥子底下，烘热提出来便可更换。春花借灯影微笑着瞄了瞄婆婆，当两个女人眼神相遇的一刹那，她看到，韩柳氏脸上一片绯红，表情极不自在，并转身回避了春花。她不去触及和伤害婆婆的自尊，但爬上炕去提那袋温热好的沙土时，却瞅见刘三的大裤衩子摆在韩柳氏的枕头旁边，更证实了在窗外听到的景象。她若无其事地用身子压过那条裤衩，将沙土从褥子下面提出来，下炕后说了句"娘，你睡吧"，然后头也不回地走出了堂屋。

这一夜，韩柳氏和刘三都没睡踏实。他俩都在想，春花是听到了什么不说，还是真的没有发现他们两个人的隐情。

第二天早晨起来，刘三在院子里碰到春花，想张嘴问她句啥话，却没能说出口来。春花很清楚刘三内心的不安，仍像先前那样落落大方，不给对方看出丝毫破绽，让他相信夜里她啥都没听到，也没看见。吃过早饭，河生和刘三出门下地走后，家里只有春花和婆婆俩人，韩柳氏一瞧她就脸红。春花佯装无事，问韩柳氏是不是夜里起床冻着发烧，把脸都烧红了。韩柳氏模棱两可，不回她的问话。

春花说："娘，你今儿个怎么啦？咋连说话都没心思哩。"

"没啥。"韩柳氏似笑非笑地说，"心里有些憋闷得慌。"

春花沉思一会儿后，对韩柳氏说："娘，咱俩都是女人，你跟媳妇说句真心话，俺爹和河长已去世一年多啦，想没想过将来改嫁给俺刘叔？"这样的问话早在韩柳氏意料之中，她知道天下没有不透风的墙，何况刘三跟自己住在一个屋子里，夜里俩人睡在一起时，正遇见春花来堂屋取沙土。韩柳氏心想，春花倒是个知人疼人、通情达理的好媳妇，瞒谁最后都瞒不过她，于是说："既然你问娘这事，娘给你说心里话，想是真想哩，可难哪。即使我跟你刘叔同意，你理解和支持我，可河生同意不？前面你二叔二婶同意不？韩家院里的其他人同意不？老河口又会咋说？真不敢明着走这一步啊。"

春花从韩柳氏的话音里听出她有太多的顾虑和担心，不好再把话说得过于露骨，安慰她说："娘，你总不能这样一个人活到老啊。我跟河生给你养老送终没啥说的，但总比不上找个伴儿照顾周到，再说，咱们生不逢时，又赶上跟鬼子打仗，万一以后我和河生去济南被俺爹娘留下看管生意，你在老河口没人照料咋行哩。"韩柳氏嘱咐春花，这事谁也不能提，走一步说一步，反正家里暂且有刘三留下来帮忙，作不了大难，日子能够过得去。春花说，麦收后先去济南看看，如可行，将来就把她和刘三一起带到省城去，离开老河口，韩家族院的人就不会有什么阻力，更不会再说出啥样的闲话了。

那年五月初一便是芒种，满地的麦子都已渐熟，搁在手心里一搓，就变成一把金黄的麦粒儿。春花想去济南看望父母的心情很急切，巴不得及早开镰收麦。整个四月，她都眉开眼笑，有时坐在堂屋门台上，把龙儿抱在怀中，边撩起衣襟给他喂奶，边念叨不止："龙儿龙儿快长大，娶个媳妇就作罢，白天给你洗衣洗袜，晚上陪你上炕说话，然后再给你生娃；见到爷爷奶奶下跪，看到姥爷姥娘要啥给啥……是不？我的好龙儿……"每每这时，龙儿听到那熟悉的声音，眼睛就会一动不动地瞧着春花的脸庞，露出天真的笑容。

四月的最后几天，很久未下河的河生，仍记得朱奎说过的河伯祭日，找出那些老皇历一查，五月初一正好是庚辰日，他突然冒出要去大河渡口祭拜河神的念头。为什么蓦然间会产生那样的感觉，这连他自己都讲不明白，他只想跪到河边给河神磕几个虔诚的响头。

也许是这一灵觉预示了某件事情已成为定数，五月初一的前三天，龙儿不分白天昼夜，闭着眼睛哭个没完，小脸都憋得青紫。春花和韩柳氏都弄不清是什么原因，起初以为家里被外人带进来了什么脏东西，慌忙找出一件龙儿的小衣服，黑夜到路口点着冥纸，将衣服提在手里往蓝火上一烘，然后夹着疾跑回家盖在龙儿身上。

韩柳氏说："孩子受了惊吓，穿上这件衣服就好啦。"

那衣服披盖上不久，龙儿真的睡过去了，但醒后仍然哭闹。春花心疼地把龙儿抱在怀里，一刻也不敢放开，拍打着他稚嫩的小肩膀，想哄他入睡，可哭声却不曾停止过。瞧着龙儿的小脸，春花“刷刷”地流下了眼泪，把河生叫到身旁：“你说孩子这是咋啦啊？三天三夜哭个没完。好龙儿，你这么哭，爹和娘都心疼啊！……好孩子，别哭啦！……”

刘三围拢到春花身边，见她伤心地陪着掉泪，对韩柳氏说，你把龙儿接过来吧，让春花歇会儿。韩柳氏含泪把龙儿抱在怀中，春花蹲在院子里不能自已地号啕大哭。河生沮丧着脸凑上前去，纳闷地逗龙儿说：“龙儿，你为啥哭个不停哩？是怕爹出门吗？好，爹不出门，在家守着好龙儿和你娘哩。”龙儿这时睁开眼瞪着河生只声声抽泣，看他好一阵子后，忽然打起寒战，又声嘶力竭地哭了起来。

龙儿的哭闹，把韩二忠和韩张氏都惊动得手足无措。一家人都弄不清龙儿哭闹的原因。韩二忠想自己去镇上请刘会天来，给龙儿瞧瞧。河生挡住他，像当年河长那样，一口气跑到镇上把刘郎中叫了来。刘会天按诊病的整套程序，抓住龙儿的小胳膊切了很长时间的脉。刘三问龙儿到底是咋回事儿，刘会天说：“他哪儿都没病，用不着下药，孩子要哭，我还真没招哩。”

韩柳氏想念起朱奎来，说朱奎要在该多好啊，他准能瞧出龙儿为啥那么哭。当夜，韩二忠找到村里认字的街坊，写下了一张“三皇文”贴在街头的大树上，上面写道：“天皇皇、地皇皇，我家有个夜哭郎，过往行人念三遍，一觉睡到大天亮。”

河生小时曾听大人说过，这种“三皇文”是专治小孩子哭夜的，至于三皇是什么意思，他却不懂。实际上，三皇说的是天皇、地皇和人皇，名山五岳才有真正的《三皇内文》和《五岳真形图》。它们都被藏在石室幽隐的地方，只有在山神开山之日，方能被得道之人发现。然而，韩二忠找人书写的这道“三皇文”，并非属镇山之宝的“内文”，最终未能止住龙儿的哭声。那声声哭叫让人心烦意乱，韩张氏对韩柳氏说，找个铜钱看看，是不是龙儿爷爷和他大爷惊了他的魂。韩柳氏赶紧找出一只小铜钱，拿来梳头用的镜子平放在桌子上，然后嘴里嘟囔着“要是龙儿爷爷就赶快站着，好让我们知道是谁”，那只铜钱在镜面上立了几次都未立住。轮到河长时，韩柳氏念叨着一样的话，那铜钱照样“啪”地倒在了镜子上。

“不是龙儿爷爷和他大爷。”韩柳氏说，“这是来的哪路神怪啊？看叫俺孙子哭成泪人啦。”

韩二忠坐在堂屋椅子上，大口大口地吸烟，呛得他自己都睁不开眼皮，对河生和刘三说，不信治不了这个邪，让他俩去村北桃园砍几根桃枝，把堂屋和东屋的鬼魅从里到外统统驱赶走。不大会儿工夫，河生和刘三手里提把大斧，抱了一捆桃枝进得门来。春花在东屋炕上怀抱龙儿，嗓子里哼着哄孩子睡觉的长调；韩柳氏和韩张氏每人手上抓一枝较粗的桃木枝，口里念念有词地骂着孤魂野鬼，在东厢房里满屋抽打；韩二忠和河生及刘三则像韩柳氏和韩张氏那样，每人都手抓桃枝抽遍北屋的各个角落。

龙儿终于在四月三十停止了哭闹，春花和韩柳氏长舒一口气，悬挂的心这才平静下来。河生跟她们说，想在初一庚辰日早上去河里烧香、烧纸祭河伯，韩柳氏赞成他的想法，说你去祭祭河神吧，供品我晚上再做。到了下午，他和刘三正在家中做各种麦收开镰的准备，河友神色紧张地跑进后院，告诉刘三和河生，那个翻译带着两个端枪的鬼子朝家里来了。韩柳氏和春花提心吊胆地问："孙宏举带鬼子来做啥？"河生百思不得其解地说："我哪儿知道哇，等他们来后看吧。"

孙宏举带着两名鬼子来到了河生家。河生和刘三让韩柳氏与春花抱着龙儿躲到堂屋东间里，他俩出去迎候。刘三急问："大兄弟，带日本人来做啥哩？"孙宏举露出一脸的难色，望着河生几次张不开口。河生说："大哥有啥事，你就敞开说。"孙宏举说，松下要叫河生明天撑船去河东一趟，并且他亲自带六名鬼子押船。刘三和河生对这一消息大感震惊，问他有什么大事，松下还要亲自押船。孙宏举告诉河生他俩，鬼子要从河东运载一船武器到炮楼来，还要接受重要的命令，不能出现半点闪失。河生很生气地让他回去跟鬼子讲，撑船下河办这样的事他不去，帮鬼子把武器运到河西来对付老百姓，他韩河生不做父老乡亲的罪人。孙宏举瞧了身后两名鬼子一眼，说："兄弟能去还是得去，不然，他们也会抓你去，还会伤了大婶和大叔及兄弟媳妇。"

韩柳氏躲在东间窗户边上窥视外面的动静。听孙宏举讲出这种话时，她疾步跑出屋来，两名鬼子立马用枪口对准她。孙宏举跟那两名鬼子叽里咕噜地说了几句听不懂的日本话，枪口随即被挪往一边。韩柳氏说，麦收眼看要开镰了，请孙宏举跟日本人说说，家中实在离不开劳力。他喊着"大婶"，说之所以来，正是怕河生不明白底细，一时火暴遭到鬼子的伤害。

刘三小声地问河生："你再考虑考虑去还是不去？"

河生走进堂屋，把第二天鬼子要逼他下河的事儿讲给了春花听。春花担忧地望着他，两眼霎时涌满了眼泪，说："你去谁知是福是祸啊。"河生安抚她说，下河已不是一天两天，更不是一回两回，只要鬼子不对他下毒手，肯定能平安地回到她和龙儿的身边。春花说，既然他有把握就自己拿主意吧。河生离开春花再次回到院里，跟韩柳氏和刘三及孙宏举说，一人撑船费力，他想请护马庄的铁柱和二蛋一起下河，给他当个帮手。孙宏举说："那行，要不现在去找他俩？"

由铁柱及二蛋给河生当帮手，韩柳氏和刘三心里稍许轻松了一些。他们想，只要河生不一人下河，船上有帮忙做伴的乡亲们，可减轻河生的压力。孙宏举和河生走在前头，两名鬼子背长枪走在后面，一起出了老河口去了护马庄。打听出铁柱和二蛋家是门对门的左右邻居，就把两家老人喊到胡同里，问铁柱与二蛋在不在家。见河生和孙宏举后头跟着鬼子，老人们吓得浑身直打哆嗦，摇头说不知他俩去了哪儿。

河生解释说："不是鬼子来抓铁柱和二蛋，而是明天我下河撑船，想请两位大哥去助我一臂之力。"

这番话才打消了老人们的顾虑，说铁柱和二蛋都在庄稼地里忙活收麦子。谢过他们正要转身走，却见铁柱和二蛋戴着破烂草帽，裸露着黝黑的胸膛拐进了胡同。河生和孙宏举迎上前去，把找他俩的来意讲了一遍。铁柱看了看二蛋，意思是征求他的意见。二蛋点头后，铁柱表态说："行哩河生，俺俩跟你明天下一次河，不能眼瞧着鬼子把你一人押下俺俩不管。"孙宏举向他们表示，既然陪河生下河，他也一定会尽力相助，不会让每个人受到伤害。

二蛋说："孙大哥，俺们都清楚你是好人，是跟咱中国百姓一心的，有你在鬼子那里周旋，俺三个还怕回不来？！"

河生与他俩约好时间，临走时带有一丝不安地说："两位大哥，这本来是冒险和丢命的事，兄弟按说不该拉上你俩，可……"

铁柱摆手止住河生，说他讲这话可就见外啦，当初鬼子抓他们运粮时，还不是全凭他和朱奎在船上照顾着。他俩会跟家里老人讲清楚，即使在大河里出点啥事儿，有个三长两短，两家也不会去找河生家算账。

听说河生要给鬼子下河运载武器，韩二忠和韩张氏喝过汤来到后院堂屋。春花抱着龙儿偎在东间炕上，韩柳氏、刘三和河生陪坐在明间说话，可谁都沉默不语，屋里的空气一下子凝固了。韩二忠首先打破沉闷，问河生想没想过下河会遇到何种麻烦。河生说，没啥麻烦可言，有孙宏举暗地里护着他们三个，加上在河上练就的本领，不愁应付不了鬼子的把戏。韩柳氏脸色沉沉，说自打鬼子进家，心慌得一刻也不曾停过，说不清为啥比哪次下河都担心。

河生说："娘，你们在家里甭愁，发愁也没用，是我下河也不是你们去，我跟铁柱和二蛋还不知道好好地活着回来？！"

春花内心的惶惑不安，比韩柳氏更加严重。自龙儿大哭三天三夜，她脑海里经常闪过种种可怕的想法和奇异古怪的念头，总觉得家中要出大事。可究竟会发生什么样的事情，她又讲不明白，只是被光怪陆离的纷乱思绪搅得心神不宁。

夜里，龙儿睡着后，她扎在河生怀里，陡然产生出一种生离死别的感觉，暗中流下了两行眼泪，像在河生胸前搁了一只爬行的小虫。河生问她咋啦，春花凄楚地说："我怕明天你下河以后，再也见不到你了……"

河生伸手帮她抹掉眼泪，说："你傻哩，瞎想啥啊？收完麦子咱还抱龙儿去济南看俺大爷大娘去呢。"

随后，他问春花为何会想到那样的地方去，春花说不知道为啥，反正冥冥之中两人有那种生死诀别的感触。河生笑笑说："你净胡思乱想，明天我要真的回不来，允许你带着龙儿再找个好男人。"春花似哭似笑地抬起头来，用柔弱的拳头敲打河生的胸膛骂他："让你嘴吃屎，让你嘴吃屎！"河生暗中笑着，一把把春花搂入了怀中。

第二天是五月初一，吃过早饭，河生真的要下河走了，春花那种怪异的思绪又袭上心头。河生不知为啥竟顿生悲切，眼中一时也聚起泪水。他对韩柳氏和春花说，他要去东屋看看孩子，俯在炕边仔细瞧着熟睡中的龙儿，对眼前这个幼小的生命说："龙儿，爹下河走啦！你听奶奶和你娘的话，快长大哩。"

韩二忠和韩张氏知道河生吃过饭要下河撑船，都从前院赶来送他。走到门外告别时，一直没醒的龙儿忽然又发出刺耳的哭声，春花、韩柳氏和刘三都泛起一阵从未有过的难过。河生手提祭河神的物品跟每个人打招呼，强忍着莫名的悲伤说："二叔、二婶，娘、刘叔、春花，你们都进家，龙儿又哭啦，快去抱抱他吧。"

刘三说，河生不是出远门，下午能回来不用再送，邀韩二忠和韩张氏夫妇回屋。春花望着河生远去的背影，朝他喊过话去："河生，你到河里小心哩，俺们都等你回来。"走出很远的河生，停住脚步，转身朝她摆了摆手，也朝背后喊道："回去吧，我一定回来！"但大步离去时，眼泪却顺着他宽厚的脸膛掉落在了满是尘土的地面上。

早晨的太阳一直隐藏在厚厚的云层里，偶尔从云头缝隙中露一下脸，也只射出几道红中带黄的刺眼光柱，把大河两岸照成一片血色。河生和铁柱、二蛋走过大堤，来到渡口，松下已跟六名手持长枪煞神似的鬼子站在那里等候。孙宏举迎上来告诉河生，松下不让他坐船跟着去河东。“河生，”他忧虑地说，“你们仨到河上要见机行事啊。”铁柱问为啥不让他一起去，孙宏举说，可能松下怕他听懂日本人之间说啥要紧的事，只管叫他在炮楼里等着。

河生三人站在一边弓下身去，把翻扣在河滩上达半年之久的老船翻过来推入河中，又“咣啷”一声，将撑杆和双橹扔进了船舱里，说：“行哩，那我跟铁柱和二蛋说话他们也听不懂，有些事儿倒是好办啦。”

松下腰间挎着军刀，走近河生，嚷叫着催他们下河。河生请孙宏举转告松下，说今天正好是河伯的祭日，在河滩上祭拜完河神他们才能开始摆渡。松下在渡口转悠着，等待他们的祭祀仪式结束。河生三人将三炷香插在松软的河滩上，点燃一堆捻好的纸钱后，面对东方翻滚的大河并排跪下，双手抱拳拜了三拜，然后前额着地磕下三个头礼，只见三炷香红红的火苗上方烟雾缭绕，随风飘逸着腾起了三股青烟。

仪式结束后，河生、铁柱和二蛋拉住船帮，让松下和另外六个日本人先跳进船舱，铁柱和二蛋随后一跃便十分稳当地跳了上去。河生把船推入水中开始往河里漂移时，才最后一个跳上船。孙宏举站在岸上目送他们驶向河东，只见三个人旁边都站着一名端枪的鬼子。松下站在船舱里发出一阵狂笑，顺风听见他用日本话跟其中一个鬼子说，等把武器运到河西，就把河生三人杀掉。孙宏举听出是这种意思，不免惊出一身冷汗，可是老船已被河生三人撑出很远，无法蹚水过去把松下的毒心说给他们三个听，只好朝船上猛劲摆手。

背向前方摇橹的二蛋看见了孙宏举在招呼他们，对河生和铁柱说：“孙大哥朝咱们摆手准有事哩。”河生回头朝岸上大声喊了一句，问孙宏举有啥事儿。孙宏举高声叫嚷道：“河生，松下刚才上船后说，等你们把武器运到河西，他就下令杀了你们三个，可要当心啊！是大哥对不住你们……”

孙宏举这句警告的话近于嘶哑，河生和铁柱及二蛋犹如头顶泼来一盆凉水，猛然被激醒了。铁柱起初怀疑自已是不是听走了耳朵，河生说，要信孙大哥的话，他不会害他们三个，松下不说这话他绝不会那么着急。他们互相对视着，边撑船边各自想着逃生的主意。二蛋说，咱现在跳河吧。铁柱嘴里骂着鬼子，说跳河不是办法，前脚跳下去，后脚鬼子准会从背后朝他们开枪。河生把长长的撑杆扎进河底，沉着冷静地说：“咱们是要跳河逃走，但不是现在。等到东岸鬼子装好武器，回来时把船撑到最深最激的河心，连船一起沉下去，将这帮没人性的王八蛋全淹死在河里。你俩可要记住，船一沉，咱仨都要凫水逃走，顺流游到哪儿算哪儿，绝不能死在鬼子手上。”

铁柱和二蛋听从了河生的主意，仍像开始那般撑船摇橹，咬牙切齿地等待那一时刻的到来。他们清楚，既然松下库代起了狠毒的杀心，已经在劫难逃，不如用兄弟的三条命换鬼子的七条命，与他们同归于尽。松下和六名鬼子听不懂河生三人一路嘀咕的是啥，无论如何，也没想到孙宏举给河生三人透来了信息，一船鬼子的死期在不知不觉中，伴随着家仇国恨即将降临。

第十三章

孙宏举与在大河里行船的河生三人告别后，怀着一腔愤恨和自责，蹲在河滩上痛苦地号啕哭泣了好一阵。等老船越撑越远，快看不清河生三人的影子时，他瞧着远去的船影大骂："挨千刀的鬼子，你们不是人，是一帮禽兽不如的畜生！"

他哭着、骂着站起身来，心想是自己把他们三人找来才遇到这样的意外，必须去老河口和护马庄把松下要杀他们三人的消息，传递到每个人的家中，甚至把两个村的百姓全都叫到大堤上来，跟到岸后的鬼子拼个你死我活，然后去找八路军和游击队。想到这里，他不顾一切地爬上大堤直朝老河口跑去，一口气赶到河生家。因韩柳氏和春花对河生这次下河撑船极度担心，韩二忠和韩张氏及刘三正在堂屋里安抚她们。孙宏举泪汗交织，流满脸膛，人未进门就大声喊嚷开了："大叔大婶，河生他们三个要出事，快把村里所有乡亲叫到大堤上去。"

这声喊叫像晴天霹雳，把韩柳氏和韩二忠等人炸蒙了。春花第一个反应过来，抱着龙儿跑出堂屋，瞪大双眼问要出啥大事儿。孙宏举把听到的话学说了一遍，韩柳氏和春花及韩张氏顿时哇哇大哭。春花被这个不幸的消息击倒在地，多亏韩张氏接住了孩子，才没把龙儿摔在地下。韩柳氏和春花已顾不得孩子，哭号着冲出大门朝村南跑去。

刘三和韩二忠分头走街串巷，把鬼子要杀河生三人的消息传给了每一户乡亲，男女老少都愤怒地搁下麦收农活，走出家门聚集到大街上。正在地里干活的村民们听说了这个消息后，也赶回村里，不顾鬼子炮楼里乌黑的枪口，结伙奔向黄河大堤。护马庄听说河生他们的事后，铁柱和二蛋两家的大人、小孩各个掩面而泣，串拢族院所有人和街坊四邻出村朝渡口赶去。一时间，从老河口和护马庄两个方向，涌来黑压压数队愤怒至极手持木棒和镰刀的百姓。孙宏举见百姓们绕过铁丝网走入了警戒线，怕鬼子打过枪来，疾跑到炮楼下对站岗的日本兵喊话，说附近的群众是到渡口迎接松下的，叮嘱别朝人群开枪。日本兵信以为真，收起枪，眼瞧着数百名村民汇聚在河西的渡口。

春花没有抱龙儿去河边。她脑子里完全是河生三人被杀害的情景，她把龙儿留给韩张氏，挽着痛哭流涕的韩柳氏走上大堤。刘三、韩二忠和铁柱、二蛋两家人声泪俱下相遇在渡口，他们朝河东渡口望眼欲穿，发现老船的影子仍滞留在对岸。搬运武器的鬼子与河生三人都成了一个个小黑点儿，时间一长，便分不清谁是谁，只能干巴巴等着他们把船撑回来。女人们看春花、韩柳氏和铁柱、二蛋的家人，悲痛欲绝地坐在河滩泥土上捶首顿足，都禁不住泪如泉涌。男人们则愤慨万千地叫喊着，说要跟鬼子拼到底。韩二忠和刘三站在人群中间，提醒大家保持冷静，等河生和铁柱、二蛋回到西岸弄清情况后再行动不迟，他们没人晓得，河生三人已下定决心沉船跳河。

孙宏举哭丧着脸走进人群，“咕咚”一声，跪了下来：“各位父老乡亲，我姓孙的对不住河生和铁柱、二蛋兄弟，是我在鬼子的逼迫下把他们找来摆渡的。今天，他们若有个好歹，我孙宏举宁愿用自己的命抵他们仨的命，兄弟爷们儿把我千刀万剐都活该。”他边哭边抬手扇自己的嘴巴子，可他的自责没能赢得大家同情。人群里有人喊“打死他个卖国贼”“先把他扔到河里去”。周围立刻有人“对！对！”地响应起来，并有两个男人挤到他跟前，抬脚狠狠地踹了他两脚，将他踢倒在地。

韩二忠和刘三料到，这种群情激愤的场面如果继续下去，孙宏举用不了多大工夫就会丧命，赶紧用身子挡住了他。韩二忠大声对村民们说：“各位老少爷们儿，先听我说一句，孙翻译不是坏人，自从他来到老河口，在鬼子面前处处替咱们百姓说好话。松下要杀河生三个不是他的过错，只能说鬼子可恶，千万不可走那边河生他们被杀、这边咱们又杀了自个儿兄弟这一步，不能像日本人杀那个叫相马一郎的自己人那样，不问青红皂白连谁好谁坏、谁远谁近都分不出来啊！”刘三抹一把眼角，附和韩二忠的话说：“俺二哥说的是实话，虽然河生他们可能会遭遇不测，可孙兄弟对咱百姓咋样我跟河生一家最清楚。今天假如不是他去炮楼跟鬼子说情，大家也不会来到渡口，还是耐心等着河生他们回来吧。”经过他俩这顿劝说，人群才逐渐恢复平静，孙宏举也才保住了一条性命。

河滩上的人一会儿悲哭，一会儿怒吼，一会儿死一般地沉寂。春花和韩柳氏突然发现，老船从东岸起锚开始朝这边移动了。船上鬼子长枪前明晃晃的刺刀，在阳光的照耀下反射过来一道道寒光，令人不寒而栗。松下接到新的命令后，命鬼子将几个装满武器的高大木箱抬上船，因箱体过大不好摆放，耽搁了撑船返航的时间。在过重的荷载下，那只老船有些不堪重负，河水已淹到了船帮的上沿，这让河生三人颇为高兴。他们希望再多装些武器才好，装得越多，分量越重，沉船时越容易，到时候这些鬼子想跑也没处跑。松下似乎看出船身太重，行得过于缓慢，又见河水不时地会漫入船舱，便手握住腰间的军刀，逼迫河生他们尽快把船撑回对岸。河生、铁柱和二蛋举目望见河西渡口聚满了一河滩的人，想必是孙宏举喊人来对付鬼子救他们的，先是一阵惊喜。

二蛋说："咱们把船撑到渡口，有那么多人，鬼子不敢杀咱们。"

铁柱用力摇了一把大橹，对河生两人说："是回是沉，河生兄弟你赶快拿主意。"

这时间，松下也发现西岸河边上聚满了群众，尚未等河生开口，就让几名鬼子举枪朝河西岸"叭叭"打来两枪。听见枪声，岸上的百姓开始骚动。河生三人见鬼子朝人群开枪，停下撑杆和大橹不摇了，直接把手里的船杆船橹当武器，怒视着松下和鬼子，将一杆杆长枪猛力压向下方，骂道："小鬼子的老祖宗，还嫌杀中国人杀得不够啊？！早晚要让你们偿还血债！"

松下气急败坏地抽出军刀对准铁柱，河生赶忙蹿上去护住他，用鄙视的目光斜瞪着松下，用手向他做出了一个杀头的姿势，说："要杀俺兄弟吗？先杀了我再说。"河生说着，竟一把抓住松下手中的军刀，拉向自己的脖颈，"来，杀啊！小鬼子。"

松下被河生的举动震住了，又瞅见脚下翻滚的河水推得老船在原地儿打转转，觉察出眼前面临的恐惧，强忍怒气收回军刀，并命其他鬼子不要再开枪，对河生三人装出一副笑脸，哄骗他们把武器和人摆回西岸去。

河生一脸冷峻地对铁柱和二蛋说："老子豁出去啦，在河上这帮狗娘养的不敢杀咱三个，咱们不给他们撑船，他们就得去喂王八。"

河生三人回到各自的位置，重新慢悠悠地划船，但心里清楚松下最怕他们把船弄沉，不仅丢命还会丢枪丢炮。铁柱问接下来怎么办，河生说："我想过啦，只要咱仨把这船枪炮送回河西，即使松下不杀咱们，这些枪炮子弹也会被鬼子用来对付百姓，老河口和护马庄的老少爷们儿更会遭殃。”

铁柱深懂河生这话的用意，说鬼子没啥可信之处，孙宏举说的肯定是真话，松下一旦得逞，别说他们三个，河滩上的所有人他都敢杀。二蛋悟出他俩的意思，说：“河生兄弟、柱子大哥，死咱三个没关系，说啥都不能把这些武器运过去。不用含糊，沉吧。”

尽管河生三个人年纪轻轻，可他们都懂得这些武器会给西岸百姓，尤其是八路军和游击队带来多大的灾难。凭借各自的好水性，三人相信都能跳河逃走。河生双手举着撑杆在船舷行走时，他知道，河岸上的众人里少不了韩柳氏和春花、刘三和韩二忠，肯定也有铁柱和二蛋的家人，那么龙儿呢？给他和春花及韩家人带来欢乐的龙儿又在哪儿呢？自己曾经答应麦收过后去济南，即使见不到早被鬼子杀害的姥爷和姥娘，起码龙儿能在爹娘的怀抱里走出老河口。还有春花和孤独的娘亲，如果自己真的沉船被混浊的大河卷走，那谁又能伴她们呢？

河生想着这些，撑杆在河面上被前进的老船拖着划出了一道水线，双眼顷刻凝满了一股酸泪，一时显得有点儿犹豫了。二蛋提醒河生，船已快划入河心，他才把思绪拉回船上。河生问铁柱有什么想法，铁柱说：“我跟二蛋都瞅见啦，咱们三个人的爹娘和乡亲们都在岸上等着哩，可回到渡口便是咱们三个和老少爷们儿的死期。其他啥都不要考虑，干脆沉吧。”

河生咬了咬牙说：“好，沉。”他让铁柱和二蛋到河心时听他的号子，将大橹放在一侧把船摇摆起来，等河水漫进船舱，三人一起跳河而走。

松下和六名鬼子一直用枪对着河生三人，但听不懂他们三人在说什么，站在船边上哇啦哇啦嚷叫，发泄一肚子的不满。河西的人们望着老船渐渐朝渡口驶来，骚动也被抑制下来。正当敌对双方互相凝视时，大河上忽然传来了河生三人喊出的号子声。

“黄河水呀……”“嗨、嗨……”

“长又长呀……”“嗨、嗨……”

“流不尽呀……”“嗨、嗨……”

“百姓泪呀……”“嗨、嗨……”

“鸟无足、山有月呀……”“嗨、嗨……”

“旭日升、人悲哭呀……”“嗨、嗨……”

“十二月中气不和呀……”“嗨、嗨……”

“南山有雀北山罗呀……”“嗨、嗨……”
“一朝听得金鸡叫呀……”“嗨、嗨……”
“大海沉沉日已过呀……”“嗨、嗨……”
“兄弟爷们忍五年呀……”“嗨、嗨……”
“东洋鬼子准完蛋呀……”“嗨、嗨……”
……

这浑厚雄壮的号子瞬间响彻大河两岸，令松下和鬼子胆战心惊。聚集在河西渡口的村民梦，听见号子声声，对河生、铁柱和二蛋的归来充满了希望。春花和韩柳氏最懂得起号的人是丈夫和儿子，见老船“嗖嗖”地朝河心驶去，立刻含泪激动地喊道：“河生，加油！快把船撑回来啊！”伴随着她俩的喊声，西岸河滩顿时掀起了呼唤的浪潮：“快把船撑回来，乡亲们等着你们哩！”

鬼子被这种势不可当的声音所蕴含的巨大力量震住了，脸色均灰暗如土。河生三人听到亲人们的呼叫，心头一酸，霎时流下两行热泪来。他们扭头时才发现，河中央有一队大船正由南向北顺流而来，与由东往西行驶的老船相距不足百米，稍有不慎就会两船相撞。鬼子封河是为了隔断两岸的联络，怕八路军和游击队联合抵抗，但这样做并不能封锁在大河中间顺水通行的船只，他们猜想，眼前的这一队大船一定是哪儿来的运输船队。松下和几名鬼子也看到了船队，并且距离越来越近，嘴中叽里呱啦喊叫着，惊慌失措地用军刀催河生三人快把老船撑离主航道。而河生和铁柱、二蛋并不理会即将发生的险情，三人都把撑杆和大橹搁在上游的南侧，借助大浪的冲力，边撑船摇橹边在脚和屁股下使劲地把老船摇晃起来，松下和鬼子被颠簸得东倒西歪，站都站不稳。

等河生喊出“一、二、三”时，铁柱和二蛋狠狠用力一摆，南侧船舷随即倾斜吃入水中，又恰逢一个大浪打来，整个老船瞬间被卷入滚滚大河，很快沉入河底，看不到丝毫踪影。

松下和鬼子们根本没想到会发生沉船的情况。当他们感到老船将要倾斜沉没时，本想开枪杀掉河生、铁柱和二蛋，但为时已晚。船沉得非常快，并没给鬼子留下开枪的机会。一把军刀和六杆装满子弹的长枪，在空中晃荡了几下后，伴随着“叭叭叭”朝天上一阵乱射和歇斯底里的惊恐叫嚷后，一船鬼子全部落水被浪头卷走了。在船翻下沉的一瞬间，河生对铁柱和二蛋大喊一声：“跳！”三人“嘭”地一声跳入了湍急的河里。沉船的情景和鬼子临死前的枪声，把处在三个不同方向和位置的人，都吓得惊呆了。

从南边开来的那支长长的船队，每只船都撑着高高的船帆，在南风的吹拂下顺风使舵，船头各站着三四个年轻的船夫。第一艘船的船头上，站着的那个人，是人们常说的船老大，看上去四十多岁的模样，有一副高大健壮的身材。在距翻船不足几十米的地方，他看得最为清楚。他发现，横在前面的老船上有几名鬼子和三个年轻的中国人，曾一度担心把他们整支船队劫喽，可转眼那船翻沉了。他转身朝后惊呼："前面船翻啦！快转舵躲开！"船队绕开沉船的地方从东边驶了过去。他和后面的船夫们都看到，最早掉进河里的几个鬼子，多数都没露头便不见了影子，唯有一两个鬼子的身子沉在水下，头像葫芦瓢似的在河面上一蹿一蹿沉浮着，嘴里声嘶力竭地求救，但"嘭嘭"扑腾两下便再也没露面。河生三人跳河后，船老大判断他们准是撑船的中国人，告诉后面的船要寻摸着把他们救上来。而船队驶离沉船地点向前行出大约有一里地，始终也没发现三人从河底翻上来，他们都以为三个小子死定啦！

在河西炮楼留守的鬼子们，从河里的大船上打出第一声枪响后，就一直用望远镜对准河面，密切注视着老船的航线和行踪。船沉前乱枪朝天空扫射时，炮楼里惊恐万状的鬼子们都没回过神来，再举起望远镜对准河面寻找老船时，一切都无影无踪了，只有那支船队顺水漂流而去。他们想到装满武器的老船已经连同松下队长和押船的同伴们一起沉入大河时，互相惊叫着抓起电话机，使劲呼叫鱼山支队。

西岸满怀希望的村民们，原本以为用不了多少时间，河生和铁柱、二蛋便可把船摇回他们跟前。当看见那支船队离河生的老船越来越近时，大家只顾担心两方船只会不会相撞，根本没想到那老船突然间会倾覆和沉掉。杂乱的枪声从船上传向四方的那一刻，相互搀扶紧挨在刘三和孙宏举身边的春花和韩柳氏，和护马庄的铁柱、二蛋的爹娘及亲人们一样，都以为是松下朝河生他们开枪了。待定神仔细分辨，才弄清那老船沉到河里去了。

"鬼子们都掉下去啦！"

当有人大声喊出这样的话后，所有人都立马意识到，河生和铁柱、二蛋很难保住自己的性命了。春花流着泪对韩柳氏说："娘，河生他们也跳河啦！我要去救他。"说完，她疯了一般地就要往河里跳，好在被湿了眼角的刘三一把拉住了。韩柳氏痛哭着问韩二忠："他叔，这可咋办？谁能去救他们啊？"韩二忠跟随所有人的目光朝河面上望去，人和老船均已沉底，瞧不见一丁半点的迹象。

“大家到北边去。”韩二忠喊道，“盯住河面，看河生他们能不能游过来。”

焦虑不安的百姓们按照韩二忠的引导，顺着河滩拥向北边。“河生！河生！你回来呀。”春花和韩柳氏用那种近乎沙哑的声音，对着大河悲伤地喊着，铁柱和二蛋的爹娘和亲人们同样哭喊着他们的名字，河面上立时回荡起一片凄惨的哭声和喊声，把既吞没了鬼子又吞噬了河生三人翻滚的黄河巨浪压迫得顿失滔滔了。百姓们边朝北跑，边盯着河水，努力搜寻河生和铁柱、二蛋的影子，却什么也没发现，留下的只有春花和韩柳氏、刘三、韩二忠及铁柱、二蛋家人的悲鸣。

上午过后，沿着河滩走出一里多地的百姓们，见无法寻见河生三人的下落，坐在河边沙滩上默默地等待着奇迹的出现，而大河真的让他们失望了。春花和韩柳氏及另两家人抑制不住悲痛伏地而泣。天渐渐黑下来后，许多人开始陆续离去，只有春花他们仍悲哭着在河滩守候。

“河生死啦！”春花泣不成声地哭诉，“我跟龙儿可咋活啊？河生……你回来呀！河生……”

韩张氏听说河生三人落难后也难忍悲痛，哄着饥饿哭泣的龙儿，眼泪“啪啪”地掉在他的小脸上。最后实在哄不住，她找出单被将龙儿裹好，抱着他走向河滩，一见春花和韩柳氏，便哽咽地说不出话来。韩二忠问她咋把孩子抱来啦，韩张氏说龙儿饿得直哭，得让春花给他喂喂奶。春花听到龙儿的哭声，起身把他从韩张氏的怀里接过，瞧着他哭得发紫的脸色，更加心疼得声泪俱下。于是，也顾不得身旁他人的存在，撩起衣襟把奶头塞入了龙儿的嘴中。可龙儿却怎么也不肯吃奶，眼角噙着泪水目不转睛地瞪着悲伤的春花。春花帮龙儿擦拭一把眼泪说，“孩子，你爹舍下咱娘儿俩走了，他不要咱们啦……”龙儿像是能听懂她的话，朝春花露出了一个可人的笑脸，送给她一丝心灵的慰藉。

老河口和护马庄的乡亲们，在这种劫难面前表现出了空前的团结。各村出一半的劳力忙于麦收，另一半人则轮流在大河岸边值守，一直等候了三天三夜。春花、韩柳氏、刘三以及乡亲们开始都以为，河生他们会在北边的某个地方被人救起来，然后回到家中。可几天过去了，他们仍未能回来。半个月后，仍无他们的音讯，两个村的人们都彻底绝望了，相信在大河里玩了十几二十年水的河生三人，或是被河水冲走了，或是沉在河底了，落了个活不见人、死不见尸的结局。

当初下河时，铁柱和二蛋已跟家里人讲过，万一出什么岔子与河生无关，不要找老河口这边的麻烦。于是，两家大人见河生三人共同落水而亡，也就没啥话好说，各自在祖坟上挖出一个穴位，找人用砖分别刻上他们的名字和出生年月，算是下葬归宗了。河生的坟墓不过是在老船主右侧埋下的一个土包，像铁柱和二蛋家一样，只是做了个假坟。

一连串事情的发生，让孙宏举心里深感内疚。从出事的那天起，他天天在河滩上守候，还把自己的军饷分给三家做坟。春花和韩柳氏没要他送来的钱，说船沉到河里不全是他的过错，这让他感动不尽。损失掉了六名鬼子和松下队长的鱼山支队，了解到他们系因船装载过重而与之俱沉，并不是遇害而死，也没再对老河口和护马庄的百姓进行杀戮，只重新增加了兵力，委派一名叫桥龙太郎的队长率领鬼子把守渡口。

等心绪稍宽时，春花、韩柳氏和刘三才突然悟出，龙儿为何要在这之前大哭三天三夜，并回忆起朱奎让河生五月下河时多加小心的嘱咐。孙宏举平静下来暗自一想，也蓦然忆起朱奎跳河前告诉他的那些话，松下真的在五月初一庚辰日这一天溺水而亡了，这让他既对朱奎感到不可思议，又认准这是松下和鬼子应得的报应。他想，一切都应随着老船沉没和朱奎、河生、铁柱、二蛋的跳河结束了，自己不能再与鬼子为伍、当他们的走狗了，他要离开老河口去找八路军和游击队。

于是，孙宏举在麦收后的一天傍晚，背着桥龙太郎来到河生家，对刘三及仍在悲伤状态的春花和韩柳氏说，自己要走了。刘三问他去哪儿，他说，即使找遍东阿地界每一个角落，也必须找到王老五和曹队长，让他们把自己介绍到游击队里去。“只要我还活着，以后准会再来看你们。”说这话时，春花、韩柳氏和刘三都看到他眼里流下了热泪。刘三安慰他说，人死不能还生，河生的事不要老是挂在心里，只要入了游击队，好好给老百姓卖力，他们都会高兴。那天之后，孙宏举消失在了鬼子和百姓们的视野里。

没有河生的日子，春花和韩柳氏过得也索然无味，尤其是龙儿一天天长大，更令她们思念河生。

孙宏举走后，附近村民们想要去河边比原先难了很多，鬼子们时不时地会从炮楼里打出枪来。这样一来，本想给河生上坟的春花和韩柳氏，也不敢冒险走向大堤了。

然而，天无绝人之路，河伯并不想过早地收留河生三个人。他们醒来时，已并排躺在一间用木板搭建的不太大的棚子里，幽暗的油灯发出了影影绰绰的光亮。

意识恢复后，三人都不相信自己还能活着，肚子一阵阵地胀疼，头也钻心地疼，嗓子有种被捅开堵塞的东西后所产生的那种焦灼感，浑身无半点力气。河生有气无力地喊了一句：“铁柱、二蛋？”这声音给铁柱和二蛋一个莫大的惊喜，随即都睁开眼睛朝河生看了过来。

铁柱奇怪地问：“河生，这么黑，咱们是在人间还是在阴曹地府啊？真的还活着吗？”

河生先拧了一把自己的皮肉，立即感到了疼痛，回答说，可能是被好心人救了，真的活着哩，并让他和二蛋照着同样的办法拧拧自己。他俩立马确认了各自疼痛的感觉。二蛋悲喜交集地说：“河生、铁柱，咱仨没死哩，真的活着啊。”他们都在纳闷，是谁从大河的风浪里把他们救了上来呢？

又过了约一个时辰，河生三人的肚子开始咕噜咕噜不停地叫唤，正想起身下地看看自己是在哪儿，并想寻摸身边有无可吃的干粮，忽然，小木门“吱扭”一声被人推开，闪出一道大缝，暗中走来了一个纤细的身影。河生半仰起身子，借助昏黄的灯光发现，走进来的是个年轻姑娘。她有一张圆圆的脸颊，刘海遮挡住了她一半的额头，一条很长的辫子绕过左肩耷拉到前胸上，上身穿着一件染有红花的长襟单褂，两手端着口铁锅和一摞碗筷，进屋后背着脸搁在了旁边闲置的床板上。河生肯定，她是来送饭的，但又不好张口问那姑娘的名字，只好故意咳嗽了一声，让她清楚，他们已经醒过来了。姑娘听到他发出的声音，转过身来对河生们说：“各位大哥醒啦？”三人一齐朝她点了点头，姑娘又说：“肚子吐水吐空了，饿了吧？俺爹叫俺给你们端来些吃的，吃完就好啦。”

河生和铁柱及二蛋先后下地，浑身疼痛难忍。只见姑娘揭开锅盖，端出了一箅子干粮和一碗热菜放好，又抓起瓷碗要帮他们盛粥。河生给铁柱和二蛋递去眼色，赶紧围到她的身旁。

河生说：“大姐，让我们自己来吧，谢谢你们救了俺仨。”

姑娘听后，将铁勺交给二蛋，抬手捂住小嘴，“咯咯咯”地笑了起来，把河生三人笑愣了。“俺叫小兰，今年刚满十七岁，可不是你们的大姐。是俺爹和船上的叔叔把你们救上来的。”河生若有所思地想问她一些话，小兰却让他们吃完东西把锅和碗筷先搁在屋里，晚上好好歇着，等明天再来收拾。说完，转身推开门走了。

小兰是谁？她爹和她说的那些叔叔又是谁？河生仨人很是迷惑。一锅粥和干粮被他们吃得一干二净，连咸菜都没剩下。河生和铁柱本想将三人用过的碗筷找个有水的地方洗刷了，但黑夜弄不清自己身在何处，更不知晓哪儿有水，只好按小兰说的，把碗筷摆放在了那块铺板上。

夜里，三个人谁都睡不着，灯也不吹，囫囵着身子躺在木床板上胡思乱想，猜测最多的，还是松下和那六名鬼子沉入河中到底被淹死没有，老船上的枪炮有没有被鬼子打捞上来运到老河口的炮楼，鬼子对老河口和护马庄的百姓们会不会进行了新的屠杀等一些令人牵肠挂肚的忧虑。河生想起春花、龙儿和韩柳氏，铁柱、二蛋说起自己的爹娘，顷刻间都开始声泪俱下。河生对他俩说："咱们能活下来不容易，不知道家中情况咋样，也别瞎猜，养好身子后一起回家。"

铁柱问："咱们现在究竟在哪儿啊？"

河生说，不管在哪儿，都跑不出山东地界，到天明准能弄清楚。鸡已叫过两遍，应该过了丑时了。他们置身在漆黑的屋里，不再说话聊扯无用的事儿，把一切忧伤、惊慌和过去及未来的悲愁，统统都抛到了九霄云外，在一片寂静中蒙眬入睡。

不知何时，河生最先被一种"嗡嗡隆隆"的轰响惊醒。紧接着，铁柱和二蛋也被这种低鸣声吵得睁开了眼睛。那是他们太熟悉的声音了，即黄河夜间退潮发出的浑厚潮音，他们立时明白，自己必定睡在黄河边上，起码离黄河不会太远。他们惊喜和兴奋，猜想救自己的人，说不定正是那支从河的中央纵向驶来差点儿跟老船相撞的船队。

那个过程还真的应了河生他们仨的判断。老船下沉和鬼子们纷纷被卷入洪流，当时把迎面而来船队上的每一个人都吓傻了。那个站在船头的船老大不是别人，正是小兰的父亲张双林，足有五十多艘各种船只的顺风船行由他统管，时常兵分几路在大江大河里走南闯北。河生他们在河上看到的一长串船队，不过十来只而已，只是他率领的其中一小部分。熟悉顺风船行的人都清楚，他一般不轻易率船出航，只要他站在第一艘船上亲自带队，那肯定是有重要的生意或重大的事情。

张双林在发现前面出现了紧急情况后，急令掌舵的船夫转向绕开沉船地点从东边驶过，这才算躲避了两船相撞的后果。他和后面的船夫分两拨，一路看东，另一路看西，眼睛不带眨地凝视着河面，寻找跳河的三个年轻中国人。但驶出一里地后，只看到几个身穿黄皮的鬼子浮尸，时起时落地顺水漂流，却没能瞅见三名同胞兄弟。

于是，第二只船上三十多岁膀大腰圆的领头赵世虎，朝前头喊话说："老大，三个小子准沉底了，咱别再费那个瞎劲啦！”

第三只船上的领头，是个二十八九岁名叫李明全的年轻汉子，他裸露着胸怀，一副黝黑的身板，听见第二艘船那么嚷叫，也朝张双林喊道：“老大，老虎说得对，咱赶紧驶上主河道吧，甭耽误工夫啦。”

张双林仍让第一只船上的兄弟们密切注视着河面，自己则走到船尾，对后面的人喊：“不慌啊，你们在后头都给我看好喽，哪怕是尸体，也要把他们捞上来，别再废话啦！”

整支船队行进得非常缓慢。张双林打头让掌舵的船夫把船进一步靠往岸边，好看清河面上的漂浮物。大约往北又航行了五里地，船队在老河口人们的视线里已成为小小的黑点，张双林惊呼着命船队靠近东岸稍作停留，后面的赵世虎和李明全忽见船老大匆匆跳进不太深的河床，蹚水走向被浪头推上岸边的一个赤裸的溺水者，他们也蹚水紧追过去，围到了跟前。张双林先把河生的两只胳膊架住，让他的头部离开水面，不至于窒息。

“就是那三个人中的一个。”他让几条船上下来的人帮忙把河生抬到了船上。“再接着往前找，另外两个也不会太远，准会被浪推到河边。”

在找到河生北边不足一百米的河东岸，张双林和他率领的船队，又先后发现了奄奄一息被冲到岸边的铁柱和二蛋。跳河后，他们立即被打来的巨浪卷入了河底，只憋住一口气便在水中浮游着被冲出了二里多地。三个人本想露头换口气游到岸上，可巨大的冲力和一浪高过一浪的激流，再一次把他们吸入水下。三个人在下面挣扎反抗，待露出水面换气后，他们再无力气与大河搏击了。河生三人深知，这回是遇到了下河以来最难对付的漩流了，它像磁铁一般把人从极具浮力的水面吸下去。他们都认定，河神恐怕是要收走自己了，霎时充满了极度的恐惧，互相寻摸喊叫对方的名字。但是，因渐渐体力不支，在半昏迷状态中，他们坠入了无底的深渊。此时，他们离老河口已有四五里之遥，西岸那些沿着河滩边走边寻找的男人女人，根本不可能看清他们漂向何方了。

张双林和船队的人，把河生仨人捞上前三只船不久，河东岸不知从哪个方向传来了几声枪响，子弹穿透船帆留下了几个不显眼的小洞。张双林料想，一定是河东封河的鬼子看见船队靠岸才开枪射击的，于是不得不大声命令各艘船只，快速驶离河岸进入河心，躲开鬼子们的视线。然后，他蹲下身去，查看河生仨人有无生还的希望。他们的肚子，因灌满掺有黄沙混浊的河水胀得老大。他把手指放在河生的鼻孔下试了试，觉出尚有一丝气息，就对后面的赵世虎和李明全喊："试试那俩兄弟会不会呼气！"他俩摸完后，对张双林回喊，说铁柱两人都有一点微弱的呼吸。

张双林说："把他们倒挂在桅杆上，将肚子里的水控出来。"

船队一路行船，河生仨人被绳子拴住双脚，头朝下倒挂在桅杆上，一路"哇哇"大吐不止，直到吐出胆汁，才逐渐恢复了意识。他们被船队的人平放在船舱后，迷迷糊糊地各自昏睡过去。

按照张双林和赵世虎及李明全的说法，完全是河生仨人的命大才没尸沉河底。傍晚到达目的地后，船队所有的船只在岸边停靠稳当，张双林命船夫用担架把他们抬进了那间昏暗的木板房。那里原本就是船工们的住处，只是麦收期间，有几人请假回家方被腾空。好在五月的天气已很闷热，用不着太多的被褥，一铺一盖便能凑合过夜。

他们在黑暗中度过了一个难熬的夜晚，却捡回了一条性命。

第十四章

河生和铁柱、二蛋凭着听到的低沉潮声，断言自己所处的位置离黄河很近，他们果真猜中了。

经过一天一夜的休养，三个人逐渐恢复了体力。第二天早晨，拉开木门，出屋朝四周一望，偌大的场院，在东南开着一个大门，上方写着“顺风船行”四个大字。北面和东面，建有多座砖砌的平房，南边则搭建着极其简易的敞亮工棚，方方正正的很像个四合院。刚刚升起的太阳，还带着一丝红晕，院内东边那排砖房高大的烟囱冒着袅袅的青烟。朝南眺望，能隐约看见不少林立的高楼，偶尔还听到火车拉响的震耳汽笛，这让河生他们认定，是到了黄河边上的某一座城市。

在河生三人寻思自身的处境时，那个叫小兰的姑娘，跟随着几个彪形大汉从北边正房里出来，朝他们走来。到跟前后，河生、铁柱和二蛋才看清，小兰长得很清秀，比头天在灯影下看到的要漂亮许多，尤其是那双大而有神的眼睛，明亮无比，透着一股灵气，长辫子则依然那样甩在前面。站在河生仨人面前时，她红着脸不好意思地低下头去，少顷才问了一句：“三位大哥起来啦?！”河生仨人很客气地回应后，小兰刚要介绍身旁的几个大人，却被张双林拦住：“小伙子，你们仨行啊，竟敢沉船与鬼子同归于尽，俺们船队的人都看见啦，不愧是咱大河行船人的后代。”张双林那副仁厚的样子，让河生他们认定，他是个难得的好人。

张双林先用手抚摩了一下小兰的头发，说：“她是我女儿，我是她爹。”

小兰很乖巧地扭头朝张双林笑了笑。等介绍完赵世虎和李明全后，又把身边一个戴副花镜上了年岁的老头儿拉到面前，说他叫周乐天，是船行的账房先生。河生仨人先后向对方点头，并把自己叫什么名字、是哪儿人，细细地说给了小兰和张双林及那几个人听，要当场下跪磕头，说是船队给了他们仨一次生命，感谢小兰爹及其他所有人的救命之恩。

李明全把仨人拉起来说："老大从不让人给他磕头行礼，你们三位兄弟不用客气，以后尽管听老大吩咐好啦。"

小兰在旁边一笑，说："李大哥讲得对哩，爹从不叫人家给他磕头。"河生问，今后如何称呼各位，周乐天说，小兰爹是船行老大，也称得上是位老板，遇到他算河生他们三个有福气。张双林示意周乐天不要再讲，说："我只负责'顺风船行'，要算老板，只能够三老板的格，因上头还有管我们船队的二老板和大老板，以后想叫啥就叫啥，喊我张大叔也行啊。"

赵世虎凑近河生三人，问他们在大河上行船听说过"顺风船行"没有，他们仨均摇头不知。赵世虎板起脸说："咋连'顺风船行'都不知道，真是白在江湖上跑啦。那你们知道自己现在在哪儿不？"河生三个人还是摇晃脑袋，说没人告诉他们这是什么地方。

赵世虎"啧啧啧"连咂三声嘴巴，说："这是哪儿？省城济南北边的王二镇，离城里不过几里地，咱院子后面是黄河南大堤，那些大船都停在河里呢。济南听说过不？"河生他们点头说，以前在村里听人讲起来过，但从没来过。赵世虎说："咱这'顺风船行'名声可大着哩，城里谁有货想走水道的，都得来这儿找咱'顺风'。南到江浙、北到山西，凡能行船的地方全有咱们的船只，走到哪儿没有不给咱面子的，连小鬼子也不敢轻易搜咱船上的货。"张双林打断赵世虎的话，让他和李明全领着河生三个人先到食堂吃早饭，嘱咐饭后还有事要找三个人谈谈。

整个船行里里外外有二百号人手，除去回家和出河的船工，仍有近百人相继挤入南面西头的食堂。赵世虎和李明全把河生和铁柱、二蛋送进食堂，发完碗筷后让他们在后面排队，然后拐进旁边打成隔断的一间小屋去吃饭了。食堂里"叽叽喳喳"的像一群麻雀乱叫，还有些光着脊背等待打饭的船工，手里用筷子"叮叮咣咣"地边敲碗、打盘，边小声唱曲儿，这是他们在老河口和护马庄乡下不曾见到过的场面，这令三个人有种见到了大世面的感觉。

河生他们很规矩地站在队列里，进屋后一直没看见小兰的影子，河生扭头问身后的铁柱和二蛋："那个小兰姑娘咋没来吃饭哩？"铁柱把头伸出队列，指着前方食堂的窗口，说小兰正在里边给大伙儿打饭呢。河生放眼望去，果真瞅见她围块围裙，站在里边与一名四十多岁的女人和一个五十多岁的老头儿，在一起为船工们吃饭忙活。

轮到他们三个人时，小兰看着河生愣了愣神，问：“大哥，你吃几个窝窝哩？”

河生说：“俩吧。”

小兰说了句“够不？”，顺手抓起三个玉米面窝窝头搁进了他的碗中。河生纳闷，她为何要给自己多拿，抓起一只窝头退了回去：“你多给了我一个。”小兰瞪他一眼，原先露出笑颜的脸霎时沉了下来。

河生和铁柱、二蛋端着窝窝头和稀粥穿过人群，找了一张靠在角落没人去的饭桌坐下，周围一桌桌的陌生汉子让他们有点儿不自在。二蛋瞅瞅旁边对他俩说：“吃完饭叫他们送咱仨回家吧，身上没钱不能白吃人家的饭啊。”铁柱说，济南离老河口和护马庄远着呢，能不能送他们回去，得看朝那边跑不跑船。河生听后不说话，铁柱问他是怎么想的，他说：“要送咱们回去更好，如果没船下河，想走，人家不会随咱们的。俺大爷在济南有大生意，不行咱仨想法打听打听，看能不能找到，真碰上龙儿姥爷的生意场，咱们不回也行哩。”铁柱眼睛一亮，说这是个好主意，就看三个人有没有那个运气了。

河生三个人边吃边聊，一心想能找到郭继聪在济南的生意。正当他们为之兴奋时，从饭桌中间过道围来了几个高大的汉子：“哎哎哎，哪方的神圣啊？是来抢咱们兄弟饭碗的吧！”

河生仨人抬头望去，见三个手端饭碗、横楞着脑袋、颤动着满脸肌肉的船夫，用不怀好意的眼神打量着他们。三人中最年长的铁柱率先起身迎上去，很不自然地喊着那些人“大哥”，说他们初来乍到，请各位多多关照。二蛋也赶紧站起来赔着笑脸，只有河生仍坐在桌前不动。刚才说话的那人不买铁柱的账，指着河生喊：“哎，小子，架子不小啊。老子在跟你说话哩，没听到咋的？”

铁柱转身拉拉河生，暗示他起来给那些人施礼。河生放下碗筷，起身各喊了一句“大哥”，点头哈腰连说几声对不起。那人会意地看看身后的几个汉子，讥笑河生说：“真是天黑的鸭子不赶不上架啊。早知现在何必当初呢？晚啦！俺兄弟们跑江南多回，也没碰到你这么大架子的兔崽子。以后只要留下来，学着好好侍候爷们儿吧。”

“大哥说得对。”身边的其他汉子迎合道，“以后好好侍候咱几位大爷。”

河生听到这话，心里一下来了火气，暗暗握紧了拳头，真想冲上去跟那些人打一架。铁柱拉住他，对那些人说："行哩，俺们仨只要不走，各位大哥有事请尽管吩咐。"那些人对铁柱的话听得很顺耳，把用过的碗筷"哐啷"一下往桌子上一扔，让河生三个人去帮着洗。铁柱和二蛋抱着人在屋檐下不得不低头的心态，正想弯腰捡那些碗筷，被一个清脆的声音镇住了："赖子、吴公、何虫，你们干嘛欺负新来的三位大哥呀？"

河生三个人透过人群缝，瞅见小兰从那伙人的身后走来。从她的话里知道了第一个开口说话的人叫赖子，另外两人分别叫吴公和何虫。小兰走到河生三人跟前时，铁柱悄悄问她那几人为什么取这样酸不溜丢的名字，她俏皮地瞪着那群人，告诉河生他们说，其实赖子全名叫王二懒，吴公的公是功臣的功，何虫的虫是服从的从，看他们那浑头浑脑的样儿，船行的人便给他们仨取了外号。

小兰的出现让王二懒和吴功、何从吃了一惊，见她向着河生三人说话，顿时笑脸相迎改变了口气，说是跟新来的兄弟们开个玩笑。小兰嗔怪地说："以后不准你们跟三位大哥瞎逗，更不准你们欺负人家，不然我告诉俺爹去。"

赖子让吴公和何虫捡起搁在桌子上的碗筷，凑近小兰说："哎哟，小姑奶奶，你可别跟老大讲哩，那不是砸了俺们的饭碗吗？"

小兰说，不让她告诉她爹可以，但赖子几个人必须保证今后不能再出现类似的事儿。王二懒皱起眉头直说"遵命"，倒退着走出了食堂。

从那日起，小兰在河生三人的脑海中留下了极好的印象。他们想，作为船老大的女儿，她敢这样护着新来的伙计，并且在船工面前说话那么有分量，肯定张双林在"顺风船行"有别人不可替代的地位和威望。赵世虎和李明全饭后带河生他们三个人去见船老大张双林，他的住处也是极普通的平房，屋里摆设很简单，没有丝毫的特殊。与小兰一起给船工们打饭的那个女人见他们进去了，忙着给他们端来茶水，后来才知道，原来她是小兰的母亲张王氏。张双林让他们坐下，问他们以后有什么想法。二蛋张口就请船行送他们回家。张双林笑笑说："你们要不想在船行干没啥，等西边有生意再出船送货时，可以把你们送回去。"但话锋一转又说，黄河沿线都有鬼子把守渡口，船队即使路过老河口一带，也无法靠岸停顿。铁柱告诉张双林，说河生的大爷在济南有很大的生意，如果暂时不能回家，想在城里打听打听。张双林不清楚铁柱讲的河生大爷是何等人，看河生年纪轻轻，更没往他的岳父身上想，认为说的可能是河生爹的哥哥或堂伯，也再没过多问河生大爷的身份和来历。

“在济南有亲戚是条出路，”张双林说，“一时回不了家，你们想离开这儿去寻，还是先在船行干着有机会再找？”

河生立即接过他的话说：“命是张大叔你们给的，又吃了船行不要钱的饭，应该干活还账。”张双林摆手打断他，说：“大叔不是那个意思，你们仨的命都救啦，吃顿饭算不了啥，只是为你们回家前的饭碗着想。要干就给你们三个安排个差事，不愿干，那再等几天，你们是为打鬼子差点丢命的，理应把你们平安送回家。”

河生三人被船老大张双林的真诚和善心深深感动了。他们思忖后，便义无反顾地答应先在船行干着，请求安排到船上去。张双林不清楚王二懒和吴功及何从曾在食堂里与河生三人有过小小的过节，本着让河生和铁柱及二蛋闯荡闯荡见见世面的好意，起初要把他们分配到赖子三人的船上跑一趟江苏。小兰跟他说出那次的事情后，张双林才把他仨调整到赵世虎和李明全的船上。船舱下面铺排着一袋袋的粮食，上面覆盖好一船的木柴，夜间出发去了东边的利津、东营和垦利。等装运成船的沙子和其他物品回来时，已是十天半月以后，春花、韩柳氏和铁柱、二蛋的家人以及老河口、护马庄的百姓，全都认定他们死无生还了。

时间一长，河生渐渐发现“顺风船行”每次出船都极为神秘，并且每艘船的表面均做了伪装。因为所有装船、卸船的活儿都赶在夜里进行，船一靠岸，卸掉的物资会迅速被大车小车转运走，所以河生猜测，船行可能与八路军和游击队有什么关系。

那天傍晚，河生被炎热的酷暑闷得在木板房里待不住，喊着铁柱和二蛋走向北面的大堤，徐徐的晚风吹上堤岸使人顿觉凉爽。他们仨顺势坐在岸边，望着河里帆船的黑影，自然想起了老河口和护马庄，盘算着自己能何时归乡。

一阵伤心难过后，河生对船行的行踪开始起疑，问铁柱和二蛋二人有无觉出船行与一般摆渡不同。铁柱说：“没啥不同哩，只不过走的地方远，载的东西多而已。”二蛋也没觉出船行有多神秘，说不过是生意做得大罢了。

河生沉思良久，说：“可不是那回事哩，我看八成与打鬼子有关联。”这让铁柱和二蛋倍感惊诧，河生看出他俩有疑惑，于是便将船行出船、行船和卸货交货的时间与方式说给他们听。两人再一深想，不禁感叹河生竟有如此细心的观察和难以让人看出的精明。铁柱说，如果船行真跟八路军和游击队有联系，那他们可以考虑长期干下去。二蛋没有过多地思考，只是专注地听着铁柱和河生的对话。

他们正商讨到底应该何去何从，小兰忽从背后窜出来，把他们着实吓了一跳：

“三位大哥，你们干吗不回去歇着哩？”

河生三人立即起身，问她晚上咋不在船行里待着，到河堤来做什么。小兰调皮地说：“哟，这么大的河堤只兴你们来，不许我来啊？”说完，她顺势坐在了河生旁边，说自己看见他们出院朝码头方向走来，以为三人要趁夜逃走，于是就一直跟在他们身后。这让河生觉得有点好笑，说他们明人不做暗事，绝不会溜号，即使真走，准跟船行说清楚。

小兰笑着说：“那可不一定哩，万一不吭声偷着跑喽，到哪儿找你们去呀？！”

实际上，小兰跟踪他们不是怕三人跑掉，更主要的是，船行里的那些人她太熟悉了，陌生感让她对河生三人充满了好奇感。三人越是那般的害羞和躲避外人，她就越想了解他们，也想让河生三人了解自己。在她眼中，似乎与新来的三个年轻小伙子更能说到一块，想在他们身上寻找那种稚幼而单纯的感觉和友谊。河生大致猜出了小兰的心思，说自己也十七岁，问他俩谁大，小兰让河生先讲出生月份。河生说：“我是二月的，你呢？”

小兰“咯咯”地笑出声来，指着铁柱和二蛋说：“他们俩是大哥，你也是哥哥，我是八月的。”

河生说：“那你只能当妹妹啦。”

天越发漆黑，大河的浪潮已逐渐回落，开始回荡低沉的潮音。河生三人怕回去太晚，张双林和张王氏因找不到小兰而担心，提出要陪她一起回船行。走在路上，二蛋问她为啥要处处护着他们三个，小兰说：“赖子那帮人在船行里谁都欺负，就不敢欺负我，他们怕俺爹和世虎叔、明全哥哩。”她告诉河生三人，如果赖子那帮人再敢欺负人，只管跟她讲，她让张双林和赵世虎及李明全找赖子几个人算总账。

“你们先在船上干着，”小兰说，“到时不行我再跟爹说，把你们抽回来跑堂，反正船行需要人手经常去市里的粮庄办差。”

三人头一回听人说船行还有个粮庄，河生好奇地问，粮庄是谁的？小兰说，粮庄在市北郊离船行不远，但不是船行的粮庄，而是跟船行一样归一个大老板所有。她说话时的那种神秘口气，更引起了三个人的兴趣，河生接着问她，那大老板是谁？她有没有见过？小兰笑着说：“大老板从不露面，俺爹都没见过，我更没那个福气啦！粮庄和船行都由二老板管着，他住在粮庄里，爹倒常跟他打交道。”

小兰这些话，让河生们感到大老板是个谜一般的人物，见她说不清，河生也不便再深问下去。走到半路，河生掉转话题，问小兰船队咋都黑夜出航和返航，小兰想想后回答说："我不知道，这样的事俺爹既不让问，更不许说，你们见人可别多嘴。"

从那一夜起，河生三人才知道船行与粮庄的关系，也才懂得，在三老板张双林和二老板背后，还有个神秘的大老板。夜里睡在床铺上，河生三人都琢磨过小兰说的那个大老板，会不会是龙儿姥爷郭继聪。可转念一想，天下不会有那么巧的事情，要真是龙儿姥爷，船行的人不可能说不上名字来。他们在黑夜里互相诉说自己的猜测，一遍遍地肯定，又一遍遍地否定，同时，也伴随着对未来的幻想忽喜忽悲，最后，还是把那些不切实际的念头丢到一旁，让梦境充实各自的幻觉。

深知黄河两岸到处有鬼子把守，他们无法回家，所以不得不留在船行继续做下去。进入三伏天后，大地蒸笼似的闷热。除后来跟随赵世虎和李明全又跑了一趟开封外，其余的日子便没再出远门。那次，河生三人曾在黑夜里寻觅着河面，想看清哪个河段是老河口和老东阿镇，但两岸漆黑，没能辨别出方向和路过的每一个渡口，只好心灰意冷地蜷缩在船舱里逆流而上。回来时，又赶上夜间行船，他们不得不放弃顺路跑回家的想法。船队各艘船只都按顺序编号，赵世虎和李明全领头的帆船编为五号和六号，其他依次排开，一直编到了五十二号。中午在船上吃完饭回到王二镇码头，卸完捎脚带回的货物，河生让赵世虎和李明全回行里休息，他们仨留下把船只用黄河水洗个干净。赵世虎喜笑颜开地夸奖三人说："小兄弟们有眼力见儿，那大哥回去啦，你们洗洗差不多就行，反正洗完还得装货，没个干净。"

两人走后，河生三个脱掉外衣穿着大裤衩子，站在船舷上从河里提起一桶桶的河水，不大会儿工夫，便把五号和六号大船冲得利利索索。正要离开时，却听"嘭"的一声脆响，一块石头砸在河生他们船边的水中，溅起了一片水花，洒了每人一身。扭头朝石块砸来的方向瞧去，忽见赖子和吴功及何从三人，躺在二十号船帆遮挡出的阴凉里，幸灾乐祸地哈哈大笑："小子们，这回凉快吧。"

河生和铁柱、二蛋清楚，赖子三人又在故意找碴儿，不想搭理他们，佯装无事，仍做自己的活儿。赖子觉得河生三人轻视了自己，顿时火冒三丈，下身只穿条裤衩，起身把脚板踏在船帮上，伸手指着河生喊道："哎小子，老子叫你们呢，听到没有？"

河生一边弯着腰干活，一边对铁柱和二蛋说："要打架就跟他们干一场。"铁柱劝河生不要讲话，然后直起腰，问赖子三人有没有啥事。吴功卖关子说，当然有事，没事不会喊他们，直催河生三人过去说话。赖子嫌河生他们行动迟缓，又挑衅地说：“小子过来！过来呀小子！”

二蛋知道，如果不去跟他们当面把话讲完，赖子不会善罢甘休，对河生说：“咱过去吧，他们不敢把咱仨吃喽。”

河生跟着铁柱和二蛋跳到那只船上，赖子重新躺到船舱的阴凉处，只看着他们三个却不开口。铁柱问到底有什么事，赖子嘻嘻一笑，说：“这兄弟还算懂规矩，就是那小子不识抬举。”

河生知道赖子说的是他，仍不吭声。吴功瞪大眼睛，指着河生说，说的就是他，问他是真傻还是装傻啊。二蛋让他们有事尽管说，他们仨一定照办。

赖子用胳膊肘支撑着歪斜的身子，嘴里嚼着根柴火棍，皮笑肉不笑地说：“今儿个，老大跟前的兰姑娘可没在这儿，这回没人替你们说话了。俺们三个呢，德行不坏，只是好让新来的伙计供奉着点儿。”

铁柱问他怎么个供奉法，何从接过话茬儿，说身上有钱出钱，没钱就得出力。赖子说：“你们何大爷讲得不错，那请三位也帮俺洗洗船吧。”

听到这样无理的要求，铁柱和二蛋觉得自己是新人，劝河生赶快帮他们洗船。河生则认为，这是对他们的极大污辱，说啥都不肯替赖子三人做那些轻而易举能做的事。赖子起身围着他转了两圈，问是不是真的不想干。河生说：“不干。”赖子气哼哼地说：“不干也行，你倒是说说自己有何等本事，到船队来是能撑船还是能下河抓鱼？”铁柱赶忙上前解释，说河生家从爷爷那辈就是大河上的船主，到他这儿，仍是老河口的新船主。赖子蔑视地说了句：“是吗？你既然当船主一定有好水性，只要下河能抓上来一条黄河鲤鱼，便可放过你们。”

河生二话不说，往船舷上一站，“扑通”一声，纵身跃入了大河里，不见了。铁柱和二蛋担心他在水下出事，瞅着河面上四处寻摸他的影子，不停地喊着他的名字。赖子、吴功及何从也开始担心河生会不会被大水冲走了，或是淹死在河底了，顿时望着河面发起愣来。突然，他们眼前闪过一道金灿灿的光亮，一条金色透红硕大的黄河鲤鱼，“啪唧”一声被扔进船舱，正好砸到赖子的脚下。接着，河生紧贴船底钻出水面，双手扒住船帮往上一蹿，湿漉漉地爬到了船上。

“咱们走！”河生喊着铁柱和二蛋准备离开，却被吴功伸手拦住，说话还没说完，不能这么轻易地走人。赖子右手扣住鱼鳃举在河生面前，玩世不恭地笑着说：

“行啊小子，算你还有两下子。不过，光抓条鲤鱼不行，还得帮爷们儿把船洗喽。”赖子觉得自己出的难题没能难倒河生，抓上来的大鱼让他丢尽了脸面，于是便想继续为难他们。铁柱跟赖子讲理，说他们不守信用，河生把鱼抓上来了，凭什么还要再叫他们帮着洗船哩。

赖子说：“凭啥？凭这小子不服输，让他瞧瞧在船行里有比你们还硬的大爷在呢，洗！”

吴功和何从也迎合着赖子，“哐啷”一下将水桶扔在铁柱三人跟前，逼迫他们赶紧洗船。河生把铁桶踢到一边，说他们仨人在河上没受过这样的气，都敢和鬼子同归于尽，让赖子三人，要么跟他和铁柱及二蛋一对一单打独斗，要么到河里去玩，看看到底谁是英雄谁是狗熊。话音刚落，赖子随手抓起一根绳子，转到背后突然“啪”地抽向河生赤裸的后背，立时，背上泛起了几道血印。铁柱和二蛋愤怒地大嚷着，围上前去想要与他们拼命，赖子、吴功和何从也立马站到河生三人对面，船上的气氛顿时变得紧张起来。

赖子恶狠狠地说：“小兔崽子们，三位大爷向来不吃这一套，竟敢在俺仨面前嘴硬，抽你活该，洗！”

二蛋咬牙切齿地说道：“你们若是真行，就找鬼子去试试。”赖子哈哈笑着称不到时候，真要遇上鬼子，他们准不会含糊，只是那船还得由河生三人来洗，今天专门治治他们仨的别扭。

铁柱和二蛋满腔怒火，本想跟赖子三人好好干一场，可河生忍耐着后背火辣辣的疼痛拦住了他俩，自己先抓起那铁桶从河里提上水来，带着铁柱和二蛋把二十号帆船洗了个干净，赖子三人得意而狂妄地笑着，而后才放河生他们离开。河生下船后暗自发狠：“洗船累不死俺们，可有你们后悔的那天，到时让你们仨吃不了兜着走。”

这本是河生发狠的一句话，后来竟真的变成了现实。

河生三人下午回到船行，正碰上小兰从食堂里出来。看他们脸色不对，又发现河生后背上的血印，便把他们拉到院子南房的阴凉下，问他们遇到什么样的麻烦了，那血印又是怎么来的。铁柱和河生直说没事，二蛋却把发生在船上的一幕讲了出来，小兰听后气愤地骂着赖子、吴功和何从，让他们先去木板棚休息，然后扭着纤细的身腰，“噔噔噔”跑去了北边砖房赵世虎和李明全的住处。

赵世虎和李明全听小兰讲后很是气愤，起身便去找到铁柱三人，翻过河生的后背一看，气得俩人直骂："三个混账王八蛋，净拣老实人欺负。走，找他们去！"

河生未能拦住他们，又怕赵世虎和李明全找到赖子三人生出大事，只好跟在他俩身后，径直走向了黄河大堤。这当间，小兰赶紧跑回爹娘的屋里，把整个过程告诉了她爹。张双林担心事情会发展到大打出手的地步，领着小兰出了船行大门，朝河堤跑去。

赵世虎和李明全带着河生三人赶到大堤时，赖子和吴功及何从正躺在船舱阴凉里呼呼大睡。"哎，你们三个欺软怕硬的东西给我下来！"赵世虎的这声吼叫，把赖子三人吓醒，他们想赵世虎和李明全肯定是为河生三个人来的，便摆出那副懒洋洋的架势，直起身站在船舱里说："两位兄弟，要找俺仨报仇吗？"

李明全大声喊着，让他们到岸上来，有本事不要赖在船上。赖子不服气地说，大男人顶天立地，好汉做事好汉当，他们三人从没怕过任何人。说完，果真踏着搭板下船来到赵世虎和李明全及河生三个人的跟前。赵世虎说："王二懒你们别不识好歹，整天不是欺负这个就是欺负那个，河生三人来船行不碍其他人的事，他们仨可算是俺俩的徒弟，咋的都应不看僧面看佛面。"吴公辩解说："我们不过是跟三位兄弟逗一逗罢啦，没冤没仇的，哪敢跟二位老大叫板哩。"

李明全把河生拉到前面，指着他后背的血印问是谁打的。吴功和何从马上缩头躲到赖子身后不敢再吭声，赖子在事实面前无法抵赖，只好承认自己是用绳子抽的。赵世虎朝着赖子就是一拳，赖子"哎哟"一声倒在了地上。那一拳也把赖子打急了眼，爬起后嘴里骂骂咧咧地跑到船上，抓来一把叉鱼的铁叉，嚷叫着冲上岸对准赵世虎的胸膛："他娘的，你再敢打老子一下，我就敢要你的狗命！"

李明全见状忙冲到赵世虎身前，挡住了那把抵上来的铁叉，让赖子放下手中的家伙。赵世虎将李明全推到一旁，顺手抓住了那铁叉的两股尖齿，顺势猛力一搡，又将赖子搡倒在地："看你无法无天啦，你拿家伙吓唬谁啊。起来，给三位小兄弟赔罪，不赔，就别想躲过今天。"

双方正处于僵持之中，小兰跟在张双林身后，跑上大堤来到河生他们面前。张双林见赖子倒在地上，那把鱼叉横在旁边，便瞪着赖子和吴功、何从发怒道："你们三个打了人还想杀人吗？混账东西！"看到张双林，赖子三人浑身打战，乖乖地低下头去。张双林让赖子三人必须给河生们赔罪，说"顺风船行"不是三教九流的场子，不允许有欺诈同伴的流氓出现，"从今天起，你们不要出船啦，停发半月的工钱。”

赖子三人当场向河生三人赔礼道歉，请求老大张双林让他们继续出工，说家中有老有小都靠船行的工钱吃饭。张双林并没答应他们的要求。第二天傍晚，赖子三人又把河生、铁柱和二蛋叫到船行外头，跪在地上直要给他们磕头，请河生到老大面前去求个人情。

小兰从院内出来看见赖子三人跪地求饶，走过去说：“谁让你们那么欺负人，俺爹应该把你们仨开除出船行才对。”赖子和吴功、何从马上爬到她的脚下，装出一副可怜相儿，让小兰跟她爹说说，让他们下河出工。

小兰把头扭到一边不予理睬，赖子拉住河生说：“请三位兄弟原谅几位哥哥，当初俺们不该那样无理。”

河生甩开他的手，让他们起来说话。赖子看出河生心软，便老老实实地站起身来。铁柱不冷不热地说：“几位大哥，兄弟劝你们一句，以后对谁都不要那么凶狠，在船行里混饭吃，大家抬头不见低头见，能帮一把帮一把。到鬼子找我们麻烦那天，还得靠大家一起对付哩。”

赖子三人当着小兰的面儿，连连点头说“是”。河生说：“小兰妹妹，你去跟大叔说说，还是让他们出工吧，不然咋养活家里人哩。”

小兰瞪着河生“哼”了一声，嘟着小嘴说：“俺才不管哩，他们是自作自受。”

尽管小兰嘴上说不跟张双林说情，但心里想，河生是第一次求自己，不能不给他这个面子。没过两天，赖子三人被张双林叫到屋里狠狠地骂了一通，而后叫他们下河出船了。自此，赖子和吴功、何从深感河生和铁柱及二蛋的大度与宽厚，认为他们是船行里值得结交的朋友，相信河生以后定成大器。

赖子感慨地对吴功两人说：“咱们不行呢，没河生三位小兄弟忍辱负重的度量，看来这一辈子只能鞍前马后地跟在人家后头跑龙套啦。”

吴功和何从前思后想，小兰和她爹及赵世虎、李明全等船行的头号人物，为何那么偏向着河生三人，说不定正是河生三人的那种骨气、胆略和正直，才赢得了他们的信任及爱护。

河生被打后，小兰心想，他在船行里是年龄最小的船工，身边又无人照料，便对他倍加照顾。每一顿饭，凡轮到河生打饭菜，她总先在碗底帮他盛上几块船工们极少吃上的炒肉或鸡蛋，并在面上盖上饭菜，让大家不会发觉对他的特殊关照。河生第一次吃那些饭菜时，以为每个人碗里都有，也就没太在意，待铁柱和二蛋问他，为什么自己和其他人没有时，这才恍然大悟，原来是小兰在他碗底做了手脚。后来再遇到这种情况，河生不敢吭声，只好把铁柱和二蛋叫到食堂外面背人的地方，把好吃的饭菜分着吃。铁柱两人看出，是小兰对河生有意照顾，说那些菜是小兰姑娘打给他吃的，他俩不能吃。河生说，只是多一口少一口的事，从他俩跟自己下河沉船起，兄弟三个就已是有福同享、有难同当，他啥时都不能忘记他们两位大哥。这让铁柱和二蛋很是感动，他俩想，和河生可谓患难与共，大河将他们三人从老河口和护马庄冲到济南来，若没这样的兄弟，恐怕无法在这个生疏的地方待下去，于是，两人更是把与河生之间的情义视为珍宝，默默地牢记在心底。

一天晚饭后，河生走进伙房洗碗，里边刚好只剩下小兰一个人。见他进来，小兰马上凑上前去，从河生手里夺过碗扔进铁桶里，边洗边问他，那些饭菜好不好吃。河生心里慌慌地说好吃，可她不该光给自己一人盛，他还有两位大哥啊。小兰说，知道铁柱和二蛋跟他的关系不同寻常，但留不出那么多的好饭菜打给他俩吃。最后，她嗔怪地说："俺就想给你一人吃嘛。"临出食堂门，河生被小兰叫住，小声说，她晚上会在船行外面的大树下等他，嘱咐他一定要去。河生本想回绝，恰巧碰上小兰娘张王氏从外面进来，他便没再多说，瞧一眼小兰后走开了。

那一夜，铁柱和二蛋怎么也没找到河生。他俩寻思半天，也想不出河生会去哪儿，便结伴摸黑到大堤找了一趟。大河之上，只能看到在河水冲击下漂来晃去的少量船只和星星灯火，除看船的老头儿外再无他人。他俩担心河生出啥意外，可在熟悉的地方又找不到他，确信不会有大的岔子后，才转身回船行。其实，河生根本没有走远，就在船行院子外面。晚上，他偷偷走到约定好的那棵弯头大柳树下，小兰倚在树身上已等他多时。他的出现令小兰兴奋不已，听见身后传来脚步声，料定是河生来找她了，即刻转身伫立在他面前。

"你咋才来？"小兰说，"让我等得好急哩。"

河生支支吾吾说不出原因，更不敢把极其矛盾的内心说给她听，只讲是铁柱和二蛋有事拉住他走不开。两人之间的距离很近，他能闻见小兰的秀发和身体上散发着的少女的芳香，那股香气，以前河生曾在春花身上闻到过。他想，如果春花那么近地站在对面，他早已把她拥抱在怀里，可眼前的姑娘却不是他的女人，而是船行老大的女儿，想着想着，他不免有点儿胆战心惊，逐步挪动身子离小兰远些。小兰觉出河生似乎在躲避她，问："大哥哥，我又不是丑八怪，干吗躲我这么远啊？”河生努力克制内心的不安，尽量使自己装得镇定自若，连忙说自己并没有躲她。

月牙从西边贴到天际，周围庄稼地里到处都是野虫的吟唱和鸣叫，柳树枝条在燥热的夜幕下，伴随着微风的吹拂轻轻摇曳，恰似两颗年轻且不平静的心。顶着微亮的光晕，小兰跟他聊起船行和赖子他们的事。河生心里想着事，不接她的话茬儿。小兰讲到一半，发现河生有些心不在焉，便撒娇地问河生，脑子里在想啥，开始埋怨他不认真听她说话。河生赶紧解释，说怕她爹娘听说他俩黑夜在一块将他轰出船行。

“你这个哥哥真傻哩，”小兰说，“爹娘根本不知道咱俩在哪儿，我骗他们说去河上啦。”

后来，小兰执意拉着河生在大柳树下坐一会儿，河生怕她生气，不敢不坐，便顺势坐在离她有一米多远的草丛上。他俩谁都看不清对方的脸色变化，只能听到对方的说话声。小兰问河生家里都有什么人，河生原本想把春花和龙儿向她说个明白，但想来想去，怕小兰笑话他年纪这么小就娶媳妇生孩子，翕动了几下嘴巴没敢说出口，只告诉她说，他爹和他哥哥都惨死在鬼子的枪下，沉船跳河后丢下娘在老家，他娘到现在不知他是生是死。小兰对于他的遭遇很是同情，并对他敢与鬼子殊死搏斗的行为心生敬仰。

“小兰妹妹，”河生整个晚上第一次开口问话，“咱俩又不沾亲带故，你为啥对我这么好哩？”

小兰借着微弱的月光扭头看了看河生，嘻嘻一笑，说她就觉得跟河生能说到一起，俩人虽然同岁，可在她眼里，他有一股子大男人的味道。

“女人看男人好不好，有时不因任何事情。”小兰红着脸说，“往往一个眼神、一个动作或是一句言语、一种姿势，都会让人感到放心舒畅，让人愿意跟他说话。”

河生认为，她是在暗示和表白某种情感，越想越为将来担忧，他怕在远离春花的时光里，把持不住自己或让小兰拽走了。想到这他也不敢再往下想，便对小兰说天色已晚，赶紧回船行，不要让她爹娘和铁柱及二蛋等得焦急。小兰好像没听见他的话，又问河生，作为男人怎么看她这样的女孩子。河生不懂得该如何回答，若有所思地说：“你很灵巧，也很俊俏，挺好的。”小兰冲他“咯咯咯”地笑起来，那快乐无忧的声音搅荡得河生心神大乱了。

第十五章

那个夜晚，河生和小兰聊到了深夜。分手前小兰对河生讲，她跟她爹说说，把他调回船行，当她爹和账房先生周乐天与粮庄二老板之间的联络人，有事勤往济南市跑跑，不用再下河了。她还告诉他，市里有很多鬼子、伪军和国民党军队，船行住在远一点的地方反倒平安，并邀约他去城外东南方向一个可以烧香拜佛的庙里转转。小兰所讲的这个“庙”其实是千佛山上的“千佛寺”，相传上古舜帝曾在山上耕种，因而“千佛山”又称“舜耕山”。

河生头一回听人提起“佛”这个词儿，他不晓得佛是干什么的，又怕因自己啥都不懂让小兰见笑，便随口应付有空陪她去那儿走走。他明白，只要她开口跟张双林说把自己调回船行，那么，事情一定能够成功，而想到铁柱和二蛋仍要留在船队下河，内心深处忽然觉得有点儿对不住两位生死与共的兄弟，这让他顿时心事重重。

小兰离开大柳树走出一截，河生落在后头又不言语，这让她感到很是奇怪，转身走回去问他，为啥事儿无精打采。河生说：“你让大叔把我调回船行跟随左右，那一起出来的两位大哥咋办哩？”小兰说，你们要想一块做事，船行缺人手时把他俩叫回来不就行啦？见铁柱和二蛋的事在小兰嘴中有了眉目和说辞，河生才对她说，两人不能同时进院，等她回到船行后他再进去，免得被船工或她爹娘看见起疑。

小兰半夜未归，确实让张双林和张王氏很生气，但又不好大张旗鼓地到处找人，以防闹得满城风雨坏了小兰的名声，只好悄悄地喊起心腹赵世虎和李明全，轰着他们像铁柱和二蛋那样去河堤跑了一趟。之所以如此担心，是因济南城外有鬼子，有奸贼，每天都会传出百姓被杀、被强奸的消息，他们担心小兰遭遇不测。

张双林两口子嘱咐赵世虎和李明全不要声张，打发走两人后，先坐在屋里生闷气，而后让女人在屋里等着，自己走到门外守候。小兰离开大柳树，方从与河生在一起时的欢愉中清醒过来，见夜已深，猜想到爹娘肯定生气和着急，开始紧张。她正想蹑手蹑脚地推开船行的大木门钻进去时，忽被张双林的喊声吓呆了。站在门口的张双林问她去了哪儿以及跟谁出去的，小兰吭吭哧哧说，天太热，自己顺着黄河大堤走了个来回就到了夜里这个时候了，并嘤嘤地假装哭泣起来。张双林怕哭声被人听见，把她推搡进院里，“哐啷”一声关上了大木门，用铁锁链把门锁死。

小兰被爹娘数叨到大半夜，不论张王氏如何问，她始终不承认自己和谁出去了，最后二人只能不了了之，揣着一肚子气睡下了。张双林在门外询问小兰的那一刻，河生正躲在离他们不远的墙根旁。看船行老大那般生气，河生霎时炸起一身痱子，全身大汗淋淋。约莫过去半个时辰，他不敢砸开大门进院，转到西南墙角翻墙跳进船行。铁柱和二蛋已熄灭屋里的油灯，河生以为他俩早已入睡，偷偷地爬上铺板躺了下去。

“回来啦？”铁柱暗中问，“一晚上跑哪儿去啦？到处找不见你。”

河生惊讶他俩为啥还没睡着，二蛋口气生硬地说：“找不见你的人影，俺俩哪有心思睡啊？”河生故作镇定地说自己不过是沿着大堤走了两趟，看看大河的夜色，听听河里的潮声。铁柱和二蛋不相信他的话，说他肯定是背着他俩跟哪个女人约会去了。河生没有就这个话题接茬，最后，铁柱说：“以后咱仨不论谁外出，都必须打个招呼，以防出现闪失。天太晚了，赶紧睡吧！”这才让河生压在心底的石头落了地。

整个夏天，河生、铁柱和二蛋按照船行的安排，随赵世虎和李明全开始跑船。他们发现黄河上没有大桥，除坐船外毫无其他途径回家，并且大河两岸沿途都有鬼子和国民党军队把守，船队即使路过也没法靠岸，万般无奈下，不得不做起在船行长期干下去的打算和准备。秋收秋种到来前后，船行的生意格外兴隆，不少运送物资、木材、机器以及跑南方倒卖丝绸、布料的厂商，都要求走水路以保货物安全。由于“顺风船行”的运价比陆地运输的价格便宜很多，那些南来北往办货的生意人便纷纷找上门来，把张双林和周乐天忙得不亦乐乎。加上隔三岔五去北郊二老板的粮庄办差，张双林就更忙得不可开交了。

一天早上，河生三人与赖子、吴功和何从，正要起锚跟赵世虎和李明全率领的船队一起去河南送货，小兰急促地跑上堤岸，很远就向大船招手。赵世虎抬头喊趴在桅杆上拴帆的河生："下来别弄啦，小兰准找咱们有事。"

其实，第一个看见小兰跑来的是河生。他双腿盘住高高的桅杆，手里拉起船帆的时候，老远便瞅见小兰从南边朝大河跑来。小兰知道，船的白帆一旦升好，就代表要立刻离岸出航了。

等她气喘吁吁地停下脚步，赵世虎走到船头问："小兰，跑那么急有事啊？"

小兰说："赵叔，俺爹叫你把河生大哥留下来，让他到船行去，这趟不跟你和李叔去啦。"再细问留下做啥，小兰说不清楚。

赵世虎转脸对河生说："老大叫你留下，你下去吧，我们得抓紧开船。"

河生听完小兰的话，心中暗想，一定是她找张双林说情，才把自己留下来去船行做事。他从船板上抓起衣服，先嘱咐铁柱和二蛋在河上要多加小心，铁柱两人请他放心，也叮嘱他侍候好船行老大。河生点点头，又跟赵世虎和李明全打招呼，说："师傅，你们多保重，我下去啦！"一跃跳到岸上后，河生朝起航的赖子三人说："几位大哥，一路顺风！"

赖子三个自从上次那件事后，对河生客气了许多。他们纳闷，老大为何要把河生留下来，却又不敢多问，百思不得其解地说："行哩兄弟，祝你好运！"

河生跟小兰回到船行，张双林和周乐天已坐在北边砖房的屋子里等候。河生不敢称呼张双林"老大"，进去后，很有礼貌地喊了他一句"叔"。张双林温和地说："从今天起，你不用下河了，就跟我和账房跑堂吧。"随后，周乐天向他逐条、逐项地交代船行规矩，以及迎来送往、待人接物应当注意的事项，河生仔细地听着，全都默默地记在脑子里，并让张双林和周乐天多多教诲，自己哪些做得不周到的地方请他们担待和包涵。他边说边走近桌子抓起茶壶，小心翼翼地给张双林和周乐天斟满茶水。张双林二人见河生竟有这般的机敏，两人端起茶杯吸溜吸溜地抿着茶，脸上露出喜悦的神情。

河生自此整天串游在张双林和周乐天及客商之间，渐渐懂得了船行应如何接货、送货，又该如何结账查看账款。他发现，每天收入进账的钱票，都经张双林过目认定后，定期被周乐天存进一个钱庄的账号，至于户主是谁，他始终搞不明白。跑堂的便利，同时也给他提供了与小兰频繁接触的机会。没有太多事情时，小兰会故意找借口把他喊进食堂，或背着张双林和张王氏与他说笑。

一个晴好的半晌，河生正在周乐天账房里帮忙理账，小兰站在对面食堂门口朝他招手，示意他到食堂去。河生不敢立马离开，担心被周乐天发现，便隔着偌大的院子不断向她挤眉弄眼。周乐天早已透过窗户看见小兰笑着直朝这边招手，想必是跟河生打招呼。他用手指一刻不停地“噼里啪啦”地拨拉着算盘珠子，低头瞧都不瞧河生，说：“老大闺女喊你哩，还不过去？”

河生被他这句话惊得浑身一抖，心想，跟前的老头儿连头都没抬，咋会知道窗外的事情呢，奇怪他是不是也像朱奎那样能掐会算。周乐天咧嘴一乐说：“我哪懂那门子学问啊，小兰明明站在南屋门口叫你，我又不是睁眼大瞎子，咋会看不见哩。”他催河生赶紧过去看看，说老大的独生女儿可是惹不起的姑奶奶，谁不高兴都可以，就是不能让小兰不高兴。

年龄都是十七岁的两个人，河生过早地懂得了男女私情，而小兰尚处在朦胧骚动之中。她愿意跟河生在一起，正如她所说的那样，只是对男人的一种好奇和兴趣，虽有一丝淡淡的冲动，但还谈不上男女之间的那种欲望。她认为，河生可以给自己带来说不完的欢乐和无穷尽的愉悦，能让她纯净的心灵插上想象的翅膀，飞向叫人迷恋的幸福天堂。河生尽管年轻，可作为有过夫妻生活且体魄健壮的男人，离开春花后体内存储和压抑的那种欲望，要比单纯的小兰强烈得多。加上河生正处于“嘴上没毛办事不牢”的年龄阶段，他和小兰真的在某一天出现越轨的行为，对他来说，那也再正常不过了。

河生听从周乐天的劝说，放下手里的账本径直去了食堂。小兰把他引进里头，从一只大筐底层抖搂出一件崭新的夹袄来，说秋天一过马上会冷，出来时他跟铁柱和二蛋都没啥衣裳穿，偷偷地让周乐天从城里带回块布料，吃完饭收拾完锅碗瓢勺，把自己锁在食堂里抽空赶做的。说着，她直接把衣裳套在了河生身上，让他试试是否合身。她的动作和表情，以及做成的新衣，使河生忽然间想起韩柳氏帮刘三试穿的情景，心头不禁一热。思忖长这么大，除他娘和他媳妇春花心疼自己外，小兰居然成为第三个关心和知其冷暖的女人，叫他一下子找到了家的感觉，对这个自称妹妹的女孩产生出了片刻依恋。

河生心里慌慌的，他怕张双林和张王氏或其他人突然闯进来看到，简单试试就迅速脱掉塞入小兰手中，说了一番谢她的话，让把衣服先搁好，等哪天黑夜没人时再拿走。

小兰说着“行”，又把那件夹袄藏到大筐下面。“我先帮你做啦，”她说，“那两位哥哥也没穿的，等有空我再帮他们各做一件。”

河生盯着小兰，把她看得极不自然。这样的接触，使小兰内心荡漾起一种说不清道不明的激情。她愿跟河生在一块，很大程度上是因为能寻找到一种朦朦胧胧的感觉，极端的美妙诱导着她做过许多甜蜜的梦想，叫她陶醉和痴迷。平常收敛和压制自己情绪的河生，这一刻却怎么也收不拢自己那颗激荡不宁的心，浑身都燥热难忍，真想把小兰搂在怀里，但眼前又浮现出春花和龙儿，悔恨自己不该动那样的邪念。他把眼神从小兰身上移开，问：“这段日子，你爹和周大伯说我咋样？”小兰嫣然一笑，说他真傻，要不好，她也不会偷偷帮他做衣服哩。听到大家都对他有极大的好感，这让河生心里踏实了很多。

周乐天见河生从食堂出来，张口问道：“是小兰做好衣服叫你试吧？”

河生再一次被他的这些未卜先知的话语惊愣了，支吾着既不说是，也不说不是。周乐天抬头打量了他一眼，又说：“你不说我也知道，那块布料是小兰叫老汉偷买回来给她的。”

河生这才想起小兰说过布料的来历，担心地打探周天乐有没有告诉张双林和张王氏。周乐天说，不敢叫老大和小兰娘知道，要听说是他带回布料交给闺女帮男人做衣服，他账房的饭碗准保不住。河生谢过他的好意，周乐天嘱咐他，小兰姑娘还小，与她在一块可不能生出别的事来。河生听懂老头儿含蓄的话中夹带着警告，于是向他保证说：“大伯你一百个放心，小兰比我小，我会把她当妹妹看待。”周乐天满意地点头，称有河生这句话，他可以把心搁在肚子里了。

秋种结束，满地庄稼收拾一空，船行周围散发着一股泥土香气。

赵世虎和李明全带船队从河南回来不久，铁柱和二蛋也在小兰的劝导下，被张双林叫回船行，负责内外收货和发货。小兰果真抽空帮他俩各做了一件秋后天凉待穿的衣服，但与河生那件一比，布料明显次很多。铁柱和二蛋看不出布料的好赖，对她感激涕零。

小兰天真地说：“你们真要感谢我，到时陪我去千佛山玩玩就可以啦。”

不久天气忽变，他们仨几乎在同一天穿上了各自的那件新衣。张双林到他们身边一转，惊诧一人一件新衣是从哪儿买来的。河生三人面面相觑，不好说是小兰帮他们做的，瞒天过海胡诌一通，说是让周乐天从市里代买的。张双林觉得合情合理，到周乐天那儿夸奖他帮河生三个买的衣服不错。周乐天起先一愣，等脑子转过弯来，忙说是应河生三人的要求从市里捎带回来的。

一天上午，张双林和周乐天正要喊河生跟他俩进城去粮庄，大门外忽然进来了一辆扎着红花顶篷的人力车，车后跟着一个看上去身手不凡的年轻汉子。他俩从屋里探头一瞧，嘴里嚷着：“快快快，二老板来啦！”急忙迎出院，命河生赶紧沏上等好茶侍候。河生大气不敢出，让张王氏找出藏在睡房里的茶叶，提壶新烧的开水闷上，然后恭恭敬敬地站在屋门口候着。待车夫将那架花车车把落地停稳，张双林和周乐天走上前，伸手把搭在车篷前面的布帘掀开，笑容可掬地把二老板扶下来。河生朝车前一望，看清了被船行老大称为二老板的那人，是个跟郭继聪不相上下的五十多岁的老头儿，一副清瘦的面孔呈现着干练与严谨，手里拄着一根龙头拐杖，一件青色长袍耷拉到脚跟，很有老板的做派和气魄。张双林和周乐天相扶左右，那个年轻汉子对肩膀上搭块毛巾的车夫说了句“等着”，紧随其后跟进屋来。河生进去给客人倒完茶水，脸朝着老板倒退出门外。他竖起耳朵想听听他们在谈些什么，但落座后只听到互相的问候和寒暄，多半是张双林和周乐天向二老板唠叨船行的生意行情，博得二老板好一顿夸耀。

紧接着，那个跟来的年轻汉子和周乐天也被二老板和张双林支出了屋，并随手将屋门带上，里边究竟说啥，河生无法听到。他们仨人站在门外恭候着，那汉子望了一眼河生，给周乐天递去眼色，意思问河生是干啥的、哪儿来的，为何让一个粮庄老板不熟悉的陌生人前后服侍。深谙世故的周乐天看出那汉子眼神里的疑惑，笑着把河生介绍给对方，又跟河生说，那人叫刘子龙，是二老板跟前的随从。河生马上向那人点头问安，刘子龙却趾高气扬地侧脸瞄了瞄他，脸上没有一丝笑意，这让河生心中涌上一种受了歧视的耻辱感，但又不敢在周乐天和刘子龙面前流露丝毫不满的表情。

周乐天打破难堪的局面和气氛，取悦刘子龙说：“大兄弟，河生是新来的跑堂，以后会跟我和张老大去粮庄办事，你还得多多照应点哩。”

在门外站得笔挺的刘子龙这才回应周乐天，说只要船行老大和周乐天去，到二老板那儿啥事都好办，别人可就不好说啦。河生听出他的话隐约指的是自己，鼓足勇气说：“大哥，我初来乍到你甭嫌俺，还得多跟你学哩。”

刘子龙还是那般轻蔑地瞪着他，闷哧老半天，只说出四个字来：“学着点吧。”

河生听后，脸色沉下来，不再讲话。他觉得刘子龙太轻视自己了，也不过是和自己一样随在二老板旁边的一个跑腿，咋的都没必要那样小看人。可转念又思索，这也许就是城里人与乡下人的区别，也就见怪不怪自我安慰了一番。三人在外面等候了半个多时辰，谁都没有多话说，只干巴巴地站着东瞅西瞧。这时，屋里传来张双林的喊话："河生，进来冲茶。"

河生拉开门进去，机灵地朝二老板点个头，给两位主人的茶碗斟满了茶。他正要转身出屋，忽被二老板喊住："年轻人别走。"

河生停住脚步，以为他和张双林有事，十分谦逊地说："老板有啥吩咐？"

张双林纳闷，二老板为何突然对河生产生了兴趣，本想探听一下他的心思，未等张嘴，二老板指着河生问道："他是你身边啥人？"

张双林笑脸相迎，先报上河生的姓名，后回答说，河生是船行新来的跑堂。那老头儿把目光聚集在河生身上，问他是哪儿人？何时来的？河生一一作答，说是东阿地界黄河上游老河口人，对岸便是老东阿镇。这话忽然引起了二老板的关注，接着问他熟不熟悉老东阿镇。河生说："俺大爷大娘在那边，听讲他们在济南有很大的生意，可我不清楚做的是啥。"

话说到此，河生始终未讲明白郭继聪和自己的关系。至于河生大爷是个什么样的人物，二老板眨着眼皮猜测半天，暗想在济南做大生意的人多着呢，谁知道这个年轻小伙子口中的大爷是何方人士，于是只是一听便作罢。

二老板来过没几天，张双林通知周乐天和铁柱、二蛋暂且停办一切外运业务，船行的一半船只全部待命。第二天夜里，河生跟随张双林和周乐天跑去大堤，忽然发现，从城里赶来的一辆辆马车和人力车，装满了一袋袋的粮食，在大堤上排起长队等候装船。河生不解地问周乐天那些车是哪儿的，粮食要运到什么地方去。周乐天戗驳他不要多嘴，说："只管跑好你的堂，其他事少问。"河生揣摸着，这些粮食必定有特殊用处，后来他在小兰的嘴里套出，粮食是二老板吩咐运往山西交给某个队伍的。船行人马披星戴月装完船，又在每艘船上掩盖了大堆的高粱秆和玉米秸，伪装成运送草料的船队。张双林找赵世虎和李明全两人私下交代一阵，当场指定他俩为这趟运粮的总舵主，船工的一切行动必须听从二人的调遣。河生曾为那次行动感到忧虑，背后悄悄地替张双林和二老板捏一把汗，好在从北郊到船行不足六里的路程，所有的粮食拉运和装卸都在夜间秘密进行。后来河生才真正弄清楚，那一船船的粮食运往山西交给了刘邓大军。

河生三人对船行和粮庄暗地里支援八路军和游击队抗战感到无比激动。他们暗想，这是跟小日本斗争的一种极妙的巧方式，相信有船行和粮庄这么多中国百姓的支持，东洋鬼子必定会像秋后的蚂蚱，没有几天的蹦头了。

小兰看出他们仨高兴的样子，等中午开完饭人走房空后，再次把河生喊进食堂，问他：“你和铁柱、二蛋哥有啥喜事哩？”

河生一开始没能听懂她问的是啥意思，望着她一个劲地发愣。小兰假装生气地把炒菜用的铁铲“哐啷”一下扔到锅台上，说：“俺问你话呢，你咋啥也不说哩？是真听不懂还是装不懂啊？”

河生冲她咧嘴一乐，说：“原来你是问俺三个为啥高兴啊，为你和你爹娘及上面的二老板，你们都帮助八路军打鬼子，俺们能不高兴吗？！”小兰一听，马上用手捂住河生的嘴，小声叮嘱说，这话可不能对外人提，要传到鬼子和伪军耳朵里，这船行和二老板的粮庄准没救啦。河生知道暗自给八路军送粮对船行、粮庄可能造成的影响，发誓说，他们仨嘴严着呢，不会对任何人讲，只说给兰妹妹听听而已。

小兰转过脸来面对着河生，突然含情脉脉地瞧着他问：“河生哥，将来要是你有当老板的那一天，会不会也像俺爹和二老板那样，背地里支援八路军打鬼子啊？”

河生移开自己的视线苦苦一笑，说自己哪有当老板的命，现在穿衣吃饭都是被她和张双林接济的，若是老天爷开眼真的让他当上大老板，他会带铁柱和二蛋，把做生意赚的钱捐一部分给八路军和游击队。小兰低下头去，神态不悦地说：“这么说，你当老板后就不带我和俺爹娘啦？”

河生没料到开玩笑的话，惹得小兰胡想乱猜和伤感，赶紧认真严肃起来，说：“你想到哪儿去啦，你和你爹娘对我、铁柱和二蛋恩重如山，到那一天你别嫁人，我娶了你行不？”

小兰平生第一次听到男人对自己说这样的话，两颊即刻绯红了，咬住嘴唇微微一笑，举手在河生胸膛上轻轻敲了一拳，扭身跑出屋去。

河生说当上老板后娶小兰，虽然是为安抚跟自己同龄的小妹妹迸发的一时冲动，小兰却把它看作是那个年少的男人对她发下的一个爱情誓言，刻记在了脑子里，本来萌动的心更加多了几分期待。从此，无论河生走到哪儿，她的明眸总像扫描那般，搜寻、定位于这个让人怦然心动的汉子身上。不管那句话真假，她都从中感受和体味到一个男人对自己许下的承诺以及带给她的甜美。这件事，她不敢透露给张双林和张王氏，一直闷在心里，每到夜深人静躺在床铺上，小兰便辗转反侧，不断幻化河生的音容笑貌，想着跟他在一起的快活与幸福。这些幻想充填起她全身的每一个细胞，让她觉得生活是那么充实和富有意义。

而河生对不经意的那句话，起初并没有太在意，后来慢慢意识到自己给自己拴了一个越套越紧的扣，每每想起春花和龙儿，内心会变得沉重起来。但转念一想，只要老天爷开恩，给他一次出人头地的机会，即使不能娶小兰，也会把她当妹妹对待，让春花和她享受人间的幸福，也算对她一家长期以来给予他和铁柱、二蛋落难时恩情的加倍补偿。这样一想，河生才卸掉内心的负荷，稍感轻松。

二老板自在船行见到河生后，总有一种莫名其妙的感觉，觉得他大爷可能是个不凡的商人，因为在济南城做大生意的老板，他大多都很清楚，甚至能说出各位老板的年龄，以及是哪儿人，做的是何等买卖。然而，扳着指头数遍各个生意场上的人，始终查不出哪个人是从老东阿镇过来的。加上河生讲不出他大爷干的是哪种行当，更如大海捞针了。最初，二老板曾怀疑，一个十七八岁的孩子说话没有谱儿，或是河生大爷的能耐被他有意夸大了。再一琢磨，河生不过像宫里的行走，是船行的一名跑堂，即使有再大的胆子，他也不敢哄骗能决定众多人饭碗和命运的老板，当着船行老大的面儿撒谎。越是这么琢磨，他越想刨根问底。于是，抽粮庄不忙的一天，二老板把刘子龙唤进屋说："你去一趟船行，把那个叫河生的跑堂喊来。"

刘子龙对老板吩咐的任何事宜，从不迟疑，老板怎么说，只管怎么做。这次听要派他去叫河生，心头忽然生出一股嫉妒，嘴上不讲，心里却很不痛快。到船行后，明明看见河生在周乐天的账房里，也不进去跟他俩打招呼，扭身拐进了老大张双林的屋里。张双林和张王氏及小兰对他的到来倍觉迷惑，问他二老板有何急事儿。刘子龙不冷不热地说："二老板要见你那个跑堂的。"张双林和小兰更加迷惑，打探原因，刘子龙阴阳怪气地说不知道，不耐烦地催促喊河生跟他一起走。

张双林说："兄弟等着，刚巧船行要给二老板去报账目，让账房陪你们一起去。"

刘子龙在屋里等了一袋烟的工夫。张双林走进账房的同时，小兰也在身后悄悄跟了进去。将刘子龙奉命来找河生的事说完，张双林又向河生两人一句句交代，应该如何应答二老板的问话，并叮嘱周乐天，不要离开半步，千万要把二老板打发圆满喽。周乐天记住老大的嘱托，把船行该报的账本装进已有些旧的褡裢里，叫河生看他和二老板的眼色行事，到时不能把话说岔，惹二老板生气。

小兰用一种特有的眼神望了望河生，说："河生哥，二老板准是看你行才要见你，我和爹娘在家里等你的好消息。”

河生懂得她讲的好消息是指什么，回答她不要想得太好，说不定二老板看他不顺眼，哪句话失口讲不好，会被赶出船行呢。周乐天背上褡裢，谦恭地说了些让张双林和小兰放心的话，催河生跟他和刘子龙赶快上路。

河生自打被搭救来到船行，第一次随周乐天进市里。深秋的济南城，到处弥漫着很混的浊气，“嗖嗖”的秋风吹扬起漫天的枯草和树叶，显现出满目的苍凉。刘子龙走在前头不跟他俩搭讪，周乐天猜想，他要么从骨子里根本看不起河生，要么认为河生会对他的饭碗构成威胁，反正存有一种说不清的敌意，觉得极其别扭，便朝前喊道：“刘兄弟，我走得慢，你先到前头跟二老板说吧，俺俩随后就到。”刘子龙回头瞧瞧，说了句“那我先走啦！”“噌噌噌”快步离去，把他俩甩在了后面。

河生当然不晓得周乐天的用意，以为他怕耽搁时间惹二老板着急，便催他走快点儿。周乐天对这一提醒并不上心，仍旧不紧不慢地走着。“河生啊，”周乐天说，“济南城里啥样的人、啥样的事都有。二老板要见你，有的人对你可不一定看得上眼，还得小心哩。”河生顿时明白了他为何要让刘子龙先走的意图，直称有他帮护，天塌不下来。

周乐天由河生陪着，一路走一路说起有关济南城的故事，问河生知不知道济南城是怎么来的。河生摇头，说从没听人讲过。周乐天叹口气说：“咱这济南过去叫作历城，战国时的老祖先就在这里建城了，起名叫‘历下邑’。西汉那个时候，被齐国置都，汉文帝后来改成了‘国’，汉景帝时，济南成为参加叛乱的七国之一，东汉时再一次被改为‘国’，晋朝时仍为‘郡’，但到隋代初期被废了，宋朝政和六年，又升为‘齐州置府’，元朝改名称‘路’，明清都改为‘府’。现在，整座城市和管辖的县份还是清朝划定的哩。”

河生细心听着，追问城里鬼子和伪军多不多。周乐天“啧啧”两声，反问他，哪儿没有鬼子啊？鬼子不是今天才来到济南的，十二年前的民国十七年农历三月中旬，蒋介石北上讨伐大军阀张作霖时，日本鬼子乘虚而入发动大举进攻，老蒋却不准部下抵抗并从济南撤走了。鬼子在城里烧杀抢掠奸淫妇女，制造了有名的“五三惨案”，有五千多军民被杀，连国民党政府的山东特派员都被鬼子杀掉了，后因全国反日浪潮迭起，小鬼子不得不在第二年撤出。十年后，鬼子又回来啦，他们修建济南火车站，正是为了抢交通要道，想长期占着不走了。

河生听说济南省城曾经遭受过如此不幸，嘴里直骂鬼子丧尽天良。六里地的路程，两人走了近一个时辰。进到城边后，只见大街上有许多发绿的兵车，车上站着荷枪实弹的鬼子和伪军，一刻不停地来往穿梭。周乐天只要看见鬼子的兵车开过来，便会把河生拽到一旁，让他不要讲话。那一幕，又使河生想起了老河口大堤炮楼里的鬼子兵和被沉船淹死的松下，立马恨得咬牙切齿。两人走过一条大道，再拐入个小胡同后，周乐天指着一座很不起眼的院落说："咱们到啦！前面门口大牌子上镌五个字的院落，就是二老板的'金谷仓粮庄'。"

第十六章

二老板的“金谷仓粮庄”外观没有什么特别的标志，是济南城三四十年代极普通的建筑，也像船行那样四周围拢成一个偌大的院落。所不同的是，所有的房屋一律用红砖盖成。铁栅栏焊结的大门很敞亮，同时能进两辆大马车。进到里边才能知道，粮庄分为三个区域，前排用来验粮过磅，西边一排高大的房子是贮藏粮食的仓库，并在山墙下圈养着几条卷毛大黑狗，生人进去就会“汪汪汪”地狂叫不止。穿过第一排房子的山墙夹道进到后院，那里才是管理人员和工人的生活区。

二老板办事和起居的地方，均搁在第二排房的东头。他相信，东为上、为大，应是主事老板办事和住宿的地方；西边和配房为下、为小，才是那些雇工干活以及睡觉的地方。外面看不出高档，里头却装饰得很惹人注目，并配着红木家具，宽敞的客厅与里间睡房一墙之隔，伸头瞧一眼便知是商贾人家的住处。实际上，在二老板隔壁同样有这么一套很大的房子，那是为大老板随时光临而准备的。

河生和周乐天在门口与看门的汉子打过招呼，很顺利地被领进后院，直接进屋面见二老板。

刘子龙先回粮庄，给二老板回话说，河生和周乐天两人一会儿就到。二老板让他沏了壶茶水，坐在圈椅上闭目养神，等着后面的河生和周乐天。刘子龙了解他的习惯，肯定是在盘算见河生的事儿，壮着胆子破天荒地说出一句话来：“老板，找船行跑堂有什么重要的事吗？”

二老板睁眼奇怪地看了看他，皱着眉头只从嗓子里发出一个“嗡”音，其他什么也没说，这把刘子龙吓得浑身一抖，随即退出屋来。

周乐天带河生到达后院时，刘子龙正站在二老板的门口犯嘀咕，他怎么也猜不透，船行的跑堂小子怎么就一下子招老板喜欢了。在周乐天问他二老板在不在屋里时，他都不拿正眼瞧他俩："二老板都等烦啦，进去吧。"

这话让周乐天和河生感到极不安稳，推门进屋不等二老板睁眼，两人又要下跪又想磕头地先对着圈椅道了一阵子歉，这让二老板吃惊不小："这是咋啦？我没嫌你俩来得晚哩，快坐快坐。"周乐天方弄明白，是刘子龙在给他俩施计。

尽管河生是第二回面见二老板，可瞧着他一脸的威严，仍然有些发怵。他弄不懂二老板为什么提出来要见自己，以及见面要问哪些问题，觉得没有多少底数后，连倒好的茶水也不敢喝了。周乐天从背上卸下褡裢搁在跟前的茶几上，又从褡裢里掏出一摞账本递给二老板，按张双林的意思，将一笔笔的收入和开支，慢条斯理地说了个详尽，并把尚未发运的货物和新签的订单、未进账的款项数目一一道了个清楚。二老板听完他的解释，随手翻看摆在面前的账本，直说相信船行做事的严谨，只要与钱庄的存款对得上不出差错，让大老板放心，他也算交差了。

周乐天问："大老板多久没来啦？"

二老板对他俩讲，大老板住在很远的乡下，一年多没有来过，多年的交情，人家非常信任他，把所有生意都交给他看管，历来没亏待过人，咋的都要对得起大老板才行。河生问大老板为啥从不出头露面，二老板说河生不懂粮庄和船行的规矩，更不懂大老板的为人和处事方式，在大老板看来，钱不重要，重要的是，眼下国难当头如何为国家和百姓多做些事情。所以，许多秘密不能对外讲，一切业务全权委托给他，处理得好坏，大老板从没埋怨过。河生又问大老板是哪儿的人、叫什么名字，二老板沉下脸说："我可以告诉你我叫啥、是哪儿的人，但不能跟你说大老板的事。平时除了我，他不会让任何人私下与他联系，不信你问问周先生，他和船行的张老大也不清楚大老板在哪儿、叫啥。"随即说起自己叫陈启恒，是老东阿镇南边的梁山人，与大老板之间有着生死约定。

河生被陈启恒的一番话说糊涂了。大老板究竟是个什么样的人物呢？但有一点他可以确定，大老板在偷偷地为共产党和八路军做事，用粮庄和船行挣的钱支援抗战，仅这一点，已让他佩服得五体投地了。周乐天见陈启恒一直不说找河生来的缘由，又不好直接问个究竟，转悠着圈子说："二老板若没啥特别交代，俺俩就回船行啦。"

陈启恒说："不急哩，再坐会儿。"

河生和周乐天坐在陈启恒对面的椅子上，等着他问话。陈启恒果然问道："上次说你大爷是老东阿镇人，在济南有很大的生意，我想知道他是做哪一行的、叫什么？"

河生没想到陈启恒找他来是问龙儿姥爷的事，于是便告诉他说，自己的大爷叫郭继聪，大娘姓刘叫郭刘氏。二老板听后，惊得半天没再吭声，目光也有些呆滞。周乐天发现他神情不对，似乎觉察出河生的回答不妥，或是"金谷仓粮庄"与河生大爷的生意有不小的冲突，马上在椅子下边抬脚踢了踢河生，暗示他不要多讲。周乐天对陈启恒说，如果河生话说得不妥，请他见谅。陈启恒不动声色，又问河生："郭老先生是你哪种大爷？你们是什么关系哩？"河生扭头瞧瞧身边的周乐天不敢吱声。周乐天见情势自己也掌控不了，便要河生如实回答。

河生这才说："我是他女婿，他跟前的独生闺女春花是俺媳妇，去年才过门的，现在已有个儿子啦。"

这话也让周乐天倍感惊讶，未等陈启恒再开口，他带着疑虑说："河生你咋十六岁就结婚哩？船行里的老光棍多着呢，没谁像你这么小娶媳妇的，不该是瞎说吧？"河生不得已把老船主韩大忠和哥哥河长是怎么被鬼子打死，自己又是怎样在朱奎和叔叔韩二忠撮合下娶的春花，从头到尾说给了周乐天和陈启恒听，唯独没敢将郭继聪和郭刘氏已被鬼子杀害的消息透露给两人。陈启恒愣在椅子上，发呆的眼睛一动不动地盯着河生，河生以为自己像犯下了天大的罪。

的确，陈启恒那样盯着河生看，是对河生的话不敢置信，他本意是想从这个乳臭未干的年轻人脸上寻找撒谎的破绽。作为生意人，他清楚，郭继聪在济南生意场中可是赫赫有名的商贾，被视为掌上明珠的闺女哪有可能嫁给眼前这个落魄的船行小跑堂呢？心想这河生会不会拿郭继聪和郭刘氏的名声糊弄他们混口饭吃。但见他能把郭继聪和郭刘氏及闺女春花的名字说得有根有据，若与郭家毫无瓜葛，定不会这么清楚。他一时捉摸不透河生到底有啥样的背景，板起脸说："年轻人，你可要对你说过的话负责，人家郭老板名声显赫，不容别人打着他的旗号在外蒙事哩。"

周乐天赶紧接过话茬儿，让河生向陈启恒发誓保证没讲假话。河生举起右手说："我对天发誓，以我河生的良心和性命保证，刚才如有半句说假话蒙骗二老板和周账房，叫老天爷把我劈喽。"誓言一出，陈启恒愕然地淌下一额头的热汗。

河生离开粮庄时，陈启恒吩咐他在外面稍候，把周乐天留在屋里，单独交代让他回去给船行老大张双林捎个信，不论河生说的真假，都要好好地给予照料。周乐天不懂二老板因为什么忽然对河生这么上心和器重，只管传达他的嘱咐，从此也感觉出，河生跟船行其他伙计大有不同了。之后，二老板又派刘子龙护送他俩回到船行才算放心。在后来的很多天里，船行老大张双林和周乐天两趟去金谷仓粮庄，找陈启恒商量要事，一直未能见到他的人影儿。守在粮庄的刘子龙说："二老板一人回老家啦，过几天才能回来。"

实际上，陈启恒自从见过河生，听他讲完与郭继聪的关系后，心里始终不能平静，叮咛刘子龙告诉每一个来找他的人，说他花几天工夫回老家看看。他给自己找了个掩饰行踪的说辞和理由，在一天傍晚换了一身平民的穿戴离开了济南，一路绕开鬼子的封锁和岗哨，偷偷去了老东阿镇。他想会会郭继聪，了解清楚，是否真的把春花许配给了那个让人意想不到的毛头小伙子，河生到底是不是他家的女婿。而行走在老东阿镇的大街上，陈启恒怎么也找不到郭家的住处。询问了很多大人和小孩，全都对他说，郭家闺女嫁给了河西一个摆渡的，过门不久后，她爹娘全被鬼子抓走杀害啦，让他打哪儿来的回哪儿去，不用再费这番心思了。陈启恒听说郭继聪和郭刘氏最后竟落得这样悲惨的结局，脑袋"嗡"地发炸胀大起来，忍不住流下了一脸的老泪。

陈启恒离开老东阿镇后，顺便去梁山老家看了看八十多岁的老娘，回到济南城时已是六天以后。他因郭继聪和郭刘氏的死而倍觉凄凉，同时，对河生的身份死无对证感到蹊跷和迷惑。但他想，既然河生自称是郭继聪的女婿，那么失去爹娘的郭家闺女，总有一天会来济南寻找其父留下的产业和生意，到那时，自然会弄清是真是假。在没见到郭继聪女儿之前，只能对河生既不否定，也不肯定和张扬，保证他不受委屈便可落个心安理得了。

船行从张双林到赵世虎和李明全及赖子他们，对郭继聪这个名字并不陌生，尽管弄不懂此人是哪个商行的老板，却不知听多少人谈起过。在所有人的心目中，他像陈启恒一样是个了不起的人物，深受船工们的尊敬。所以，周乐天在粮庄听河生自称是郭继聪的女婿，心里不断打鼓，并暗自盘算起今后的日子和退路。他反复考虑后，断言河生说的十有八九是真话，假如将来郭继聪把产业和财产交给女儿和女婿承袭，等船行实在撑持不下去的那一天，还可到给自己当过跑堂的河生手下去混口饭吃。走进船行大门前，河生叫他不要给张双林和船行的弟兄们过早地透露自己的身份，周乐天痛快地答应了，除把二老板交代的话捎给老大外，关于他和春花结婚生子及一些无用的事情，跟其他人一概不提。

张双林听完周乐天带回的口信，惊讶得半天没说出话来。他没想到，自己和船队的兄弟，在大河上竟救起一代名商的女婿，顿时对应该如何安排和对待河生变得手足无措了。周乐天说："老大咱都别吭声，以前咋对他和铁柱及二蛋，以后还是一个样，不要让人觉出他有啥特殊来，等郭家女儿找来弄清真相后再说。"张双林听了周乐天的建议，继续让河生跟在他俩身边跑堂。

船行其他人知道河生称呼郭继聪"大爷"，是河生见陈启恒后，铁柱和二蛋一时不慎传开的。那天中午，赖子和吴功、何从与河生、铁柱和二蛋在食堂挤到一张桌子上吃饭，闲聊时铁柱和二蛋无意间谈起春花爹在济南的生意，说他们得抽空进城找找郭继聪的商行。这话偏偏被赖子三个人听见，问铁柱和二蛋他们讲的是哪个郭继聪。

铁柱说："是老东阿镇河生的大爷，在济南做大生意的郭继聪。"

赖子顿觉事态有些严重，忙问："全济南都知道的那个大老板郭继聪，该不会是你们讲的河生他大爷吧？"

河生笑笑说，姓郭的多着呢，到处都是重名重姓的，哪有那么巧碰上俺大爷哩。赖子三人这才松一口气，说不会有那么巧合的事，郭继聪要真是河生大爷，那他早不会在船行里当跑堂了。二蛋看出他们三人不相信郭继聪与河生有非同一般的关系，较劲说："告诉三位大哥，俺河生兄弟可是郭继聪家的贵客，你们不要有眼不识泰山哩，到时后悔都来不及。"

吴功哈哈地讥笑说："河生兄弟人挺不错，可我咋看都看不出他像有那福气的人哩？"

自此以后，船行的人都在传说，河生跟郭继聪有着特殊的关系，至于是哪个郭继聪，其他人就无法弄明白了。

这个消息后来传到了小兰的耳朵里。一天晚饭后，她又约河生来到船行外的那棵大柳树下，问他船行里传说的郭继聪到底是他什么人。河生吞吞吐吐地说，是他大爷，小兰不懂"大爷"这个词在鲁西地区意味着已婚男子对岳父的尊称，光认为是他本堂大爷，激动地拉住他的手说："俺爹说过多回，你大爷可是个很有名气的大老板哩。有这么个大爷，将来你准会有出息。"

河生打心底想趁机把与春花结婚的事儿向小兰讲透，可她并不朝这方面考虑，他更不好坏她的兴致，话到嘴边又咽了回去。小兰瞬间一反常态地沉默下来，河生走近她，拉起她的手问为啥突然不高兴，她低着头若有所思地说："河生哥，看来你真会当大老板，我担心到时你还会不会记得我。"

河生笑笑说："兰妹妹，我没忘记跟你说过的话哩。"

小兰追问他："那是真的吗？"

"咋会不是真的！"

小兰听完忽然笑开了，说："河生哥，你和铁柱、二蛋哥说过要陪我去逛千佛山，那明天去行不？"

河生停顿片刻，问她怎么和张双林和周乐天请假，小兰说："快入冬了，船行不太忙，我跟俺爹就说，让他放咱四个一天假，明天就去。"河生答应她只要能准下假来，明天三人陪她去逛千佛山。

仍像上次的那个晚上一样，张双林和张王氏发现小兰神秘地跑出船行后，不再着急上火。他们猜想她不会走远，准会到时回来。于是，张王氏借着油灯的光亮，盘腿在炕上做着针线，张双林则坐在炕沿上抽起烟来。小兰和河生回到船行不像上次那样晚，进屋先喊一声"爹娘"，然后就缠磨张双林，让他放河生、铁柱和二蛋一天假，一起陪她去逛千佛山。张王氏纳闷地问她，为啥叫三个男的陪一个小妮子去，不怕别人看见笑话啊。小兰辩解称，自己没去过那么远的地方，有河生三人陪同会更安全。张双林允许河生三人陪小兰去，可他有个条件，要小兰说实话，告诉他与张王氏，今晚和上次究竟跟谁出去的，又到哪儿去啦。小兰说，她在船行门外只跟河生说了会儿话，哪里都没去。两口子听闺女说跟河生在一块儿，心里蓦然地有点儿喜忧参半，尤其是张双林，恍恍惚惚地知道，现在身为跑堂的河生，背后有不小的背景和谜一般的身份，寻思着，万一小兰与河生有其他的事情，将来可不敢保证两人会有什么好的结果，不免替闺女担忧。于是，他与张王氏嘱咐她，往后不能天黑跟男人乱跑，等再大了，说媒提亲都会有闲话。小兰气鼓鼓地说，爹娘不该埋怨她，更不要跟她提请人说媒找婆家的话茬儿，直讲这一辈子她不再想嫁人，气得张双林和张王氏一夜没能睡踏实。

翌日，天色微明，小兰早早起床，穿了件红夹袄，稍作打扮后，跟起早做饭的张王氏走进伙房，抓一只提袋，装了好几个干粮。张王氏交代她，天西早点回来，小兰应着"知道啦"，便急匆匆地走到河生、铁柱和二蛋木板棚的住处敲门。河生头夜曾给他俩讲过天明要陪小兰去千佛山，此时，三人也已起床穿衣，收拾停当等候她的到来，只听门外一声轻喊：“三位大哥，快起来走哩。”

四人兴高采烈地跑出船行，路上边向早起过往的行人打听去千佛山如何走，边朝济南城东南方向行去。天大亮后，他们大汗淋漓地站在千佛山的山门外举目远眺，北边整座城市尽收眼底，九曲十八弯的黄河自西而来，东流而去，犹如一条黄色的缎带在城北缠裹着济南，济南上空弥漫着深秋初冬特有的雾霭。在早晨泛红的晨曦里，远处九座小小的山头从地平线突起，把千佛山环绕其中。置身在这样的景色里，四个人如痴如醉，小兰兴奋得几乎快要蹦跳了，对河生等三人说，现在到处打仗，千佛山是个躲避灾难的好地方。河生说，有山就有神，有神就有庙，有庙准有和尚和修炼的人。可他们不清楚，当时的千佛山和千佛寺，恰恰因鬼子的入侵和对寺庙的破坏而很少有僧人住锡。

河生四人不知道山上有哪些好玩的去处，直接循道走进千佛寺。古朴的寺院，其南北两侧都是山崖，建在两崖之间梯田似的平台上。东西坐向长长的院落，只有北边拉起青灰砖瓦盖顶的围墙，南面直接以山崖为界圈成院子。高大的东西两道山门楼子延伸出来遮风避雨，雕梁画栋的彩漆已显得有些陈旧，但上方“千佛寺”三个大字却很醒目。四合院似的建筑按东西南北四方坐落着四座大殿，均由青石做地基，呈现出西低东高、南北相称、主次分明的格局，一看便知哪座大殿是正殿了。尤其是西门的钟鼓楼和院内直插苍穹的参天古树，把寺院装点得极其庄重。河生和小兰在前，铁柱和二蛋在后，从西边正门第一座天王殿转起，后去了北面的玉佛殿。每一座大殿门前，都安放着一人多高的香炉，却无多少人来燃烧香火。他们明白，是鬼子的枪炮逼迫百姓们远离了寺院。殿堂里除一座座佛的塑像外，四周墙壁上还有许多的壁画。虽然河生和小兰他们不懂那些佛有着怎样的名号，但伫立在一尊尊慈眉善目的佛像面前，四个人的心境霎时变得平静起来。

就这样，河生三人陪小兰慢慢悠悠地游逛了大半个上午。他们走走停停，时而疲惫地坐在殿堂的石台上歇息，啃吃小兰带来的干粮，时而不厌其烦地进到看过的大殿里转来转去。

铁柱正纳闷偌大的寺院为什么没人时，行在台阶上的小兰突然闻见一股燃香的味道，惊喜地说：“三位大哥，院里有人烧香。”

河生三个人停住脚步，张大鼻孔努力搜寻香雾的出处，断定寺院里必定有人。他们追寻香气飘来的方向，在寺院东边大雄宝殿的后面，果然发现了一排南北正向的平房。

“香是从屋里飘来的。”小兰说，“问问里边有人没有哩。”

河生和小兰等四人站在门外，瞅见平房木门原先的红漆，已在风剥雨蚀中大片脱落，而门是虚掩着的。河生按小兰的意思对里面喊问了几句，屋里马上有了声音：“你们进来吧。”

河生等四人欣喜若狂，没想到寺院里果真有人。四人小心翼翼地推门进去，看清了两间屋子里的陈设，东头是用石头垒砌的锅灶，洗好的碗筷还搁在锅台上。西头垒着一个大炕，炕上供着几尊小坐佛，一只小香炉里点着三炷香，时明时暗，极为单薄的被褥堆在旁边的角落里。西墙上，则用刀刻出来一幅佛像。那个叫他们进去的人正在面壁，背对门外，面朝墙，盘腿坐在炕上，满头蓬松黑白相间的长发耷拉到后背，盖住了那人的整个身子，这让河生四人弄不清他多大岁数、长得什么样子。

他们战战兢兢地来到炕前，不知该从何说起。小兰凑近河生的耳朵，叫他问那人能否转过身来说话。不等河生开口，那人说：“你们四人就坐在炕前的地下吧，我早知道你们要来，三男一女。”

话一出口，河生和小兰等四人吓了一跳。小兰又凑近河生，催促他问问，那人是咋知道他们会来的。

那人头都不回地面对西墙，说：“早上一开门，一只喜鹊扑到门前连叫四声，三声阳刚浑厚归宫，一声阴柔细弱归羽。宫、商、角、徵、羽五种律音含有微妙之声，万代不易。宫声属中央土，主生长、载四行为男；商声属西方金，主刚断为武士；角声属东方木，主曲直为孩童；徵声属南方火，主怒气为将军；羽声属北方水，主柔弱为女人。所以，上午必来三男一女。再者，清晨老汉站在寺院里翘望城北，忽见一朵浑黄的云彩从西北方大河上空聚起，朝东南飘浮而来，覆盖于千佛寺上空，应有善男信女来此膜拜。”

河生瞧着眼前这个看不清面孔的老人背影，不禁想起表舅朱奎，越发不愿离开，想留下来静心聆听他的讲述。他跟铁柱和二蛋对视，并暗暗思忖着，很想弄清他是哪方的神人，便拉小兰顺势坐在地下，问炕上的老者怎么称呼。那人称，自己是个云游四海浪迹天涯的人，让河生四个喊他明空师父即可。

小兰说：“明空师父，你知道俺们来，也能猜准俺们是打哪儿来的吗？”

明空仍面朝墙壁哈哈一笑，说他不用猜，从四人进门的那一刻起，就已听清河生三人双脚落地“扑嗒扑嗒”的脚步声，说明脚板呈扇面形，肯定是在大河上撑船摆渡的船工，必是城北“顺风船行”的人。

河生和铁柱、二蛋及小兰被明空的神验震撼得目瞪口呆。沉默良久后，河生问他在这里待了多久。明空称时间不长，刚从泰山来到千佛寺。接着，明空问他们在这千佛山上看到了哪些景象。铁柱说，他们在山顶最先望见了远处的九座山头。明空如数家珍娓娓道来：“不错，那九座小山分别叫华山、卧牛山、雀山、凤凰山、标山、匡山、栗山、药山和马鞍山，像众星捧月一样分布在千佛山的北边和东北，它们对应着天上的九曜，就是天蓬、天芮、天冲、天辅、天禽、天心、天柱、天任和天英星。这九星各有各的名字，天蓬叫子禽，天芮叫子成，天冲叫子翘，天辅叫子卿，天禽叫子公，天心叫子襄，天柱叫子中，天任叫子韦，天英叫子威。今天你们来正赶上天辅值日，主西和西北的来人，女穿红衣男着青装，不出半年，其中一人会登位进禄。说吧，那位姑娘身上的衣服是不是红的？”

小兰听着，简直不敢相信自己的耳朵，心想明空连回头看都不看，竟知道他们是从哪儿来的，以及身上穿了什么样的衣裳，连忙赞叹不已地称他讲得很对。河生对着明空后背喊了句“师父”，问他住在山上和寺里对济南熟悉不熟悉。明空说，他熟悉城里的一切，济南因在历山脚下筑城而得名，它借的却是泰山和黄河的脉气。明空问河生他们，以前听人说过风水没有，河生连忙说听过。明空说：“那好，我可以告诉你们，济南为什么要在这里建城。中国大地上的中龙北支在渤海和黄河聚结终止前，在山东中部盘踞，形成一个巨大的龙穴，因此产生了两大名城，一个是泉城济南，另一个是因孔圣人而闻名天下的曲阜。”

河生四人从明空嘴里得知，两座城市都与泰山有关，此山承着中龙中支和北支的脉气，从东平湖东岸跃起，向东延伸二百里，并生出鲁山、徕山和沂山，因为它与天上的北斗相对应而居五岳之首，有“泰山北斗”之称。它的神秘和庞大气势，引得历朝历代的皇帝都去登山封禅，气脉延伸至四面八方。跟随并挟持它的不仅有黄河，还有东边的湖泽。京杭大运河到济宁直汇南阳湖，把黄河与南阳湖、独山湖、昭阳湖和微山湖“四湖”连为一体，形成了对泰山气脉的关拦态势。而四湖之一的南微山湖，又折头环顾，显出对泰山祖脉的照应和依恋，黄河至微山湖这样一个巨大的水口，使泰山在山东中部结为正穴。

明空这番说道似乎与济南沾不上边儿，河生问他熟悉不熟悉济南的原因，是想探探他能否算出有个叫郭继聪的名商。见他头动也不动地那样对着西墙说话，确实不便中途打断，只好任他继续讲下去。明空停顿一下，忽然说：“身后的年轻人，你不要着急，等一会儿我会回答你要问的事情。我知道你要向我打听一个人，一个跟你沾亲带故的人。可你要先听我把话说完，假如你连济南城是咋来的都搞不懂，那日后，你将无法成就未来的大事业。”

这几句莫名其妙的话，一下子把河生和铁柱他们打蒙了，他们暗想，明空是哪来的这等本事，像钻进了别人的肚子里，把想的是啥都能弄得一清二楚，这让小兰和河生百思不得其解。明空心平气和地说：“济南城历代几次兴废，城里有诸多的泉眼汇聚成大明湖，整座城市北临黄河，一过黄河铁路大桥，南岸就有龙虎砂山把守了。因千佛山也属泰山支龙，黄河、趵突泉和止聚的大明湖关住了泰山的气脉，使济南成为藏风聚气的可用之地。”

听了明空这一番话，河生他们才了解到，济南置城不是正向正穴，而是正穴反向。按照它的地势，千佛山是泰山来龙，自应为玄武，黄河在北是朱雀，把守气脉的两座小山是龙虎砂山，过黄河往北一马平川是明堂，城市是坐南朝北的正穴。只可惜，它取了个南向，穴朝北而城面南，把千佛山当成了鞍山，其背后没有遮挡阴风的峦头和屏障，导致它有先天不足。不过，好在它虽做不了帝都，却不影响其成为名城，南接泰山之气仍为一处尚好的穴地。

明空把济南城的来龙去脉详尽地说给了河生他们听，小兰和铁柱及二蛋都觉得他虽蓬头垢面，却有着极大的学问，不应闷在寺里不问世故。

小兰说：“明空师父，你有这么大的本领为啥不下山去哩？”

明空说：“姑娘问得好啊。老夫不是不下山，而是现在机缘未到，今天你们来也是因机缘所致。你们都逛过大殿，也看完摩崖石刻啦。那些岩石上的雕像，都是北魏和隋朝先人刻下的，千佛寺也是那时修建的。”

河生突发奇念，问明空大雄宝殿说的是啥，佛和佛教又是怎么一回事儿。明空哈哈笑着向他们一一讲来。铁柱四人虽然弄不懂那些关于佛的故事和理论，可他们听得入神忘我，甚至将已近中午的时间概念和日本鬼子正在中国打仗的战祸，抛在了脑后。

对明空的这顿教诲，河生、铁柱、二蛋和小兰呆坐在地上，像乡下听说书的那样，耳朵都听直了。他们望着他黑乎乎的背影，根本不敢相信炕上的这个老头儿，竟懂得那么多的佛理。

小兰与河生、铁柱和二蛋交头嘀咕几句，笑着问明空：“师父，我们四个人有因果吗？”

明空说："姑娘你不要笑，他们三位兄弟中有一人与你上世有缘，如今你们已开始种未来的因，你现在和坐在你身边的那位同龄兄弟，到大殿结个愿吧。回来把我准备的一张纸条，带回去交给你们的主人，那位小兄弟要问我的问题全在里头。"

河生和小兰按明空的嘱咐，叫铁柱和二蛋在炕前等候，两人踮着酸麻的双腿和身子真的跑去大殿。站在三世佛面前，小兰不明白明空教化他俩到底要结个啥样的心愿，羞红着脸问河生："咱结你娶我的那个愿吧。"

河生看她一眼，拉住小兰说："咱先许个找到俺大爷在济南生意的愿行不？"

小兰听从河生的提议，说句："行啊！"与他并排跪在佛堂设有铺垫的地上，双手合十给大佛磕下了三个结愿的响头。

河生和小兰及铁柱、二蛋四人谢过明空之后，离开千佛寺时已是正午时分。临行前，明空仍在炕上面朝西墙，把手伸到背后递给河生一张叠好的纸条。等回到船行，河生将纸条交给张双林，把周乐天喊进北屋一念，他们不免迷惑而震惊了，只见上面写道：

共享一只耳
剑卯到昏时
鬼魅夜行至
黄土留血迹
木鼠河中走
金鸡悲哭啼
银蛇出洞来
桃红杨柳绿

张双林和河生、小兰听着周乐天朗朗上口的吟诵，被明空这个奇奇怪怪、不明不白的纸条弄得无所适从了。他们寻思了几天，也没能从中理出头绪和找出丝毫的答案。张双林趁去城北金谷仓粮庄的机会，把纸条揣在合袍里，交给二老板一瞧，陈启恒顷刻一脸严峻地蹲坐在椅子上。

第十七章

张双林是在初冬的一个上午，穿一身大黑棉袄去的金谷仓粮庄。济南城内城外均薄雾蒙蒙，朔风飕飕地吹在脸上，让人感到一种特有的寒冷和遍地的凄凉。他和周乐天猜不透纸条上说的是何种意思，认为里边有天书一般的谜底，而二老板陈启恒有比他们高深的学问，说不定能看出个子丑寅卯，一心要拿给他去辨辨。

走进粮庄，绕过那些前来卖粮买粮的成队车辆和人群来到后院，正碰上从陈启恒屋里出来的刘子龙，得知二老板在屋，他直接闯了进去。陈启恒问他来有何事，张双林说，小兰四人去千佛山，有个叫明空的老头儿让他们带回张纸条，咋看都看不懂上面写的是啥，让二老板好好琢磨琢磨能否瞧出个门道。陈启恒伸手接过来，抓起老花镜把两只拴有细绳的褐色眼镜腿儿挂在耳朵上，皱着眉头仔细看了几遍，大惊失色地颤动着嘴唇问："那个叫明空的是什么人哩？"

张双林说，不知道他是个怎样的人，小兰他们光讲是个懂得很多的长者。陈启恒"咳"地哀叹一声，站起身走近张双林，说赶紧把你家闺女和跑堂的叫来，由他俩带路现在就去千佛山找写条的老头儿。

张双林一刻都不敢耽误，紧缩着心离开粮庄，脚下生风似的奔回船行去叫小兰和河生。他不明白二老板从纸条字里行间看出来了哪些奥妙，但认定，他肯定多少解破了其中的意思。的确，按字义一字字一句句地寻思推敲后，陈启恒破出了第一行的含义。"共享一只耳"，正是把郭继聪的姓氏，拆成一句话藏在了诗里面，相信这张纸条必然是过去人常讲的藏头诗，并与郭继聪一家有关联。而至于后面每行涵盖了哪些事情，他也猜不破、吃不准了，想只有找到明空方能拨开所有的迷雾。在张双林回船行去喊小兰和河生的当间，他已吩咐刘子龙从粮庄外头赁来一辆马拉的敞篷车，一切准备就绪，等河生他们一到，马上赶往千佛寺。

张双林一身大汗跑回船行，河生正在周乐天的账房里，小兰也正跟张王氏在食堂洗菜做饭。他把两人喊到一块，催促撂下手中的活跟他去粮庄，陪二老板上千佛山。铁柱和二蛋见老大急急火火的样子，也凑到他和河生跟前问有啥急事。张双林说，都是你们带回的那张纸条惹出的麻烦，令二老板坐立不安，急着要去找那个老头儿。铁柱和二蛋说，冬天船行的活不多，他俩可以陪着一块去。张双林说，用不着去那么多人手，只要小兰和河生带路能找见那个地方就行啦。小兰和河生跟随张双林一路小跑赶到粮庄，马车已在大门外等候多时。陈启恒严肃地追问，那递纸条的老头儿是不是一定在千佛山，河生和小兰几乎异口同声地回答："就住在千佛寺大雄宝殿后面的小屋里。"他二话不说，一手拄着龙头拐杖，一手摁住车夫的肩膀，叫刘子龙将他扶进车里，火急火燎地朝着济南城的东南方向奔去。

敞篷马车由车夫轰赶，河生和小兰行在左边，张双林和刘子龙跑在右侧，一路快马加鞭直接赶到了千佛寺西边的正门外头，跑得红鬃辕马浑身是汗。等车夫把马勒住停稳，刘子龙又把陈启恒扶下车来，小兰则累得蹲在地上"哇哇"直吐，脸色也有些发白了。河生弯腰拉起她说："二老板等咱俩带路，我扶着你进去吧。"于是，二老板由刘子龙搀着，小兰被河生挽着胳膊走在前面，迈进寺院大门径直走向大雄宝殿后面的那间平房。

然而，呈现在他们眼前的，是那间平房的房门严实地关着，木栅格窗上破碎的窗户纸被风吹得呼啦啦地作响，没有上锁的门鼻儿用一根小木棍插着，很明显，已经人走房空了。

陈启恒和张双林见此情景，立刻意识到，恐怕与明空无缘，看来今天找不到他了。刘子龙拔掉门鼻儿上的木棍，推开门先让二老板和张双林进去，他和河生及小兰随在身后。站在当门里，发现满屋子空空荡荡，虽然西墙上刻出的佛像原封不动地悬坐在那儿，可靠西墙根的那张土炕上只留下了一领草席，其他被褥及河生他们曾经看见过的几尊坐佛都不见了。东墙根那个石砌的锅灶，也冷冰冰地立在那。

"明空老人走啦！"张双林奇异地说。

陈启恒觉得他既是高人更是怪人，又问河生和小兰有没有弄错。河生肯定地说："俺们四个人来的正是这间房子。"

小兰接上他的话，也说没有记错，并且把那天她与河生三人逛大殿的细节说了一遍："明空师父还叫我和河生大哥去大殿结了个愿哩。"

张双林听后一愣，问她与河生结的啥愿，河生嘴里结巴老半天，才说出两人结了个能助他找到郭继聪的夙愿。陈启恒走出屋子长叹一声，走进大殿，双手合十对三尊大佛默默叩了三叩。

明空的突然消失，对河生、小兰和张双林来说，简直是不可思议。尤其让陈启恒感到那张纸条的难得和珍贵。他想，既然那个叫明空的师父给他们留下这个谜面，那么，总有一天会再遇上高人道破诗里的玄机，没准能在里头寻觅和捕捉到有关郭继聪和河生的某种信息。自那天起，他抱着几分侥幸的心理，又独自去过千佛山和千佛寺多回，希望能碰上明空，然而却总是失望而归。

陈启恒把那张纸条悄悄收藏起来，盼望着哪天能来个术士或高人，帮他破解诗中之谜。周乐天看过纸条后，也倍觉明空的神道，想必与河生有关。于是背着手在船行院子里找到河生、铁柱和二蛋，好奇地问："河生啊，那位高人真没说过纸条上写的是谁？"

河生说："真没哩，俺四个要真知道，那还叫二老板白跑一趟做啥。"

周乐天只问这一句，又背着手回了账房，这让河生他们觉得极为怪异。小兰自在大殿上照明空的说法，与河生一起结愿后，内心又发生了微妙的变化。尽管那个愿是为能找到郭继聪结下的，但她却认为，当时河生对提出将来娶自己的那个愿并没矢口否认，在她眼里等于河生私下默认了。

农历十一月中，第一场大雪纷纷扬扬飘落下来，已到枯水季节的黄河，开始结起冰碴儿来。每年这个时候，船行的生意虽算不上是淡季，但大河结冰后，就不允许船队下河了。在腊月以前，张双林总会把找上门来的航运物资签下来，等来年二月开河后再发送货物。他收拢所有远航归来的船只，让船工们将船全都拉到岸边，免得被寒冷的冰雪冻结在河里。等一切收拾利索，他派周乐天算出每个人的工钱，然后集合船工们在院子里排起长龙似的队伍，一个个地发钱打发他们回家过年去。赖子、吴功和何从站在队列里，穿着单薄，被寒风冻得鼻尖上耷拉着一行清冷的鼻涕。他们在原地一边跺脚取暖，一边不停地叫："各位兄弟爷们儿，有媳妇的回家抱媳妇，没媳妇的回去看老爹老娘，天底下没比发钱和抱媳妇更好的事啦。"

周乐天坐在账房里喊了河生、铁柱和二蛋三遍，他们仨没一人应声。赖子探头朝前窥视才发现，他们三个根本没来排队。“行哩，往下走吧。那三位兄弟不来领钱，肯定是想当大老板发大财啊！”话一出口，引得人群哄然大笑。周乐天把赖子三人的钱发完后，坐在面朝外的桌子前，头也不抬地说：“赖子爷们儿，可别瞧不起人，河生真要有那么一天，你们三个还咋在船行混哩？”吴功嘻嘻一笑，横楞着脑袋说，河生要能当船行的大老板，他准去跳河。

这话刚好让站在旁边的张双林听见。他心里清楚，他们仨仍像上次那样在讥笑河生，走过去半开玩笑半认真地说：“兄弟行啊，到时你等着跳河吧。”张双林说完，转身走去，这让赖子他们一时丈二和尚摸不到头脑了。

临放假回家前，赖子三人说啥也要跟河生和铁柱、二蛋见上一面。他们仨肩上各背一只盛满东西的大包裹，在木板棚里找到河生等三人，热情地先给河生们拜早年，后又问他们何时回家。河生说还没想好，到时再说。这使赖子三人满心狐疑，转动着眼睛开始琢磨，河生会不会真的像周乐天和张双林说的那般，有着不可估量的前程。

赖子说：“那行，俺兄弟仨先走一步。过年回来，河生兄弟要当了家做了主，可别忘记俺们哩。”

河生打断他说：“哪有的事儿，看铁柱、二蛋和俺三个眼下那副穷酸相，要当只能当自己的家做自己家的主。”铁柱和二蛋谦让着，把他们三个送出船行大门，目送三人踏着茫茫大雪朝南面的济南城走去。

河生和铁柱及二蛋进了船行大门，立即被周乐天叫住：“河生，你们仨快去老大那儿，他找你们有事要说。”河生不知所措地走进张双林的屋子，周乐天也跟着进来，并把三人应得的工钱摆在了桌子上。张双林说：“那钱是你们三个来到船行干活的报酬，各自取吧。”河生、铁柱和二蛋互相通过眼神传递着心思，谁都不肯先取。

周乐天说：“你们仨取了吧，回去过年好给爹娘买点好吃的。”

河生感激地说：“大叔，这钱俺仨不能要，一年都是吃船行的饭活过来的，报答你们还报答不完哩。”铁柱和二蛋认了他的说辞，纷纷表示不要自己的那份工钱。

张双林说：“桥归桥、路归路，那先在账房里给你们仨存着，等用到时一起取给你们。”

然后，他又问河生，三人春节是回家还是留下。河生拿不准主意，直瞅铁柱和二蛋。铁柱犹豫着说，能回家的话，他们仨还是回家过个年，不然家中不知三人死活，一定会把老人急出病来。周乐天收起那些钱，说："我按老大说的，给你们记好数目存着啦。你们想回家，我说咋回哩？除非大河结出厚冰，你们夜里滑着冰回去，那样最快，不然，要走两天才能到东阿。"

河生三人思忖良久，认为这是条路子，说到时真可以从河上滑着冰回家，等过完年再回来。张双林沉闷一会儿，低头劝他们再商量商量，要回去可得事先想好，说从沉船到现在没与家里联系过，家里的老人肯定认为他们仨被淹死了。现在三个人突然活着回去，大堤上的日本人必然会把他们抓去，替翻船淹死的六七个鬼子报仇，家里也会跟着倒霉。再说了，从大河上滑冰不知要磨破几双鞋，走旱路，沿途又有鬼子盘查，到底如何是好可要做得有把握。周乐天直说张双林想事周到，劝河生他们再等一年，鬼子总会有投降的时候，哪怕再过几年都没关系，只要保住性命，留得青山在，不怕没柴烧。河生他们被劝说得有些六神无主，迟迟不敢确定是去还是留。张双林看他们左右为难，说："这个春节要不走，你们仨就留在船行轮换看守船只，反正不让你们白吃船行的饭，二老板那里我也能交代过去。"

河生和铁柱、二蛋最终决定，暂且不回老河口和护马庄，按张双林的意思，春节留在船行看守大河上的船只。小兰对三人的这一决定极其高兴，她巴不得河生不走，甚至一刻都不离开船行。放假后，船行除张双林、张王氏和周乐天，加上她跟河生等三个，总共不到十人，一桌饭菜做起来比从前容易得多，还可以做些好吃的。河生和铁柱及二蛋，三人每天轮流踏雪去北边的河堤，躲在船舱里看守一大排支撑生意的船只。

那一日，到了中午饭晌，怎么都不见河生回来。铁柱和二蛋争着要去喊他，小兰却穿上棉袄把他俩挡住，说："你们趁热吃吧，我去找河生哥。"

她出门走向北面的大堤，满地白雪在正午阳光的照耀下，发出一道道刺眼的强光。小兰"吱吱"地踩着积雪爬上堤岸，在堆着积雪的船只上没看到河生熟悉的身影，急得她站在大堤上张口喊道："河生哥，你在哪儿呢？"

其实，河生离小兰并不远。他蹲在一艘大船旁边积满白雪的斜坡上，在巡视河心白黄相间流动的河水。那浑黄的大河使他想起了很多心事，尤其是春节来临前的那种思乡之苦，一直沉甸甸地压在心头，让他倍觉伤感和难过，时而会从平缓滚动的河面上幻想出春花和龙儿的影像。自己的失踪不知让春花和韩柳氏多么痛苦，龙儿生下来不足百天，年轻的爹就不知去哪儿了，等来年会走、会跑和会说话时，再看到自己时，会不会不认他这个爹？疏远了近一年的女人春花，等再见面时，还会像从前那样亲热地跟自己撒娇吗？刘三和韩柳氏住在家中是否平安？这些都让他十分担忧。再一想自己，不到十八岁便在大河里撑船走江湖，最后落得有家不能归的地步，而河友，是跟自己一样大的堂兄弟，人家却能守在爹娘身边平静地过日子，顿时，他觉得自己极其孤独，望着大河的浑水情不自禁地流下两行热泪来。

正是在他最为忧伤的时刻，小兰的喊声打破了旷野上的宁静。他寻着那清脆温柔的声音，站起身朝她看过去，但并没打算爬上河堤走近她，只站在那艘大船旁边让小兰能够瞧见自己。小兰看见从白色世界里蓦然立起一个耀眼的黑色影子，知道那是河生，嘴里喊着"河生哥"，脚下踏着"噌噌"滑溜的积雪，欣喜若狂地走到他身后的堤坝上，"你快上来呀。"

河生小心地爬上岸，站在了她的对面，说自己也正准备回船行，大冷天的，她何必再跑一趟。小兰伫立在河生面前，看出他似乎有一丝的忧虑，泪水的痕迹还印在脸膛上，于是收住笑容，问他为啥事不高兴。河生把头扭到一边，故意躲开她的眼睛辩称没啥。小兰说："河生哥，你在骗我。刚才你准哭啦，脸上还有泪痕哩。"她伸手抹向河生的脸膛，这个动作更撩起河生的几分伤痛。他忽然把她两只白净柔软的手抓在手中捂在了胸前，泪水止不住地涌出眼眶。

"河生哥，你到底咋啦？"

"俺好想家，想娘哩。"

"你是嫌没法回去过年吗？"

河生没再深说，只"嗯"了一声。小兰劝他甭发愁，春节她会亲手给他和铁柱、二蛋包饺子，陪他们过年。

两人第一次相距那么近，互相都在用眼睛说话，并且能闻到对方呼吸的气息。长长的黄河大堤上，遍地白雪映衬着一红一黑两个年轻的身影，两颗怦怦跳动的心伴随着无言的倾诉，变得如同银白的积雪那般纯洁无瑕。河生失去了往日的情态，一把将小兰拉到了怀里。小兰也顺势把头贴在了他宽阔的胸膛上，红着脸颊，昏昏沉沉地闭上了那双迷人的眼睛。

河生在河堤上拥抱并亲吻了小兰。有生以来，在十七岁的这年冬天，小兰第一回欣然接受一个男人的爱抚，从中品尝和体验到了爱情的滋味。河生则认为，明空跟他讲的一定千真万确，自己上世便与小兰有缘，不然咋会偏偏被张双林救起，又在船行里认识了这个纯朴而真挚的姑娘呢？在没有春花的日子里，她既像阳光又像雨露，有一种让人依附和恋恋不舍的感情，这让处于悲伤状态的他精神振作并看到了希望。然而，在沉下心来思虑时，他又产生了一种难以排解的自责和负罪，觉得自己对不住春花和龙儿。他开始想，将来小兰如何跟春花相处，自己又能给小兰带来什么，大家会有一个什么样的结局呢？这虽然令他很痛苦，但他相信，未来的岁月自己有能力让小兰和春花各得其所。在他眼中，小兰与春花一样，在他最落魄和走入人生最低谷时，给了自己生活的勇气和关怀。既然都两厢情愿地投入了感情，他必须让她有个好的归宿。

进入腊月后，轮到二蛋看守船只时，河生向铁柱提出要去城里走走。小兰问去做啥，他也不告诉她，只说进城有事。铁柱了解他的心思，料想他必定是去寻找龙儿姥爷在济南的生意，就不多言语，跟河生跑了几趟城里。走遍多处生意场，向不少人打听郭继聪的名字，都说只听说是大老板，可不清楚他做的是何种生意，最终也没探出个结果。

再一日，小兰也跟河生和铁柱去城里转悠，船行来了个身披用高粱叶子串成的雪衣、头戴一顶很特别的帽子的陌生老汉，进门便打听河生。张双林和周乐天迎出来，问那老汉打哪儿来，是怎么认识的河生，以及找他有啥事。老汉只说他在城里路过一个叫金谷仓的粮庄，曾背地里瞄过那儿的布局和风水，认定那儿要出大事，可惜当时粮庄没人。如果张双林和周乐天与粮庄有交往，务必转告金谷仓的主人，粮庄年前必遇盗贼，嘱咐他们多加防范。说完，老汉转身离去，把张双林和周乐天弄得莫名其妙。他俩想，这可如何是好，咋净遇见这等的怪人怪事哩？难道粮庄和船行真要出大祸吗？

张双林对神秘兮兮的老汉的劝告半信半疑，可又不敢把那言辞压下，催促周乐天去河堤上把二蛋喊来，派他进城把河生和铁柱及小兰找回船行，并对张王氏说，要去一趟金谷仓，然后自己就马不停蹄地赶往二老板的住处。张双林把那老汉的警告学说一遍，陈启恒大为惊诧，问他老汉何种打扮以及长得啥样儿，走后去了哪里。张双林凭着记忆，描绘了一番，说："那个老汉怪怪的，去了哪儿就不清楚啦。"

陈启恒首先想到会不会是千佛寺那个留纸条的明空，然后又想，明空肯定是个出家人，不该是那种街头术士的打扮。看张双林说不清道不白，他自己也稀里糊涂，但想起听人劝吃饱饭的老话，于是将刘子龙喊进屋里，对他说到年下了，把留在粮庄没回家的人手全部集合起来，分成几班轮换看库。

刘子龙喊了他句“老板”，问：“把那些大黑狗夜里也放出来，再叫弟兄们准备些棍子、铁器，看那些盗贼敢来。”

陈启恒朝他挥挥手说：“这些事情你尽管去安排吧。”

当下，刘子龙把粮庄的人手召集在一块，将二老板的意图交代下去，夜间三人一班，手里提着木棍、铁棒轮番巡逻值守，四五条大黑狗撒着欢在粮庄里东奔西窜，不时地发出吓人的吠声。

陈启恒吩咐完刘子龙，对张双林说，解铃还须系铃人，还得把船行跑堂叫来，问问他在济南与谁认识，有没有个像老头儿那样的人。张双林心想，二老板不愧见多识广，遇事知道该咋办。他按二老板的嘱托，出了粮庄急着回船行找河生，暗暗恨骂，会不会是他招来了强盗。但转眼考虑，那老头儿绝不可能自己组织人手进金谷仓盗粮，真要是盗贼，准不会上门来先打招呼，那样不成了不打自招和此地无银三百两啦?

张双林低头思虑着，拐弯抹角刚走上回船行的大路，背后忽听一声“爹！”的叫喊。他停下脚步扭脸循声瞧去，见河生、铁柱和小兰一起朝他跑来。他先埋怨小兰三人在城里瞎串，后把老汉来船行找河生的事情学说一遍，这让河生、铁柱和小兰也蒙圈了。河生想不出有谁会知道他在船行，更想不起曾跟哪个老汉相识。

张双林说：“碰上你们三个真算巧啦，不然我两条腿都得跑断。二老板正要找河生，我带你们回去面见他吧。”

陈启恒正在屋里焦虑万分地暗自思忖这一档档的怪事是咋回事儿，发现刚走不久的张双林又折回来了，身后跟着河生和铁柱及小兰。他赶紧让他们进屋，张口即问河生，在济南城里是否认识上了岁数的老头儿。

河生说：“我一直在船行里跟张大叔做事，啥人都没接触。俺们几个只去过一回千佛寺，其他哪儿都没去哩。”

张双林让他再好好想想，看有没有亲戚或熟人懂风水的。河生摸着脑袋想不出那人是哪儿来的。铁柱眨巴着眼睛提醒他会不会是朱奎。河生摇着头说：“那不可能吧，俺表舅早跳河死啦，如果活着，他不至于在济南城流浪啊！”

陈启恒看他实在不晓得那老头儿是谁，叹口气说，反正人家好心好意提醒他们，能找到更好，找不到也没有法子，不管认不认识他，他们只有多防着点啦。

河生和铁柱及小兰跟随张双林回到船行，周乐天和二蛋正在屋里等着。二蛋本来想按张双林的意思进城去找他们，张王氏说，这么大个地界到哪儿去找哩，腊月天三九严寒冻得人发抖，叫他和周乐天还是在家等候。张双林带小兰等三人一进门，二蛋和周乐天追问了跟陈启恒同样的话，河生仍那么回答，急得周乐天不住地唉声叹气。

张双林说："既然如此，那看老天爷会不会开恩啦！是福不是祸，是祸躲不过，随它去吧。"

小兰一心想弄明白那个神秘的老汉，吃过饭把河生喊进食堂里间，说："河生哥，你是真想不起来，还是知道是谁不说哩？要清楚是谁不说，二老板可要怪罪咱们啦。"

河生说："你清楚的，我整天在船行里大门不出，二门不迈，根本不认识外人。要真知道是谁，我哪儿会知道不说啊。"小兰走到他面前，盯着他说："我盼着咱们都平安。金谷仓若真有盗贼盗粮食，二老板怪罪了你和爹，我可咋办啊。"

河生捋着她的头发安慰说："那老汉准不是坏人，他来船行没能找到我，以后肯定还会再来，到时自然知道是谁。天塌下来由我和铁柱、二蛋和张大叔顶着，无论咋样，我也不会舍下你不管哩。"

从那日起，刘子龙组织护粮队连续看守了五个昼夜，并没发生老汉所说的盗粮事件，甚至连一丝一毫盗贼的迹象都不曾显现。他向陈启恒请示说，那老汉一定是胡编，金谷仓自开张以来从没出现过粮库被盗的事，光几条大黑狗就会把来粮庄的人吓跑。他说，用不着那般紧张。陈启恒让他看着办，但最后扔下一句话，不管咋着，都要保证年根底下不出祸乱。

刘子龙黑夜巡视了一遍仓库，对那些腰间用麻绳扎着大黑棉袄的几班看库人嘱咐后，转身回自己屋里睡觉去了。又过了两天，在离春节不足十天的腊月二十的夜里，刘子龙下半夜起床小解完，迷迷瞪瞪地提着裤子，先唤了几声黑狗，又沿着粮库周围喊叫巡逻的值守，既没发现极通人性的狗像从前那样马上跑来，也未看到巡逻的人影。他立刻意识到反常的情势，警觉地摸黑围着仓库察看。在最北头一座仓库后墙根下，他发现，那砖砌的院墙被人敲了一个洞，墙外停着两辆手推车，几个黑影在车前晃来晃去，不禁全身毛发倒立，断定一定是发生了令人担忧的祸事，立时不加判断地大喊："有贼偷粮啦！来抓盗贼啊！"

这声音立刻在粮庄传荡开来。

刘子龙刚喊一句，就被人从身后一棍子打在腿上，接着用一块极臭的麻布片堵住了嘴，一阵憋闷窒息，眼前一黑栽倒在墙下。陈启恒被刘子龙的那声大叫惊醒，边往身上套棉袄边拉开门冲出屋去，把所有人都轰赶起来，粮庄顿时方寸大乱。大家手提灯笼，陪着陈启恒转遍所有粮库，最后在墙根下，看见了倒在地上不省人事的刘子龙。陈启恒哆嗦着身子慌乱地嚷着："可恶啊可恶，快把他抬到屋里去。"而那些巡逻看守，也被盗贼用棍棒打闷，倒在一个仓库外的角落里，地上流了一摊摊的鲜血。天亮后查看粮库，发现被盗走的粮食足有一大马车。粮庄的几个伙计各拽着五条狗的腿，将其拖到后排房的院内，陈启恒一瞧便知，盗贼把狗全都毒死了。

夜间巡逻的那些人马，好在没有弄出人命，有两人的脑袋被打破，受了一些轻伤，其他人因憋闷昏过去，舒缓后没啥大碍。只是刘子龙挨的那一棍，差点儿打断了他的一条腿。刘子龙醒来后，望着来看他的陈启恒抑制不住情绪，痛哭流涕。几个被盗贼闷昏的人也随后进来，往陈启恒面前一跪，哭丧着脸，直求他宽恕。陈启恒抹了抹熬得发红的眼角，低沉地说："都起来吧，不怪我们没看好，是那些盗贼连命都不要，太肆意妄为了。"他在心里安慰自己，丢的那些粮食算是破财免灾吧。后来，他也曾试图弄清是哪儿的盗贼，但因已到年底，为图个吉利平安，才把这事搁了下来。

张双林和周乐天及河生他们，是在第二天才听说粮庄发生了盗粮事件。于是一起赶往粮庄，直安慰陈启恒和刘子龙不要为这事伤了身子。陈启恒哀叹说，盗贼为活命过年，偷粮倒是没啥大不了的，只是有些对不住大老板，无论怎样，粮庄和船行都是大老板托付给他的。

河生劝他说："这事俺们都为你作证，有你这么负责的老板是粮庄及船行的福气哩。"

陈启恒出一口长气，告诉张双林和周乐天，都说八月里打雷遍地是贼，老天爷今年没打雷，到年底也到处是贼，并叮嘱他们看好船行的所有家当，不能再发生类似破财伤人的祸端。张双林他们应承着，表态说，一定不会让船行再遭受任何损失。最后，陈启恒问，那个曾经说粮庄要遭窃的老汉又去过船行没。张双林说，再没见他露面。陈启恒感叹说："那老汉看来真是个高人，说不定他能解开明空那张纸条上的言语，碰机会还要想法找找他。"河生说年底没事，他跟铁柱和二蛋再往城里多跑着点儿，只要碰上，一定把他带到粮庄来。

河生和铁柱、二蛋果真履行了对陈启恒的诺言，向张双林请假到城里去过多次，连同郭继聪的生意一起打听，却始终没能打听出个结果。离春节差不多三四天时，张双林怕年底出事，把铁柱和二蛋两人支去北边的河堤看守船只，让河生再进一趟城，给二老板送些年货，顺便再找找那个老头儿和买些写对子的红纸，好叫周乐天写几副对联贴在船行大门和岸边停靠的船只上，以求来年风平浪静遇风得水。

小兰听说后，也向她爹娘提出要跟河生一块去，想买身好看的新衣服过年穿。张王氏不愿她跟男人往一起凑，一直不吐口答应，张双林则帮小兰说情："让她跟河生做伴去吧，女孩子过年没啥穿的确实说不过去。"张王氏这才应准两人进城，交代她天黑前一定要回来，不能叫爹娘牵挂。小兰向张王氏要了足够买件衣服的钱票，帮河生提着年货，两人喜笑颜开地离开船行朝南面的城里走去。

正是这次进城，注定了小兰与河生的机缘。

他俩先把张双林给二老板的年货送到粮庄，然后去城里买好红纸，又找到几处卖衣服的小摊，小兰让河生帮她瞧着试了几遍，才买下一件称心如意鲜艳的大花棉袄。两人在城里边逛边寻觅张双林和周乐天说的那个老汉，并沿途打听郭继聪的生意。小兰挎着包有棉袄的包裹，不断问河生，买的那件棉袄穿在身上好不好看，河生说："好看得跟新媳妇一样。"小兰"咯咯"地乐着，说等河生娶她那天，她准再买这样一件花棉袄穿在身上。河生瞧着她，若有所思地不表态，那种犹豫的眼神和忧心忡忡的样子，被小兰看在了眼里，她沉着脸说："俺看出来啦，你心里头肯定有人，可能不会真心娶我。"河生极不自然地笑笑说："你咋净瞎想哩，如果条件允许，我一定娶你。"其实，那一刻河生并没想哄骗小兰，他说的倒是真心话，只不过，现实中春花和龙儿的存在，让他左右为难。

年跟前的济南城已呈现出过年的气氛，能听到远处稀稀拉拉的鞭炮声。天色渐晚，河生正准备和小兰回船行，城市上空忽然响起了一阵急促的警报声，不大会儿工夫，绿色军车和车帮上印着青天白日图案的车辆便呼啸而过，各个路口站满了荷枪实弹的伪军及国民党军队的士兵。街上的行人惊慌失措地四处奔跑，逃回家中。河生不晓得伪军和国民党军队行动的目的，但猜想可能要封城了。他拉着小兰急忙躲入一条胡同，又穿过大街小巷，想赶紧回船行。然而，连闯了几个路口，都有端枪的士兵盘查和追问，不许任何人出城。

河生着急地说："城被封回不去啦，这可咋办哩。"

小兰听后哭着说，要是回不了家，一定会挨张双林和张王氏的打骂，也会让他们很担心。河生安抚她说："你别急，实在出不了城，咱俩就去二老板的粮庄，等明日撤掉岗哨后再回船行。"小兰不知所措，只好听从河生的主意。

从第一声警报响起，陈启恒就知道伪军和国民党军队要封城了。天黑后，见河生两人又回到了粮庄，问他们街上的伪军多不多，河生回他说："各个路口都被把守啦，出不去。"

小兰哭着对陈启恒说："伯伯，俺爹娘会急死的。"

陈启恒说："不怕，来到粮庄你爹娘就不会担心。"他答应见到张双林和张王氏，把今天的事都说明白，小兰这才慢慢恢复平静。吃完晚饭，为安顿两人在城内度过一夜，陈启恒第一次打开了隔壁的房子，点亮油灯后把小兰喊进去，说："这是给大老板准备的屋子，里面啥铺盖都有，晚上你自己在这儿歇着吧，有事就喊我。"河生站在陈启恒隔壁那间房的客厅里，见里边的装饰和配置与陈启恒的一模一样，他想，如此好的屋子，大老板为何不肯住在这儿照料自己的生意呢？自己只要找到龙儿姥爷的生意场，也会有住这种房子的那一天。

随后，陈启恒把河生安排在了另一间屋里，那是专门接待外地和远处来谈生意朋友的客房。二老板的门口，是进大老板房间的必经之处，等陈启恒安顿妥当离开后，河生过去对小兰说："你别担心，等天亮我带你回去，不行再让二老板给你爹娘写封信说说。"小兰依恋地望着他，几次欲言又止，在河生把她送到里间休息时，才说夜里她睡那么大的屋子心中有些害怕。河生说，他和二老板都住在隔壁，有啥事儿招呼即可。

两人各自睡在陈启恒安排的屋子里。小兰从进屋躺下起，一直在担心张双林和张王氏会为她担惊受怕，又想河生睡觉踏不踏实，会不会有事喊不起来。河生吹灭油灯，躺在冰冷的床上，开始思念离开了将近一年的韩柳氏和龙儿，他想他娘和刘三在老家的生活咋样，有无再遭鬼子的迫害，是否安康。而后便想起春花来，忆起与她一块生活时亲密无间的日日夜夜。想着想着，他忽把春花幻化成了小兰，开始想入非非，甚至相信小兰会在这一夜把整个人都给予自己。

鸡叫三遍，小兰和河生都未能入睡。这当口，寂静的夜空再一次拉响警报，并伴有"噼里啪啦"的枪声。枪声四起的瞬间，小兰全身发抖，越发想念隔壁的河生，于是摸到棉袄裹住上身，悄悄地拉开屋门走向河生的屋门。河生并没听见她的脚步声，待屋门被轻轻地磕敲三下后，他才确信，必定是小兰从大老板的那间屋里过来了。他未穿衣服摸黑下床走到门口，小声问了句“谁”，门外立马传来一句“河生哥”的回答。河生怕二老板听见，十分轻巧地把屋门拉开一条缝将她拽进去，之后又把屋门掩好。站在黑咕隆咚的当门里，河生模模糊糊地看见她披着棉衣，怀里抱着棉裤，赤裸着两条腿，冻得有些发颤。

“你咋过来哩？”

“河生哥，我一个人好害怕。”

小兰往下不再说啥。河生清楚，她必是想跟自己一道度过这个漫漫长夜，便问：“二老板听到没有哩？”小兰说：“我过来时，他那屋没动静。”河生伸手拉住她走到床边，让小兰睡进自己暖和的被窝里，“看你身子冻得冰凉，快钻进去。”等帮小兰盖好被子，他才躺在了她的身边。

小兰被河生特有的温暖包围着。起初她还有些害羞，躲避着他，就那么披着棉袄把身子挪到一旁。河生被她上衣冰得浑身发冷。“这样睡不暖和，还是把棉袄脱了吧。”小兰不懂得该如何面对河生，躺在被窝里的一刹那，她娇嫩的身子已经开始难以自控地颤抖起来，心“怦怦”跳得厉害，枪声带给她的那份恐惧，早已被抛在脑后。很久，她才娇柔地说：“你帮我脱。”

河生按照她的话，伸手摸向小兰的前胸衣襟，让她两次侧身将那棉袄脱去。立时，两人的肌肤紧贴在一块，互相感受到了对方的燥热、温存、光润和激动。就在这一晚，两人发生了不该发生又在意料当中的事。

第十八章

小兰在那个令她一生难忘的夜晚，把自己献给了河生。直到天快亮河生方想起是在二老板的粮庄里，并且陈启恒正睡在两人的隔壁。他舍不得怀中的姑娘离开，又考虑到身处粮庄，不禁有些后怕地对小兰说："你过去睡会儿吧，可不能天亮叫二老板碰见咱俩哩。"

小兰对他的话无动于衷，并撒娇地说："不哩，我想与你睡到天亮。"

河生最初有些担忧，怕天亮被陈启恒和粮庄的人发现，后来想，他先起床进小兰那间屋子，给外人留下两人交换屋子休息的印象，即使别人瞧见了，也说不出啥话来。于是，他将她紧紧地搂在怀里，甜蜜地睡了沉船后第一个特别的夜晚。

第二天一大早，河生与小兰赶紧起床，等陈启恒出屋时，他俩已打开两间屋的门，在河生那间睡房里说话。陈启恒不清楚这两个年轻男女夜里发生了什么事，只瞅见小兰脸上略微泛着潮红。他想，对一个在外过夜的女孩子来说，那样的羞涩是难免的和正常的。河生看到陈启恒出屋，拉小兰迎出去向他问了安。陈启恒问两人昨晚是否休息得安稳，小兰点头感谢他的照应，说封城若是结束了，她就跟河生吃过饭抓紧回城北船行，免得爹娘挂念。

饭后，河生对陈启恒说："二老板，还得请您写个信带给张大叔，把我和小兰住在粮庄的事儿说说。"

陈启恒当然了解他俩的心情，抓起笔把两人头夜为何无法回船行，是咋样被他安排各住一间屋子的过程，在信上表了个详尽，递给小兰后说："把信带给你爹娘，他们见信后准不会说啥。要有什么想不开的或埋怨你们，就让他来找我，我给你俩作证。"

河生对二老板友善的庇护心存感激，同时又对两人隐瞒夜间的真相、蒙蔽了陈启恒的行为有些懊悔，甚至想，万一哪天二老板弄清自己跟小兰那一夜背着他偷吃了禁果，自己一定没有好下场。可生米已经煮成了熟饭，只能走一步说一步了。

河生揣好陈启恒的信，从东屋找出头日帮小兰买的那件红花棉袄正要离开时，小兰突然想起河生床铺铺垫的褥子上，留着自己破身时的血迹，惊惶失措地向河生递去眼色，示意他随她进屋。

小兰悄声说："那床褥子上有血，不能留在这里让二老板看见，咋把它拿走啊？"

河生思忖片刻，把褥子卷好夹在腋下，走到陈启恒门口，对他说在船行里冬天缺少被褥垫身，请二老板准他把那床褥子带走。陈启恒不假思索地答应了河生。这样，两人才算将在粮庄留下的所有痕迹抹得一干二净了。

河生和小兰一个夹着褥子，一个背着包裹，发现城里除了几个主要路口仍有卡哨外，其他路口上的鬼子都已经撤走了。两人快步出城，朝城北走去。那一路，他们缠绵着倾诉着。小兰向河生吐露了自己对他的爱意和忠贞，说愿意一辈子守在他身边，即使将来不娶她，一生有他这个心爱的男人相陪伴，她也心满意足了。河生竟一时把春花和龙儿抛到了脑后，瞧着眼前刚把身子给了自己的姑娘，对她许下承诺，只要有他发迹的那一天，绝不会愧对她。可他内心也是极其矛盾和痛苦的，知道总有一天小兰会与春花相见，那时自己将面临何等的窘迫和对两个女人的愧疚。

小兰和河生一夜未归，确实让张双林和张王氏焦虑了一个晚上。他们先是担心两人会不会在城里出事丢了命，后又琢磨小兰会不会跟河生私奔了。待一切都不能把握时，天黑后，张双林喊上铁柱和二蛋，昏头昏脑地径直赶往城里。来到城边才发现，原来全城都被持枪的伪军和鬼子封锁了，不许任何人进出，这才有些放心。待返回船行跟周乐天和张王氏把城里的情况一讲，周乐天说："那不用怕啦，他俩不会跑到哪儿去，准是封城后出不来，去了二老板的粮庄。"

这番话让张双林和张王氏心里有了底，合计着只要在陈启恒的粮庄里，小兰与河生既不会出现闪失，二老板也不会把他俩安排住到一起，他们在炕上静坐了大半夜才躺下合了合眼皮。

中午时分，看到小兰和河生进到船行大门，张双林和大家急忙跑出来把他俩围在屋里问长问短。河生把陈启恒写的那封信掏出来交给周乐天，让他念给大家听，听完后众人才打消了各自心中的猜忌。张双林长吁一声，说只要人没事平安回来就好，让河生和小兰搁下东西准备吃饭。小兰强忍着身下的疼痛，解开包裹抖搂出那件新的红花棉袄试穿给爹娘看，惹得张双林和张王氏满心疼爱。河生回答张双林和周乐天对那床褥子的发问后，将其抱回木板房铺在床上，趁铁柱和二蛋不在，找出一个小铁钉划开一道小口，将上面那块血迹撕下，卷成一团，偷偷扔进了厕所里。

第二天，河生忽然想起一件很重要的事情，饭后忐忑不安地把小兰堵在食堂里，说自己好害怕。小兰问他怕啥，他瞧着她问："那晚你不会有了吧？"小兰听后"咯咯"一笑，逼问他现在是腊月二十几。河生称二十七，还有两天过年。

小兰说："娘跟我讲过，女人来红前后七天是不会有的。俺刚来过三天，不该有。"听到这话，河生才卸掉了压在心里的包袱。

那年腊月是小月，二十九便是春节。船行和河岸上的船只到处都贴有周乐天写的红对联，洋溢着红红火火和一片吉庆。陈启恒也把粮庄用对联、灯笼装点得喜气洋洋，为避妖邪还特意给大门上方的"金谷仓粮庄"五个大字扎上了大红绸缎，粮库每一面墙壁和木门上都贴着倒写的福字，并买来捉鬼的钟馗和门神秦琼叔宝的画像，分别贴在大门的左右侧把门护佑。他相信，有了这两座门神，不论哪路的妖魔鬼怪都不敢靠近粮庄。

除夕之夜，城里、城外及大河上下暗淡下来的天色，时而被冲上夜空的声声爆竹映照得发红、发亮。张双林和周乐天带着河生、铁柱及二蛋，端着供品、拎着纸钱和香烛，先去北边大河祭拜了河神，后抱出一筐鞭炮在船行院子里燃放开来，震得屋里陪张王氏包饺子做年夜饭的小兰耳朵嗡嗡作响，这也让河生三人如同回到家乡一般的热闹。

天黑后，年饭摆满了一桌子，小兰把他们都喊进屋，张双林坐在上座，周乐天和张王氏坐在两侧，小兰坐在张王氏和河生中间，铁柱和二蛋背对着门而坐，由二蛋执壶，给每个人倒满一杯辣酒。张双林提议先喝三杯，第一杯祝船行以后的生意顺风顺水，第二杯祝河生、铁柱和二蛋福大命大，第三杯祝小兰和河生又长大一岁。

三杯酒唯独张王氏和小兰因不会喝而没端杯。张双林和周乐天边喝酒边跟小兰娘拉起家常，聊扯一年中的得失。当然，这其中最大的收获莫过于救了河生等三个人的小命。张双林语重心长地说："河生啊，你们兄弟三个命贵福大啊，也一定会给船行带来福气，日后可不能忘了顺风船行哩。"铁柱马上手端酒杯站起身，说："俺兄弟三个的命是你们给的，我们一辈子除感谢父母外，其他人只有你们啦。来，先让我敬大家一杯酒，祝船行兴隆，也祝大家健康长寿、大吉大利！"不等张双林他们说啥，他自己已一饮而尽。

接下来，二蛋学着铁柱的样也向张双林他们敬了一杯满酒，说了感激的话。只有河生还坐在那儿没动。小兰在桌子底下用腿踢了他一下，说："铁柱和二蛋哥都给爹娘和周大伯敬了酒，你不起来敬啊？"

其实，在铁柱和二蛋敬酒的时候，河生正在想自己的辞令，见小兰催他，河生手里抓着酒壶，眼里闪着泪花说："说句真心话，俺们真该喊大叔大婶一声爹娘，不是你们，俺仨不知早死到哪儿去啦。周大伯和小兰妹妹对俺们也百般照顾。我河生代表铁柱和二蛋兄弟向你们表个态，今后不论咋样，俺们三个都会侍候你们到老。为这句话，我给大叔大婶和周大伯各敬三杯酒。"说着，他从张双林开始，连给他们倒三端三，乐得小兰爹和周乐天赞不绝口。

轮到张王氏时，他照样倒了浅浅的三杯，准确地说，是点到为止。河生用双手把酒杯端到她面前，让她接受一片心意。张王氏稍微抿了抿算是领受了，说："就不要叫大婶喝酒啦，你今年十八岁，跟小兰同岁。俺跟她爹也反复想过，看你们日后的相处好坏吧。"

小兰这下真正摸到了她爹娘的底细，不免暗暗替河生高兴，又在桌子底下踢了一下河生，催他接过娘的话茬儿赶紧表态。铁柱和二蛋听出了张王氏话中的意思，光瞧河生的表情，看他是否把有妻儿的事情道个明白。河生低头思虑后，始终未提家中有春花和龙儿的话题，谢过张双林和张王氏后说："铁柱和二蛋哥比我大几岁尚未成家，以后请大叔大婶和周大伯帮忙留意着点儿，有合适的跟他俩提个亲。小兰妹妹对我一向不赖，我会照顾好她的。"

小兰对他这种含糊其词的回答不太满意。本想深夜吃完饺子问问河生究竟是怎样想的，可考虑到大年三十说得太多不好，就把那些话记在心里，等过完初一后再好好问他。河生料到她准会想到别处去，睡前主动把小兰喊到屋外说："兰妹妹，你可不要不高兴哩，我说那话是因不清楚自己今后有没有出息，我不能让你跟着我受苦受累呀。"

小兰看他认了不是，又想是年三十晚上，便缓和地说："河生哥，你不用担心我，以后只要你好，我没啥哩。”

河生被她的话感动得直要掉泪，真想把她拥在怀里，却怕惊动了张双林和张王氏，只好轻轻地拉拉她的手说：“你进屋去睡吧，明早还得进城拜年哩。”

陈启恒的金谷仓粮庄可不像顺风船行那样平静。贴完对联放完鞭炮，食堂伙夫把各种好菜端上桌面，除刘子龙提前坐在板凳上外，其他没回家过年的人均站在门外等候陈启恒的到来。而此时的陈启恒正站在大门口，应付着黑天后一个自称路过粮庄的外地老汉。他看不清那人的长相，从说话的声音里听出不下五十多岁。老汉头上戴顶棉帽，身外还披了件捂到膝盖的黄军大衣，左肩前后背着副褡裢。这个人的打扮使他心里好一顿嘀咕。

那人说：“掌柜可否留我一晚过个年哩？”

陈启恒愣了愣，原本没打算在大年三十留什么过路客，问那人打哪儿来又往哪儿去。那人称没家没业，一个人走千家吃万户，直求他发善心，留一宿明日即走。陈启恒犹豫良久，答应他粮庄可给他提供个方便，应着把那人领进了里边。粮庄的伙计见突然来个生人，私下犯起疑惑。那人倒极有礼貌，先双手抱拳向大伙行礼，又称赞陈启恒心善好求。

陈启恒说：“来的都是客，老先生进屋坐席吧。”

那人进到屋里，先取下肩上的褡裢，脱去外衣后，一身大黑棉袄棉裤映入大伙的眼帘，没有一人不纳闷，他所披的那件军衣来自哪里。一杯酒下肚，陈启恒对那人说：“大年三十来客，明年的生意准红火。请问老先生的尊姓大名是……”那人夹口菜搁到嘴里，发现一桌人都用一种好奇的眼神瞪着他，而且不敢喝酒吃菜，便撂下筷子指着陈启恒说：“想必你是粮庄的老板，老朽无名无姓，只管称呼我老汉就好啦。”

刘子龙看他有些怪异，忙问他是否行伍出身。老汉笑笑说：“贤弟是问我那件黄皮大衣吧？那是济南城伪军陈司令送给我避寒挡雪的。”这句话让陈启恒和酒桌上的人惊呆了，他们没料到，这个过路的老汉竟与伪军司令还有瓜葛，担心他是不是为打探情况才想在粮庄留宿的。

陈启恒一边冷静地催大伙喝辞年酒，一边小心谨慎地问老汉怎么认识的陈司令，在军界有没有啥亲戚。老汉饮下一杯酒，说：“各位老板、兄弟，不用担心我坏金谷仓粮庄的大事。我对大家毫无所求，虽然是个平民布衣，无家可归到处流浪，但城里那些商贾大官和政要，无不遇事求我。说白喽，今天的年三十，老夫是有意躲到这儿来，想在粮庄过个年，看老板和兄弟们是否愿意留我。”

陈启恒和众人一听，开始以为他故弄玄虚胡吹神侃，但又思虑他既然选择来粮庄，肯定有什么目的，甚至捉摸起是不是那个留条的明空了。陈启恒赔着笑脸，时不时地探问老汉来粮庄的目的。老汉手端酒杯，眯缝着眼瞧刘子龙，说：“这位兄弟的腿一定有毛病，必是被贼人所伤。”话一出口，陈启恒和刘子龙等人更是捉摸不透他的深浅，都愣在了那里。一名伙夫面带愠怒地站起来，对那老汉说，大年三十乱讲话可不吉利，酒可以多喝几杯，话还是少说为妙。

老汉哈哈大笑：“兄弟不懂，我赶在这个日子来，正是想让粮庄来年五谷丰登、生意兴隆。因为老夫是男性，大人为贵，若老妇今日登门，日后必受阴气所扰。”直夸粮庄的大门上张贴钟馗和秦琼，定会保证粮庄平安无事。接着，他给桌上的人讲起两个门神的来历。

陈启恒一听，思忖这老汉绝非一般的叫花子，既然达官贵人找他，必因他懂得一些神奇异术，急命背对着门口执掌酒壶的伙夫赶紧给他倒酒，并问他是否会算命，以及去没去过船行。老汉只顾喝酒，不正面回答陈启恒的问话，光说对三教九流略知一二。

陈启恒越听越觉得他有些玄乎，暗自思索，他即便不是那个明空也必是位江湖高人。等辞年酒喝得差不多时，他站起身跟桌上的兄弟说：“你们喝着，我找这位老先生有点事儿。”

老汉不好推却，瞅陈启恒一眼，下了酒桌提上褡裢，不忘抱那件黄色军大衣，跟着来到东头二老板的那间客厅。陈启恒邀他坐在对面的椅子上，说自己保存了一张千佛寺神人带给他的纸条，看能否帮忙破解。老汉不紧不慢地从陈启恒手中接过来，凑到油灯前半眯着眼睛瞅了瞅，然后哈哈笑着，又将纸条还给了陈启恒。陈启恒正望着纸条疑惑之际，老汉说：“纸条上说的是你们粮庄大老板和将要有的新变化。”

陈启恒自去过老东阿镇后，心中大致已有些底数，问：“老先生，上面的诗怎样讲哩？”

老汉说：“那首诗头两句隐藏了两个人的姓氏，后面说的是已经发生和快要发生的事情。你仔细想就能想出来啦：‘共享一只耳’是个‘郭’字，如果这不是你的姓，准是你上面的老板的，他必然是个有名的商贾。第二句‘剑卯到昏时’，其中的剑卯是个大写的‘刘’字，到昏时，是说太阳落山不见了日头，昏字去日为‘氏’，这是妇道人家的姓氏，叫郭刘氏。‘鬼魅夜行至’，是讲日本鬼子夜里突然闯入了郭家。‘黄土留血迹’，说的是郭家人在那夜被杀害，留下了一地的血迹。‘木鼠河中走’，这是一个人的属相，木鼠为甲子年生人，在五行八卦中属北方水为男，今年是民国二十九年，属鼠十七岁，并与郭氏家族有关。‘金鸡悲哭啼’，也是一个人的属相，金鸡为辛酉年生人，在五行八卦中归西方金为女，是郭姓商人和郭刘氏的女儿，大属鼠的三岁，他们必定是一对夫妻。这两句暗示，十七岁的男子被大河卷走，二十岁的妻子悲伤哭泣。‘银蛇出洞来’，是说从明日起的民国三十年，属辛巳蛇年；‘桃红杨柳绿’，讲的是春天。这两句隐藏了等桃花红艳、杨柳冒出新绿春天到来以后，属鼠和属鸡的夫妻将会相见，这一切都与粮庄密不可分，并且，那只木鼠已经到了你的跟前。”

老汉的这番破解，使陈启恒恍然大悟。

那一夜，他把老汉安排在河生曾经住过的那间客房里，自己亮着灯躺在炕上翻来覆去想了一个晚上。联想起去老东阿镇打听的情况，他开始相信，河生大爷是郭继聪已毫无疑问了，但他无论如何都弄不明白，那个杳无音讯的明空是咋知道的内情，本打算天亮再细问老汉一些关于明空的下落和郭家闺女何时来的事，但又思忖，纸条上既然道明了郭家闺女春天会来济南，那不如静静地等着。于是，他开始对郭家闺女来后粮庄和船行的发展做准备。他认为，河生大爷郭继聪作为这儿的大老板，早晚会被人知道。郭继聪和郭刘氏被鬼子杀害，人家闺女和女婿假如来接手整个生意是顺理成章的事儿，不能因郭大老板的去世妨碍后人对生意的继承，应一如既往地帮扶他们把生意做好、做大，双方受益才是自己的本分和义务，也方对得住郭继聪和郭刘氏。

初一早上，太阳高高升起后，张双林留张王氏一人看家，带着周乐天、河生、小兰、铁柱和二蛋从城北船行赶到粮庄拜年，但陈启恒因一夜困乏还未起床。院子里聚满了早起来拜年的人，可等了很久都未见陈启恒出来，也没人敢上前敲门，最后还是张双林迈上台阶，举手轻叩了两下门，喊道：“二老板，大伙给您老人家拜年啦！”

陈启恒隐隐约约地听见喊声，睁开眼眯瞪了一会儿，忽然想起是大年初一，深知自己睡过了头，便慌慌张张地爬起来，穿好头晚备的新衣，拉开门直向大伙道歉：“你看看，人老了真是不中用，一睡就过，把拜年的事都给耽误啦。”其实，粮庄的人都知道，他跟那老汉聊扯到深夜，只是张双林和河生他们不晓得昨夜的情况。伙夫们瞧他起来了，先跪在客厅里磕完仨头，急赶着煮饺子去了。张双林和周乐天也一拨拨进去跪拜，等河生、小兰和铁柱、二蛋四人跪在他面前磕完头后，陈启恒走进里屋抓出几个红包，分别塞入他们手中，说："愿咱粮庄、船行一年大吉大利，你们又长一岁，我代表大老板给你们压岁钱。"

河生和小兰四人谢过陈启恒，接下红包后，坐在客厅里听张双林和周乐天跟二老板闲聊。陈启恒这时才忆起还有一个人不曾露面，说："头晚来了个老汉，不知是不是去船行找河生的那人，我领你们去看看。"他带着张双林等人来到隔壁那间客房外，连敲几下，又喊了几声，始终无人回音，转脸问院里的其他人，都说没看见那老汉出去。陈启恒想老汉没准儿跟自己一样睡过了，于是将门推开一道缝隙探头瞧去，却发现老头儿已经像明空那般落了个人走房空了。

老汉到底是谁，从哪儿来又到哪儿去了，这在每个人的心头都留下了一个悬念。陈启恒把老汉的样貌和言行举止，从头到尾说了一遍，随后把张双林和周乐天叫到里间，将老汉破解的明空所留纸条的每一句意思，一字不差地讲了个清楚，告诉他俩，大老板正是郭继聪，果真是河生的大爷。这一席话把张双林、周乐天两人惊得目瞪口呆，半天都没能反应过来，开始回忆过去有哪些地方对不住河生。

陈启恒说："郭继聪和郭刘氏已被鬼子杀害啦，河生往后便是咱粮庄和船行的主人，等春天春花找来后再说吧。"

张双林既惊喜又伤悲，难怪大老板一年不露头，原来是遭遇了杀身之祸。周乐天直称河生三兄弟被船行所救，粮庄也没亏待过他，继承大老板的遗产后，不会将陈启恒和现有的人马踢到一边。陈启恒摆摆手说，他倒不考虑河生会对自己如何，只是想怎样帮河生和春花把郭继聪当年创下的基业巩固稳当，让郭大掌柜夫妇在阴曹地府得个安宁，嘱托他俩对这些有关粮庄和船行的大事保密。

河生和小兰四人在客厅里等候多时，陈启恒和张双林、周乐天方从里屋出来。河生对陈启恒所介绍的老汉的情况，有一种直觉，他对陈启恒和张双林说："那个老头儿一定是俺表舅。他叫朱奎，是在俺三个前头被鬼子逼迫跳的河，他准是死里逃生到了济南，否则没熟人会到船行去找我。"

这个猜测让陈启恒和张双林等人一阵惊喜。那天去船行找河生和赶在年三十晚上来粮庄的老汉正是朱奎。离开护马庄的那天下午，本说好孙宏举去堤坝石堆下的河边找朱奎，最后却只在河边找回了朱奎的一双破鞋，那是朱奎故意做成的假象，他提前把鞋摆好后，便背着褡裢跑下大堤朝北行去，几经周折才绕过黄河。

朱奎沿途靠着一身本领云游四方，最后在济南城落脚。一次偶然的机会，他给驻守济南的伪军陈司令讲仕途升迁，讲得不差毫厘，并帮他看准了许多大事，名气一夜间呼啦啦地传开，大震济南，被商界和军界人士视为上宾。而他始终不忘郭继聪的生意，暗自寻找了多次，终于打听出金谷仓粮庄和顺风船行都是春花爹娘所留的产业。同时，他心里清楚，河生那年必遭大劫，也必被河上行船所救。他相信，途经老河口和老东阿镇之间跑船的只有顺风船行，于是曾偷偷地跑去大堤向船工们打听，果真寻得了河生、铁柱和二蛋的下落。他给自家女人所留黄纸条上的活口，其中暗示了他将看准机会重归故里。

但一早连招呼都不打地离开粮庄，是因他看机缘未到，还不是真正留下来的时候。他想，不论哪天，等春花找到济南来与河生见面，接替郭继聪成为粮庄和船行新的掌柜后，他自然会找上门住下来，与陈启恒和张双林等人一起，辅佐河生、春花两人把生意做得红火兴隆。

在正月十五生意开张前，粮庄和船行除迎来送往互相拜年走动外，别无他事可做。刘子龙的腿脚已好利索，恢复了往日的状况。陈启恒让他陪着，既去千佛山拜佛，又去找明空，看他有没有回到那间小屋。扫兴而归后，他们又在城里转了几圈，一心想找到朱奎把他喊回粮庄，用上等的招待请他为粮庄指点日后的生意。然而，这一切心思全都白费，最终连明空和朱奎的影子也未见着，他觉得自己与这两个人无缘，对刘子龙说："回粮庄吧，老天不做这样的安排，只好顺其自然啦。"

河生他们仍像先前那样，轮换看守大河里的船只，整天无所事事，于是向张双林提出去千佛山和城里找找明空及朱奎。张双林准了他们仨，只是嘱咐不要像上次那样被伪军封城堵在里边回不来。于是，在铁柱去河里看船时，他就带小兰和二蛋外出。等二蛋值守时，他再带小兰和铁柱进城里游逛。张双林和张王氏及周乐天，自初一拜年那天起，已晓得河生即将成为粮庄和船行的新主。张王氏已在大年三十放话给河生，暗示他跟自家闺女可以交往，对河生喊小兰频繁进城，不再有原先的那种担忧和介意。河生他们同样像陈启恒和刘子龙一样，跑遍了千佛山和多个地方，也未能发现明空和朱奎的人影。殊不知，那个对郭家底细摸得一清二楚的明空就是朱奎。那时，他已对河生被船队搭救和顺风船行的详情了如指掌，在千佛山时，考虑到自己落魄的境地，如果让河生、铁柱和二蛋看见，实在有些寒酸和有碍体面，便面朝西墙背而不见，算给了双方一个都能说得过去的交代。

这年春节对河生、铁柱和二蛋来说，虽然有些想家，但好在粮庄上的人对他们都很照顾，所以不知不觉也就过了，但对老河口和护马庄家中的老小妻儿却显得非常残酷了。韩柳氏和春花一整年都沉浸在悲痛之中，在刘三和韩二忠、韩张氏的精心照料下，才带着开始牙牙学语的龙儿，熬过了丧夫失子的悲伤日子。

秋后不久，韩柳氏的双眼在一天早上起来后，突然模糊得看不清楚东西了。刘三和河友拉着她去镇上找刘会天诊治，刘会天瞧完后说："姊妹不是害眼，是河生跳河后哭成这样的。"然后，边给她上着眼药边劝她，"姊妹啊，往后你可不能流泪啦，再哭两眼就要瞎啦。"尽管刘三再三劝韩柳氏走出痛苦，但并不见效，用完刘会天的眼药也没见好转，她的双眼从此模糊不清，几乎快成了睁眼瞎子。

春节头一天，韩柳氏和春花看见老河口村南护马庄的庄稼地里，铁柱和二蛋的家人正在烧纸，冒起了青烟，于是她也想去河里烧纸祭河生。

刘三劝她俩说："还是不去好哩，孙兄弟走后，没人能跟鬼子说上话，不能再出岔子啦！"

春花听他讲得有理，跟韩柳氏说："日本鬼子见人就开枪，河生已经不在人世，咱找个岔路口烧烧，让爹和河长、河生在那边收钱吧。"韩柳氏听了她的劝说，在夜深人静时，春花一手搀扶着看不清路的韩柳氏，一手提着一包袱剪好的纸钱，来到胡同北边的路口，在地上画出了一个大圈，冲大河开着个小口，把纸全都烧在里头。在风清天高的夜空里，那些化为灰烬的纸钱，随风飘飘悠悠旋转着，朝大河方向飞去。

在那火焰中韩柳氏好像看到了老船主和河长、河生的样子。"俺跟春花给你们送钱来啦，收钱吧，他爹，河长，河生。"韩柳氏嘴里絮叨着，声泪俱下，"我的好儿啊，你们咋那么狠哩，舍下俺娘儿仨不管就走啦，叫俺们咋活哩。"

这声音传播在老河口上方，村民们听见熟悉的哭声，知道是韩柳氏在给老船主父子三个烧纸，都为她悲切的哭泣伤感起来。春花经不住韩柳氏悲哭的感染，更加思念河生，也哭诉起自己悲惨的命运。纸钱烧完，火光熄灭后，韩柳氏仍蹲坐在冰冷的地上伤心地哭诉。春花边哭边拉起她，说："娘，谁叫咱的命苦哩，回家吧，要不龙儿也该哭啦。"韩柳氏方被春花架着一只胳膊，深一脚浅一脚地走进了胡同。

春节大年三十的晚上，后院没有了主人，韩柳氏和春花炒了两盘菜，端到前院去让刘三偎着韩二忠喝酒，她俩也抱着龙儿赶过去与韩张氏叙旧。韩二忠一盅接一盅地猛喝，话极少。春花抱着睡着的龙儿回后院后，刘三问："二哥咋不爱说话啦？"

韩二忠斜躺在椅子上，红着发醉的眼睛，瞧了刘三老半天，口舌不太利落地说："你二哥没咋的，后面那个家算是被春花毁啦！她的命太硬，要了俺俩亲侄的命啊！"

说完，韩二忠竟趴在桌子上号啕大哭起来。韩柳氏和刘三得知他原来是听信了外面所传春花命硬的谣言，不免替他的愚昧感到悲哀。韩张氏瞅着韩柳氏说："河生走后，村村户户都在传春花命硬，先克掉了河长，又克走了河生。老头子作为韩家的长辈，能不想这样的事吗？"韩柳氏只顾唰唰地流泪，刘三则用警觉的目光盯着韩二忠和韩张氏，默不作声，一种不祥的预感袭来，他感觉劫难快要轮到春花和他头上了。

第十九章

韩二忠酒后吐真言，把河长的死和河生失踪的责任，全都归在了春花身上。他最初也不信这些邪说和传言，但河长兄弟俩先后遭遇同样的不幸，差点就让韩家老大绝户了，因而村里那些长舌妇便传起春花命硬的谣言，相信连出人命是她克的。

河生沉船不知去向，最初背后议论春花命硬的，是那些在地里干活的女人。每见刘三和韩柳氏或春花走近她们，刚才还像话篓子似的女人，马上收住嘴巴低头干活，并回避到一边。后来，那些人也都躲着春花走，生怕她命硬把晦气传染给自己，给自家男人带来厄运。

一开始，春花并不在意，以为自己没了男人被人瞧不起，内心诚惶诚恐，时间久了都有些自卑。夜里躺在东屋的炕上，哄睡乖巧的龙儿，她暗中流泪，思前想后。在这种无头无绪的苦闷之中，春花只能把龙儿视为自己最大的快乐。

韩二忠信了春花命硬克夫的传言，是在秋收时的庄稼地里。一伙在地头歇晌的汉子们对他说："二哥呀，人真不能跟命争哩，春花若不进韩家的门，河长、河生兄弟俩恐怕不会前后脚死得那么快。"韩二忠虽然听着刺耳，开始也替春花辩解，但打那以后，韩二忠脑子里多少有些纠结，对到底是不是春花命硬克走了河长和河生吃不准了。

在许多个不眠之夜，韩二忠在炕上辗转反侧，搅得韩张氏也睡不好觉，便问他整日整夜地净想些啥。韩二忠长长地叹口气说："还能想啥，想俺那俩亲侄子的事呗。河长死后村里人传春花命硬，哥儿俩会不会真是被她克死的。"韩张氏在女人堆里听到这个说法比韩二忠要早得多，只是怕他不信，所以始终不敢提及。待韩二忠主动问她时，她才把心里的想法说出来："人家都这么说，咱也不能不信，不然咋会把河长说给她河长丢命，河生娶她没过两年又丧生，不是她克夫又是啥哩？！"韩二忠"唉"了一声翻身坐起来，拉拉被子围住赤裸的下身，顺手从炕沿上摸索到一根卷烟和火柴，"噌"地划着，点燃，"嗞嗞"地吸了几口，烟火将漆黑的屋子照得时明时暗。

"丧门星啊！"韩二忠愤愤地说，"老天爷为啥让我韩家摊上这样的女人哩？"

传言把韩二忠的脑袋搅得迷迷糊糊，他曾不止一次地想，春花还是早早地离开韩家为好，不然，哥哥韩大忠那唯一的传人龙儿，也迟早会被春花克死。从此，他和韩张氏对春花、韩柳氏和刘三冷漠下来，遇事不再赶去后院，除非刘三或韩柳氏到前院来喊他们不得已时，才慢慢地去后院看看，讲些不痛不痒的话，算是应付了场面。对这突然的变化，韩柳氏、春花和刘三早有察觉，但没听韩二忠和韩张氏当着他们面儿讲过啥话，所以也不敢凭猜测疏远前院。他们清楚，在韩家族院里，刘三毕竟是个外人，很多事情还得仰仗韩二忠操持和发话，如果失去了他的关照，今后的日子不知该怎么过下去。

然而，大年三十晚上的那顿闷酒，让韩柳氏和刘三彻底弄清了，韩二忠和韩张氏为啥会在河生沉船后，对后院冷落起来。

远处不断传来"噼里啪啦"的鞭炮声，而炮声却难以惊醒春花，她早已在东屋陪伴龙儿睡下。韩柳氏和刘三各装一肚子心事，谁都闷着不讲话，端出和好的肉馅儿，两人坐在灯影下包起了饺子。刘三借着光瞅见韩柳氏泪水唰唰地流了一脸，忍不住地说："听刘郎中的话，今天是大年三十，别哭啦！谁不管咱们都不要紧，我刘三陪你和春花把龙儿拉扯大。"韩柳氏嘴里说不哭，但眼泪还是止不住地落在了面板上。自河生离去后，韩家后院的一切生计都落在了刘三身上，他不仅是家中唯一的顶梁柱，而且成为韩柳氏和春花精神上的支撑。那种天塌地陷的恐惧和时日的艰难，时时刻刻都让两个孤独的女人感到绝望，好在龙儿被立在炕上蹒跚学步和嘴里"呵呵呵"无忧无虑的笑声，方解去她们的一丝忧愁。从麦季到秋收、秋种，韩柳氏的眼疾一天比一天严重，由于视线模糊行动不便，只好在家看护龙儿，刘三和春花承担起地里的所有农活。晚上，春花照料龙儿，韩柳氏的生活起居唯有依靠刘三照顾。冬季天气寒冷，天色一黑，刘三便会悄悄进入东间，把韩柳氏的被窝事先铺好，并将她半夜小解需要的尿盆搁在熟悉的地方，让她能从炕上伸手摸到。而深夜，他常被她的哭声惊醒，不得不赤裸着身子跑到她炕上，钻入韩柳氏的被窝把她搂在怀里安抚，哄着、劝着让她睡觉。

长此以往，刘三似乎养成了一种习惯。两人分睡时，不管韩柳氏哭与不哭，只要一觉醒来，他准少不了偷偷下地走近东间的炕前，瞧瞧她睡得是否安稳。韩柳氏若是听见他的动静，也会喊一句："是刘大哥吗？"刘三应声后，她会说："天冷一个人睡不舒坦，你到炕上来吧。"日子就这样一天天熬过来，渐渐恢复了平静。但是，韩二忠和韩张氏的忧虑，以及因认定春花命硬克夫表现出的悲痛欲绝，在韩柳氏和刘三心中激起层层波澜。

韩柳氏和刘三一直把这件事闷在心中，他俩在被窝里商量，无论如何都不能将这话传到春花的耳朵里。尽管内心很悲凉和压抑，但对春花却仍不露声色。可天下没有不透风的墙，没过多长时间，春花还是听到了大家对她的闲言碎语。

正月过后，大地逐步回暖，夜深人静时，又可听见黄河"噼噼啪啪"的炸凌声了。十个多月大的龙儿，已能单蹦出"爹、娘"的话音，这给春花、韩柳氏和刘三以极大的满足和快活，使这个毫无生气的家庭充满了乐趣。

那一日，春花在后腰里拴根布袋，提拉着穿着一身大厚棉裤的龙儿在街头玩耍，邻居一位王姓老太袖着手赶来坐在她的面前，先是把龙儿逗得"咯咯"直笑，后才发出一声慨叹来："多好的孩子啊，可惜他爹不在啦。"

春花对这样的夸奖和怜惜已经习以为常，只好应承着说龙儿过完周岁准能会说会跑。王老太应和着，话锋一转问春花："听说你二叔大年三十晚上喝醉了，哇哇大哭啦？！"韩柳氏和刘三不曾跟她提过此事，春花被王老太问得一时愣住，直讲没听说过，反问王老太外人是如何传的。

王老太毫无心计地说："没咋传，光听人讲，是因你命硬把河长与河生克走愁哭的。你二叔说，那个家算是败在你手上啦。"

春花被王老太的话击得眼前一片晕花，顿时天旋地转，含泪抱起龙儿"噔噔噔"地跑回家，趴在东屋炕上用被子蒙住头委屈地哭着。韩柳氏和刘三听见哭声，以为她在街上被人欺负了，进到东屋把吓哭的龙儿抱在怀里，问发生了什么。春花掀开被子悲伤地问："娘、刘大叔，前面俺二叔大年三十晚上喝醉酒哭了吗？"韩柳氏和刘三方才明白，肯定有人把韩二忠酒后的话传给了她，只好尽力安慰说，不管别人咋传，咱自个儿过自个儿的日子，劝她好赖忍耐着。

天黑时，韩柳氏摸着墙根进到厨房烧汤，虽然眼睛不好，但对厨房的每个角落和饭食轻车熟路。春花把龙儿抱给刘三，说要到街上去一趟。刘三暗自嘀咕，会不会是去找韩二忠把话说个明白，后又想春花处事稳重，不会对族院老人不敬。然而，正是这种掉以轻心，才闹出了一场大乱子。春花从胡同直接拐进了前院，韩二忠一人坐在圈椅上，灯也不点，闷在黑乎乎的堂屋里抽烟，看她进来都未欠欠身子，说：“来有事啊？”

春花跨进当门，“咕咚”跪在他面前放声大哭，韩二忠立时猜到，她准听人讲了闲话，说：“这是做什么哩？有话起来说。”

春花嘤嘤地哭着说：“二叔，你和二婶真认为是我命硬克走了河长和河生的吗？”

韩二忠面对春花的质问，既恼怒又不敢跟她吵闹，只有坐在那儿一声不吭。“你说呀，二叔！”春花仍旧发问，“当初是你与朱奎舅去提的亲，我命硬，谁让你们家人要娶我呢？俺不是没皮没脸走进韩家的。”

这句话像伸来的一个巴掌，狠狠地抽在韩二忠的脸上，使他好没面子。他咂咂嘴巴，余怒未尽地说：“你给我起来！命硬不硬，你自己还不知道，你进韩家门以前，俺那俩侄子咋没啥事哩？现在人都没了，你反倒闹到我家当门里来啦。”

春花听出他的话音里非但没有一丝一毫的同情，反而把一切责任推在了自己身上，再也承受不住这般打击，跪在地上哇哇哭起来，不大会儿工夫，韩二忠家的大门口，就被围观的村民们堵了个严实。

韩柳氏做完饭从厨屋里出来，忽然听春花在前院堂屋哭闹，慌乱地对刘三说：“他刘叔，一定是春花跟她二叔闹哩，咱俩快过去。”

刘三左胳膊抱着龙儿，右手搀着韩柳氏急忙赶去前院，与正从厨屋走出来的韩张氏撞了个正脸。河友挑水回来，见一群小孩和女人围在门口叽叽喳喳乱嚷，便撂下水挑子走过去，直到把那些人轰走。

韩张氏迈进堂屋拉拽春花，想让她赶快起来回家，不要让外人看笑话，说：“哪家的媳妇敢这么跟老人闹啊？！俗话说，家丑不可外扬，这不是让外人看咱韩家笑话吗？这回脸面算是丢尽啦。”

春花哭着站起身说：“二婶你别说啦，怪我命硬行了吧？你俩侄子都是被我克走的，你跟二叔不就想把我挤对出你们韩家？俺离开行不？”

她的话惹恼了韩二忠。他举起手“啪”地一巴掌拍在八仙桌上，颤抖着声怒吼道：“要离开韩家可是你自己说的，要走你咋不早走，早走俺俩侄子恐怕不会丧命哩！”

站在一旁的河友听不下去韩二忠这些不讲理的言语，忙拉住春花，劝她不要理他爹娘，说他们是老糊涂，愤懑地说："鬼子杀人怪俺河生嫂啥事哩，还嫌俺大娘那边不够惨啊？"

河友的反驳激怒了韩二忠，他怒气冲冲地走到河友面前，嘴里骂着："你个小王八羔子，敢跟你老子较劲，你不是我的儿子！"

说着，他抬起手猛抽了河友一记耳光。韩柳氏和刘三望着眼前的场景，心里流血更流泪。刘三把龙儿抱给韩柳氏，将河友挡在身后，忙拉住韩二忠，直劝他消消气。昏暗的屋子里看不清各自的面孔，实际上，刘三早已掉下了两行伤心的眼泪。

韩柳氏从头到尾没说一句话，待刘三将韩二忠拉回椅子重新坐下，她才试着把龙儿交给春花，含泪说："春花啊，都怪咱命苦，跟娘回去吧。"

龙儿被这种吵闹的情景吓得惊慌失措，他不明白奶奶和娘跟黑暗中的那个老头儿究竟发生了什么样的过节，也弄不清他娘为何那般哭泣，等春花把他接到怀里，他竟伸出稚嫩的小手抹向春花的鼻翼，替他娘抹去了上面的眼泪。"孩子，"春花悲伤地说，"跟娘和奶奶回家。"他嘴里"呀呀"地喊着，直将胖嘟嘟的小嘴拥向春花的脸颊。

这次吵闹当晚就传遍了老河口。一些外姓村民，认为韩二忠冤枉了春花，对她甚为同情和怜悯。而韩家族院里的男人女人们，则把春花视为灾星，更认准她没大没小，连她二叔都敢不顾情面地顶撞，如此败家丧夫的女人留不留的不要紧，既然提出要离开韩家，不如早早把她轰出大门。

刘三搀扶着韩柳氏，春花怀抱着龙儿回到后院，三人未进粮米，烧好的一锅汤原封不动地冷在锅里。刘三"哼哼"地哄着龙儿，躲到一边流下眼泪。此时，他不知道自己和看着长大的春花将归向何处，若留下快要成为睁眼瞎子的韩柳氏，又有谁能够给予她生活上的照顾呢？他与韩柳氏和春花一样，像掉在无底的深渊，周身被黑暗、愚昧和无情压迫着。可他想，作为这个家中唯一的男人，在女人最需要关怀和支撑的时候，如果自己消沉下去，定会把女人们推向绝望的边缘。于是，他抱着孩子走到东间炕前，把龙儿递到春花怀里，强忍悲痛说："春花，给龙儿吃吃奶吧，他饿啦。"龙儿在她怀里却不肯吸吮，在微亮的灯影中直愣愣地望着春花。

深夜，刘三走进厨屋，重新烧火热了锅里的饭菜，盛好饭端进堂屋，叫她俩多少吃一点，说：“春花啊，咱们不能为别人活着，谁都不顾也得顾着龙儿，把他养大就遂了咱们的心愿。”

韩柳氏被他的真诚和疼爱所打动，下炕后喊春花：“有娘和你刘叔，你啥都别想，外人说什么随他们去，娘和刘叔永远不会嫌你。人活一生都是为了口气，咱俩虽是妇道人家，偏要争这口气。吃点吧，别让你刘叔白费了心思。”

春花从刘三和韩柳氏的言语中，悟出日子的艰辛和婆婆的要强好胜。她寻思着，连丧夫失子、眼睛都快哭瞎的婆婆都未向世俗偏见低头，更没对未来的生活失去信心和希望，自己作为一个应尽孝心的晚辈不应再讲什么。她应答刘三和韩柳氏后，抱着龙儿围坐在桌前，端起饭碗既吞下了委屈的眼泪，也咽下了刘叔和婆婆的一片善意。

那一夜，刘三本想安排韩柳氏睡下后，自己回到西间独自歇息，韩柳氏拉住他说：“你别过去啦，俺心里难受，想让你陪着，你上来睡吧。”待刘三爬上炕后，韩柳氏一下子扎在他的怀抱里，“呜呜”地哭起来，刘三安慰着她说，若韩家族院真的难以容下他们，他可带她和春花到济南去找郭继聪的生意场，永远离开这让人伤心的老河口。韩柳氏问他去过没有，刘三说，只听郭继聪和春花娘说过，龙儿姥爷从未带他去过。不过他相信，只要在济南地面上，无论如何都会找得到。韩柳氏直言她不能去，因老船主和河长、河生都埋在河边上，她一辈子都不可能离开老河口，等她去世时，要跟老船主埋在一起。刘三担心韩柳氏又会伤感，便把话题立刻引到别处，让她渐渐忘掉傍晚的事。

这件事之后，韩柳氏和春花几乎没再与韩二忠和韩张氏来往，前后院虽一步之遥，却永远地留下了难以愈合的创伤与隔阂，扯不断的血脉关系源发的那种亲情、关爱也荡然无存了。韩二忠和韩张氏记恨春花对他们的不尊，后院有再大的事，即使在胡同里路过河生家门口，他们也不进韩柳氏的家门。韩柳氏和春花及刘三，有时在院外与他们相遇，主动与他们打招呼，韩二忠和他的女人也只冷淡地应一声，不会有更多的话语。唯一能让韩柳氏和春花得到安慰的是，刘三下地或外出不在家时，河友常常背着他爹娘偷偷来后院，帮助她们做些力气活儿，这确实让两个女人十分感动。

二月底的“骤风”，是韩柳氏和刘三引发的，这次彻底把这个家庭和两人之间的情缘摧毁了。那一月，韩柳氏忽然发现以往准时来的经血，过去几天了也不见来，最初以为是生气伤了身子造成的，没放在心上。又过了一月，经血仍未到，她开始有点儿慌张了。夜里，她对刘三说："我那东西咋两月不来哩？"刘三不懂女人的生理周期，更不晓得经期不至预示着新生命的孕育，想她肯定是身体哪个部位出了毛病。

韩柳氏忧虑地说："会不会怀了孩子哩？"

刘三被她这话吓出一身冷汗来，问她有啥感觉，韩柳氏说，什么反应和感觉都没有，急得她直想落泪。刘三说："既然吃不准，那我拉你去找刘郎中瞧瞧，有病也好早治，只要没怀孩子，啥都好办。"

第二天一早，刘三跟春花讲，韩柳氏身体不适，他要拉她到镇上去一趟。春花很惊讶，婆婆咋会一夜间生出病来，望望她的脸色，除那双眼睛不好使外，其他也瞧不出有多大的变化，问刘三婆婆得的啥病，他也不说。再问韩柳氏，她脸上掠过一片红臊，春花突然意识到韩柳氏怕是得了女人常见的那种病，赶紧催促刘三拉她去找刘会天。

那是令韩柳氏和刘三感到最棘手和头痛的一个上午。

刘三用地排车子拉韩柳氏到了镇上，沿途碰到熟人都说是给韩柳氏看眼疾。刘会天很热情地邀他们进了诊所里间，刘三把韩柳氏扶到板凳上坐下，不讲啥病，光说让他给看看，这让刘会天有点含糊，问韩柳氏："妹妹哪儿不舒服啊？"

韩柳氏恍恍惚惚看到刘会天的影子，便直截了当地说，她已经两个月没见经血，随后把右手手腕平摆在了他面前的桌子上。刘会天用三根手指切住韩柳氏的脉搏，很长一阵子光把脉不讲话，眉头紧皱，眼睛时睁时闭。刘三焦虑地问他从那脉里把出了什么病来，刘会天放开韩柳氏的手说："没啥大毛病，这回我可得恭喜刘大兄弟了，姊妹有喜啦。"

这个诊断结果，是韩柳氏和刘三最为担心的事情，这下完全暴露给了郎中。韩柳氏慌乱地叮咛说："刘大哥，你看我这么大年纪还怀身孕，叫外人知道多见笑啊。你若诊出我真怀上孩子，说啥都不能要，请郎中千万不能对任何人说哩。"

刘会天听懂了韩柳氏的意思，答应到他这儿为止，不会告诉第四个人，问刘三和韩柳氏到底咋想的，说如果要留住肚子里的孩子，就让刘三回去好好侍候，如果真不想留，他就开个方子，抓几副打胎的药，看能否打掉。

韩柳氏和刘三心情沉重地选择了第二种办法，请刘会天开了七副草药，一再嘱咐他，药下得越狠越好，最好能一次打掉，不留后患。刘会天按照韩柳氏的要求，用麻线捆好草药递给刘三，说药是他专门配制用来打胎的，但韩柳氏必须配合吃药，将肚子勒紧蹦跳，草药若真起作用，会把死胎勒下来流掉。刘三感激地付完钱票，谢过刘会天，又拉韩柳氏回到了老河口。韩柳氏坐在车里，双手掩面呜呜地直哭。

刘三劝她："到这时候，哭不顶用啦，都是我不好，有啥事有我一人挡着，无论怎样都不能让你受委屈，回去我就帮你熬药喝。"

韩柳氏哭泣，不光因为怀上了刘三的孩子，她清楚，老河口和韩家族院，决不会接受和容忍她跟刘三偷情的事实，事情的结果肯定是遭受村民的唾弃，从此在旁人眼中低人一等，甚至会给刘三和春花带来难以承受的打击，他们可能会被轰出老河口，从此永久分离。

没过两天，春花便看出韩柳氏怀了身孕。虽然熬药侍候韩柳氏全由刘三负责，但春花曾在老东阿镇听母亲说过，女人打胎吃的草药里，必然有麝香、红花、紫石和桃仁之类活血理气的药材。她发现倒在粪坑的药渣儿里，散发着麝香的味道，于是找了根小木棍扒拉了一下黑乎乎的残渣儿，看出里边有被熬开的桃仁和红花，突然意识到婆婆为何不声不响地被刘三拉着去找刘会天了。

第二天一早，刘三在堂屋西间尚未起床，春花走进东间取龙儿的棉衣，瞧见韩柳氏已下地站在炕前，往腰上一圈圈地捆绑绷带，直把白嫩的肚子勒出一道道的沟来。她问："娘，你干啥那么使劲勒哩，不怕把肚子勒坏喽？"韩柳氏只顾低头捆绷带，毫无察觉春花进了屋里，她被吓得浑身一抖，慌慌张张地抖搂下长襟盖住紧绷的小腹，说："没啥哩，不勒坠得慌。"春花晓得，她在掩饰自己的羞愧，忙帮她提上裤子，对韩柳氏说，这事不用瞒她啦，她懂韩柳氏的心思，只要不传到外人的耳朵里，无关紧要。韩柳氏坐在炕前流下泪来，说："春花，你不会看不起娘吧？"春花偎在她身边，说自己也是女人，知道婆婆的心，说早盼着韩柳氏能与刘三走到一块。

韩柳氏惶惑不安地说："与你刘叔真要明媒正娶走在一块，我啥都不怕，正因名不正言不顺，才让婆婆没脸见人哩。"

春花沉默许久，问她刘会天抓的草药见不见效，韩柳氏说还没有吃完，不知道能否打下来。春花劝她不要着急，等吃几天再看看。韩柳氏愁眉苦脸地说："不管刘郎中的药管不管用，你刘叔的这个孩子婆婆说啥都不能要，假若草药打不下来，娘宁可勒死也得把肚子里的孩子勒下来。"

命中的劫数也许是注定的。七服草药吃完，韩柳氏仍无半点流产的迹象，刘三不得不再跑到镇上找刘会天，让他再多抓几服。刘会天发愁地说："哎呀，老夫的药碰上姊妹的身子骨可是头一回啊。有的女人吃上三服，孩子准会掉下来，同样的草药咋对她不起作用哩？莫不是这胎儿命中有缘该来到世间吧。"

刘三听后，沮丧地差点给他下跪磕头，百般祈求他再想想法子，怎么样都得把胎儿堕了去，不然他和韩柳氏准会大祸临头。刘会天有些可怜起刘三来，又在原先的草药中多加了两种药材，并下了从未施过的剂量，然后对刘三说："兄弟回去再让妹妹试试，如果真打不下来，老夫已使尽办法，兄弟只能另请高明啦。"刘三一路琢磨，韩柳氏的身子为啥那般经得起折腾，难道这个孩子真要给自己和心爱的女人带来大祸吗？

最纳闷的还是刘会天。他先是怀疑自己下的药出了岔子，但翻看过方子和药材后，认定所配抓的草药一样不缺，剂量也比平常大一倍，应该早已见效，可韩柳氏仍无动静，不免思忖，她怀的是个啥样的胎儿了。他百思不得其解，带着满脑子的疑虑，选了一天下午，掖好供养李光腚子女的钱票，背上粮食赶去了老河口。给李光腚的老婆交代完那些钱粮后，正要去河生家瞧瞧，却在南边的场院碰上了韩二忠。见刘会天到来，韩二忠邀他进家喝水，因不了解韩家前后院因春花传言产生矛盾的刘会天，推辞说了些客气的套话，然后问韩二忠，河生爹的坟墓埋在河边上，是不是找人看的地。韩二忠不明白他的用意，回他说，是叫朱奎堪定用罗盘定向下的葬。

刘会天睁大眼睛说："我说呢，坟墓上没长蒿子，后代怎么都不会旺哩。"

韩二忠听出他好像话中有话，追问刘会天出了什么稀奇。刘会天神秘地说："兄弟本不该对你家的事多嘴，可我咋都想不透我下的打胎药，为啥到你大嫂那儿不管用啦。"

韩二忠被他的话一棒子打蒙了，以为自己听错了，赶忙叫他把话再说清楚一些。刘会天说："咱们是多年的兄弟，我给你说完，你可不能生气。"韩二忠频频点头答应，请他只管放心地讲。之后，刘会天便把韩柳氏和刘三找他抓药打胎，他在药里下了哪些药材等等，一五一十地对韩二忠学了一遍。韩二忠听完，脸色瞬间变得煞白，嘴唇也不住抖动，眼里似乎都要喷出火焰了。但一想这种伤风败俗的事情，若传到其他人的耳朵里，他韩二忠算是造了大孽，上对不起祖宗，下对不起老船主和河长及河生，更对不起尚未成人的龙儿，于是压住了心中的怒火，应付刘会天说："行吧大哥，这事到我这儿为止，你千万不能说出去了啊。"

刘会天客气地说：“咱俩谁跟谁啊，要是外人，我还不告诉你哩。”

这几句无意的话，使他咋都没想到会成为无心插柳柳成荫。韩二忠惶惶着心情，进到家门趴在炕上蒙头大睡，不论韩张氏怎么喊，他都不肯起来。韩张氏和河友怕他生病闹灾，走近炕前问他，究竟出了哪门子邪事。韩二忠掀开被子抹一把鼻涕，嚎天哭地地嚷叫个不止：“你老头子没脸见人啦！我怎么面对祖宗八辈呀。是哪辈子烧错了香哩，让我韩家摊上这种丢人现眼不知羞耻的事儿。”

韩张氏对他这些毫无头绪的话，如堕雾里云中，直催韩二忠赶快讲给她听。韩二忠坐在炕上怒发冲冠地说：“后面那对没出息的狗男女，做出了不要脸的事啊，这可咋让我韩家在老河口立脚啊。”此事大大出乎韩张氏的意料，追问是谁讲的，以及是否准确。于是，韩二忠把刘会天的话全说给了自己的女人。韩张氏夫唱妇随，气得咬牙切齿，说：“大嫂真不要脸，才两年就忍受不住，人家守一辈子寡也没像她这样，打断姓刘的腿，连那个丧门星一起轰出韩家。”

韩二忠躺在炕上一整夜翻来覆去不曾合眼，号哭着闹腾到天亮，发狠要把刘会天所讲的那些事情弄出个真凭实据，并暗下决心，如果守寡的韩柳氏真怀孕打胎，哪怕不要老脸，他也绝不宽恕刘三和春花。

翌日一早，韩柳氏和刘三尚未起床，自春花吵架后从未去过后院的韩二忠，敲响了韩柳氏的大门。刘三在堂屋里问着是谁，边穿衣服边跑向门洞，开门一瞧，见韩二忠哭丧着脸站在门外，又喜又悲地赶紧请他进屋，直朝北屋和东屋喊，前院的河生二叔来了。韩柳氏和春花虽然感到奇怪，但对他的到来不能不尊，纷纷迎他进屋。韩二忠坐在堂屋上座，瞪着刘三和韩柳氏不言语，这让两人倍觉不妙。春花问他：“二叔来有啥事哩？”

韩二忠说：“没你的事，你到东屋去吧，我找你娘和你刘叔。”

坐在下座和板凳上的韩柳氏和刘三听后，心生慌乱，猜测他可能从哪里听到了什么。韩柳氏探问：“他二叔，找我跟刘兄弟有话要说啊？”

“是哩，”韩二忠质问说，“屋里就咱仨，没有外人，你俩老老实实跟我说，是不是找刘会天抓药打胎去啦？”

韩柳氏和刘三立时惊慌失措，不知该怎样回答他的这个质问。韩二忠看他俩低头不语，又气势汹汹地问：“我再说一遍，有没有那种事？”

霎时，韩柳氏唰唰地流下了眼泪。刘三神情恍惚地离开椅子，走到他跟前，“咕咚”一声跪在他面前：“这事都怨我，请你看在与俺家老爷和河生的情分上，不要埋怨她行不？她眼睛不好，要杀要剐由我担着。”

韩二忠当场的对质，证实了刘会天说的是实话，没再吐半个字，脸色铁青，流着老泪，起回到前院，哆嗦着手脚问韩张氏：“祖子搁在哪儿啦？”

韩张氏说：“既不是年又不是节的，找祖子做什么哩？”

“别提啦！”韩二忠擦着眼泪说，“那对奸夫淫妇自己承认有那种丢人的事。快找出来挂上，我要给祖宗下跪啊。”

韩张氏听清他的意思，忙从墙角旮旯里抓出了布满灰尘的祖子，喊河友踩着八仙桌，摊开挂在明间的北墙上。韩二忠跪在桌子前面的当门里，双手抱拳对祖子拜了三拜，磕下仨头，仰望着北墙痛心疾首地嚷道：“列祖列宗在上，我韩二忠治家无方，家里竟发生男盗女娼的事，给祖宗丢脸。我对不起祖宗八辈，我有罪啊！……今日，我要让族院的人惩治那俩奸淫男女，还祖宗清白名声，列祖列宗在天有灵，请睁开眼瞧着，别怪我韩二忠心狠手辣。”

他这样一把鼻涕一把泪地边说边哭，直到觉得已向祖宗表明了自己的悲痛心情，才起身重新坐到椅子上，对韩张氏说：“韩柳氏和刘三的男女私情，瞒过初一瞒不过十五，早晚要被街坊四邻知道，长痛不如短痛，快去告诉族院的男女老少，上午就把不嫌丢人的那对男女处置喽。”

韩柳氏、刘三和春花全然不知韩二忠已做出这种安排。虽然他们清楚，从韩二忠进门的那一刻起，他们不会再有安宁的日子，也做好了忍耐一切苦痛的准备。但又天真地认为，了解详情的韩二忠和韩张氏，会顾及脸面，不会对外嚷嚷，若传遍老河口，既对韩柳氏和刘三没啥好处，他韩二忠甚至韩氏家族也会失去往日的光彩。不过，这仅仅是一顿饭的自我安慰，等撂下饭碗，春花正准备打发龙儿穿衣起床，胡同里突然传来一阵杂乱的脚步和一片喧哗吵叫声，接着大门被“哐啷”推开，一群手持棍棒的男人拥进了院内。

“姓刘的出来！”

韩柳氏和刘三及春花怎么也没想到，风波会来得这么迅速且猛烈。他们的心揪成了一团。刘三对韩柳氏说，要死他替韩柳氏去死，不论院子里发生天大的事儿，韩柳氏都不能吱声，劝她躲到东间不要出来。韩柳氏睁着半瞎的眼睛，拉住他的手，阻止他不要到院里去。刘三安抚完韩柳氏，脑子一片凌乱和空白，走出堂屋，无所畏惧地挡在了韩家族院众人面前。

第二十章

在这个阳春三月桃红杨柳绿的时节，韩柳氏的院子里，拥进了韩家族院的众多男女。那些人是韩张氏按照韩二忠的吩咐叫来的。听说韩柳氏与外来男人做出了有损于家族名誉、大逆不道的事来，个个怒不可遏，顾不上吃饭，簇拥着赶到河生家中，准备狠狠教训一番色胆包天的刘三和偷人养汉的韩柳氏。刘三走下门台，站在族人面前，瞧见韩二忠和他的女人躲在那群人的背后。从他冷淡的眼神里，刘三深信，他俩不会阻止族人过激的行动，并一定会推波助澜。当保长以来为老河口百姓操心劳神的所有功绩，被韩柳氏的这次怀孕全部抵消了。他想，只要韩柳氏和春花不受伤害，即使自己赔上一命也没啥后悔的。于是，他对那些人说："兄弟爷们儿们，咱都是一家人，怪我刘三不好，一切后果由我承担，在此我向大伙赔罪啦。"

院子里立马呼吼起来，人群中有人大声怒斥道："你和那个臭娘们儿毁了整个韩家的名声，这罪你赔得起吗？打他！"不等刘三争辩，两名汉子从侧面转到他身后，抬脚猛然踢向他的小腿，他双膝一弯，直接跪倒在了大伙眼前。这时，又有人喊嚷："动手啊，不能便宜了这个假装正经的玩意儿！"

说话间，刚才踢刘三的那俩男人，同时抬腿踹向他的后背，使他脸朝下趴在了地上。伴随着他的倒地，那群人近乎疯狂地怒吼叫骂着，把刘三围在中间，一根根木棍和一只只凶狠的大脚，打、踢在他的身上，刘三的头顿时流出鲜血，身子也蜷缩在一起，疼得直在地上打滚。但他紧咬牙关，不发出一声惨叫，默默地忍受着疼痛和屈辱。韩柳氏和春花在屋里听到了嘈杂的叫骂声和木棍"噼里啪啦"的撞击声，泪流满面地冲出屋来。春花拨开人群站到刘三跟前，想用柔弱的身子挡住无情的棍棒，却被人辱骂着“丧门星”推搡到一边，棍棒还是雨点般地向地上的刘三打去。

脸色惨白的韩柳氏，眼含泪水，扶着门框下了台阶，颤巍巍地走近那些人，双膝跪地，扒拉着一条条粗壮的大腿爬近刘三，哀求说：“求求你们别打他啦，是我姓柳的自愿的，没有人可怜我啊，是他帮我们度过的难日子。……老天爷啊，救救我们吧……”

韩柳氏和春花的哭求，无法撼动那群人冰冷的心。韩二忠和韩张氏则在远处袖手旁观，春花走过去也“咕咚”一声跪了下来，哭求说：“二叔、二婶，你们真的看着不管吗？再打要出人命的，求求你们叫那些人住手吧。”她边说边在地上接连给韩二忠和韩张氏磕下一个个响头，额头磕出了一片红印。韩二忠一句话也不说，冷漠地故意躲开春花走到一旁去。春花双膝跪着追他，最后抱住他的大腿，苦苦哀求。韩二忠用力甩开她，又挪到另一个地方。韩柳氏也被人群围住，她扑在刘三身上，用自己的身子替他接那些打来的棍棒。

有人叫喊：“丢脸的臭女人，把他俩一块打！”

棍棒残忍地打向她的后背，满院子的哭声、棍棒声和众人的辱骂声混杂在一起，直把韩柳氏、刘三从里到外打得浑身是血。刘三强忍疼痛坐起来，一把将韩柳氏拉抱在怀里，两人血泪相加，面对着这群冷酷的族人。看到他两怀抱在一起，那些人更加气急败坏，其中一个人把韩柳氏强行拉开，嘴里骂着“骚娘们儿”，一脚踹在了她的肚子上。眨眼工夫，大家发现，韩柳氏的裤裆和地上渗出了一摊殷红的血。

那帮人和韩二忠被韩柳氏裆下的血迹吓得停止了殴打她和刘三。多天吃药未解决的问题，被那人狠命的一脚踢出了结果。春花爬到他俩的跟前，和他们抱头痛哭：“娘、刘叔，不行咱们到济南去找俺爹娘吧。”

韩柳氏眨着酸涩流泪的眼睛说：“好媳妇，咱哪儿都不去，这里是咱们的家。咱偏不走，就在老河口把龙儿养大。”

春花娘儿俩的对话，恰被躲在人群后头的韩二忠听见。他走上前恶狠狠地说：“大伙都听见啦，这个克死俺俩亲侄子的丧门星一再说要走，现在让她和姓刘的马上滚。”族人们听掌门人发号施令，立即有人拽住春花和刘三，将他俩与韩柳氏分开，轰赶着把他们推向门外。

春花号啕大哭打着坠儿，说：“我要抱着我的龙儿离开，撒手啊，我要去抱我的孩子。”

那些高大有力的汉子们不听她的喊叫，仍用力往外推她搡她。气急的春花踢着身边架住她的男人，试图挣扎脱离他们，只因力不从心而成为枉然。刘三再一次跪求那些人：“你们行行好，让春花抱上龙儿吧。”春花乘机低下头用嘴狠咬左右两人的手背，把所有的愤怒都释放出来，咬得那些族人“哎哟哎哟”地连声叫唤。

春花乘机挣脱跑进屋抱龙儿的当口，韩柳氏哭得倒在地上几乎昏厥过去，仇恨和绝望使她眼前一片黑暗。她想不通，平日里和和气气的韩家族院的每个人，为啥突然变得这般残忍，嘴里叫嚷道：“你们丧尽良心，都想要俺们的命啊，老天爷睁开眼瞧瞧吧，俺哪辈子作了孽哩？！”

她的悲伤被刘三看在眼中，他跪爬到韩二忠脚下，说：“让我看看河生娘，她一个人眼睛不好使，你们谁能照顾她啊？！”韩二忠背过脸去，算是默许了他的请求。刘三爬到韩柳氏身旁，把她抱在怀里：“你醒醒，你醒醒啊！咱俩这世无缘，下世我刘三一定报答你。”

春花含泪抱着被吓哭的龙儿走出东屋，蹲下身哭泣着对韩柳氏说：“娘，韩家人不要我和刘叔，俺们走后你一人咋活啊？！”

韩柳氏搂住龙儿的小脸，不停地亲他，劝留春花和刘三不要舍下她走。韩张氏阴险地悄悄走近春花，从背后一把将龙儿抢走，吓得龙儿哇哇大哭，说：“龙儿是韩家的血脉，不能把他带走。”

春花疯了似的冲向韩张氏，两个人为争抢龙儿，互相撕扯着、纠缠着。春花歇斯底里地大叫：“还我的孩子，他是我的儿子，我不能把他留给你们！”韩二忠指使族人拉开韩张氏和春花两人，并挡住春花，让她无法再靠近龙儿了。

春花最终没能把龙儿抢到手，她悲愤地哭喊，要与韩二忠和韩张氏拼个你死我活。刘三清楚，一切努力都将随着韩二忠的愚昧和韩氏家族的无情飘然而去，化成一件不堪回首的往事，顷刻想起郭继聪留下的亲笔信，那是离开老河口去济南寻找春花爹生意和谋生的唯一希望。他拨开人群跑进东屋，翻遍整个床铺，从芦苇席底下找出了那封信，揣在合袍里，含泪强拉着春花走出了河生家的大门。两人最后看到韩柳氏时，她已蹲坐在地上，从韩张氏手上夺过嗷嗷悲哭要娘的龙儿，紧紧地把他抱在怀中，眼里一滴泪水都没有了，只有颤抖的嘴唇向他俩倾诉自己的苦难。

等走到胡同口，刘三掏出那封信递给春花，告诉她郭继聪和郭刘氏早在一年前就死在了鬼子的枪口下。春花被突如其来的双重打击击蒙了，两眼怔怔地瞪着刘三，身子渐渐倾斜滑倒在地，不省人事了。

所有的亲人都离韩柳氏而去，刚刚四十多岁的她，在一夜之间苍老了许多。春花和刘三被轰走不久，韩柳氏的眼疾加深了，可她暗中鼓励自己，必须坚强地活下去，把龙儿这个没爹没娘的孩子拉扯大，不让他知道奶奶和娘遭遇的磨难，给河生留下一条命根。自此，她忍辱负重，承受着老河口百姓对她的鄙视和辱骂，瞎目瞪眼地与龙儿相依为命。村民们睁眼便会在街头看到，她拉着学步的龙儿走来走去，时常会撞在墙角和大树上，好心的男人、女人们会在这时帮扶她一把，甚至会扭过脸去为她的艰辛和悲惨流下泪来。春天麦地里浇灌开始后，她又用根绳子把刚会挪步的龙儿拴在地头小树上，一人卷起裤腿站在水沟里，吃力地将一桶桶浑水提上沟堰，浇入长长的麦垄。她知道自己没啥盼头，只为龙儿活着，龙儿是她唯一的精神支柱，再难也不能让龙儿受到任何伤害。

春花醒来时，刘三已背着她离开了老河口。他俩身无分文，只有一只盛着几件衣服的包裹算是全部的家当。他们不知道去济南的路线，加之黄河两岸有鬼子的封锁，所以只得走土路穿过一座座村庄，毫无目的地朝北边走去。春花从刘三后背上下来，哭喊着要去找她的龙儿。刘三劝住她："春花别哭了，听刘叔的话，回去也没用啦，等以后找见老爷的生意，再想法来接龙儿吧。"

春花抑制不住悲凉，哭诉道："刘叔，我咋能不哭啊？！……我什么都没有啦！没了爹娘，没了丈夫，没了儿子……我还为谁活哩？活着又有什么用啊。"

刘三实在想不出更好的办法来安慰春花，又担心她半途寻短见，只好一刻都不松开她的手。春花有气无力地跟在他身后，目光呆滞，嘴里喊着爹娘、河生和龙儿。刘三觉得疲惫不堪，拉着春花坐在路边的一棵大树下，准备歇歇再走。春花木讷地坐在刘三身旁呼唤龙儿和爹娘，那种绝望的神情，让他有点发毛。他将手举在春华眼前晃了晃，问："春花，你眼前有刘叔的啥东西哩？"

春花摇晃着脑袋，说什么都没有，接着又唤起她的河生和龙儿来。刘三心头一沉，心想，这么好的一个闺女，不会被刺激成疯子、傻子吧？！的确，从那天上午起，春花的世界全变成了黑色，她不知道自己在想啥和说啥，心里只有她的龙儿，看上去又疯又傻。

中午时分，刘三带春花路过一座村庄，路旁的狗对着他俩不停地"汪汪"乱咬。浑身的酸疼、无力和饥饿感，使他和春花再也走不动了。刘三不得不把春花安顿在一个墙根下，从地上抓起一根小木棍当打狗棒，说："春花，在这儿等我啊！刘叔给你去要饭填填肚子。"

春花坐在地上没有丝毫的反应，嘴里仍念叨着河生和龙儿的名字。刘三推开邻近一家百姓家的大门走进去，朝里边喊道："大爷大娘、大哥大嫂、姐姐妹妹们行行好，我和侄女路过你家，请给口干粮吃吧。"

他的喊声起初并没有人听见，又重复了几遍，这才惊动了主人。不一会儿工夫，从院里走来一位手拿干粮的慈祥的老太太，跟刘三说，家中也不宽余，只能让他们垫垫肚子。刘三接过两块干粮，感激地给那老人下跪磕了三个头。回到墙根下，他把干粮塞在春花手里，说还要赶路，嘱咐她不管多少一定要吃。春花把干粮抓在手里，仍那么傻愣愣地嘟囔着听不清的话语。

刘三靠要饭解决了他和春花的吃饭问题。他把多余的干粮搁在包裹里包好，拉着春花继续朝北走去。刘三大致清楚黄河的走向，料定他们的路线只是远离大堤，但与黄河并行。太阳入地后，两人已出了东阿地界，进入茌平辖地，来到一个不知叫啥名的村子外围。他照中午的办法，把春花留在一个固定的地方，然后自己进村挨家挨户讨来一些干粮，等回原地找到春花，天已黑得伸手不见五指。刘三拉着春花四处寻觅过夜的住处，终于发现一处残垣断壁的破屋碴子，那儿因多年没人居住而破败坍塌，不过还可以避风挡雨。他拽着春花走到墙角，先弯腰用手清除掉地面上的砖头瓦块，铺平后对春花说："春花，咱俩今晚就在这儿过夜，有刘叔陪着，你不用害怕。"春花听着他的话，顺着墙角蹲下身去。

黑夜对刘三和春花来说，是最难熬的时候。两人蹲在墙下，仰望满天星斗，回忆起白天发生的事，全身不寒而栗，泪水再一次控制不住地流了下来。春花在喃喃呢语中渐渐睡去，刘三解开包裹抖落出薄薄的单衣盖在她身上，替她避挡初春尚冷的风寒。睡到半夜，春花乍醒，又起身呼喊河生和龙儿，刘三按住她的双肩才使她恢复平静。而他自己却睡不着，也不想再睡，想起为自己怀孕流产且遭遇打骂和不幸的韩柳氏。她今后一个人该怎么过？龙儿该如何抚养成人？以后还能见到自己心爱的女人吗？何时才能走到济南，找到春花爹娘留下的生意？另外，好端端的春花被韩氏家族毁成了这般，自己虽有心到济南帮她治病，可是到哪儿去找治病的钱呢？刘三思前想后，心里越发纷乱无比。他思忖，必须赶紧去济南，到那儿后才能看见希望，即使找不到郭继聪的生意，也要先把春花的病治好，有她在，一切才不会成为泡影。

东方天际刚现出一线亮光，村子里已有早起的人吆喝起来。春花伏在刘三的膝盖上睡着，刘三也用后脑勺抵住后墙在惶惑中睡着。

“咳，兄弟，”蒙蒙眬眬中忽然传来一声男人的喊叫，“哪个地界的？咋睡这儿哩？”

刘三睁开眼睛，眯眯怔怔地瞅见一个肩上背着粪筐、上了岁数的老汉，站在低矮的墙头上正瞧着他和春花，那目光和表情透着怜惜和善良。他拎起身旁的包裹，推醒春花，并拉她起来，对老汉说，路过村子没地方住，才在墙下过了一夜。老汉又问春花是他什么人，刘三说是自己的亲侄女。老汉说：“兄弟可怜哪，昨晚要碰上你们，到俺家去过夜不就得啦？！”

刘三谢过老汉的一片好心，问去济南该咋走，老汉告诉他，到齐河地界黄河北边找一个叫“油坊赵”的地名，再往正南，便可打听出河南岸的王二镇，它就在济南城的边上。

刘三记住老汉所指的路，对春花说：“天已大亮啦，跟刘叔走吧。”

面无表情的春花被刘三拉着迈过残墙，正要与老汉分手，那老汉哀叹一声，喊住了他们，说一看他叔侄俩就没吃东西，硬让两人跟着他回家吃完饭再走。

那一顿早饭虽然很简单，只是稀汤寡水，却把刘三和春花感动得边喝边哭。刘三从老汉口中得知，他和春花所处的位置是紧靠黄河北岸的赵官镇，离齐河那个“油坊赵”还有一百里的路程。临离开老汉家时，刘三同样跪在地下向老汉及他的家人磕头谢恩。老汉将他们送上大路方停住脚步，嘱咐他俩躲开大堤，沿着小路走不会碰上鬼子。刘三记住了老汉的模样和赵官镇的轮廓，边走边感叹，素不相识的陌生人给予的帮助和关心，比老河口韩氏家族的人要厚道和善意得多。春花口中仍不停地呼喊河生和龙儿的名字。刘三牵住她的手往前赶路，知道一下子不可能消除她心中的哀伤，只有任她乱说乱嚷，把积压在胸中的忧愁全部扩散出来，以缓解她的郁闷和痛苦。

经历一天的奔波，他俩终于打听出老汉所说的那个“油坊赵”，半夜时分，他们在村子里摸索到一间破落的大车棚过完第二夜。太阳升起后，刘三向旁人问清了去王二镇的路，心里稍感轻松，啥都没吃便拉着春花直接朝南面的黄河走去。北岸大堤不是渡口，没发现鬼子和伪军在岸边设立的炮楼和哨卡。刘三在乌蒙的阳光下不仅看见了济南的轮廓，更发现了南岸滞留的多艘船只，激动得热泪盈眶：

“春花，刘叔带你到了济南，这回咱俩有救啦！”

世间总是充满着戏剧性和巧合。刘三和春花坐在大堤上，从包裹中拿出要饭讨来的干粮，一口口塞在嘴里干咽下去，噎得两人都有些发呛。他们等候在南岸或在河中航行路过的船只，盼着能有只船靠岸把两人运过河去。然而，南岸装满货物的船只，离岸后都顺流而下向东驶走，这让刘三一次次感到失望。不过，他坚信只要有船，船上的人早晚会发现他们，并拉他和春花过河。凭着这个信念，他安慰着可怜的春花，陪她坐在原地耐心地等待着。

每年黄河一开凌，顺风船行的船工都会如期返回，开始新一年的大河行船。刘三不曾跟随郭继聪来过济南，既不晓得他在济南有哪些生意，更弄不懂他所看到的船只，正是春花爹留下的一个行当。船行的人，除后来略知内情的张双林和周乐天外，也没有谁了解春花爹的隐秘身份，都不清楚他还有个叫春花的女儿和忠实的仆人刘三。赖子最先看见对岸大堤上有两个小黑点儿纹丝不动，爬上桅杆仔细瞧时，才判定是两个人影。也许刘三望见桅杆上有人，站起身直朝南岸挥手，并“哎哎”地大声嚷叫。

赖子抱住桅杆，低头对吴功和何从喊道：“哎，兄弟们，对岸有两个人在喊咱们呢，好像还有个穿红花褂子的女人，他们肯定是想过河，你们说咱过去不？”

吴功和何从站到船头翘首眺望，证实赖子看得真切，说跑一趟没啥，是好人就把他们运过来，如果是坏人掉头再把船撑走。

望着逆水撑船到上游、再顺水行往下游北岸而成为弧形航线的船只，刘三流下两眼清泪，欣喜若狂地说：“春花，船来啦！刘叔带你过河去。”春花啥话也不讲，只用发呆的眼神瞧看越来越近也越来越大的那艘船。刘三拉住她的手，边跑下河滩边朝船上挥动。不等那船缓慢地靠近岸边稳住，他就急切地喊问：“三位好兄弟，对岸是王二镇吗？”

赖子走到船头，应答了他的问话，说正是王二镇，并警惕地问他和春花是哪儿的人，为何要到南岸去。刘三拎起包裹，拉春花踏着黄泥小心翼翼来到河边。赖子说：“话没说清楚，你先别上船。”刘三一听，赶忙双手抱拳向赖子三人施礼，把春花与他的关系说了个明白，说要过河到省城去给侄女看病，请求他们给一回方便。赖子三人看出刘三是个实在人，又领着有疯呆病的侄女，猛然间心生怜悯，说：“俺们这船只运货不载人，看你俩怪可怜的，破例运一趟人，快上来吧。”刘三对赖子三人感恩戴德，跟春花说着“咱们遇见好人啦”，扶她跳上船去。

刘三和春花就在这天上午，无意间被顺风船行的船只摆渡到了南岸。赖子三人只知道他们是要进城看病，根本没想到，那个疯癫的女人与自己的大老板是父女关系。瞧她一脸疯傻的怪样子，赖子顿失往日顽皮和无赖的习性，反而安定下来，这给刘三留下了一个好的印象。他们把两人摆到岸边，还扶着春花安稳下船，告诉刘三顺着船行东边的大路，往南直行就可到达城里。

刘三同样跪在地上给他们叩首，而后领着春花走下河堤。不足半个时辰，刘三路过船行门口，抬头看了看门上方的大红牌子，却不认识上面写的是啥字儿。春花傻愣愣地瞄了一眼，执拗地要往院子里闯，被刘三拉住说："春花，咱不进去。刘叔要带你去找老爷的生意，到城里还得想法治治你的病哩。"

事情往往就是这样阴错阳差。那天河生和铁柱、二蛋，正在船行里忙活自己的事情，谁都没离开船行一步，假如其中一个人在门口稍微一站，也许就能与刘三和春花相遇。诚然，假使刘三没能拦住春花，与河生一年多的生离死别，可能也会在一刹那变成永久的往事和记忆，而老天爷注定要两人继续忍受苦难。春花在他的拉拽下从船行门外走过，河生、铁柱和二蛋全然不知思念已久的亲人，那一刻近在咫尺，但却错失良机，把本该早点结束的苦痛留给了明天去弥合。

刘三头一次进省城，牵着春花走在车水马龙的街道上，随处可见一辆辆载满士兵的军车，从他们身边呼啸而过。他清楚，车上的那些人不是日本鬼子，而是以前听说过的伪军。那一年，日伪合流，蒋介石的军队暗中与日本人勾结，攻打共产党、八路军和游击队，抗战处于前所未有的最低潮。满城的伪军横冲直撞，使刘三觉得希望渺茫。他不知道郭继聪的生意到底在哪里，只能像河生他们一样四处盲目地打听。一些人只听过有郭继聪这个人，但不知道他的生意行当在哪儿；还有些人，甚至都没听说过郭继聪的名字。

这令刘三感到非常失望，只能在燥热的阳光下，走街串巷一处处地询问，可得到的结果不是摇头，便是被人轰赶。他不知道自己会把春花领向什么地方，更不知晓下一步又该如何去做。白天，他带着春花在城里走东串西，沿街乞讨，晚上，他带着春花露宿街头，不敢有半点懈怠，有时甚至睁眼看守一夜，让过于悲伤而疯傻的春花和衣而睡。

一天，实在讨不到饭吃的刘三带着春花来到了济南火车站的站前广场，熙熙攘攘攒动的人头令他俩头晕目眩。中午时分，春花站在一家包子铺前，闻着热腾腾和香喷喷的包子一步都不愿离开，馋得她直流口水。她对刘三说："我饿啦，我要吃肉包子。”

刘三把她安顿在一旁，照先前的做法，叮嘱她不要乱跑，说去买包子给她吃，春花像孩子般地坐在地上等待。包子铺由一位中年男人掌管，那人一脸的凶相，刘三上前说尽好话向他乞讨，他却瞧都没瞧刘三一眼，挥动着铁勺说：“老子的包子是卖钱的，走走走，快到别处去找不要钱的吧。”

刘三酸楚地说：“请大兄弟可怜可怜吧，我不吃没关系，俺那疯傻的侄女偏想吃哩。”

那人听完，从背后直接伸过手来示意付钱。刘三说：“大兄弟，不是俺不付钱，而是身上真的没有带钱，俺俩是被人轰出家门的，有了钱一定来还兄弟。”那人说他话说得好听，吃完包子抹嘴一走，事后到哪儿去找人呀？刘三说：“俺那闺女她爹在济南有大生意，俺俩只是不知道在哪儿，等找到后加倍还兄弟行不？”那人耻笑刘三净说胡话，依旧朝外轰赶。

刘三扭头看身后的春花，见她不高兴地在地上打起滚来，双眼立时涌满了泪水。他再也顾不了许多，嘴里劝着那人行行好，猛然冲到帐篷下，掀开蒸笼抓出了两个包子。那人见状，一把抓住他的领口，一铁勺砸在刘三的头上，接着边大声辱骂边对刘三拳打脚踢，刘三被打倒在地，但始终不顾一切地把两个包子紧紧地搂在胸前。

刘三最终拿到了两个包子。那人被围拢来的一位老妇人劝住说：“人家不像孬人，可能是走投无路被逼到这一步没办法，给俩包子算是积德，放过他吧。”经这顿劝说，那人方气呼呼地回到摊铺前。

刘三爬起来向那人点点头道歉后，又谢过那位好心肠的中年妇人，抓着包子疾步跑到春花身边，说：“刘叔给你讨来包子啦！快吃吧。”

春花斜眼瞅着他，抬手摸向他被打肿的前额，说：“你的头被人打肿了！好疼哩？”

刘三对她摇晃了一下脑袋，直劝她抓紧吃。春花从他手中抢过那俩包子，几口吃了下去。瞧着她的吃相，刘三把脸扭到一旁，偷偷地掉下两行辛酸的泪滴。

刘三带着春花在济南城流浪了半个月，始终未能打听出郭继聪的生意在什么地方。多日乞讨，使两人蓬头垢面，脸上如同抹上黑灰般的脏乱，脚下的布鞋已磨破露出脚趾。春花的疯傻，更是让人觉得他俩是一对彻头彻尾的疯人和乞丐，谁都不会意识到就是这样被人瞧不起，甚至任人欺辱和宰割的两个人，竟是济南城有名的商贾郭继聪的女儿和管家。

刘三对自己所受的苦难毫无怨言，他心里清楚，郭继聪和郭刘氏被鬼子杀害前，在交给他那封信的同时，也把春花和河生交到了他的手上。河生活不见人死不见尸，现在，为保护好春花，哪怕舍命都是值得的，只有春花安全，他才对得起死去的老爷和夫人，才对得起韩柳氏、河生和龙儿。

等哪一天实现夙愿，回过头来再看看这些苦难和刘三的付出时，相信每一个人都会对他的这种高尚行为及厚道的品性，给予充分的肯定和赞美。但是，刘三所祈求的并不是这些，而是怎么样才能尽快找到郭继聪的产业，使春花有个好的归宿和前景。

在济南到处流浪的日子里，刘三和春花曾在伪军进行的一次清城中，被挎枪的士兵押送进一个庞大的收容所。经过两天两夜一拨拨的轮番问讯后，他们又被当作乞丐放了出来。春花爹娘留下的那封信件，仍被刘三掖在裤腰里。那是他和春花留待日后救命以及被生意场接纳时，唯一可以拿出的东西，在某种程度上来讲，那封信件比他本人的性命还要重要。因此，无论他领春花走到哪儿，都无时无刻不惦记和查看那信的存在。

后来，实在到了上天无路、入地无门的境地，刘三带着春花把火车站附近的区域，当作了最后的归属地，每一个露天场所都成了他俩的安身之处。从早晨天一发亮，到晚上夜深人静，刘三和春花蓬松着乱发席地而坐，把讨来的那只破碗摆在面前，以求好心人的可怜，朝碗中扔下几个钱票。用这种办法，刘三给春花和自己每天买些吃的充饥，活过了一个个难熬的昼夜。

在一日上午，阴沉的天空忽然下起了一场滂沱的春雨，站前广场上所有的人都躲到了候车室内。刘三领着春花走上高高的台阶，顺势坐在门的一侧，又把那只破碗摆在眼前。避雨的人都面朝外站在他俩的旁边，看那急促飘洒下来的雨点儿。刘三嘴里不停地喊道："大哥大姐们行行好，可怜可怜俺和侄女，接济接济俺们两个吧！"

他一遍遍地重复着这几句，希望能够得到路人的同情，然而大家都无动于衷。当他那股凄凉的讨叫再次响起时，一个上了岁数的老汉缓缓蹲下身来，目不转睛地直视着刘三和春花，随即几滴泪水从那老汉的脸上滚落在地。

"刘三兄弟、春花，是你俩吗？"

刘三和春花听出那是个非常熟悉且久违了的声音。他俩同时瞧看眼前的那个人，惊奇地发现他有一副清瘦而机智的脸膛，两眼盈满悲喜交集的热泪。

两人不敢相信自己的眼睛，泪如泉涌：“朱奎大哥？真是你吗？”

“是我，真是我呀。”朱奎颤抖的手抚向春花，问：“你们俩咋会到这个地步？”

春花似乎恢复了片刻的清醒，伴随着喊出的一声“表舅”，她扑在朱奎怀里“哇哇”地放声大哭。刘三再也控制不住激动的情绪，伏在朱奎肩上“呜呜”地把所有的冤屈和苦水倾吐了出来。

这种撼人心魄的场景，把四周等候雨过天晴的人们，都感动得悲伤难忍，一束束惊诧的目光，从雨中、从候车室里、从台阶上，聚集在了他们三个人的身上。

第二十一章

在刘三和春花几乎快要绝望的时候，一个偶然的机会，他们在火车站遇见了当年失踪的朱奎。从这一天起，他俩的命运急剧变化，并成就了后来的一切。朱奎不知道离家后一年间，老河口到底发生了什么事，更不知道自己的女人和孩子落到何等的田地。他们之间有太多说不完的话。当朱奎听说那场大劫后，春花就变得疯疯傻傻了，他气得全身发抖，老泪纵横。

他们就那么旁若无人地坐在候车室门口，诉说着一幕幕催人泪下的往事。等雨由急变缓，再由缓变停后，朱奎说，必须先找地方把春花的病治好，于是，拉起刘三和春花让俩人跟他走。刘三暗自思忖，朱奎跟自己差不多，哪会有什么钱财能用来给春花治病啊，于是问他在城里能否找到熟人。

朱奎说："兄弟甭管啦，即使去头拱地，也要想法把春花治好，不然我于心不忍呀。"

刘三不再疑虑，拽着春花跟在朱奎身后。拐弯抹角穿过了几条大街，走了近一个时辰的路，朱奎把他俩带到了一个拉着围墙、里边耸立着几幢独楼、门口有持枪卫兵站岗森严壁垒的大院外头，哨兵伸手挡住他们："你们找谁？"

春花看见士兵身上的枪械，好奇地去摸那黑乎乎的步枪，被哨兵推回到刘三身边。朱奎叫刘三看好春花，对哨兵讲要找陈司令，催他赶紧通报。哨兵用疑惑的眼神上下打量着他们仨，疑惑地问朱奎与陈司令是啥关系，朱奎说："司令见后即明白，请老总跟里边说一声。"哨兵打着官腔说，陈司令外出开会不在，直催他们抓紧离开。

朱奎猜疑哨兵说假，说既然司令出去开会，准有回来的时候，他们就坐在门口等着，不见司令他不走。正在这时，春花看见从正面那幢小独楼里走出个气宇轩昂的中年军人，便指着院里嬉笑着喊叫："里边有大官！里边有大官！"她红色的身影和喊叫，吸引了院里那名大官的注意力，那大官迈着方正的步子边朝门口走来，边问门外是谁。哨兵立马举手"啪"地打出一个敬礼，字正腔圆地回答："司令，他们仨人要见你。"朱奎认出，这正是他要找的那名大官，于是走上前说："陈司令，老夫今天有事求你来啦。"陈司令哈哈一乐，嘴里说着"朱老先生久违，久违"，忙把朱奎、刘三和春花邀进了小楼。

坐在陈司令的客厅接待室里，朱奎把刘三和春花两人介绍给他，说有疯傻病的春花是他的外甥媳妇，刘三是他的表兄弟，直言不讳地要求陈司令帮忙找个看疯病的医院，并借一些钱暂用。陈司令转脸瞧看春花，她忽地流下泪来，嘴里又开始念叨河生和龙儿。朱奎抱拳说："老夫拜托司令啦，麻烦你多多费心。"陈司令摆手，示意朱奎不用再讲，朝门外一声叫喊，把精干的副官喊入客厅，当下交代他联系哪所医院，一切费用都算在他的头上。

当天下午，春花便住进了济南东南郊千佛山下一所专供伪军长官休养的疗养院里。这里有雪白的病房、优美的环境，有士兵服侍前后，几位医生先后查看了春花的病情。刘三着急地问她病情如何，医生说："以前没有病史，是一时受刺激造成的，只要情绪稳定下来，再能见到亲人，就会逐步好转。"

朱奎听后，心中有了底数，让医生也给刘三安排个住的地方，以便照顾春花的日常起居。然后对春花说："春花啊，你要听医生的话，由你刘叔守着你，你啥都别怕，表舅出去一趟再回来。"

春花忽然对着朱奎直喊"表舅"，说自己没啥事儿，只是特别想念龙儿和爹娘。话未说完，她又哇哇地大哭起来。刘三只好将她安抚在病床上，劝她把心放宽一些。

朱奎一走走了两天。他离开医院，先去了陈司令的那幢独楼，虽然他知道，伪军是在帮助鬼子打共产党和八路军，但生计所迫，他不能不抓住机会，让刘三和春花度过艰难的时日。他心里明白，陈司令以及济南城里的那些名商和达官贵人，在生意场和仕途上，都像大海中迷失方向的船只，在最彷徨、最失落和对前程事业及女人丧失信心的时候，是他帮着排忧解难，一语道破天机。在刘三和春花落难之时，只要他朱奎张口，他们理应伸出援手，否则，往后他们不好再求他去化解吉凶，这样的好事他何乐而不为呢？至于将来他想不想再谋一口饭吃，费心劳神地在名利场上穿梭，在那些人中间周旋，完全由他自己决定。春花和刘三的到来，意味着春花与河生相聚的时间不会太远，而且，她一旦恢复正常，金谷仓粮庄和顺风船行的生意，马上会落到河生和春花的肩上。

朱奎除了请求陈司令帮助外，又找到其他商贾，向他们提出了资助的请求，多少落得个令他满意的结果。而他并没有把索来的钱财当作帮助春花和刘三的唯一途径，而是想到了他去过的粮庄和船行，他相信只要春花能透露出自己是郭大老板女儿的身份，陈启恒会出钱、出力千方百计给予帮助。带着这种自信和判断，他在傍晚时分去了金谷仓粮庄。

春季，粮庄和船行的生意格外兴隆。陈启恒每天不过是联系外部的进粮走粮，盘算盘算两边的进账出账。一到晚上夜深人静的时候，他便想起大年三十朱奎给他解答的那个谜底，心中惦记着桃红杨柳绿时，大老板的女儿春花会来。朱奎到达粮庄时，陈启恒正在后院屋子里寻思着有关河生和春花相见后的安排。刘子龙领朱奎敲开了他的门说："二老板，三十晚上的老先生来啦。"

陈启恒惊讶地赶快起身相迎，热情地把朱奎邀进屋来，问："先生咋突然来粮庄呀？初一大伙要给你拜年，你却一早走了，都为你着了好一阵子急哩。"

朱奎把自己的姓名和身份告诉了陈启恒，说那张纸条也是他在千佛山写给河生和铁柱、二蛋的，那时他已掐算出今年粮庄和船行将要发生的变故。所有的这一切，使苦思冥想大半年的陈启恒恍然大悟，说："哎呀，要早知道是兄弟你来，咋的都应把你留下啊，哪还用费这番工夫。"

朱奎说："行哩二老板，这回我真不打算再走啦，以后住在粮庄少不了给你添麻烦。"

陈启恒客套地说，盼着他这种高人长期住下来指点迷津，将来生意肯定会越来越红火。他吩咐刘子龙给朱奎收拾好住的房间，接着问他，天黑登门有啥要紧的事儿。于是，朱奎将怎样遇见刘三和春花，又如何找伪军陈司令和济南城的阔商借钱给春花治病等事和盘托出，陈启恒在惊喜中倍感动情。

朱奎是怎么认识的那些名商官贵和伪军陈司令，陈启恒不是太上心。他最为关注的莫过于春花的病情，当下，他取出一大把钱票，喊刘子龙陪他跟朱奎去看春花。朱奎见天色太晚，春花由刘三看护住在医院里不会出现闪失，劝他明天一早再去。而后，他从身上掏出讨来的一叠钱摆在桌子上，说："钱倒不用粮庄再拿，我已找熟人筹齐。"陈启恒说，不花粮庄的钱是看不起他本人，郭继聪对兄弟不薄，给春花瞧病，粮庄出钱理所当然，让他从谁那儿借的再一分不少地还给谁，并问第二天要不要叫上河生。朱奎说，春花的病情可能已经稳定，但若是马上见河生，怕她还会再反复加重，不如以后再让河生与她会面。陈启恒说行，那先带船行的小兰去照顾她。

那一夜，陈启恒着实没有睡好。他前思后想，一遍遍地分析朱奎的每一句话，判断他说的是否属实，春花长得啥样儿，疯傻到了何种程度，甚至深想，又有什么能够证明春花是大老板郭继聪的女儿。但又一想，凭朱奎的言行，这事情也不会有太大的出入，那么，粮庄和船行易主，河生和春花成为新的继承人，看来是毫无疑问和指日可待的事了。就这样眯眯瞪瞪地睡到天亮，他和朱奎几乎同时起床相遇在院子里，把刘子龙喊起来交代说："你赶紧去船行把老大的女儿小兰叫来，不要告诉船行任何人去干啥。"

刘子龙遵照他的吩咐，一口气跑了六里地到城北船行，所有人还未开饭。他跟张双林和张王氏说，二老板有事让小兰跟着去一趟城里。张双林和在一旁听见这话的周乐天及河生，连连追问二老板叫小兰去干啥，刘子龙用一句"二老板没讲"把他们打发了。正在食堂做饭的小兰被喊出来，洗洗手，稍作一番打扮，对河生和张双林及张王氏说："二老板肯定有大事，不然不会让我跟着去，你们就在家等消息吧。"

简简单单吃罢早饭，朱奎带着陈启恒、小兰和刘子龙匆忙向城南赶去。小兰熟悉那条路，但觉得朱奎说话的声音很奇怪，她觉得这声音很像明空，就故意走在朱奎侧面边走边瞧。朱奎猜定她是想从他身上寻找相遇千佛寺的答案，笑着问道："小兰，你是不是看我像一个人哩？"

小兰说："是哩，咱现在还是去千佛寺找明空师父吗？"

陈启恒说："都不用找啦，那个明空师父远在天边近在眼前啊。"小兰猛然醒悟，侧脸瞪着朱奎说："你就是那个明空师父啊？！可把俺们找苦啦，你咋不早点来哩。"

朱奎说，他走得最远的地方超不过泰山和曲阜，在千佛寺早就跟小兰他们讲过，不是不来，而是世间成就全在于机缘。现在机缘已到，他自然就来粮庄和船行寻找他们，这让小兰兴高采烈了一路。来到城南疗养院的门外，小兰被端着枪的哨兵吓得藏到朱奎和陈启恒的身后，问朱奎为啥要带她到这种有兵站岗的地方来。

陈启恒嘱咐她说："是要你来陪伴、照料一个病人，她对粮庄和船行很重要，但对任何人不要提粮庄和船行的生意，记住啦？"

小兰点头应承二老板，等朱奎打过招呼，他们走进了大院。

朱奎和陈启恒带小兰、刘子龙走入病房。医生刚给春花打完针和服完药，她已不像在火车站那样疯傻，在镇定药物的作用下，她躺在病床上显得很平静，脸色也有所恢复，并泛起一丝红晕。看见朱奎带一帮人进来，不等刘三开口，她便先叫出一声"表舅"，但对陈启恒、小兰和刘子龙表现出了惊慌。朱奎向她和刘三分别介绍了陈启恒等三人，告诉他俩，陈启恒是金谷仓粮庄和顺风船行的二老板。刘三不知道朱奎说的顺风船行到底在哪儿，迷茫地瞧着陈启恒发愣。小兰说："在城北黄河边上。"这时，春花喊了刘三一句"刘叔"，说她看到过大门上的几个大字，就是他们过河后路过的那个船行，她差点进去却被他拉住了。刘三方明白，原来他俩恰巧是被船行的船只运到河南岸的。陈启恒瞧着春花，眼角有些湿润，想问她家的一些情况，又怕她触景生情搅动起心中的隐痛，便走近病床对春花说："好闺女，我是你陈大叔，跟你爹是多年的把兄弟，你和这位刘大兄弟一路受苦啦。"

春花被陈启恒的一番话弄得一时糊涂起来，不明白他为何这么跟自己讲话，将疑惑的目光落在朱奎身上。刘三安抚她说，这回肯定能找到郭继聪和郭刘氏留下的生意场，她似信非信地摇晃脑袋。陈启恒说："春花侄女，我这儿正是你爹娘留下的生意。大老板死前可留下过什么口信吗？"刘三听后，猜测是在打探他俩的身份，立即从腰间掏出那封信交给了陈启恒。

朱奎原以为有他的介绍，陈启恒就能完全接受春花和刘三。他尚不知道，郭继聪还有一封信在刘三和春花手中，待陈启恒含泪看完，他接过来仔细一看，只见上面用小楷写道——

启恒贤弟台鉴：

老东阿镇风雨飘摇，日本人盘踞不动，大河两岸生灵涂炭。余与夫人久居小镇陋所，足不出户，历城生意全权托付于贤弟，烦不辞劳苦，好生照料。钱为身外之物，望不遗当初志向，暗中救国不可荒废，然以秘而不宣平安为宜。小女春花已嫁夫君，为河西故友韩船主之子，名曰河生。东洋人封河数月，过门至今不得相见，唯有管家刘三侍候左右。老夫身处逆境，难料何日断头归西。如遭遇不测，以信为证，省城生意财产，交由小女及女婿继承，希贤弟相辅始终，保粮庄船行生意兴隆不败，并替老夫行父母之责，关照小女、女婿二人生活，容刘管家随她前后。

郭继聪亲笔

民国二十八年七月甲申日

朱奎阅完此信，差点儿痛哭失声，转身走出了病房。处在悲痛之中的陈启恒紧跟出来，从他颤动的手上拿过信折好，重新装入口袋，劝朱奎不必再难过，免得春花看见了伤心，说他将按郭继聪信中遗嘱，妥善处理好粮庄和船行的生意，让春花和河生顺利继承。同时，一再请求朱奎和他一起，当好河生、春花两人的左膀右臂，辅佐他们成就一番事业，把郭继聪的临终遗言化为现实。朱奎抹掉眼泪，答应他的好意挽留，说只要二老板不嫌他是个江湖术士，必定会效力粮庄和船行。陈启恒立马把他的话堵了回去，说朱奎是春花和河生的表舅，也是郭继聪多年的朋友，不论看上看下理应留你一块共事。从这时起，朱奎知道，他将与陈启恒和河生、春花同舟共济。

陈启恒做了简单安置，叫小兰和刘三留在医院里好好照顾春花，然后带刘子龙随朱奎离去。他塞给朱奎一叠钱票，嘱咐他去还给伪军的陈司令和那些债主，对他说，伪军与共产党和八路军走的不是一条路，以后还是少来往为妙。朱奎感激地说："春花病好出院后，我会躲在粮庄和船行，那些人在济南城里不会再看到老夫的影子啦，除非是咱去请他们来。"他拿了陈启恒所给的钱财，说一定会按他的交代还掉筹来的款项，让他先回粮庄去，医院的其他事情由自己和刘三来处理。

陈启恒回到粮庄，马上让刘子龙去船行叫来张双林和周乐天。两人一落座，陈启恒就从头至尾将春花和刘三住在南郊医院的事谈开，说："春花是大老板的女儿，河生是她的夫婿，我这里有春花爹的亲笔信为证，粮庄和船行以后由他俩掌管，大老板的意志不能违背。"

周乐天和张双林两人未能意识到事情来得如此突然，心想，河生真的快要成为自己的大老板了，为以前对他的善待感到欣慰。但让张双林疑惑的是，河生对郭继聪的称呼，不是平常所说的叔伯大爷，而是岳丈大人，惊奇他为何小小的年纪便娶家室，对他和小兰的希冀，也随着春花的到来化为了泡影。

陈启恒看到张双林的脸色瞬间变得有些难堪，问他是否有其他的想法，张双林摇头直说没有。周乐天问陈启恒，将来怎样处理与河生和春花之间的关系，陈启恒沉思片刻后说："未来是年轻人的，粮庄和船行要发展、要振兴，就应有年青的一代来执掌。大老板去世，我年纪也大了，河生和春花来得正是时候。生意是她爹留下的，咱们踏实干好自己的事，当好他俩的助手，不让粮庄和船行塌下去，便是尽到了天职，可算今世最大的荣耀。”

从陈启恒这番中肯的话语里，张双林两人了解到了他的真实心态，为这种行事风格所感动。两人当场表态，一切遵照郭继聪和陈启恒的教诲行事，巩固船行的经营势头，迎接春花的到来。陈启恒临走时嘱托两人，暂且不能将春花和刘三受韩氏家族羞辱已来济南的事儿传出去，更不可告诉河生和铁柱及二蛋，等春花病情好转时把她接回粮庄，再安排河生与她团聚。

经过半个月的诊治，尤其是在小兰和刘三的精心照料下，春花情绪日渐平稳。但她仍会记起遇害的爹娘和远离母亲幼小的龙儿，时而落泪。而对刘三来说，他一方面为春花的康复高兴，另一方面又为失去了韩柳氏倍感伤怀，心中暗暗许下一个诺言，有朝一日只要能回老河口，他一定要把韩柳氏和龙儿接到身边，不再与她俩分离。

小兰头一天来医院，对陈启恒、朱奎跟刘三和春花说的那些生意上的事儿，听得似懂非懂。虽然大家都未挑明春花与河生是一种拆不散的夫妻关系，但她凭自己的感觉恍恍惚惚地判断，病床上的这个女人，大概就是河生所找那位大爷的女儿，并为她失夫失子的遭遇表示同情。春花情绪平静后，小兰常陪她在院子里散步。看小兰心灵手巧且十分善解人意，春花问她：“咱俩谁大哩？”小兰羞涩地回答说自己刚刚十八岁。春花说自己已满二十一岁，整整大了她三岁。小兰嘻嘻一笑对春花说：“你是姐我是妹，今后让我喊你姐姐吧。”春花许了她的请求，答应两人就以姐妹相称。小兰即刻站到她对面，规规矩矩地对春花连喊两声“春花姐！”

正是这种两心相融的交流，为小兰之后所面对的现实增加了更多的痛苦。春花基本恢复正常后，两人聊扯的话题越来越多，小兰越听越觉得，春花与河生似乎有着不同寻常的千丝万缕的联系。春花所提的一些人和事，她好像都在河生嘴中听到过，什么老河口、大河沉船、朱奎表舅等。

一天睡觉前，小兰帮春花洗漱完毕把她扶上床，正想问她认不认识有个叫河生的男人，还没出口，春花想起小兰十八岁的年龄，先说：“兰妹妹，咋就那么巧哩，你跟姐姐淹死在大河里的孩子他爹同岁。”

小兰好奇地问，她丈夫死时多大和怎么死的，春花说，是与鬼子一起沉船死的，死时十七岁，整整一年了。小兰想，天下没有这样巧合之事，隐约意识到，她的男人可能就是那个与自己整日相处，自己将终身托付与其的河生。她追问有无捞到丈夫的尸体，春花哀叹说：“大河太急，沉下去的人没一个能捞上来的，不知被冲到哪儿去啦，俺那河生好可怜啊。”

春花无意间喊出了河生的名字，这使小兰如遭五雷轰顶，顷刻被击倒了。她眼里霎时滚下泪珠，上前一把抓住春花的胳膊问：“姐姐，你说你的丈夫叫河生？”

春花久久地凝望着她，起初以为她是在为自己的命苦而哭泣，伸手帮她抹着泪水说：“人死如灯灭，他舍下俺娘俩儿走啦！妹妹不用替姐姐难过，谁叫俺命不好呢。”

小兰知道她误解了自己的心思，又一次问她丈夫是否叫河生。春花仍没弄懂小兰为啥要问得这般彻底，说：“是叫河生。”

小兰不敢相信这个残酷的现实。她惊呆在春花的床边，松开了她的手臂，不能自已，坐在床沿上痛哭流涕，这让春花反倒糊涂了。春花拉住她的手一遍遍地追问她咋啦，小兰抹着泪水摇头不说。等春花睡下后，小兰一个人悄然出屋，站在刘三的门外，轻轻地喊了他一声。刘三穿衣出来问她有啥事情，小兰万念俱灰地说：“刘大叔，我想问问你，春花姐的男人真叫河生吗？”

刘三一时也有些发蒙，厘不清头绪，瞧着悲痛欲绝的姑娘，如实告诉小兰，河生正是春花的丈夫，问她是否清楚他的下落。小兰顾不得给他答案，转身走向了寂静的院子。刘三心中嘀咕了一阵儿，担心她一人遇事偏激，一直悄悄地跟在她的身后。只见她坐在湖边一条长椅上，将头埋在两腿间呜呜哭得极其伤心。刘三理解不透她与春花之间到底发生了什么，躲在小兰背后的一棵大树旁边，看着她，认准她只是在释放内心的痛苦，毫无跳湖的迹象，就颠着脚悄悄回了病房。

青春年少的小兰在湖畔昏头昏脑地坐了大半夜。她知道，夜深人静的时候声音会传得很远，所以不敢放声大哭，只强压住情感轻轻地抽泣。她不能不为自己心爱的男人伤感，无论如何都想不到，照顾了多日的病人、与自己姐妹相称的女人，却和自己拥有同一个男人，自己夹在这对夫妻中间又算什么呢？是河生给自己造成了伤害，还是自己给河生及床上那个令人爱怜的女人制造了麻烦？未来将如何面对河生和刚刚相认不久的姐姐？今生今世，河生不能兑现曾许下的娶自己的承诺，假若真有一天，另一个男人走进了她的视野，她又该对他做出怎样的解释呢？想着这些，她头脑发蒙不敢再继续想下去。她埋怨老天爷跟自己开了个天大的玩笑，既悔恨自己当初不该那般轻率，又恨河生为什么不早早说出实情，甚至开始责怪船行的人。恨那些人当初为什么要救河生等三人，若没那次搭救，自己不可能认识河生，也没有机会互相倾慕，更不会在那个夜晚以身相许。事到如今，她不知道该如何收场。

小兰坐在长椅上望着清静的湖面出神。她不肯回房间去，更怕看见春花触景生情。刘三回房后把春花喊来湖边，二人对她反常的情态都很愕然，不晓得她究竟为谁而哭，又因何事而泣，只知道她哭得极为伤心和酸楚。小兰知道，她的悲伤只有自己默默承受，不能让春花和刘三知道。而此时，春花和刘三已经来到了她的背后，在昏暗的夜色中，春花蹲下身子，双手抚在她的肩上，问："兰妹妹，你是咋哩？"小兰被突如其来的两人惊到，立刻抹掉眼泪站起来，回应她和刘三"没事"，然后跟他们一起往回走。尽管春花夜里问她多遍，小兰始终没向她吐露一个字。春花暗自揣测，她一定有不可告人的秘密。

第二天一早，朱奎先与陈启恒约好，后跑到伪军陈司令的住处，向他提出春花出院的请求。陈司令命令他的副官给医院打去电话。刘子龙租用了两辆马车，拉着陈启恒与朱奎分成两路赶往城南。朱奎还清了陈司令的钱财，谢过他的关照后，几乎与陈启恒同时赶到医院。他们打出陈司令的牌子，给医院结清了所有的花费，一辆拉着春花、小兰和刘三，另一辆拉着陈启恒、朱奎和刘子龙，直接去了金谷仓粮庄。春花下车看着院内大片的仓库和繁忙景象，眼泪抑制不住地流了下来，说："这就是俺爹留下的粮庄吗？"

陈启恒说："是哩，连那个船行一起，都是你爹打拼留下的。"

正在粮庄干活的那些雇员和做着粮食买卖的顾客，朝他们投来稀奇的目光，像是在问二老板，亲自出面接来的是何方贵人。

陈启恒让刘子龙打开他隔壁那间偌大的屋子，把春花安顿在里边，说那房子是为她爹准备的，她爹以前曾在里边住过，从此这间屋子就成了春花长期住宿的地方。春花在屋里努力寻找父亲的影子，可留给她和刘三的唯有感伤和眼泪。小兰在为春花铺垫被褥的过程中，极其动情伤怀，里面的一切无不勾起她美好而痛苦的回忆。她非常清楚，自己正因在这间屋里住着害怕，才闯入了另一个房间度过了一个不眠之夜，也把自己的希望和一生，托付给了一个男人。眼下那一夜的欢愉和疼痛，都将伴随着新主人的入住而化为乌有，她不免有点儿心寒胆战。等安置好春花和刘三，气色欠佳的小兰对春花说："春花姐，我有事得回船行一趟。"

小兰是被陈启恒让刘子龙在门外叫的一辆马车送回船行的。她进屋喊了一声"爹娘"后便扑在炕上哭起来，这让张双林和张王氏觉得莫名其妙。无论他俩问啥话，她都一概不说，光呜呜哭个没完，气得张双林和张王氏发狠不再问她的事。小兰哭会儿坐起来想一阵，反反复复一个姿势，愣是闷在屋里不下炕，直到最后，也未把她跟河生两人有过的事儿透露给爹娘听。张双林心领神会，走进账房对河生说："小兰回来就趴在炕上哭，你去看看她是咋啦？"

河生光听说小兰走了许多天是去看护一个病人，究竟是啥样的病人，没人跟他说，自然也不晓得她为什么哭。他跑进屋去，只有小兰一人在炕上用被子捂住头，便极为大胆地爬上炕，扒开被头看她一眼，问："兰妹妹，你咋啦？"

小兰"哗"地撩开被子坐起身来，用力一把推开河生，愤懑地咬着牙说："你走，我恨你！"

河生被她突如其来的愤怒吓得呆坐在炕沿上，很久才稳住神儿，惊恐地问小兰，有什么地方得罪了她。小兰直勾勾地盯着河生，又猛然扑在他怀里哭成了泪人儿，说："河生哥，你已经成家了为啥不早跟我说呀！"河生被她的举动和言语弄得晕头转向，问她听谁说的。小兰说："我亲眼见到了春花姐，她和刘三大叔从老河口一路讨饭找来啦，现在已出院住进了粮庄里。"

河生被小兰带来的这个消息震住了，怀疑自己是不是听错了，脑中立即闪过很多念头。自己日思夜想的春花和刘叔怎么会一路讨饭来济南呢？他俩离开老河口，他娘和龙儿又在哪儿呢？他自己身陷困境不能回家，知书达理的春花难道连老娘和亲生骨肉都不要了吗？她和刘叔又是怎样找到粮庄的呢？河生被这些谜团缠绕着，他的眼睛瞪得吓人，双手抖动着小兰的双肩，用近乎发疯的表情瞧着她问："你见到的……真是春花和刘叔？"

小兰对他那份激动、惊愕和悲苦的神色感到极其慌乱，她告诉河生，自己所照料的病人正是疯傻一路的春花，她和刘叔在讨饭途中碰上朱奎，他找人帮她寻得的医院。

"表舅？……啊，他们都来啦！"河生情不自禁地说着，眼里透出一副麻木、呆滞而又激动的目光，泪水瞬间流满了脸庞。他又喜又忧，既感谢老天把春花和刘三、朱奎送到身边，又为小兰的处境和悲苦而自责伤心。他在心里说，自己为什么要同时深爱和占有两个女人呢？他负罪、愧疚，倍觉对不起春花和小兰。但他认定，自己不可能离开为自己、龙儿和家里付出太多和忍受了百般伤痛的春花，也不忍舍弃面前这位相信自己和委身于自己的姑娘。他的身心彻底被两个女人撕裂了，从里到外的切肤之痛，把河生这个尚未成熟的男人推到了两难境地，不知自己该放弃谁和拥有谁，最后只在心里默念：造孽呀造孽！

河生坐在炕沿上呜呜地大哭起来，这让小兰也着实替他难过。她爱这个男人，她知道，河生和春花将肩负起粮庄和船行的重担，他们是名正言顺的夫妻，还有一个可爱的儿子，既然自己爱河生，就不应该因自个儿的快乐和幸福而把他的家庭和未来的事业全毁掉，何况，爹娘以后还要在船行继续坐老大的位置。于是，小兰含泪伸手替河生抹了一把眼泪，说："河生哥，我喜欢你。我不求别的，只要将来你跟春花姐把粮庄和船行的生意做好，不忘我和爹娘就心满意足了。咱俩今世做不了夫妻，做个兄妹行不？"

河生感激涕零地望着小兰，朝她深情地点了点头，说："兰妹妹，我该怎么谢你呢？"

小兰摇头说："不用，你赶快去看春花姐吧，她还不知道你在这里，见到你她肯定好高兴。"

河生站在炕前向小兰深深鞠了一躬，然后出屋号叫着跑去找来铁柱和二蛋，对张双林和周乐天说："我们现在要去粮庄见春花、刘叔和表舅，请大伯大叔准了俺们。"

张双林和周乐天知道这一天终于到来了，催促他们快去，还嘱咐河生三人，见到春花和刘三后，别忘记代他俩问好。河生向他俩连连叩首，随即冲出船行跑上了去城北的大路。

第二十二章

小兰做出舍弃自我这一艰难的抉择，是她对河生表达的一份真挚情感。善良温柔的性情，使她瞧不得河生一筹莫展痛苦不堪的样子，甚至想，如果河生真的愁出病来，她也会为他肝肠寸断。那种又爱又恨的心绪，是常人难以想象和理解的。她认为，自己不应该那么自私，假若与春花调换个位置，作为妻子的她，必定不会原谅河生犯下的错误。一旦到了那种地步，三个人都会遭受命运的惩罚和世人的鄙视，所有的幸福和春花与河生的事业更不复存在。因此，还不如自己委曲求全，将悲伤埋在心底，与春花和河生平安相处，双方换得个圆满结局。

小兰的这一决定，令河生无地自容，不知该如何面对她报答她。

河生和铁柱、二蛋被春花、刘三和朱奎突然现身粮庄的消息高兴坏了，他们从出了船行大门到城北，脚下生风般地飞速奔跑，一口气跑了六里地到达粮庄。陈启恒、朱奎安顿好春花和刘三后，见她情绪平稳，才将河生三人被船队救捞上来，已在小兰爹掌管的船行里混了一年的前后过程，一五一十地讲给了春花两人听。这个出乎意料的消息，同样把春花和刘三激动得热泪盈眶，他们不敢相信三人依然活着。春花反复地问陈启恒和朱奎："这是真的吗？"

陈启恒安慰她说："是真的，大叔不会骗你们俩，河生他们就在船行里。"

春花泪水唰唰地流下来，嘶哑着声音说道："我现在要去见他……我要马上去见龙儿他爹啊！"

陈启恒和朱奎、刘三谁都无法阻挡住春花，她嘴中一句接一句呼唤着河生，只身冲到屋外。陈启恒和朱奎正要吩咐刘子龙去大门外喊辆马车赶往船行，忽然听前院传来一阵大声地叫嚷："表舅、春花、刘叔……"

“春花，”刘三听出了这个熟悉的声音，连忙喊道：“河生他们来啦！”

说话间，屋角拐弯处先露出了河生的身影，紧接着，铁柱、二蛋也跑了进来。“春花！……”“河生！……”两人互喊一声对方的名字，难耐的相思之苦，使这对患难夫妻拥抱在一起号啕大哭。

那种撼人的场面，也把朱奎和陈启恒感染得老泪纵横。春花与河生站在院子里那般悲凉地哭诉，良久也不愿意分开。铁柱、二蛋与朱奎、刘三稍微稳定一下情绪后，抹掉眼泪，劝河生和春花进屋里说话，这才使两人觉察到，朱奎和刘三及二老板陈启恒都站在身边。两人含泪向他们问候一番，随即一起进屋。

河生问他娘和龙儿为何没来。刘三将头扭向一旁，春花难受得嘤嘤抽泣。朱奎按从刘三嘴里听来的说法，告诉他，韩柳氏因他沉船失明，龙儿被强行留在老河口，不知生死如何。

河生听完当场跪在了地上：“娘，我好可怜的娘啊！……还有俺那儿子，谁能帮娘养活俺那还没断奶的儿子呀？！……”他咬牙切齿地发誓，再回老河口，要让那些迫害母亲、刘三和春花的韩氏家族的恶人知道他的厉害，把母亲和龙儿接出来永远不再回去。

从那天起，河生被陈启恒留在了粮庄里。铁柱和二蛋在粮庄小住两天，又回船行做事了。

夜里，河生与离散一年的春花互相倾诉分别后各自遭受的委屈和苦难，感叹日子终于算是熬出了头。春花想到的第一件事，是让河生陪她回老河口，把韩柳氏和龙儿接到济南来。河生曾一度做出这种打算，去跟刘三和朱奎商量，朱奎劝他俩说：“不能回去，你娘和龙儿只是暂且受点苦，不会有大的闪失。可春花爹留下的粮庄和船行这些产业是大事，你俩必须把两摊生意料理好后，再做回家的安排。”刘三赞成朱奎的说法，也劝河生和春花不要操之过急。河生征得春花的同意，说那先把他娘和龙儿的事放一放，等生意上理出头绪后再考虑下一步。

在这年桃红杨柳绿的季节，河生和春花果真相聚在了省城济南。陈启恒回味当初朱奎所写的偈语及所作的破解，感叹他的神妙，更意识到，生意是到了该交给春花和河生的时候了。他把粮庄和船行两边的经营情况和所有账目，当着朱奎和刘三的面儿，一一说给他俩听，并带他们围着粮庄转了一圈，和粮庄上上下下的人认识了一翻。后又派刘子龙把张双林和周乐天喊来，命他俩把船行的生意状况如数说个详细。河生在那里待了近一年，对船行十分了解，说：“陈大叔，不用再叫张大叔和周大伯那么费心啦，春花日后自会慢慢熟悉。”

张双林和周乐天第一次见到春花、刘三和朱奎，难免有些生疏和不自在。陈启恒觉得，现在是一家人，应坐在一块好好喝杯酒，为日后共事和把生意做好打个基础，就吩咐刘子龙安排食堂晚上做几道好菜，叙叙旧情，交交班底。入席时，陈启恒愣要把河生和春花安在上座，他俩谦让着说啥也不坐，死拉硬拽还是把陈启恒摁在了上座的位置，朱奎、张双林、周乐天、刘三和河生、春花分坐在他两边。朱奎赞赏河生和春花的做法，说：“这就对啦。你俩记住，粮庄和船行做到如今，都是你这几位大叔、大伯苦心经营努力换来的，不论何时都不能忘记这几位长辈。”

河生站起身，给每个人都满上酒，替郭继聪和郭刘氏先敬了一杯，说将来的生意还得仰仗他们关照。陈启恒示意河生坐下，说：“今儿个，你表舅和刘叔都在，明天我要带你们在粮庄和船行正式宣布，从此后，你俩才是生意场上的真正东家。”

对于陈启恒的这个决定，朱奎和刘三及河生、春花感到很突然。虽然他诚心诚意，可还是让人觉得交接太快，这让两个年轻人心中没底儿。春花忐忑不安地与河生对视一眼，拉着他双膝一弯跪在了酒桌前，说：“陈大叔、张大叔、周大伯，往后俺俩就是你们的亲侄女和侄女婿，两边的生意你们可不能撒手不管，俺俩宁可不继承爹的遗产，也不想耽搁粮庄和船行的生意，就拜托各位叔叔大伯啦！”

朱奎喊他们起来，笑着对陈启恒说：“你侄女和侄女婿都求你们啦，暂且还不能撒手哩。”陈启恒摆手打住，说：“你们误解了我的意思，作为郭兄托付给我的大事，我哪会撒手不管啊。我是讲，河生、春花他们尽管放心大胆地做，俺们这些老人在背后当好他俩的参谋和助手，帮他俩撑着头上的天，啥事一起商量着来。既把生意做好，又放手磨炼磨炼他们俩！”

第二天上午，陈启恒让春花、河生、朱奎和刘三各新换了一身像样的衣服，让刘子龙把粮庄所有的人聚集到院子里，他宣告从那天起，春花和河生便是粮庄和船行的东家，他和朱奎、刘三同是他俩的帮手，吩咐每个人都要听候新主人的吩咐，否则按过去粮庄定下的规矩严惩。随后，他们又走了几里路去船行宣布了同样的决定，张双林、周乐天和赵世虎、李明全欢欣鼓舞，自然拥戴。陈启恒扫视着黑压压的船工，语气更加威严，说：“东家就是东家，不管年纪大小，要分上下左右，有个礼数，不允许任何人在生意经营中有丝毫的不敬，他们年轻，但还有俺们这些老人在背后撑着呢，听到啦？”

上百号人马异口同声地答道：“听到啦！”

河生和春花当着众人的面，也表态要与大伙同舟共济、同甘共苦，这让大家也倍感亲切。他俩瞅见铁柱、二蛋和小兰站在人群的一侧，铁柱两人都很兴奋，唯独小兰一直忧伤地看着河生和春花。她既为河生真的成了大老板高兴，又为自己的处境迷茫和伤感。

河生两人继承郭继聪留下的粮庄和船行生意，实在出乎所有人的意料，尤其令四个人坐立不安。刘子龙当初很看不起河生，认为他不过是个屁大点的孩子，只配当当跑堂，干不了什么大事。没想到，一夜间二老板交班，把粮庄和船行的经营权力全部拱手让给了河生和春花，河生连同媳妇一块都成了自己的主人。他觉得，自己的饭碗可能到头了，即使河生顾着陈启恒的面子不把他轰走，也不会叫他好过到哪儿去。另外三个人便是赖子、吴功和何从，他们跟刘子龙的心理差不多，在陈启恒宣布河生成为东家的一瞬间，三人差点哭出声、掉下泪来。河生和铁柱及二蛋刚来时，他们欺辱过河生三人不说，更多次当面嘲笑河生不会有当大老板的那一天。此时，河生真以大老板和东家的身份站在了自己面前，他们后悔起初不该狗眼看人低，导致眼下大水冲了龙王庙。唯一让他们觉得踏实的，是三人还算做过一件积德行善、将功赎罪的好事。那就是，他们在陈启恒和张双林身旁认出了刘三和春花，惊讶老天爷对三人开恩造化，那次摆渡过河，竟拉回了自己的主人和东家，不由得变恐慌为欢天喜地了。

等船工散尽，河生和春花在陈启恒、张双林、朱奎等人的拥簇下走进小兰爹的屋里，赖子三人立即跟到门口，朝里不停地探头。张双林发现后，直催赶他们仨抓紧下河。刘三抬眼一瞧，咋看三人咋眼熟，上前拉住赖子的手说：“三位兄弟请进来，多亏你们那次把我和春花运过来哩！”

这番话引起了河生和陈启恒及张双林的注意，追问刘三是咋回事。赖子三人站在门口主动说：“这位大叔和女主人，是俺仨从河北岸把他俩运过来的，可惜当时不知道是少东家，以后请东家多照料。”

河生没想到赖子三人在玩世不恭的外表下还有这种善意行为，走上前，说：“感谢三位大哥相助，以后咱更要同生死共命运哩。”

赖子三人听河生说出这般交心的话，觉得船行这口饭看来还能在河生这里吃下去，激动不已地表态后，兴奋地跑出大门朝后河堤去了。

刘子龙碍于面子，虽然与河生和春花同住在粮庄里，却不曾向他表示过歉意。他甚至想，河生执掌两大生意，在用人安排上，陈启恒会依照他和春花的想法，到时认了错也是白说，干脆等候河生发落。他没想到的是，河生不仅没打发他走，反而给了他更重要的位置。

夜里河生和春花在屋里商量，认为粮庄地方狭小，不如趁势头上升之机，在城南选个地方再开一个粮庄，把东南西三个方向的粮食买卖都开起来。春花仔细盘算完父亲留下的钱财和陈启恒积蓄的实力，决定和陈启恒、朱奎商讨一番，再开一个金谷仓粮庄。他俩相信，不论兵荒马乱怎么打仗，上至皇亲国戚，下到平民百姓，一天三餐都是要吃饭用粮的，只要有一张张的嘴巴，就需要一袋袋的粮食，这个道理千古不变。

第二天，两人把陈启恒等人叫到一起，把夜里琢磨出来的点子给他们说了个详细，朱奎和刘三不便多嘴，都看陈启恒的脸色。陈启恒听完后高兴地一拍大腿，说："正合我意，考虑了一两年，我都没敢走出这一步，你俩既然有这个意思，咱们好好弄一把。"当场让朱奎到城南选个地方。朱奎说："光从'金谷仓粮庄'五个字的名字上批，有金有土又有木，所以，宜西宜北不宜东和南，建议还是到城西找块地面，那边西靠长清、北临黄河，与老金谷仓和船行相距不远，有啥事儿也能图个方便。"

当下，陈启恒与河生、春花商定，按朱奎说的，去城西选好藏风聚气的风水宝地，把金谷仓的第二个粮庄开起来。陈启恒寻思半天，问春花打算叫谁去管，春花又打量河生，要他跟陈启恒和朱奎说说想法。河生心中早有底数，想刘子龙在自己当上粮庄和船行的东家后，一直未主动示好，肯定是在为以前的别扭而担心，不如宽宏大量把他派过去，既令他瞧瞧小兄弟的为人，塌下心来为粮庄卖力气，又给陈启恒一个面子，换个皆大欢喜。

河生先谦逊地请陈启恒安排人手，陈启恒说："想好谁只管说，陈大叔想听听你的主见。"

河生说，刘子龙鞍前马后侍候陈启恒多年，也该给他副重担挑挑，毕竟是粮庄的嫡系，生意上比外人管更加放心。陈启恒十分满意这一安排，直称河生想事周到。再问他，谁给刘子龙当帮手，河生思忖一会儿，说万事开头难，刘子龙不识字，让朱奎配合他管账，再派刘三给他做下手，有领头的和管钱的，生意不愁开不起来，并对陈启恒说："陈大叔，无论摊子多大，你都是掌舵人，所有的大账得您来管，我跟春花一切听您老的吩咐。"

朱奎和刘三一听河生要派他俩到新开的粮庄去，互相看了看，生怕耽误了生意，不好向陈启恒和河生、春花交代，谦让最好另选其他人。陈启恒说："别让啦，我看河生选得准，你们仨合劲干，又有朱老先生撑持着，哪有做不好的买卖？！"

陈启恒走到门口，将刘子龙喊进屋。刘子龙原以为是有事派他外出，不料陈启恒说："子龙，你跟我多年，金谷仓要在城西新开个粮庄，河生和春花首先想到了你，让你跟朱老先生和刘大兄弟三个人去管，再从这个粮庄分一部分小工过去，你当头把。还不赶快谢过少东家。"

刘子龙咋都没预料到，河生不计前嫌，在有好事的时候竟不忘自己，并委以重任，心生感慨，越想越觉得自己的心胸过于狭隘，对小小年纪的河生和春花再也不敢小瞧了。他感激得跪在地下，说："两位少东家真是大人大量，我刘子龙从前有对不住东家的地方，以后请东家看我的行动。我不会忘记二位给我的机会，定与朱大伯和刘大叔同心协力，把城西粮庄办得兴隆红火，以此报答二老板和少东家的恩赐。"

筹划城西粮庄前前后后花了几个月的工夫。从租地盖房垒仓库到添置所有的用具，都是朱奎跑东串西，凭借其在济南城各方的关系摆平的，粮庄的建造布局也是按他勘好的风水完成的。在万事俱备只欠东风的头五天，朱奎跑来城北粮庄找到陈启恒和河生及春花，问开张准备搞多大的阵势。陈启恒征求河生两人的意见，河生说："尽量越大越好，造造咱金谷仓的声威。"春花则认为，声势大并不一定破费太多，应把朱奎在城里认识的头面人物请来捧捧场。

陈启恒理解了春花的心思，对朱奎说："那就麻烦朱老先生，官场和生意场上凡能请到的大人物，都请来热闹热闹。"

朱奎说："行哩，我把那些求过我的名商和伪军的陈司令也请来，让咱金谷仓风光风光。"

尽管陈启恒和河生、春花知道伪军不是什么好东西，但还是同意了朱奎的意见。他们明白，陈司令和那些名商一来，不仅会使粮庄名声大振，而且，济南地头的三教九流、地痞无赖和伪军、国民党以及地方警察，至少不敢找他陈启恒和河生、春花的碴。至于日后粮庄在生意场上会不会跟他们同流合污，那是另外的说道。他们会牢记郭继聪的遗言和嘱托，明面上做粮食买卖，暗地里该支援八路军和游击队的照样支援，这是他们立下的规矩和开办粮庄的宗旨。知道这一内情的，整个粮庄只有陈启恒、朱奎和河生及春花四个人，连刘三都不清楚，其他人更无资格参与其中，只能踏踏实实地干自己的活，凭东家论功行赏得工钱。

开张的日子被朱奎敲定在农历六月二十八的黄道吉日。陈启恒让春花和河生去城里有名的商店，各买一身像样的衣裳，以应付大场面。春花按照陈启恒的建议给各自准备了一套应付场面的行头。

开业那天一早，河生和春花跟随陈启恒坐马车赶往城西。大门上方的“金谷仓粮庄”几个大字披红挂彩，门口两边锣鼓喧天，远处来一拨客人，便放响一挂鞭炮，院子里高朋满座，无不夸耀粮庄的气派。

刘子龙和刘三照应着客人，朱奎把陈启恒和河生、春花领到客人面前一一介绍，听说这对年轻人竟是金谷仓真正的老板，大家都用一种不可思议的眼神打量着她俩。眼前二人所呈现出来的状态绝不像是一个十八岁的男人和一个二十一岁的女人所能有的。男宾们握住春花的手大多不愿撒开，色眯眯的眼睛里闪着异样的光芒。女宾们则主动伸手给河生，面带笑靥、含情脉脉地扫视着他的脸膛。两人的光彩夺目，令朱奎、陈启恒、刘子龙及刘三倍感自豪。

正在寒暄之际，门外传来汽车的马达声，随即，一辆军用吉普车开进了粮庄。车一停稳，从前车门马上跳下一个卫兵，拉开了后车门子。陈启恒和河生、春花知道，朱奎真的把陈司令请到了场，连忙安排人手欢迎。

朱奎说：“各位先生女士，陈司令到啦，请鼓鼓掌哩。”

陈司令下车后向先到的客人挥了挥手，对站在车旁迎候的朱奎说：“迟到一步，朱老先生见谅！”他瞪大眼睛盯着春花和河生，问他俩是哪儿人。朱奎随即把陈启恒、春花、河生、刘三和刘子龙一一介绍给了他。听后，他用惊诧的目光，从头到脚打量了春花，问：“是朱老先生那个疯傻找俺住院的外甥女吗？”朱奎连连点头，春花微微一笑向他作了个揖，说：“可不是嘛，俺还没好好谢过司令哩，若不是您老人家的关照，俺今天哪会站在这里啊？！”

春花拉过河生，告诉陈司令这是她的丈夫。陈司令上下打量着河生，抬手重重地拍拍他的肩膀，说：“小子，娶这么个漂亮的媳妇，比俺陈司令还有福啊！年轻有为的老板背后靠着个聪慧漂亮的女人，啥样的生意做不顺啊？”他跟河生和春花说，日后有事尽管到军营里去找他。

那日开张，闹腾了整整一个上午，一向不爱抛头露面的陈启恒和从未见过大世面的河生、春花、刘三、刘子龙，长了一回见识。那些名商官贵，都是朱奎凭他学的术士本领，落难时结交成朋友而邀请到场的。朱奎也明白，那些人看他还是个有用处的人，不好推辞他的相邀，只得前往粮庄赏光。客人们尚未走完，不少在门外等候多时做粮食买卖的生意人，便一拨接一拨地纷至沓来，这让陈启恒和朱奎深感欣慰。这样一场开张仪式，翌日便传遍了济南城的大街小巷，谁都弄不清金谷仓到底有何背景和后台，一下子把全济南的同行都镇了下去，生意也一边倒地向了城西，连城北的老金谷仓都受到了一定程度的冲击和影响。年轻的老板河生和老板娘春花，也一夜之间名震全城，被视为商道上最具潜力的人物。

这一炮打得算响，集聚了粮庄的群体智慧。最令陈启恒感慨的是，河生和春花聪明伶俐的脑子和初入世间的稳重，不在他与郭继聪之下，加上朱奎不遗余力的帮助，一个月过后，城西的生意势头不减，粮庄如虎添翼，财源滚滚，这是他始料未及的。“后生可畏啊！”他逢人便会夸奖河生和春花。从他俩身上，陈启恒看到了希望，认定由他俩执掌粮庄和船行，会把他和郭继聪开创的事业推向一个新的高度，作为春花爹临终嘱托的长辈，他心里可落个安宁了。

河生做的第二件事，也是他跟春花在床上商讨出来的。睡到半夜，他忽然醒来再也睡不着，翻来覆去把春花扰得也睡不着，春花眯缝着眼睛问：“你又寻思啥哩？”河生说粮庄的生意越做越大，郭继聪和陈启恒一辈子省吃俭用，连个当腿跑的马车都没置办。他想花些票子置一队马车，腾出几辆给陈启恒、朱奎、张双林和他们自个儿使，其余的用来拉货，再添些脚踏自行车，遇事图个方便。春花合计后，叫他天明去跟陈启恒商量。陈启恒听河生为他们着想，乐在心里，说：“我使不使的不要紧，可你表舅他们年岁大啦，城西里里外外靠他张罗，没个跑脚的确实不行。这既添了家当，也给粮庄和船行壮了门面，一举两得，我看行哩。”

半个月的时间，河生给粮庄和船行添置起十几辆马车和几辆崭新的自行车，分送给三处地方，这也让粮庄和船行的人更看到了河生和春花的魄力。

再一日，春花忽然想起小兰和铁柱、二蛋来，要河生陪她去船行看看。河生琢磨数日，本打算变变船行的套路，却因未能想好，没敢跟陈启恒透露。趁此机会，他跑进陈启恒屋里说：“陈大叔，春花要去船行，想叫咱俩一块去。”

陈启恒自宣布交班那天，也没再去过船行，当即答应了河生，三人坐了一辆马车赶去了城北。在路上，河生才把想对船行编组的想法讲给他听。陈启恒说：

“没啥哩，到船行再与小兰爹商量商量。”

周乐天及小兰、铁柱、二蛋见院子里赶来了辆敞篷马车，知道准是陈启恒和河生、春花到了，全都迎出来将他们团团围住。春花看见他三人后，兴奋得几乎要跳起来，问长问短，而河生清楚，小兰的眼神里有一种说不出的苦楚。

春花拉小兰坐在自己身边，说：“兰妹妹，想姐姐不？”

小兰的眼神从河生脸上扫过又立即移开，说春花若再不来，都想去粮庄找她了。春花说她，你要是真想姐姐，我就把你叫进粮庄去，反正身边也缺个姊妹说话。铁柱开玩笑地说：“哟，兄弟媳妇，你也把我和二蛋兄弟叫去得啦！光想着小兰妹妹呀。”小兰戏说，他俩进粮庄去干啥，除春花再没其他女的。铁柱说，他俩不要女的，侍候河生、陈启恒和春花就足够，直逗得大家哄堂大笑。

正与张双林和陈启恒、周乐天说话的河生，很不自然地瞧了瞧小兰，接过铁柱的话茬儿说：“二位大哥去粮庄侍候兄弟大材小用啦，有更重要的事让你们做哩。”

铁柱和二蛋不明白他话中的意思，问他新开粮庄名声大振，是不是也要在船行放颗“二踢脚”震一震。陈启恒说：“河生讲的正是这事。”他把三人路上商量过的话题扯开，告诉张双林他们，河生想对船行实行编组运输。张双林问咋个编法，河生说：“我想把几十只船按货物走向分成南、东、西三支船队，各负责一摊，不打乱仗。跑黄河以南的，由赵世虎大叔和李明全大哥负责；跑济南以东的由赖子、吴功和何从三个负责；跑黄河上游的，由铁柱和二蛋负责，张大叔看如何？”

张双林赞同河生的提议，只是对让赖子等三人统领一支偌大的船队不太放心，生怕在外出船没人镇得住他们，到时惹是生非。

陈启恒说：“这不用怕，叫他们仨率领船队是高看他们，弄不好，看他还有啥脸回来见咱？”

中午，张双林安排船行好好招待二老板和少东家。趁春花和小兰跑进食堂帮张王氏做饭的当口，周乐天把河生喊进账房说：“河生呀，大伯啥事从来不糊涂，老大闺女可是还想着你哩。”河生脸上现出了稍纵即逝的羞愧，问他小兰有无说过什么。周乐天哈哈一乐，指着他的头皮说：“正因你小子是周大伯的掌柜，我才给你提个忠告。侄媳妇春花是个不错的女人，你可得多疼着她点，你的前程在人家手里捏着。兰姑娘你俩没事更好，有事赶快劝她找个婆家，这样两人都省得麻烦。”

河生不曾想到，平日不多言多语的周乐天还有这般的细心，观察得那么仔细，并且含而不露地把话说得极为中听，霎时对他肃然起敬了，表示会按他的提醒，遵从小兰的意愿，帮她找个好婆家。两人正说着，小兰喊着“周大伯”闯进屋来，看河生站在桌前，红着脸低下头去。

周乐天说要去方便，有话回来再跟小兰讲，故意躲到了一旁。河生和小兰两人互相伫立在对方面前，都不知道该说些什么。

沉默良久，河生才问她：“兰妹妹，我真对不住你，你肯定还在怨俺吧？”

小兰眼里顿时盈满泪水，说：“以后咱不提这事行不？只要你跟春花姐好，把生意做红火俺就高兴。”

“兰妹妹，你……你想过找婆家吗？……”

小兰仍旧摇晃着脑袋，说：“不想。俺这辈子谁都不嫁啦，守在爹娘身边给他们养老送终。”

河生被她的话刺激得心里发酸，懊悔自己当初过于幼稚，可能会毁掉小兰一生的幸福，很想给她一个足以令自己安心的补偿。还没愣过神儿，春花在南屋的食堂一声喊叫，把他俩立时分开，小兰抹着眼泪跑出屋去。河生站在门口懊悔地凝望着她远去的背影。

春花在船行一直待到快天黑，丝毫未能看出河生和小兰两人间的微妙之处。小兰在他们面前表现得乖巧自若，嘴里喊着春花“姐姐”，把她照顾得很是周到。河生懂得，在小兰佯装微笑的背后，原先那颗燃烧着热情似火的心，已被陡然降临的冰冷扑灭。

除外出远行的船只外，归岸的船工们在太阳落山前，从大河上收工回到船行。张双林把他们集合在院内，将春花留在屋内，邀河生和陈启恒站在大伙面前，说二老板和东家对船行有新规定，要给大家讲讲。河生虽然是第一回以东家的身份面对往日在一个锅里吃饭的伙伴儿，但他沉着冷静，开门见山地把与陈启恒和张双林商讨的方案，有条有理地讲了出来，直接点赵世虎、李明全，铁柱、二蛋和赖子、吴功的名字，宣布他们为三支船队的领队，每支船队根据出船运货多少计付工钱。话音落地，院子里立时沸腾起来，这些靠出卖力气挣钱养活家人的汉子，个个高兴得呼天喊地，把河生和陈启恒及张双林围了个严实，对新主人的英明赞不绝口。

铁柱和二蛋对河生的决定很是感动，他们当年离开老河口时，一心想着拥有一支自己的船队，如今这个愿望变成了现实。赖子和吴功则对河生的容人豁达佩服得五体投地，把他从人群中拽出来拉到屋里，当着小兰和春花的面儿，两人“咕咚”一下跪在了他面前，说：“少东家，你敢把一支船队交到俺们手上，俺俩做梦都没有想到啊！从今以后，俺俩生是船行的人，死是船行的鬼，为二位东家赴汤蹈火，在所不惜！”

第二十三章

粮庄和船行的生意进行得很是顺利，河生和春花在济南城里的名望也越来越高，大家也逐渐知道了他俩是郭继聪的女儿和女婿，赞赏两人是将门出虎子。朱奎和铁柱、二蛋都未想到，他们被鬼子逼上梁山离开老家，却在偌大的济南城里混出了个模样，不禁暗自庆幸自己是因祸得福了。

河生和春花接手粮庄和船行生意后，也相继发生了几件出乎他俩意料的事情。

春花去船行时，曾要把小兰叫进粮庄来陪伴她。到了秋天，她想兑现之前说过的话。原来曾跟河生说好，一旦生意平稳后，两人便与刘三、铁柱和二蛋一起，从王二镇过河，沿春花来济南的线路，回老河口把韩柳氏和龙儿接到省城。可偏在这时，春花又怀了身孕，只好把回家的事儿搁一搁。

月底的一天上午，朱奎抱着账本来城北粮庄，向陈启恒和河生两人如数汇报账目，走进粮庄后院，抬头瞧见河生正扶着春花在院内呕吐。河生看到朱奎后喊了一声“表舅”，说：“春花闹点儿小毛病，舅进屋坐吧。”

陈启恒听见有人说话，急迎出来邀朱奎屋里喝茶。朱奎嘴里应承着却走近春花，观察完春花的面色，又看看她吐在地上的苦水，禁不住哈哈大笑，说：“河生啊，表舅恭喜你们啦，春花有喜，这回怀的可是个女孩，儿女双全好命哩。”

陈启恒给朱奎倒了碗刚沏好的茶，奇怪他是咋知道春花怀的是女孩的，说：“朱老先生，怀的是男是女也能看出来吗？”

朱奎十分自信地说：“春花，让你陈大叔和河生瞧瞧，你的脸色发白，吐水为青色，怀女孩无疑。”

这话让河生和春花都大为高兴，头胎生男二胎生女，是两人日盼夜想的事，连忙追问肯定不肯定，朱奎告诉他们仨，自古至今，凭人的面相推断命理，都是用的麻衣、柳庄、铁关刀和云谷山人的水镜集四大相家流传下来的理论。春花面白，白为金，金在八卦中属兑，兑为少女。白又属巽，巽为长女，是他们命中的头一个女孩。水青仍为巽，也是女相。朱奎说，“上有个龙儿，下生个女孩，女乃贵人，身边有子有女为‘好’，河生，你就好好侍候春花吧。”

春花听完了朱奎对城西粮庄报账，后跟朱奎和陈启恒说：“俺们几个本想回老河口去接龙儿和俺娘，怕路上受不住。”陈启恒说，龙儿和韩柳氏反正在老河口跑不掉，早一天晚一天不妨碍，说她现在是粮庄和船行的东家，还是多考虑自己的身体要紧。春花趁机把心里的想法说出来，想让河生把小兰接过来陪她。

朱奎对陈启恒说：“我看行哩，小兰来后，叫她把春花和你一起侍候着不是挺好？”

陈启恒摆摆手说：“我身子骨硬朗着呢。河生，你叫个伙计套辆马车，把小兰接来。”

河生说不用伙计，他自己去，正好有些船行的事要说说。河生留朱奎在粮庄，自己套上马车，一路轰赶着去了船行。周乐天在门口碰上了河生，问他有何等要事，河生说春花让来接小兰。周乐天说：“河生啊，老大闺女去后，你可要躲她远远的，别叫春花看见你俩一起不高兴。”

河生问小兰在哪儿，周乐天说：“她在屋里，你去跟老大和她娘说吧。”

河生把马车停在院子里，立即引起了船行人的注意。尚未下河出船的铁柱和二蛋跑近河生，问他赶着马车要接谁，河生把春花怀孕接小兰过去陪伴的事儿说给他俩听，这让铁柱和二蛋很是高兴。河生进屋后，把来的意图讲给了张双林和张王氏，小兰躲在里间不出来，被张双林喊着才迎到明间。

“你收拾收拾衣服去吧，这边的事由我跟你娘张罗。”张双林嘱咐道，“去后好生照料少东家。”

小兰瞅瞅河生，随即转身进里屋收拾东西。张王氏似乎看出了女儿的心事，跟在她身后一同钻进了里间，小声说：“兰啊，早先爹娘有意想叫你跟东家处处，可现在不行了，咱就死了这份心，别再想啦。”小兰把换洗的衣服叠在一只包裹里，让张王氏放心，说她不会再考虑与河生的来往。说完这话后，她却提着包裹，坐在炕沿上，扑簌扑簌地掉下眼泪来。张王氏为女儿的伤心感到一丝慌乱，伸手帮她抹抹泪珠子，说：“娘知道你难受，可难受又有啥用哩。不是咱家的，咱想也是白想，不能为咱自己叫东家两口子闹别扭啊！”

小兰记住了张王氏的话，不露声色地坐着马车朝粮庄赶去。河生坐在前车盘上，小兰坐在车里，一路上几乎没说一句话。两人都能猜测到对方心里在想啥，但又不知如何开口。快到城边时，河生扭脸望了望小兰，从合袍里掏出一叠钱票塞入她的手中，说：“兰妹妹，这是哥哥报答你的，你到粮庄后，自己留着零花用。”

小兰往前挪动了一下身子，将那叠钱票塞回河生屁股底下，坚持不要，说万一叫春花知道还不得惹出乱子来。河生有些不高兴地说：“你为何不理解俺的心哩？侍候她也是要给你工钱的，再说，这些钱春花也不知道啊！你是嫌少不要，还是埋怨俺哩？”

小兰说：“河生哥，我不会怨你。你不该给我钱，钱能买到俺对你的感情吗？”

河生听了这番话一时间不知道说什么好，为自己之前的过错和现在的想法自责。“好吧，”河生收起那些钱票说，“我会一辈子记住妹妹的情义，这一生只要我不死，定会让你不受欺负，衣食无忧。”

小兰听河生发出这样的恶誓，吓得她立马扑到前面，用手捂住了他的嘴，说：“河生哥，你千万不能说这样的话。我不求你任何事情，只求咱都平平安安地活着。”

小兰住进粮庄照顾春花的日子，让河生无时无刻不感受到她的痛苦和压抑，但他不敢在春花面前对小兰表露出半点愧意。大凡与河生、春花两人同时在场，小兰会有意躲避河生的眼神，这让河生也很难堪。埋藏在两个人心中的苦痛，最终换得了三个人的和睦相处。

在一天睡觉前，春花对河生说：“今晚你去客房睡吧，俺想叫兰妹妹陪一晚上，俺俩有好些话要说哩。”河生担心小兰一时不慎，把话说岔捅出事来，直劝春花两人有话白天说，而春花执拗让小兰陪她，河生只好跑到隔壁客房去找小兰，说：“兰妹妹，春花想叫你晚上跟她一起睡，夜里说话可得注意哩。”

小兰知道他心虚，说：“河生哥，你还不懂妹妹的心吗？让春花姐知道咱俩以前的事，对我又有啥好处哩？”

那一夜，春花与小兰并排躺在大床上，黑着灯从老东阿镇聊到老河口和护马庄，再说起跟刘三一路要饭来济南寻找父亲生意的艰辛，把眼泪都聊了下来。小兰静心听着，却不愿多语。春花问她，河生和铁柱及二蛋在船行是怎么度过来的，小兰光对她说张双林和周乐天给他三个人不少关照，把自己抛到一边只字不提，春花自然不会想到丈夫跟睡在身旁的这位姑娘有何牵扯。她哀叹说："生完老二，无论咋的，都得把俺可怜的龙儿和苦命的瞎婆婆接来。"

"你要生个女孩，将来给我当干闺女行不？"小兰说。

"行哩，"春花暗中应小兰，"还用我给你生干闺女吗？妹妹以后嫁了男人，自己生几个不能生啊？"

"俺不嫁人啦！"小兰忽生伤悲，"守着爹娘和河生哥你俩生活一辈子不是挺好？！"

"妹妹净瞎讲，不嫁人生孩子，谁来养你老啊？"春花说，"姐姐去跟你爹娘商量商量，给你做主，说给铁柱大哥好不？"

小兰立即打断春花说："姐姐别哩，俺真不想嫁人。都想好啦，要么守爹娘一辈子，要么妹妹出家当尼姑去。"

春花打心底里认为小兰是说着玩的，便没问她为啥不想嫁人和想出家去当尼姑。等两人睡到半夜，她忽然被小兰被窝里发出的沉闷抽泣声惊醒，便问："妹妹咋哭啦？"

小兰被春花的突然发问惊得浑身一抖，赶紧用被头擦拭掉眼泪说："睡吧姐姐，刚做了一个噩梦。"至于她做的是啥样的噩梦，春花没有仔细询问，两人便在回荡着嗡隆隆闷响的黑夜里渐渐睡去。

睡在客房里的河生到三更天也无法入睡。小兰与春花共眠一室，让他对过去闯出的祸事不敢想，更无心思去想了。他怕小兰说走嘴，透露出两人之间事。于是，他光着脚丫子悄悄地趴在春花的窗台边，偷偷听她和小兰在床上究竟说些啥话。等了大半夜，也没听出什么内容。他认准小兰应该是把秘密压在了心底，于是才放心回到客房睡去。

三天后，春花从陈启恒屋里出来，喊河生套马车去船行。河生问她："去船行有事吗？"

陈启恒笑呵呵地说："春花想得对，是该替老大闺女说个婆家的时候啦，咱们找小兰爹娘给铁柱和她做个媒去。"

春花极其神秘地嘱咐他："这事你先别跟兰妹妹讲，到了那儿再说。"

河生吃惊春花要把小兰做媒许给铁柱，却不敢表露出丝毫的不乐意，沉着脸回答他俩说："这主意好，这主意好啊！"他在前头赶着马车，拉春花他们直奔船行，想小兰肯定还蒙在鼓里，又无法向身后透半点风声，不得不坐在车帮子上一言不发。

见到张双林和张王氏，陈启恒第一句话就说："你派人去把铁柱喊回来，越快越好。"

张双林似乎觉得事情有蹊跷，问："叫铁柱做吗哩？"

春花望着小兰说："陈大叔叫去就去呗。"

张双林见东家也发话，走到门口一嗓子把周乐天喊过来："劳驾你跑一趟，去后河堤，让铁柱赶紧回来，东家有事要说。"

小兰只顾着给河生、春花和陈启恒沏茶倒水，始终未预料到，叫铁柱是为她的亲事，等春花和陈启恒跟爹娘聊起来，她才越听越不对劲儿。陈启恒说："这趟来专为小兰的事，春花想得比你俩当爹娘的都周到，我看东家有意把小兰说给铁柱可行哩。"

张双林和张王氏一听，原来春花和二老板是要亲自给小兰做媒，不由得心花怒放，说："有东家和二老板当媒人，这档子亲事还有啥说的。再说，铁柱人憨厚老实，又是跟少东家与鬼子沉船一起来的船行，俺当爹娘的知根知底儿，放心。"

小兰听后方知，春花把那天夜里两人本来闲聊的话当成了真事办，赶紧阻止说："春花姐，那天夜里咱俩可都是说着玩的，俺还小着哩，不想嫁人。"

张双林和张王氏有些生气地对小兰说："傻闺女，不能这么对东家说话。这媒做得多好哩，爹娘给你做主啦。"

春花拉住小兰的手说："兰妹妹，男大当婚女大当嫁是早晚的事儿，有合适的先定下再说。由姐姐和河生、陈大叔俺们仨给你保媒，你还怕啥哩？他家跟二蛋和表舅是一个村的，过后请张大叔找俺表舅打听打听。如果行，定下来算啦。"

小兰低下头，实在不愿应承，眼里立时泛起一片泪光，猛然抬头，朝默默不语的河生瞧过去。脸色阴沉的河生，在与她目光相遇的一刹那，也显出了恋恋不舍的恍惚神情。

"河生，"春花推搡他一把说，"你有啥想法，说给大叔大婶听听。"

河生避开小兰祈求的眼神，故装赞同说："还是让兰妹妹自己做主好。"

张双林说："儿女的婚姻大事，哪能任凭自个儿瞎说哩。这门亲事按东家说的办，就这么定啦，俺兰待会儿见见铁柱。"

婚事被船行老大一句话轻而易举地定了下来。铁柱被周乐天喊回船行，还以为是下河出船跑生意的事儿，听春花和陈启恒把事讲开，方明白在他们的撮合下，小兰爹娘同意把她许配给自己，望着十分不甘心的小兰，他黝黑的脸膛一下变得通红。

张王氏催促小兰和铁柱说："你俩出去说说话吧。"

铁柱瞧了瞧河生和春花，然后跟着小兰走出屋，去了南边的食堂。他无论如何也未料到，小兰一走进去，就背过身伏在墙上呜呜地哭了，把铁柱哭得一时愣在了她的身后，很久才晕头转向地问："兰妹妹，你为啥要哭啊？……你不愿意俺对不？"

小兰扭过脸靠在黑乎乎的墙上，抽泣着说："铁柱哥……我年纪还小，还不想这么早嫁人。"

铁柱顿时心灰意冷，一脸阴云地说："兰妹妹，你同不同意俺铁柱没啥意见，可这是东家、二老板和你爹娘定的……俺怕你爹娘不高兴哩。"

小兰说，她心中着实不同意这突然的许配，但又怕让爹娘、春花、陈启恒知道后不高兴，叮嘱铁柱进屋后不要把她的想法透给他们。铁柱带着满心的失落说，自己会尊重小兰的意愿，如果她不愿意嫁，说明这辈子两人无缘。小兰感激地说："谢谢铁柱哥，我会一辈子记住你。"等两人回到北屋，张双林说铁柱一人不易，不需要再按老风俗准备彩礼。春花说这可不行，铁柱是河生的生死之交。他家不在济南，粮庄和船行便是他的家，彩礼由粮庄出。陈启恒赞成春花的说法，让张双林找一趟朱奎，请他定个日子正式订婚。

张双林第二天就去了城西粮庄，把前前后后的过程讲完，朱奎扳起指头掐算几遍，交口称赞说，铁柱二十三，小兰十八，两人相差五岁不冲，这媒做得不赖。张双林很感谢春花和陈启恒的提亲，暗中替自家闺女高兴，向朱奎打听铁柱老家的情况。朱奎说："张兄弟，这媒你不用打听，他家的底细都在俺们心里装着，绝不会有何差池。"

朱奎稍作停顿，忽而皱起了眉头。张双林好奇地问他，掐算出了啥样的不妙。朱奎说："说句不该说的话，我咋算着小兰最近有一劫哩？"话一出口，把张双林吓得冒出一身冷汗来，问他小兰会遇到啥样的险恶。朱奎说："九月虽是黄道月，但不宜订婚，尤其是对属鼠的不利。若司天之气日逢少阴君火或太阳寒水，月中必有火厄，还是叫小兰多注意些吧。"

张双林不懂得啥是司天，也不了解什么叫少阴君火和太阳寒水。实际上，朱奎给他讲的是一年中，按三阴三阳各主六十日分出的六步司天之气，其他四步司天分别为：厥阴风木、少阳相火、太阴湿土和阳明燥金，司天与在泉之气互为主客，蕴藏着五行生克关系。对朱奎的这种掐算，张双林因听不懂而半信半疑，心想船行守着大河，有汹涌澎湃的黄河水，还怕什么样的大火呀！只当他跟自己开了个玩笑而已，并由朱奎含糊其词地敲定九月二十六订婚。尚未回船行，他已把提醒的那些话茬儿忘在了脑后。

对朱奎来说，事情往往是不提便罢，一旦出口，便预示着定数已成。又过了两天，他越琢磨小兰之事，越觉得蹊跷，越有一种要出大祸的感觉。天黑前清理完账目，他点亮油灯，找了张破纸，将金谷仓和顺风船行的属性纳入天盘、地盘和八卦详细一推，立刻冒出了满额头的虚汗来。顾不得吃饭，他对刘子龙和刘三说："你俩看好粮庄，不用等我喝汤啦，我有急事要去找东家和二老板。"

刘三招呼一名伙计，套上马车，拉着神色紧张的朱奎匆匆赶去城北粮庄，与从船行跑来的铁柱刚巧相遇在门口。两人互相亲切地招呼着，一同走进了后院，给了正准备吃饭的河生、春花和陈启恒及小兰一个莫大的惊喜。陈启恒喊小兰："兰姑娘，朱老先生和铁柱来得正好，叫食堂再做几个好菜。"

陈启恒把河生和春花都叫进屋陪朱奎两人说话。河生倒上茶，先问铁柱是不是来找小兰，铁柱说不是，只想过来找他喝杯酒，兄弟俩聊聊。春花暗暗笑说："铁柱哥，你想小兰就直说，没人笑话你哩。"陈启恒问："朱老先生历来是无事不登三宝殿，莫不是有要事商量吧？"

朱奎把陈启恒和河生喊进里屋，毫不掩饰地把他推算的结果和粮庄与船行可能会发生的祸事和盘托出，说："从卦象推，我咋看近期门外有血光之灾，门里有人溺水而走，船行有大火之厄哩？！"

河生和陈启恒一听，像头上挨了一闷杠，良久说不出半句话。河生问他会有哪样的大祸，朱奎说，血光之灾肯定预示着有人要遭刀枪劫杀，人溺水而走定与大火有关，往下他不再细说。陈启恒寻思很久，说："这事不能张扬，只咱三个心里明白即可，不能让粮庄和船行的兄弟乱了阵脚哩。"春花和铁柱在外屋聊天，不晓得他们在里边嘀咕些啥，等小兰站在门槛上说"饭菜好啦"，她才喊河生三人出来吃饭。

朱奎简单吃了些东西，嘱咐陈启恒和河生近些日子要倍加注意，又坐马车急赶回城西粮庄。陈启恒送他到门外，再无心思回桌上喝酒，也把春花喊进他屋，将朱奎的推算粗略地说给她听，春花当时就没了主意，说：“陈大叔，你们没问问表舅他能不能破吗？”陈启恒说，当场问过，可朱奎讲，若是天意，他也无能为力。

“那就顺其自然吧。”陈启恒安抚春花说，“你表舅推算也不一定全准，真要有啥事儿，谁都没法子。”

春花心里自己安慰着自己，只求上苍保佑。在另一屋喝酒的铁柱不了解这些内情，仍拽着河生一口口干杯。喝得差不多时，他通红着脸站起来，摇晃着有点儿失衡的身子说要出去尿尿，让河生在酒桌上等他。河生喝得也酩酊大醉，撑持不住身子趴在狼藉的饭桌上呼呼睡了过去。

铁柱撒完尿回屋，却走错了房门，推门瞧见小兰一人坐在客房里发呆，他一步跨进去顺势把门关上。小兰看他摇摇晃晃的样子，知道他准是喝多了，走上前扶住他说：“铁柱哥，你坐下喝点水解解酒吧。”

铁柱直愣着发红的眼睛，怔怔地望着小兰，突然伸手抓住她的两只胳膊，泪水也跟着夺眶而出：“兰妹妹，哥哥配不上你是不？你为啥不想跟俺订亲哩？”

小兰很想挣脱他的纠缠，但怕他更加难过，说：“铁柱哥，你喝醉啦。”

“铁柱俺没醉，清醒着哩。”铁柱耷拉着脑袋声泪俱下，“兰妹妹，你要我给你磕头吗？……妹妹要有心上人，跟哥直说行不？”

小兰被他追问得泣不成声，伤心地坐在床沿上，说：“铁柱哥，妹妹没有你所说的心上人……是我对不住你哩。”她的哭泣令铁柱蓦然心软了，双腿跪在她的面前，抬手帮她抹起了眼泪，说：“妹妹别哭，是哥哥不好。你要现在不想嫁人，哥哥等你一辈子。”说完转身回到了河生那屋。

那一晚，心烦意乱的陈启恒没管其他事情，扎在屋里光顾着思忖朱奎说的事情，不曾预料到河生和铁柱都喝得不省人事。小兰收拾完碗筷，告诉春花，他俩倒在了酒桌上。春花让小兰帮着把河生扶到屋里睡下后，不顾满身的难受，喊来伙计套马车把铁柱送回了船行。她猜测，他的醉也许与同小兰定亲有关，可不知两人在婚事方面到底有何怨结，赶上朱奎推算得让人揪心，就没深究其中的原因。

进入农历九月，乡下的秋收秋种开始变得异常忙活，也给粮庄和船行带来了丰硕的生意和财源。半个多月过去，朱奎推算的事情毫无半点迹象，这让河生、春花和陈启恒放心了许多。但当初一朔日过后一两天，蛾眉月伴随月亮的东移，最终变成日落前高悬在中天的上弦月时，济南城里果真发生了朱奎所说的血光之灾。

那天深夜，城北粮庄的大门钻进来了一个黑影，被看门的伙计挡住，问：“你找谁？”

那人耷拉着脑袋低声说：“老板在吗？”

看门人又问：“你是俺老板啥人？叫啥？”

“俺姓孙。能否让我进去见一见哩？”

看门伙计见他有些可疑，硬把他挡在了门外。“不让进也行，兄弟受人之托有封急信，请火速交给老板。”姓孙的那人说完，把信交到了看门的伙计，转身消失在了夜幕里。陈启恒接过用牛皮纸糊成的信封瞄了瞄，上面没写一个字，立即将河生和春花喊来，一起问伙计送信人长得啥模样以及叫啥，走后又去了哪儿。伙计结结巴巴只能道出姓氏，说不清去向和面孔，这令陈启恒和河生心急火燎。他俩知道，那是从山西派来送信的地下联络人员，走得如此急慌，会不会是遇到了什么麻烦。仅过了半个时辰，城里忽然响起了急促的警报，随之是大街上奔驰而过的隆隆的汽车声。河生和春花、陈启恒三人谁都不说话，心都提吊到了嗓子眼儿，仔细听着、观察着外面的动静。不大会儿，好像是从粮庄西边传来了一阵乱枪扫射的声响，此后再无动静了。

陈启恒和河生有一种预感，那枪声肯定是在追捕八路军或游击队的人。河生担忧枪声过后，会有伪军或国民党特务闯进粮庄搜捕，便向陈启恒说，去街上探探风声，看看打死或逮走的是哪一号人物。陈启恒和春花提醒他多加注意，河生手抓一只麻袋做掩护，出了大门朝响枪的方向奔去。在一个十字路口，他瞧见除了一队背枪的伪军外，还有不少好事的男人壮着胆子跑出来看热闹，一具浑身咕咕冒着血泡的尸体横躺在一辆卡车旁边。一名伪军把尸体翻过来倒过去，在浸满血迹的衣服合袍里乱翻一气，但未能翻出一个纸片。

河生钻入人群，借助伪军手中的手电筒光亮，发现被打死的那个人有些面熟，像在哪儿见过。再仔细瞧时，陡然想起，他就是老河口鬼子炮楼上的翻译孙宏举。

“走走走，”伪军们轰赶着围观的人说，“有啥好瞧的，打死的不过是个激进分子，为共产党、八路军卖命的地下党。”

孙宏举的尸体被拖上汽车，只留下了一地的鲜血。人都散光后，河生却愣在路边欲哭无泪。他想，自己是不会看走眼的，如果孙宏举真是地下党，那么，告诉看门伙计姓孙的送信人，必定是他。然而，孙宏举怎么会被打死在济南城里呢？去年和铁柱及二蛋沉船前，他虽已下决心要离开鬼子投奔共产党，可当时并没走啊？即使他从鬼子那走了，又在哪儿找到的八路军和游击队呢？他受谁的指派到济南来把藏有秘密的信件送给粮庄的啊？河生的嗓子里犹如塞了一团棉花，恍惚着神情回到粮庄，将孙宏举被打死的消息告诉给了春花和陈启恒。

春花惊异地问："河生，你真的没看错？"

河生默默点头，说那具尸体正是孙宏举。春花泪如雨下，难过地说："你们沉船后他就去找共产党啦，没想到他落得这个结果。"

陈启恒从未听说过孙宏举这个名字，待河生跟他讲起老河口的往事，他才相信送信人一定是孙宏举，不住地感叹，济南城里到处都是白色恐怖，嘱咐河生和春花，行事必须倍加小心。

第二天一早，城里沿街贴出了孙宏举被打死的照片，还附有文字，说他是混入省城的地下党。至于他来济南做什么，告示上并未提及。陈启恒从这一点上判断，孙宏举让看门的伙计把信十万火急地转交给粮庄，自己匆忙离去，可能是他发现被人跟踪和追捕，及时出手，那封信便没落入敌人手中，并用生命保护了粮庄。朱奎在城西看到告示，才知道孙宏举已经死在了伪军的枪下。他揭下一张揣在怀里，赶着马车来了城北，从合袍里掏出告示，摆在陈启恒和河生、春花面前，说："这位好兄弟投奔共产党却遭杀害，真叫咱中国人悲哀哩。"

陈启恒关严屋门，把那封信找出来递给朱奎看，说孙宏举就是送来这封信后，离开不久被乱枪打死在大街上的。他告诉朱奎、河生和春花，那封信是刘邓大军从山西派孙宏举送过来的，他为此搭上了自己的性命。他还说，他们还得往山西运一趟粮食。

春花说："行，为早点打败鬼子，不让孙大哥白白送命，咱粮庄也得出船出粮帮助八路军。俺爹娘若是活着，他们也会这么办。"

河生和春花与陈启恒和朱奎商量，从城西和城北两个地方，分头用马车将粮食拉往船行，派张双林亲自压阵，带铁柱和二蛋这支船队把十几船粮食送到山西去，因为他清楚交货地点、接头方式和联络暗号。粮食在三天之内，分两路不显山不露水地运到了船行北边的大堤，每到一车，就直接装入停靠好的船舱里，上面覆盖一些用来掩蔽的东西。张双林知道此次行动事关重大，特意给铁柱和二蛋交代，逆水行舟要抢时间争速度，越快风险越小。

等一切准备齐全，陈启恒、河生和朱奎专门跑来大堤，叮咛张双林说："途中万一遇上麻烦，宁可沉船，也不能让鬼子或国民党和伪军得到粮食、抓住把柄，记住啦？"

张双林请他三人放心，表示一定会把粮食送到信上指定的地方。走时，朱奎把铁柱和二蛋喊到身旁提醒说："你俩是上游船队的领头，路上多听你张大叔的招呼，即使路过老河口，碰见熟人也不能私自下船回家。"铁柱和二蛋牢牢地记住了这些话，直说他俩会配合张双林做好这笔大宗生意。

船队如同以前，也是赶在夜间起锚向上游出发的。

孙宏举的事让春花很是担心，怕半路出现差错造成船毁人亡。一大溜船只下河两天后，春花叫小兰陪着，由河生赶着马车拉她俩去城西找朱奎，请他推算一下吉凶，并顺便瞧瞧好久未谋面的刘三。马车一驶入院子，正在忙活的刘三立即停手跑来，把春花扶下车。河生问他近来生意如何，刘三如实回答，说："有你朱奎舅在，生意火着哩。"他看春花面色不是太好，问春花是否有病。小兰抢先说："刘叔你猜错了，俺春花姐有喜好几个月啦，朱奎大伯说是个女孩哩。"一句话把刘三高兴得不能自已，说他前面有个孙子，这回春花再生个孙女，叫人看着多带劲啊，可说话间，脸上又阴沉下来。他跟春花和河生讲，不知他们娘和龙儿咋样啦，要是她听说又怀上个女孩，不知该有多高兴。春花清楚，他在暗暗思念和牵挂韩柳氏，安慰他等生完孩子一起回一趟老河口。

刘三陪河生和春花进朱奎账房时，他正扒拉着算盘珠算账。见他们来，马上笑着起身相迎，河生说："你坐吧舅，春花来想问你点事。"朱奎纳闷地问春花有啥事儿，春花对他说，心里觉得不踏实，请他算算这趟出船有没有凶险。

朱奎"嗯"了一句，说："还用问吗？表舅从不做没把握的事。要是有凶灾祸事，表舅自然不会让船队下河。"

他的话给河生和春花吃下了一颗定心丸，让春花揪着的心放了下来。聊到最后，春花问："舅，你说咱啥时回老河口和护马庄看看好啊？"

朱奎不假思索地说："最好再等四年，老河口大堤上的鬼子一天不投降，我一天都不能回去。等吧，等到乙酉金鸡之年，日本人不想完蛋恐怕也不行。那时，你与河生已把女儿养到四岁，会走会跑也会喊奶奶后，咱们再回去。你娘眼瞎看不清你们和孩子，到时让她听见声音、摸摸你俩和你刘叔及孩子的小脸，眼睛不用治，一下子准看到东西。"刘三和河生听完朱奎的话，心里难受得两眼直流泪。

春花发狠说：“舅，按你说的，俺舍龙儿四年，只要娘的眼睛能好，让俺龙儿再受几年的苦和罪吧。”

陈启恒并不担忧张双林和铁柱这趟出船会出什么样的危险和岔子，他担心的是另外两件大事。朱奎所推算的第一件事已经应验，接下来，粮庄和船行又会发生怎样的祸事呢？算着船队进发的时间，估计应该到交粮的时候了，他心想，船队平安回来，那些所谓的凶险自会不复存在。然而，天意不可违，春花和河生去城西没过三天，朱奎坐马车又来了城北粮庄。

在一定程度上，陈启恒心里有些害怕他的到来。不是因他本身有何麻烦，而是由于他能预判出很多事，好坏都让人对他产生一种惧怕。陈启恒见他进来，直截了当地说：“朱老先生，我现在还真的有些怕你哩，这趟来是喜是忧啊？”朱奎微微一笑，对他说：“二老板不要怕，有些事怕也没用，天地有道，福祸分明，自然而降，全凭一个人的造化。把河生喊来，这回他得出面，咱俩跟着才行。”

陈启恒奇怪地问他，啥事还要这么大的阵势。朱奎说，伪军陈司令派副官给他送来信，要今晚宴请和面见金谷仓粮庄和顺风船行的年轻老板，地点定在济南趵突泉大酒楼。陈启恒听后一脸的恐慌，觉得伪军陈司令没有要事急事，绝不会宴请粮庄和船行老板，这怕是鸿门宴，赶紧把河生和春花喊进了屋来。他俩听说是陈司令主动找上门，不禁暗自犯了嘀咕，问朱奎对方讲没讲啥事儿。朱奎说：“正因啥都没提，我跟你陈大叔才得陪你一块去。”

春花作为女人，比男人想得更细、更深，甚至把所有不测都想了一遍，对他们仨说：“看来不去不行哩，不论他咋请咱，涉及生意和打仗的事一概不能应。”

按她的想法，太阳入地前，河生换上一身打扮，三人坐一辆马车赶去了趵突泉大酒楼。门口有背枪的伪军把守着，酒楼里的其他客人早已被驱散。敞篷马车刚一停稳，陈司令的副官走近他们仨，很有礼节地邀他们上楼，并走在前边带路。他们被引入了一间名为“春风得意”的房间，门口仍有一名伪军站岗。

陈司令见他们进来，起身打完招呼又坐回原座，问河生：“你那标致漂亮的媳妇咋没来啊？”

朱奎搭讪说，春花回老家照顾老人去了，得等一年半载才能回来。陈司令哈哈一笑，挥手示意副官抓紧上菜、上酒。

河生在这种场合不轻易喝酒，只是很有规矩地夹菜吃，心里琢磨如何应对陈司令。他坐在朱奎旁边，瞧他和陈启恒跟陈司令一杯接一杯地喝着。几杯酒下肚后，河生在桌子底下抬脚踢了踢朱奎，示意他问陈司令一些话。

朱奎明白河生的意思，开口问道："司令，今天劳您破费，有啥地方需要我们效力的，请尽管吩咐。"

陈司令抓起煞白的餐巾，抹了抹油乎乎的嘴巴，说："哎呀，还真有件事需要三位帮忙哩。"

河生接过他的话说："司令对粮庄关怀备至，又承蒙您多方帮助才治好了俺家内人的病。只要不与打仗沾边，其他的事情哪有二话可讲啊。"

陈启恒也坐在陈司令身边，附和河生，说粮庄开张陈司令大驾光临，是给他们仨的面子，在济南城谁敢不买司令的账哩。陈司令听后一乐，露出为难的神色，说："少东家说不与打仗沾边，这做不到哩。行伍不打仗还叫啥军人啊？听说你们船行有不少船只，驻扎开封的第二方面军的孙总司令，是本座多年的好友。他那边战事正酣，故托本座帮他办了一批军需物资。走旱路运输多有不便，想请船行走水路朝那边跑一趟，三位看如何呀？"

河生三人听陈司令叫船行帮运送军用物资，即刻想到，他是在利用他们帮着去打共产党和八路军，脸上霎时现出惊异之色。虽然没有机会交流各自的看法，三人却都认定，即使不赚这笔钱，也不能把那些用来祸害百姓的枪炮运送出去。

河生婉转地说："哎呀，司令头一回给俺们效力的机会，本应不遗余力地去办。但真不凑巧，船行船只一来净是些小船，运不了多少东西；二来，前几天都被商人租走下了江南，做丝绸布料生意去啦，你看多对不住司令哩。"

陈启恒和朱奎紧随河生的口气，摆出了一大堆理由，说船只确不在行里，要有空闲的，多跑几趟没啥不可。陈司令感觉他们似有意推辞，又见三人同一个口气，态度也很真诚，沉默了半天说："不让你们为难，行呢就帮本座跑跑，本座绝不会亏待你们，不行那就算啦。"

河生为表示诚意，说："这样吧司令，你明天派副官到船行去看看，如有船只在家，有多少用多少；若实在没有，那只能请司令原谅啦。"

当场，陈司令把副官喊进厅房，交代他第二天去城北船行实地勘察勘察。

第二十四章

河生让陈司令派人去船行实地查看，是酒桌上想出的缓兵之计。回到船行，陈启恒问河生怎么对付明天的局面。河生说，晚上他亲自去船行，把所有没活闲着的船只全都派到外头去，留一艘小船在河边上晃荡着，这样足以应付。同时，让在船行干活的人手和临时歇着的船工都躲到别的地方去。即使陈司令亲自去看，也不一定能看出名堂。春花听完，对陈启恒和朱奎说："明天你们三个都去船行等着吧。表舅你想想法子，用你那一套方法吓唬住陈司令，不能让他打咱船行的主意。"朱奎说，他夜里想好明天咋说，得让副官把他吓人的话带到陈司令耳朵里，彻底打消他的计划。

河生连夜奔去城北船行，先找周乐天问清有多少只船停在岸边。周乐天说："赵世虎和李明全那支船队下东营回不来，老大和铁柱那支赶不上趟，唯有赖子和吴功那支在家里等活儿，把他们打发没影了就行。"河生喊周乐天陪着一起找到赖子和吴功，把明天陈司令派人来看船的事说完后，赖子气愤地张嘴骂道："咱替共产党、八路军卖命心甘情愿，他伪军想叫咱当炮灰打共产党，没门！"他让河生尽管放心，自己和吴功会把统领的船队拉得远远的，叫伪军副官连个船影儿都瞧不见。

翌日上午，河生和陈启恒及朱奎，早早赶往船行，先跑到大堤上查看了一遍，发现赖子的船队都走了，又回去把院子里的人打发出去，然后坐在屋里候着。陈司令的副官坐着吉普车直接进了院子。他下车一瞧，觉得很是特别，偌大的船行，为啥变得那么冷清。"人呢？人都跑哪儿去啦？"副官奇怪地问。迎出来的河生三人心里发笑，表面上则装出一副发愁的苦相。陪同的周乐天回答说："船行本是小本买卖，人手、船只都不多，稍微有点生意都得外出忙活。这不，船都被租走下了江南，好些天只闪下老夫一人看家啦。”

河生客套地邀副官里外转转，对方则说要上大堤看看。除周乐天外，他把河生三人喊上了他的车里。站在岸上举目望去，只有一只舢板似的小船，经不起风吹浪打，在河边上漂来荡去。副官有些疑惑地冷笑着说：“大河如此清静，莫不是各位东家把船都支走了吧？”

陈启恒“啧啧”咂着嘴巴，笑容可掬地说：“哎呀副官，瞧你这话说的，除非俺仨脑袋不想要了，即使有天大的胆子，也不敢糊弄陈司令和你呀。”

副官听完这话立时表现得趾高气扬，傲慢得十分厉害，说：“我相信三位东家说的是实话。行啦，眼见为实，我回营去啦。”

小车开下大堤驶到船行门口，河生三人下了车。朱奎故意说：“把车开进院吧，我有话让副官捎给司令哩。”副官让他坐在车上说，朱奎说，有些话涉及陈司令未来的吉凶祸福，说要不想多待，那就下车两人单谈。他有意把河生和陈启恒支开，叫司机留在车上，两人跳下车走到车后去。副官问有啥话要捎给司令，朱奎装出一副神秘的样子，蹲下身捡起根树枝儿折断，在地上一顿乱画，指着乱七八糟的图案说：“这是个八卦，就陈司令想走水路用船运货一事，昨晚我花大半夜工夫好好帮他推算了一卦，可是大凶哩。”

副官晓得朱奎与司令的来往和交情，缘于他是个民间术士高人，推算准确无比，听他讲是大凶，禁不住好奇地催问：“请老先生说说，我回去一定提醒司令多加注意。”

朱奎一直蹙着眉头，说：“不是注意便能解决的。如走水道，从北往西南去，八卦中等于从坎卦朝兑位和坤位行船。坎为水，天文为月、虹、云、霜，方位属正北，即咱船行的位置，凶盗为趁机而来，信音为途遇盗贼和牢狱官讼，器用为车轮和败车。往兑卦行，兑为泽、为金、为兵、为武、为战祸，天文是夏秋为雾，冬为大雪，上为雨，下为霜露，方位属正西，即行船的首要去向，凶盗为劫贼作案藏于僻静的地方，信音遇丑酉时日才吉，器用为兵器和损缺之物。开封从济南方向来说是西南，属坤位，坤虽为地为母，天文为雾、露、云、阴，地理上为郡县、宫殿、城市和墙壁，但从前两卦的方位推断，皆是大凶，怕是到不了开封，半路所有的军需物资有可能会被盗贼打劫抢光，并有兵祸战事和人命官司，甚至会牵扯司令的前程和官位，谁敢保证八路军和游击队中途不伏击船队哩？到时，偷不着鸡反倒蚀把米，大不如走旱路安全平顺得多。船行丢几只船、伤几个人是小事，万一传到上面，司令的官位难保，丢了乌纱帽，这可为别人帮忙把他自己的事儿闹大啦！还得请副官好好劝劝司令，请他慎重定夺行事啊。”

这一番故弄玄虚，把陈司令的副官说得哑口无言，直瞪着眼睛看着朱奎。朱奎望他一眼，猜测这一针下去，肯定扎进了副官的心上，说：“副官可把老夫的话放在了心上？回去如实转告司令即可，如仍要走水路，等船队回来，我们随时听命。”

副官回过神来说：“朱老先生言之有理，这么替司令着想，我一定劝司令认真考虑先生的建议。”

他与朱奎打完招呼后钻进了车里，又探出头说，等以后有空了，请朱奎也帮他推算一把自己的官运和前程。朱奎立即回话说，副官的前程不用推，只要别在运送军需物资上出岔，安然无恙地保住陈司令的位置，他便可青云直上。这更让副官坚信，朱奎走水路推算出的大凶是千真万确了。他回去后原封不动把看到的情景和朱奎的推断学给了陈司令听，这让陈司令开始坐立不安。

隔日，陈司令亲自坐车到城西粮庄找朱奎细问详情，朱奎把那天在船行门外对副官的说辞，重新指指画画讲了个详尽，又添油加醋一番，把用船队走水路运输的凶险，说得让他不寒而栗，从而打消了他借用船行的念头。

河生、陈启恒和朱奎用智慧应对了伪军，满以为可以躲过他们的纠缠。但让人没能想到的是，张双林和铁柱及二蛋，在把粮食平安送达返航时，从开封岸边起锚下河的一只小船，一直紧跟在船队后头。张双林和铁柱中途曾试图弄清，那只与他们始终保持着一定距离的小船，究竟为啥跟着他们，终因船队在大河上不宜靠岸停留，不得不商定到达济南后再把那船截住，抓了船上的人仔细讯问。

然而，他们下手还是晚了，在黄河快进济南段的拐弯处，那只小船像蒸发了一样，消失得毫无踪影。

回到船行，张双林先去粮庄把一路的情况，向河生、春花和陈启恒详细地述说了一遍，最后才提到了那只神秘的小船。河生三人隐约觉得有点儿不妙，由于没弄清那船的来头，都当是赶巧碰上了同路的船只。春花说：“既然没跟到底，想必人家也不是什么坏人，咱们多留点儿神就是了。”她随即把小兰叫进屋，跟她说，她爹和铁柱出船好久都未见面，催她坐马车回船行，与她爹娘和铁柱相聚几日。陈启恒说：“兰姑娘，东家让你回去，你就顺便回去看看吧，粮庄把九月底订婚的彩礼，都帮铁柱备齐啦。”小兰悄悄窥视着河生，嘱咐他照料好春花，她走得才会放心。河生眼神里透着一种依恋，答应了她的嘱托，平和地说：“别忘了替我和春花代问铁柱、二蛋好哩。”

父女多日不见，让小兰很是激动。她坐在张双林的马车里，竟从背后搂住她爹的脖子问长问短，把自己住进粮庄经历和遇到的各种新鲜事儿讲给爹听。张双林在小兰面前夸耀铁柱是个很好的年轻人，出船途中对他无微不至地照顾。张双林“兰啊兰啊”地叫着她的小名，跟她讲东家做的媒不错，嫁个在爹娘身边的男人，会让他和她娘省很多的心，一再叮嘱她九月二十六定亲，这趟回去跟铁柱好好处处，让她别伤了他的心。马车行走在土路上，马蹄踏下去敲出一种沉闷的声音，车轮发出“扭扭”极不协调的响动。小兰思忖着、考虑着，忽然觉得张双林说得似乎有些道理，立时生起一股怜悯来，于是对她爹说，回船行后会抽空跟铁柱聊聊。

铁柱在第三天晚饭后被张双林喊出船行，说小兰已在门外等着。他心里“咯噔”一跳，想小兰回来主动约见自己，一定对定亲之事有了新的想法。走出门外，他在北侧的墙根下朦朦胧胧地辨别出了小兰的身影，问候一句：“兰妹妹，回来啦？！”

小兰“嗯”了一声，说：“铁柱哥，你与二蛋哥跟俺爹第一回出远门，平安回来我好高兴哩。”

铁柱心中暗自高兴，两人边说边顺路朝北边大堤走去。黄河岸边停靠着一大排刚刚归来的船只，几盏看船的灯火闪耀着杏黄色的光亮，映照出一小片滚滚流淌着的混浊河水。铁柱用手在堤坝上扒拉出一块平坦的位置，两人坐下，一起看着夜幕下东流的黄河。

“兰妹妹，”铁柱说，“出船前，俺那夜在粮庄喝多啦，你没怪罪俺吧？”

“没哩。”小兰回答。

“那天你为啥哭啊？”

小兰稍停一会儿，说：“没啥，俺真不想这么早订婚。”

铁柱追问她为何不愿接受河生、春花和陈启恒做的这门亲事。小兰说，自己想等大些再让人提亲，铁柱说她，都十八啦，河生十七已有了儿子，这年纪也不算小哩。

“铁柱哥，”小兰说，“咱俩即使月底订婚，你能等我几年吗？”

铁柱被她问得发蒙，反问她是咋想的，为什么要等几年后再过门。小兰回避他的问话，说他刚回来，今晚他俩暂不说订婚的事。铁柱琢磨不透她的想法，随她的意愿沉下头去不再言语。两人虽然身子离得很近，心里却感到一丝寒凉，不是因夜间的冷风拂面，而是由于两人对订婚之事心境各异。他们沉默且窘迫地坐在岸边，各自嘀咕着自己的心事。

不知过了多久，小兰指着东边的河面，告诉铁柱，像有一只萤火虫在大河上移动。他抬头望去，猜测肯定是船行从东归队的船只。果然，待那只逆流而上的小船在岸边停好后，听到跳下船来的赖子和吴功在岸边说话，对一趟货物跑一天有些个怨气。铁柱对小兰说，稍微躲避一下他们，小兰却坐着不动，她不在乎别人看见她与铁柱在一起。

再扭头望赖子和吴功时，离她和铁柱不远的东边堤岸上，蓦地窜动着两个黑影，只听赖子和吴功大声询问："谁啊？谁在那儿哩？"黑影知道被人发现了，慌忙"噌噌噌"划着火柴，在幽暗的夜色中亮起两团火光。出乎他们意料的是，那火光点燃了几根沾满油料的火把，扔向了被浇洒了汽油的船只。

"不好啦！有人放火烧船啦！"赖子两人喊叫着，直追撒腿跑去的黑影。"抓住那些人！快叫人救火！救火啊！"

铁柱和小兰被这突如其来的情景惊呆了，站起身火速朝东跑去。听到喊声的看船人手足无措，赶紧从亮着油灯的船上跳下来，慌乱地边喊"救火"，边奔向着火的船只。那火把被扔进船上的一瞬间，两艘船只已蹿腾起熊熊火焰。铁柱让小兰赶紧去大堤叫人救火，自己则不顾一切跳到一艘失火的船上，找出配备的铁桶，从河中提起一桶桶水，奋不顾身地浇向猛烈燃烧的火苗。小兰则流泪跑上大堤，朝船行方向声嘶力竭地大喊："船失火啦！快来人救火啊！"

这声音传到了张双林、周乐天、赵世虎、李明全和二蛋等人的耳朵里。正要歇息的船工们纷纷跑出屋，站在院子里朝北边的天际望去，只见大河方向已成一片火海，顿时想到，肯定有人放火烧船了，个个都胀大了头皮。

"快！是小兰的声音，大家赶紧去救火。"伴随着张双林的命令，院子里吵吵嚷嚷地一阵纷乱，全都提着水桶或抓把铁锹跑向了大河。

小兰在河堤上呼喊了几遍，嗓子霎时变得嘶哑。她借火光寻见，铁柱和看船人各跳上一只船扑火。被烧裂的船板遇到冰冷的河水，接二连三地发出"噼噼啪啪"的炸响。她想，这些船必定会一艘接一艘地全被烧光，嘴里骂着放火人，含泪奔向燃烧着大火的岸边。赖子和吴功发现有人放火的一刹那，先向两个黑影冲去，一人拦腰抱住一个，使劲将他们摔在地上，接连几拳打在那两人的脸上，随着几声“哇哇”的惨叫，放火人倒在地下无法动弹了。他俩将两个黑影扭到一棵大树旁，解下那两人的腰带，将四只胳膊拧到背后拴在一块，又套在粗壮的树干上。“妈的，回头再收拾你们两个王八蛋。”随后，急火火地奔下河去救火了。

小兰站在岸边，不断地对铁柱和看船人喊：“快，快哩！又烧着一只。”赖子和吴功下来后，催小兰说：“兰姑娘，火势太猛你躲到堤上去。”小兰瞧见他俩各跳到了一只船上，提起水桶打水灭火，开始有些惊慌失措，眼巴巴地看着一只只大船被烧。她顾不了许多，朝站在火船上的铁柱、赖子、吴功及看船人大喊：“快下来，把烧起来的船放走。”

瞧着迅速扩散的大火，小兰跑到河边，用力拔起一艘船的铁锚，把蹿腾着大火的船只拼命地推向大河的中央。随后，铁柱和赖子等人望见河里一团火焰顺流而下，与尚未被引燃的大排货船分离开了，于是也跳下船，照着同样的方法拔起铁锚，把燃烧的船推向河中。赖子只迈出一步，便脚下悬空，“扑通”掉在了打着漩的河里，还好，凭借一身好水性，才算游上岸来。

张双林和赵世虎及李明全等人赶到时，十几只大船上的火仍未扑灭，有几只货船已带着火苗渐渐沉入了河底。他们看到铁柱和赖子满脸漆黑，正把着火的船放开。于是颤动着嗓子，号召船工们：“快，把着火的船全都放走。”

正要睡觉的河生和春花及陈启恒，最初只闻到被风刮过来的一种木板和油漆混合在一起的焦煳味，后来他们听见粮庄外面有人嚷叫：“顺风船行被人放火烧啦！”河生顷刻感到情况十分危急，慌忙穿上衣服，嘱咐春花在粮庄等着，把陈启恒喊起来，自己套上马车十万火急地向大河奔去。他俩远远地就望见了冲天的火光，蹿过高耸的大堤烧红了半边天际。马车一路疾驰，赶到河岸时，与张双林和船行的人前后仅差一刻钟。

“老大，东家和二老板到啦！”

张双林忙乱中循着声音朝堤坝上望去，看清两个熟悉的身影正走下岸来，迎上前“咕咚”一下跪在了他们面前，声泪俱下：“东家、二老板，我张双林没看好船行，对不起你们呀！”

河生拉他起来，说：“以后再讲，先把火灭掉。”

在大火面前，所有人都看出，赖子和吴功格外勇猛。火光下，他们一身湿漉，与铁柱和二蛋等人合力，将一艘艘火船推进河中。掉入水中后，又吃力地游到岸边爬上来，直把那些无法可救的货船全部推走，彻底将它们与完好无损的船队脱开。

船行的全部人手都围在河生和陈启恒及张双林身边，瞧着十几艘腾着火焰的船只，在大河里一溜线地漂流而去，大家极为痛心，呜咽地哭泣起来。河生抹了抹脸上的泪，近乎号叫地向天呐喊："是谁放的火啊？为啥要烧咱的船行哩？"看船人跪在地上，爬近河生和陈启恒及张双林，满脸挂满愧疚的眼泪，自责着直向他们仨和船行的兄弟们请求饶恕。陈启恒生气地吼道："当初不看好船，现在哭管个啥用！"浑身湿透的铁柱提醒赖子和吴功刚才抓的那两人在哪儿，赖子方想起还拴在大树上。

"走啊，"赖子喊，"打死那俩放火人去！"

愤怒的船工们随赖子和吴功跑向堤坝上的那棵大树，把那两人围在中间，你一句我一句地骂着，一顿乱打。看船人哭着拉开其他人，从一人手中夺过一把铁锨，高高举在空中，正要砸向那两人，却被身后一只大手抓住了："别打死他们。"

陈启恒走近大树问："说，谁派你俩来放火烧船的？"两个放火人靠在树干上一言不发，赖子和铁柱抡起有力的巴掌，"啪啪"抽出两记响亮的耳光，"说，谁派你们来的？"黑暗中河生和陈启恒发现，那两人的脑袋耷拉在了树干上。河生叫铁柱摸摸他们的脸，铁柱伸手触及两人脸膛后，立刻把手缩了回来："好像死啦！"

张双林喊来手提马灯的船工，把灯往那两人面前一照，所有人都吃惊地瞧见，他们均口鼻流血、脸色青紫地死去了。陈启恒认准他俩是受人指使来船行纵火的，并且嘴里必然含有剧毒的药物，说："两个可怜的家伙，一定是被人花钱买断性命才来干的这种伤天害理的勾当，把他们扔到河里去吧。"铁柱和赖子、吴功等人解下拴在树上的布腰带，把两具尸体拖到河边，几个人分别把尸体抬起来，"咚咚"两声扔下了大河。

河生让船工们清理了一下船只，数数烧毁了多少，赖子疲惫地喘息着报出数来："十五只。"

河生振作精神对船工们说："十五只船算不了什么，有人想把咱的船行毁掉，咱们偏要争口气，把船行生意做得更好。大家尽管安心干，我河生向大家保证，今晚被烧了十五只，过几天咱们再添三十只，叫那些恨咱们的人瞧瞧咱们的骨气。”

铁柱缓过神来方才想起小兰来，惊慌地问赖子和吴功：“小兰跑哪儿去啦？”赖子和吴公说，刚灭火时曾见她在河边站着，可放船后再没看到她的影子。

“去，赶快去找兰姑娘。”陈启恒急迫地吩咐着，河生连喊道：“往上往下分两拨，一定要把小兰找回来。”而张双林预感到，小兰可能出了大祸，顿时痛哭失声：“兰啊！我的兰啊！你到哪儿去啦！”他边呼唤小兰的名字，边疯了似的顺着大河岸边朝下游寻去。

那一夜，整个船行的人被分派到上下游，沿河岸找出了十多里地。他们三五成群地寻遍了船上和大堤内外的各个角落，始终未能寻见小兰的踪影。张王氏听说在大火中不见了女儿，未出船行便伤悲地大哭大叫，踮着小脚摸黑跑上了大堤。河生和陈启恒把她和张双林安顿在堤坝上后，说所有人还在继续找，请他俩不要悲伤和绝望。

张双林把铁柱喊到身旁，一把拉住他说：“铁柱，大叔把小兰交给你，你为啥不把她看好啊？”

早已泣不成声的铁柱，跪在他和张王氏面前，不住地忏悔自己的过失，发誓说，若小兰出现意外，他也要跳到大河里去陪她。实际上，他和赖子、吴功当初只看见了漂走的火船，怎么都未意识到河边的深水中还有漩涡。小兰推走第一艘船时，一脚踏空掉入了河里，立马被漩涡卷走。虽然当时她曾发出两声呼救，但声音却被淹没在混乱的大火和轰响的大河浪涛里。

小兰就那样在救火中被大河冲走了。

天亮后，寻找的人都一无所获地回到了堤坝上。守了一夜的陈启恒劝张双林和张王氏回船行等候，让其他人再继续寻找。

“白搭啦！”张双林哭咧着说，“掉进河里等不到这时候，俺兰被淹死啦！”

张王氏坐在地上哭昏过去，被二蛋等人背着离开了大堤。周乐天走近张双林，心有余悸地劝道：“老大，闺女是为救火走的，东家和铁柱及船行忘不了她，还是先回去吧。在堤上等再久，也等不回兰姑娘啊？！”听完周乐天的劝说，陈启恒加派人手看护岸边停靠的船只后，指派铁柱和其他几个人架扶着痛不欲生的张双林，才算将他弄回船行。

这场突然降临的灾难，几乎快要把河生和春花击倒了。春花知道那夜船行发生了大火，但并不清楚小兰也在当夜发生了意外。她在粮庄寝食不安地坐到天明，整整一夜不见河生和陈启恒回来，心急如焚地唤了一名伙计套马车赶去船行，车在门口就听见了从院子里传来的张王氏的哭号。

“张大婶为啥哭哩？”她紧绷着神经问上前扶她的河生。

“小兰她……”河生说到半截，哽咽得无法说下去，春花即刻感到了事态的严重，扫视着院子里的其他人，个个脸上呈现出悲痛，于是她焦急地追问河生他们小兰咋啦。

二蛋抬起涨红的眼睛瞅着她说：“小兰她……她掉进河里啦……”春花顿时明白了小兰究竟发生了什么。她不相信眼前发生的事实，哆嗦着嘴唇，泪如泉涌，“兰妹妹真那么狠心离开呢？”她跑进屋含泪扑在张王氏怀里，哭泣着呼喊：“兰妹妹……我的兰妹妹呢？你在哪儿啊？……”

朱奎和刘三、刘子龙听说船行发生了如此惨祸，是在第二天的早上。城西粮庄一开门，立即有买卖人跑进来，传闻船行被人放火烧了半夜，惊得他们目瞪口呆。

朱奎冷静地叹道：“还是没能躲过去啊！老天啊，你为啥折腾俺们船行哩！”

他让刘子龙和刘三安排人手守护好生意，随即三人坐马车也急促地赶了过去。粮庄和船行的人全都聚集在了张双林的屋子里。朱奎他们到后先安抚了一番张双林和张王氏，催河生和刘三安慰春花，不能因过度悲伤而动了胎气。陈启恒把两个放火人死时的样子细说一了遍，叫朱奎和刘子龙帮着分析是谁要烧他们的船行。朱奎转悠脑子一想，说：“不用说啦，不出两天，自然会有人上门虚心假意地来问候。”陈启恒心领神会地思索着，等待看看是什么样的人会来。

果然，第三天上午，陈司令的副官坐着那辆吉普车来到了船行，进门嚷着受陈司令委托前来慰问，表现得十分痛苦，说：“是谁这么胆大包天，敢在陈司令眼皮子底下对顺风船行下黑手哩？”经过朱奎的提示，河生、春花和陈启恒见来人是陈司令的副官，联想起拒绝伪军使用船行船只往开封运送军需物资之事，大约猜到了船行为何会遭遇这样的劫难了。

河生坚强地说：“感谢你和司令关心。请回去转告司令，顺风船行还会再度振兴。”

陈启恒告诉副官，金谷仓粮庄和顺风船行从来不怕外来威胁，纵火人自己跳河而逃，不幸被浪头卷走，他们嘴里喊着花钱买他们性命之人的名字，大伙都听见啦。陈司令副官的脸色瞬间变得一片灰暗，汗珠子也渗满了额头。

朱奎趁机说："副官啊，常言说得妙，好有好报，恶有恶报。要烧船行的人花钱买两个人的性命，他们即使沉在河底，早晚也是要来阳间索命的。所以，很多事正是要想人不知，除非己莫为。"

陈司令的副官被陈启恒和朱奎的话刺激得坐立不安，寒暄几句后，钻进车里灰溜溜地离去了。

河生等人揣测，这次大火与开封下河跟踪的那只小船和对陈司令的拒绝不无关系。而他们并不惧怕和灰心，认准只要有共产党和八路军在背后撑腰，船行和粮庄会在济南城长期扎根。

小兰的失踪，最肝肠欲断的当然是张双林和张王氏，最伤感的却是河生、铁柱和春花。春花知道铁柱为小兰流泪，是因在两人即将正式订婚前出了这样的不幸，却弄不懂河生为何也为她那么痛哭流涕。在河生眼里，春花永远不会明白，他和小兰之间存在的那份感情和秘密。为了安抚小兰爹娘的伤痛，河生和铁柱及二蛋商量，三人负责他们以后的生活，共同替小兰尽孝，直至两人度过晚年。

再一日，朱奎去城北船行有事，与河生和春花前后脚进院。仍处于悲痛之中的张双林把他们迎进屋里，河生下车喊来铁柱和二蛋说，他们仨的命是张双林捡回来的，小兰今世走在了三人前头，他们仨以后就是张双林和张王氏的干儿子。说完，当着朱奎和春花的面儿，拉铁柱和二蛋并排跪在张双林夫妇炕前磕下了三个响头，当场认了干爹干娘，把小兰爹娘感动得即刻流下两行老泪来。

朱奎对张双林说："行哩，他三个应认你们做干爹干娘。不过，我算着兰姑娘只是有惊无险，不该她命绝。这一生，你给了河生他们三条人命，因缘上应有河神保护小兰，等以后看看有无她的音信吧。"

朱奎的推算确实令陈启恒和张双林折服，几次大事无不被他言中。这种对小兰的大胆推测，人人都希望会成为现实。陈启恒去城西粮庄时，对朱奎说："我以前似信非信，现在真的信你啦！只要能找回小兰，我给老先生摆酒摆供。"

刘三对陈启恒说："你信朱大哥不会有错，他说小兰不会死，保准哪天小兰真就不知从什么地方出来啦。"这话后来传到了粮庄和船行所有人的耳朵里，大家全都企盼着小兰死而复生。

来年夏天的五月，河生兑现了他的承诺，花大把钱票从东营海边购进了三十只崭新的大帆船，把顺风船行重新壮大成了从黄河出发的四通八达的最大的船队，并在原先分队的基础上，扩大了船工队伍，他的船队行在大河里，浩浩荡荡。

在新船开进船行不久，春花果真生下了一个白净可爱的女孩儿。麦收过后办满月的那天，陈启恒和朱奎、刘三带着河生前后张罗多日，在城北粮庄大办了几十桌酒席。船行和两个粮庄除留守的人员外，全都放假半天，赶去粮庄喝孩子的满月酒。春花把孩子抱给张王氏看，张王氏想起了当年生小兰时的情景，瞧着孩子掉下了眼泪。

春花走近朱奎说，孩子还没起名哩，请他起个好听的名字。朱奎谦让着，请陈启恒起，陈启恒说他不懂小孩的命相，咋能起出好名字啊。朱奎沉思片刻，把孩子出生年月日在心里默默倒腾一番，说孩子命中缺水，给她起大名叫韩丽泓吧，小名叫"泓泓"。

河生和春花的第二个孩子，自此有了"泓泓"这个雅致的名字。满院子熙熙攘攘的客人和酒席，给粮庄带来了喜气。酒喝到一半，一名家住城南曾经见过小兰的客人忽然对河生说："东家，你家少了人口吗？"

河生一时摸不清头绪，摇头只称没有。那人说："我咋在千佛寺看见一位像你家人的尼姑哩。"河生顿时心里一惊，忙问尼姑长得啥模样儿，那人肯定地说，长相跟曾服侍春花的小兰差不多。

正说着，春花走来喊河生给客人去敬酒。那客人扭脸先向春花恭贺喜得千金，接着说："是哩，我咋瞧咋像曾随夫人左右的那个姑娘。"

这话让春花大感迷惑，她闹不清那位客人讲的是谁，河生把刚才提到千佛寺尼姑的事学给她听，春花疑惑地说："会是兰妹妹吗？"

河生和春花跑到陈启恒和朱奎跟前，把千佛寺有位尼姑像小兰的事一说，陈启恒嘱咐他，先别对张双林和张王氏吭声，客人由他们在家招呼，叫他带铁柱和二蛋赶紧去千佛寺瞧瞧，若真是小兰，他们再去劝她还俗回家。铁柱和二蛋被河生叫出酒场，他套着马车告诉他俩，现在马上去千佛寺，有个尼姑极有可能是小兰。

铁柱见有了小兰的音信，激动得霎时湿润了双眼，"兰妹妹活着，兰妹妹一定活着。"他从河生手中夺过马缰绳，催他和二蛋上车坐稳，出了粮庄一路不停地抽打辕马的后胯，奔向了千佛山。

河生三人又一次走进了千佛寺这座千年古刹，望着在正午时分被太阳照耀得金碧辉煌的寺院，三个人既兴奋又感伤。他们都记得，前年来这里遇见自称明空的朱奎时，小兰伴随着他们喜笑颜开，尤其是河生，对自己跟小兰在大雄宝殿和观音殿前磕头许愿记忆犹新。她在那夜跟春花聊天时，曾戏言一辈子不嫁人出家当尼姑，谁能想到，她真走上了这一步呢？

但转眼，河生和铁柱三人又想，那位兄弟怕是看错了人。小兰从大河里逃命的机会微乎其微，如果她逃过一劫，早就会回到船行和粮庄，守着张双林和张王氏及春花生活，她说过，她希望每个人好好地活着。如果不是兰妹妹，那么那个跟小兰长得相像的尼姑又会是谁呢？

第二十五章

自打鬼子入侵后，本是佛教圣地的寺院，因无人管理而落得极其冷落，善男信女和虔诚的达官显贵们前去烧香拜佛，也是十分偶然的事情。就在那年麦收前，寺院确实来了一老一少两位身着灰色长袍、头戴土黄色圆顶布帽的尼姑。那儿尽管不是一座真正的尼姑庵，但由于战乱，当时不曾有僧人留下护寺，皈依佛门的尼姑们寻得一所清静的去处，在寺里潜心念佛，也是合乎情理的。

河生和铁柱、二蛋三人，经过一个时辰的跋涉，到达山顶时已是下午未时三刻，太阳从正南已偏西。他们把马车拴在寺院西门外的大树上，直接奔进院里。院子里没能发现人的影子，但能闻到一股烧香后留下的余香。与从前不同，在四座大殿佛像前，均铺上了圆圆的布垫子。从这一点上，河生认准寺院定有长期住寺的僧人或尼姑。当铁柱和二蛋疑惑寺院是否有人时，河生未置可否，喊他俩绕过大殿，朝明空待过的那间平房走去。他们嗅到从屋里散发出的一股做饭烧柴时的呛味，木门也是虚掩着的，断定里面住有僧尼。

“有人吗？”河生又像那次一样张嘴向屋里喊问了几句。不大会儿工夫，屋门被一位老尼拉开：“三位施主，是来拜佛还是要找人啊？”铁柱接过话说，是来拜佛的，想请师父引领他们去大殿给佛祖烧香。老尼让他们在门外少候，说有位小尼正在屋里休息，待喊她起来一起去前院大殿。

当小尼出屋后，她看到河生三人的一刹那，眼睛一动不动地盯着他们仨很久，霎时聚起了盈盈的泪光。河生和铁柱及二蛋三个人几乎同时喊出一个名字：“兰妹妹……咱的兰妹妹……”

老尼听到他们喊小兰并未感到惊诧。她自顾走在前面去了大殿。那名与小兰年龄不相上下的尼姑，却惆怅地挪开视线，紧追着老尼的脚步。这使河生三人不得不流泪跟在她身后，一声声那么呼喊着她，而她却走进大殿躲到了老尼的身后。

“三位施主，”老尼坐在大殿佛像前，手中托着木鱼说，“你们找错人啦，她不是小兰。她的法名叫了净，是跟我从邹平出家来的。施主如不拜佛，请回吧。”

河生三个先跪在佛前的三个垫子上，伴着老尼和了净敲出的木鱼声，向大佛拜了三拜。然后，河生和铁柱起身追到了净身边，拉住她的胳膊说：“你不是了净，你就是俺们的兰妹妹。你干吗要出家哩？张大叔和张大婶及所有人都为你哭干了眼泪，你难道真不惦记爹娘了吗？”

他俩发现了净的眼里掉下几滴泪来，可她挣脱开河生的手说：“你们要找的那个小兰死啦！我是受戒皈依了佛法僧的了净，不是你们的那个兰妹妹，请三位施主赶紧回去吧。”

河生和铁柱及二蛋不敢相信，更不愿相信了净的话。虽然她取了个法号，但她的音容笑貌、走路的姿势、说话的腔调、熟悉的眼神以及见到他们后眼中流下来的泪水，让他们毫无疑问地确信，她正是溺水而走的小兰。他们弄不清楚她得救后，为何要随老尼出家，为啥毫不留恋地割舍下船行、粮庄，割舍下亲生父母和春花及他们三人，这让河生和铁柱实在大惑不解。他们本想坐在大殿外等她，直到把她拉回船行为止，可老尼出来说，了净下决心断尽尘缘求得正果，已经剃度，绝无还俗的可能。他们悲哭着，走到殿里再一次望了望专心念佛的了净，仍喊着她“兰妹妹”，说只要她一天不回家，他们还要来找她，到时还会把张双林和张王氏拉到寺院来。

河生三人回到粮庄时，外面的客人已经散尽，朱奎、张双林、张王氏和刘三仍留在院里。他们把见到了净的过程，如实讲给了春花和陈启恒及小兰爹娘等人听，他们顿时悲喜交集地哭成了泪人儿，当即要返回千佛寺去见了净。陈启恒安慰张双林夫妇说，小兰能活下来算是万幸，住在寺院不愁把她找不回来，暂且不用太着急。张王氏哭号着说：“俺的傻闺女，你被救上来咋不知道回家哩？”朱奎告诉小兰爹娘和在场的人，让大家谁都别哭、别闹，小兰既然入了佛门，不是一朝一夕能够劝动的，得要看她有几年的机缘。

后来很长一段时间里，河生、铁柱、二蛋及刘三、刘子龙等粮庄和船行熟知小兰的人，先后多次去过千佛寺，每次都能在大雄宝殿和观音殿前，看见了净随老尼一起敬佛烧香、打扫寺院。了净遇此总是口念一句“阿弥陀佛”，说他们找错了人，她不叫小兰而叫了净，低头回避着他们的目光，躲进大殿或禅房去。这个结局在见过了净的人心中，是完全不能被接受的。

老尼从河生和铁柱及二蛋第一次找到千佛寺起，便对那么多人关心和寻找小兰有了很深的感触。夜里，躺在明空曾经睡过的那间平房的土炕上，老尼对了净说："修佛不光是出家人可以修的，有些在家带发修行的人心更清净。要是那些来找你的人没有找错，你也可退戒还俗，只要一心向佛，也不会误了你的求证。"了净喊着老尼"师父"，言称她皈依了佛门，正是为灭除"贪、嗔、痴"三毒，了断世间烦恼，搁下所有负担，精进学佛，不是只求短暂的快乐。若再身返红尘，必被无限烦恼所扰，无疑自跳火坑。那些人把她当成了一个与他们有缘的相似之人，她哪敢轻易脱离佛门呢?

老尼哀叹一声说："了净，你与师父大不相同，师父家中上无父母，下无兄弟姊妹和夫婿子女。老尼把你从河里救上来，知道你肯定有父母兄弟，虽然受戒出家，但你六根未净，尘缘未了。如果不是被情所困，没有令你倍感为难之事，师父倒是赞成你还俗尽孝。"了净暗中听着不再吭声了。

实际上，明眼人一看便知了净正是小兰。那天她掉入大河，随即便被漩涡吞没卷走了。等她挣扎着浮上河面，昏暗的眼睛已看不清身在何处。等她醒来时，已躺在了一间屋子里，给她喂食的则是这个带她来千佛山的老尼。她身体恢复后的第一个念头，就是想回船行找她的爹娘，找她所爱着的河生和深爱着自己的铁柱。老尼告诉她，她们当时是在邹平地界，离济南很远，且到处战乱不安。想着自己长期以来为情伤心和悲忧的压抑，在问完老尼许多事情以后，忽地有了一种随老尼出家、脱离苦海的心念。不几日，她被带到一所大殿佛像前，对佛祖和观音菩萨发完皈依佛门的宏愿，当下剃度皈依了。从此，小兰这个叫了十八年的名字，对她来说再无意义，被老尼送了一个法名，叫"了净"。

小兰出家的确有回避河生和铁柱情感的动机，这段日子里也确如老尼所言六根未净和尘缘未了。她忘不了生她、养她的亲爹亲娘，时常在离开佛殿的空闲时间，思念起那个令她放不下的姐姐春花。嘴上虽不表露，内心却尘缘未了，只是把它强压在了心底而已。

了净承认自己是小兰，是在张双林和张王氏见到她时的一瞬间。入冬后，粮庄和船行不忙了。一天，春花跟朱奎和陈启恒商量，想上千佛山去见见那个了净，看看她到底是不是小兰。她让河生把张双林、张王氏、周乐天和铁柱及二蛋全都接到粮庄来，说了净要真是兰妹妹，咱们大家一块去劝劝她，假如回心转意还俗，今天就把她接回来。

朱奎说："小兰佛缘很深，今天去未必能劝得住她。不过，供养出家人是消业行善、积德求福应尽的本分，也是三世诸佛对世人的教化。不管那尼姑是不是小兰，装一车粮食拉往千佛寺，让她们不要为吃饭发愁。"

陈启恒说行，粮庄和船行生意再大，挣的钱再多都是身外之物，生不带来死不带去，何况出家人积善行德，理应让她们填饱肚子。他让河生和铁柱、二蛋找来仓库看管，往马车上各装了一半粗粮和细粮，然后嘱咐春花抱好泓泓，一起坐车去了千佛寺。

那天上午，老尼和小兰正在观音殿里持号念佛，忽听门外传来几声马的嘶叫。老尼以为来了高官，忙起身相迎。小兰却十分熟悉船行那匹马的叫声，心中猛然间发乱，预感到像是亲爹、亲娘来看她了，便含泪躲到了观音菩萨的塑像后头。朱奎走在前面，对老尼说，他是曾在这儿待过的明空，与千佛寺有着不解之缘，老尼双手合十，连念几句"阿弥陀佛"。当她看到河生和铁柱时，马上明白了他们的意图，说："各位施主，你们莫不是来找徒弟了净？"

河生上前搭讪，说："师父，了净不在吗？"

老尼说："了净正在大殿做功课，你们想要见她吗？"

春花称呼着老尼法师，跟她说，他们是金谷仓粮庄和城北顺风船行的东家，给寺院拉来一车粮食，想见见那位叫了净的尼姑。老尼深受感动，谢过他们的敬佛之心，在前头领路，河生和铁柱几人将车上的粮食扛进了那间平房。小兰躲藏在菩萨像后，窥探着院里的情形，看见张双林和张王氏及春花与老尼说话，每个人都四处张望，不时朝观音殿里探究，她抑制不住满心的悲切，泪水顺着脸颊滚落在胸前。

老尼回到院落后，陈启恒说："师父能否把了净找来一见呀？"

她应着迈进观音殿，"了净！了净！"地叫喊，绕过大殿直接走到了菩萨坐像后，"了净，出去见过各位施主吧。"在喊了净的那一刻，老尼看到小兰满脸泪水，小声问她外面来客与她何缘。小兰抽泣说："有小尼的亲爹亲娘，船行和粮庄的大伯和春花姐姐及三位哥哥。"老尼念出了一句"阿弥陀佛"，让她无论如何都要出去相见。

老尼进去很久未见出来，张双林和张王氏、春花已等不住，痛哭着悲泣地一声声喊着："兰，兰啊！爹跟你娘、春花和你大爷看你来啦！你不想跟爹娘和你春花姐说句话吗？"小兰听清那是张双林的呼唤，更加悲痛难忍，最后被老尼推着从佛像后头慢慢走出了大殿。

当怀抱着孩子的春花和张双林、张王氏及朱奎等所有人，瞪大了一双双眼睛，盼着一身尼姑打扮的小兰走出来时，那种千头万绪的悲苦，在刹那间涤荡得毫无踪影。

"兰啊，俺的小兰啊！"张王氏哭泣着奔向了净，"好闺女，你为啥跑到这儿来啊！你真的不要爹娘了吗？"春花和其他人都泣不成声地拥过去，使了净毫无勇气面对这种骨肉之情和兄妹之情的呐喊、冲撞和拥抱。

小兰终于见到了她日思夜想的爹娘，见到了她心中惦记的每一个亲人。她望着张双林和张王氏，一把拉下头上那顶无檐的僧尼布帽，含泪跪在了爹娘和春花等众人的面前："爹、娘，小兰对不起你们啊！"

春花和张双林及张王氏随即也跪了下去，把她拥在怀里号啕大哭。张王氏伸手抚摸着小兰毫发不留的头，说："……这还是爹娘的小兰吗？闺女啊，你为啥这么傻，要剃掉头发啊？……你一走，爹娘这辈子算是没啥指望啦！娘不让你在这儿……咱走……跟爹娘一起回家，回去爹娘让你在家念佛还不行吗？……"

整整一上午，张双林和张王氏及春花他们，就那么苦口婆心地对小兰相劝，最终未能从空门把她拽回到现实中。他们问她为何要离开爹娘和大家，她始终沉默不语，只称尚不到她还俗的时候。老尼被亲人相聚的场景感动，对小兰说："了净，师父知道你会有今天。一切都是因缘所定，若放不下，可随爹娘回去。"小兰说，老尼给了她一次生命，是她自己发誓出家随老尼遁入空门的，如今还不想重返尘世，等她认为到了该回家的那一天，她会走出千佛寺回到爹娘身边。

春花抹着双眼说："兰妹妹，你若真不想回家，那只能随你的缘了，可你跟你师父千万别离开这里，大叔大婶和姐姐想你时，好能在寺里找到你，看见你啊。"小兰喊她声"春花姐"，频频点头应了她的要求。

中午临别时，小兰深情地抱了抱春花怀中的泓泓，交给她后，跪在寺院大殿前，流着两眼辛酸的泪水，称呼完陈启恒、朱奎、周乐天和河生三人，对张双林和张王氏说："女儿不孝，请爹娘多加保重，你们回去吧。"

铁柱跪在她对面，拉住她的手说："兰妹妹，我跟河生、二蛋兄弟会侍候大叔大婶一辈子，替你尽孝，为二老养老送终。你啥时想下山，哥赶着马车来接你。

你要不回家，我永远等着你。”

小兰一直跪在院子里，目送陈启恒和爹娘及春花他们离去。张双林和张王氏及河生哽咽着看她最后一眼时，小兰已由痛哭转为凄凉的沉默。那个被灰色长袍包裹着跪在地下的单薄身影，在他们每个人的脑海里留下了永久的记忆。

春花、河生和朱奎三人同坐一辆马车，春花对朱奎说：“舅，你算算兰妹妹啥时才能还俗哩。”朱奎“唉”地长吁一声，说小兰要等五年才能走出佛门。铁柱说，哪怕十年他都会等，直到她回到船行，回到粮庄，回到张双林、张王氏和大家的身边。

从此，知道小兰下落的张双林和张王氏及河生、春花、铁柱等所有亲人，经常跑去千佛山看她，春夏秋冬都给她和老尼送去许多粮食和衣服。他们就这样一天天、一年年翘首企盼，等候着小兰的归来。一等三年过去了，等来了日本鬼子的投降。

一九四五年秋天，最早知道这一消息的是陈启恒、河生、春花和朱奎，因为不光有买卖人将鬼子要投降的事儿传开，而且，像孙宏举那样的内线也递来准确的消息，称鬼子投降指日可待。河生想起了当年朱奎在大河上给他和铁柱、二蛋讲过、也喊过的《推背图》的故事，激动地逢人便讲：“表舅言中啦！表舅言中啦！鬼子投降正好五年。”

陈启恒晚上命伙夫专门炒几道菜，把朱奎请到北城粮庄，举杯敬他：“来，朱老先生，我陈启恒几十年没请别人吃过酒席。今天，既为你说准了小兰的下落，更为你料定了鬼子的投降，敬你三杯！”

朱奎极为自豪地说：“古人的预言不可不信。我说过，鬼子到这年不完蛋，天理不容。”

其实在这之前，美国人在太平洋战场上已跟日本人打得不可开交，六月下旬便一举攻进了日本的冲绳岛。美国与苏联、英国和法国联合收拾完德国鬼子后，又跟中国和英国联手，于七月二十六日以共同宣言的方式，发表了《波茨坦公告》，要求日本立即宣布无条件投降。秋收开始后，苏联与蒙古前后相差一天，相继对日本宣战，并分别派了上百万的军队，在四千多公里的战线上，同时向中国和朝鲜的日本鬼子发起了全面进攻，直打到热河和察哈尔。加上美国八月六日在日本广岛和长崎扔下了两颗原子弹，仅隔两天，日本政府就撑不住了，不得不发出乞降照会。这天夜里子时，朱德总司令向各解放区发布命令，让所有抗日部队通牒日本鬼子限期投降。

那一日，实际上正是民国三十四乙酉鸡年甲申月乙卯日，阳历八月十四，农历七月初七，果真应验了《推背图》第三十九象中说的“一朝听得金鸡叫，大海沉沉日已过”的预言。自日本政府发出乞降照会，仅过四天便宣布无条件投降了。济南城里的居民避开伪军营地，连夜沿街敲锣打鼓和燃放鞭炮，把日本人投降的消息传递到四面八方，欢庆和享受抗战胜利的喜悦。

河生和春花跟陈启恒商量后决定，粮庄和船行休息半天。全体船工和雇员得知鬼子投降的音讯，个个欢欣鼓舞。河生拉着陈启恒、朱奎和春花赶去船行，找到铁柱和二蛋，说：“走，咱们下河去，让表舅再喊一回东洋鬼子失败的号子。”

船工们响应河生的提议，张双林、赵世虎、李明全撑一条船，赖子、吴功和何从撑一条船，河生、铁柱、二蛋及朱奎则跳到另一条船上，说往对岸行一里为界，来个船只摆渡百舸争流，惹得众多船工坐在岸边观看他们的撑船比赛。已满四岁、梳着两绺头发、扎着两只小辫的泓泓，扑在春花怀里问：“娘，爹跟舅爷他们要干吗哩？”

陈启恒将她抱过来，十分疼爱地说：“泓泓，咱看看你爹他们谁赢得过谁。”

三条同样的船只渐渐划离河岸。河生这条船仍由他手持撑杆，铁柱和二蛋各顶住船首和船尾。朱奎站在船舷上，问另两只船准备好没有，赖子他们做出取胜的架势喊过话来：“行哩，以你的号子为准。”

“好嘞，可要听好老夫的号子啊！”朱奎说着，扯开嗓音，富有节奏地高声呼道：

“黄河水呀……”“嗨、嗨……”

“长又长呀……”“嗨、嗨……”

“流不尽呀……”“嗨、嗨……”

“百姓泪呀……”“嗨、嗨……”

“鸟无足、山有月呀……”“嗨、嗨……”

“旭日升、人悲哭呀……”“嗨、嗨……”

“十二月中气不和呀……”“嗨、嗨……”

“南山有雀北山罗呀……”“嗨、嗨……

“一朝听得金鸡叫呀……”“嗨、嗨……”

“大海沉沉日已过呀……”“嗨、嗨……”

“兄弟爷们忍五年呀……”“嗨、嗨……”

“东洋鬼子准完蛋呀……”“嗨、嗨……”

……

朱奎震撼人心的呼号，让三艘船竞相角逐，引得岸边观看的船工们也跟着他们喊起来。泓泓“咯咯咯”地笑着，把两只小手举过头顶，用稚幼的童声对着大河直喊：“爹！舅爷！你们加油啊！”

河生和铁柱、二蛋踩着朱奎号子的节奏，劲往一块使，只见小船“噌噌噌”地乘风破浪，把张双林、赵世虎和赖子及吴功的两艘小船远远地甩在后头，船到河心即掉头折返撑回南岸。

朱奎笑问张双林：“老大、二懒，看东家和老夫咋样啊？”张双林抹一把汗水，直夸朱奎号子喊得响亮，河生三人的船只好似离弦之箭，无往不胜。

赖子站在最后的船头上问：“嘿，朱大叔，你刚才喊的那是啥号子哩？”

河生放下撑杆，对后面两只船喊：“那是俺舅五年前当着小鬼子喊过的，里边说的是日本人啥时侵略中国祸害百姓，啥时会完蛋投降。”

朱奎说：“是哩，你们都听见啦，今年恰是号子里的鸡年，金鸡一唱天下白，这不，东洋人的太阳旗日落西山了嘛！”

收船上岸后，泓泓挣开陈启恒的怀抱，闹着要找朱奎，他伸手哈哈乐着把她接过来，满面笑容地跟她说，天下快要解放了，问她想不想龙儿哥哥和奶奶。泓泓乖巧地对春花说：“娘，俺龙儿哥哥和奶奶长得啥样啊？”

这句话勾起了春花对龙儿和韩柳氏的思念。她跟泓泓讲，龙儿哥哥和奶奶在老家，如果知道有你这个叫泓泓的妹妹肯定会高兴。泓泓用两只肉乎乎的小手，捧住朱奎的脸不停地摇晃着说：“舅爷，咱们回家接哥哥和奶奶吧。”

泓泓无意间的提醒，使河生和春花想起了朱奎四年前说过的话。是啊，鬼子投降，老河口和护马庄大堤上的炮楼据点肯定已被拆掉，河生、春花和刘三是该回家去接已忍受五年屈辱、饱经风霜的韩柳氏，以及那个不会走路说话便与爹娘骨肉分离的龙儿了。朱奎和铁柱、二蛋也到了该衣锦还乡，回去看看各自在万般煎熬中度日、不知生死的父母兄妹和妻儿老小的时候了。

“回吧，你们明天就启程。城西粮庄留子龙看守，城北粮庄和船行由我跟双林守着足以应付。”坐在船行张双林的屋子里，陈启恒主动对朱奎和河生、春花说，“这么多年离家，哪有不回去瞧瞧的道理？！”

张双林当场催周乐天，将铁柱和二蛋存下的工钱取出来交到他俩手上，并经河生同意，特别支出一笔钱，叫两人带回家赡养他们的老人。他俩接过那些钱，激动地跪在地下给陈启恒和张双林磕下了感恩的响头。

事情确定下来后，陈启恒吩咐船行做好第二天运送河生和春花他们过河的准备，当天下午还安排粮庄预备了六架马车，其中，三车装满粮食，另外三车扎着红色顶篷用来坐人，还特意指派了四名年轻力壮的雇工跟东家一起回去，路上给予照顾。天黑前，铁柱和二蛋说好翌日在船行等候会面，朱奎和刘三从城西赶到了城北粮庄里。虽然人分两地，但那种急迫的心情，把他们激动得彻夜未眠。春花和河生本想去千佛寺告诉小兰一声，因时间太紧，两人商定，只好等回济南后再去看她。

天微微亮，粮庄的六套马车由陈启恒指派的随从驾驭，拉着河生和春花等人及三大车粮食向北边的大河行去。一艘大船早已停在岸边候着，张双林带赵世虎、李明全和铁柱及二蛋等人，与河生他们会面后蒙上马的双眼，将马车赶上船去。在东方天际刚布满红彤彤的朝霞里，朱奎和刘三、河生等人站在船头，频频向送行的张双林及船行的兄弟们招手告别。春花叫泓泓跟岸上的人再见，她挥动着小手喊："张爷爷，过几天我跟奶奶和哥哥一起回来。"

马车选择了沿北岸大堤直接返回西南老河口的线路。初秋早晨凉爽的微风，吹拂着两排郁郁葱葱高耸的白杨，使华盖似的树叶相撞，发出阵阵"哗哗啦啦"的脆响。白绿相间的大堤，把一整趟马车映衬得无比壮观，沿途偶遇几个早起赶路的百姓，无不止住脚步，凝望着疾驰的骏马和漂亮的马车，发出赞叹。

六辆马车一路马不停蹄地沿着大堤狂奔。当年带着一身悲怆离家的朱奎、刘三和春花及河生三人，谁都想看看黄河两岸的旧颜何在，只见沿堤修筑的炮楼和拉起的铁丝网已荡然无存。铁柱和二蛋耐不住狂野的心绪，跳下车奔跑在前头，对着大河高呼："没啦，所有鬼子的炮楼和据点都没啦！"

马车行至半路，坐在第一辆马车上的刘三和春花，忽然想起了几年前两人被赶出老河口时，在最饥寒交迫的那一刻，曾给指路并把两人引入家中喝了一顿稀粥的老汉，寻思在自己衣锦还乡的今天，应该找到他报答人家的滴水之恩。

刘三说："春花，你记得赵官镇那个老汉吗？"

春花明白他的意思，问河生去赵官镇的路如何走。河生说，紧靠大堤走不几步路即可进到那个村子了。刘三说："那户人家对咱有恩，咱们刚巧路过，给人家卸袋粮食。”

临近中午时，刘三跑近后面的马车，向朱奎打听更详尽的路途，问他从哪儿下堤能到那里。朱奎指着堤外的一个村庄说：“你们到前面下堤去吧，俺们在堤口停下歇会儿，喂喂辕马等你们。”于是，河生让跟随的雇工随在朱奎车后，接过马鞭亲自驾车下了大堤。

那老汉怎么也未想到，几年前的一片善心，竟在几年之后还被人记在心里，并换来了一麻袋的粮食。全家人用惊诧的眼光打量着河生、刘三、春花和泓泓，咋的都想不起有这样气派的亲戚，很久才指着春花回忆道：“你们是五年前的过路人吧？”

刘三和春花点头称是，让泓泓跪下给老汉和他的女人磕头，泓泓一副乖乖的模样，跪在地下磕起头来。春花把刘三和河生及泓泓介绍给老汉家人，随即眼泪汪汪地说：“大爷、大娘，俺们从济南回老河口的老家，顺路给你们送一袋粮食养家糊口，却不如当年的那两碗糊豆粥珍贵。”

老汉说，几年前的那件小事还这么惦记在心里，根本不值得一提，“好人！好人！”地嚷着，拉女人要给刘三和春花下跪。河生劝住他们说：“大爷、大娘，要是当年没你们的那顿稀粥，可能不会有俺家媳妇和叔叔的今天。若不是大爷指路，他们也不会那么快到济南找见我，这样的大恩大德俺们哪能不报呢？！”

刘三和春花知恩图报的言行和留下的粮食，把老汉全家感动得泪流满面。后来他们才了解到，河生和春花夫妻竟是名震济南城的金谷仓粮庄和顺风船行的大老板，更加相信“善有善报”这句话了。

河生陪春花和刘三路过赵官镇了却了压在心底多年的心愿。没花半个时辰，他又赶着马车回到大堤上与朱奎、铁柱和二蛋会合了。太阳落山前，马车终于到了老河口的堤坝，大家都难以控制自己激动的情绪，把马车停在堤口，站在大堤上，含泪朝大河、朝记忆中的鬼子炮楼、朝熟知的河边渡口和阔别多年的堤外两个村庄举目远眺。想到夕阳下堤内埋葬着老船主、哥哥河长的坟头，堤外漫洼地里长眠着李光腚和那些被鬼子杀戮的父老乡亲的土包时，他们个个伤感地落泪了。

一辆人拉地排车从大堤南面赶来，停在一大溜马车的旁边。“河生哥？春花嫂？刘叔？表舅？铁柱、二蛋哥？”一个极其熟悉且悲伤、惊喜的声音，猛然传到了他们的耳朵里，“你们都活着……回来啦？”

泓泓扎在春花怀里，悄悄问：“娘，他是谁啊？”

“你河友叔叔。”

“河友？！”大家喊着他的名字，紧紧地将他拥在中间呜呜地哭号开来。

河友抹着眼睛，欣喜若狂地让他们随后回村，自己拉着车子借助下堤的惯性，一边狂奔一边大声朝老河口猛喊：“俺河生哥、春花嫂、刘三叔回来啦！……俺朱奎舅、铁柱哥、二蛋哥都活着回来啦！……”

第二十六章

河友异常激动的喊声，响彻在老河口的上空，震荡和惊醒了大半个村子。那些初秋没有下地的老人和孩子，有的扒着墙头探出脑袋，有的直接出门来到胡同口，好奇地打探那喊声的出处："河友，你刚才喊是谁回来啦？"

河友仍拉着车子奔跑不停，一遍遍地回答："俺河生哥、春花嫂、刘三叔和护马庄的朱奎舅、铁柱、二蛋哥，他们都活着回来啦！"

"俺的娘哎，他们一个都没死啊？……赶紧找河生娘和龙儿去。"老人们七嘴八舌地嚷嚷说。

一身崭新打扮的河生、刘三、朱奎和手牵着泓泓的春花及铁柱、二蛋红着眼睛走在前头，六辆马车下了河堤紧随其后，迎着杏红的晚霞走进了老河口的村子。庞大的阵势和今非昔比的派头，顷刻间引来一大群看稀奇的孩子和妇女。

几位老妇迎到他们面前，挨个与他们拉了拉手，眼里盈着泪光发出一阵凄凉的长叹："河生，你们都活着……全村人都以为你们死啦！你娘为你们都哭瞎了双眼啊。"

河生和春花含泪称呼着那些年迈的老妇，说："俺跟表舅、铁柱、二蛋都没死，从济南回来啦。"

几辆马车停在了胡同口的大街上，河生和春花、刘三抬眼打量着那所外墙脱落了不少墙皮且已有些破旧的屋子和院落，泪水流满了脸颊。河友撂下地排车，气喘吁吁地从后院门口跑来，说："河生哥、春花嫂，俺大娘和龙儿锁门啦，肯定去了地里，我去找他们。"

村里聚拢的人越来越多。

河生要河友一起去地里找韩柳氏和龙儿。这时，有个小孩突然喊："大娘和龙儿从地里回来啦！"刘三、河生、春花及朱奎他们扭脸朝西一瞧，见在灰暗的光晕下，距他们不到几十米的地方，一个已有六岁却个头不高、浑身脏乱不堪、衣不遮体、头发盖住了前额的男孩，消瘦的肩膀上扛着一把锄头，用一根树枝牵着一位看不清路面的妇女，背着晚霞向他们走来。而那妇女弓腰背着一大捆柴火，细细的麻绳深深地勒进了她的双肩，脚下迈着不堪重负的步子。男孩不知村里来了什么人，只发现几个人同时朝他跟奶奶走来。

"大娘，"河友跑近韩柳氏说，"俺刘叔和河生哥、春花嫂、朱奎舅他们都活着回来看你和龙儿啦！"

韩柳氏被河友这句话震傻了。她吃惊地拉住树枝，与龙儿呆愣在了原地，问："河友，你说谁回来啦？"

"俺刘叔和河生哥、春花嫂他们……"

韩柳氏不敢相信自己的耳朵，摇晃着头说："不，不，你说瞎话！一定是看错啦！你刘叔和春花再也不会回来啦！你河生哥死了多少年啦！"

河生和春花拉着泓泓，与刘三伫立在韩柳氏和龙儿对面，他们也不相信自己的眼睛。难道这个可怜的孩子就是当年被强行劫下、由瞎娘拉扯大的龙儿吗？这个双眼几乎什么都已看不见、满头白发、脸上布满皱纹的女人就是他那悲惨苦命的亲娘吗？河生和春花悲痛难忍地哭泣着，一下子跪在了母亲的面前。

河生对母亲边磕头边哭喊："娘！……你的儿子河生活着哩！娘受苦啦！"

春花跪在地上先哭喊了一声"娘"，随后撒开泓泓，把双手伸向龙儿："龙儿，我好苦命的孩子！……我是你娘！……来，让娘抱抱，让娘抱抱啊！……"

龙儿被她和河生的举动吓得扔下锄头和那根树枝，瞪着惊恐的眼睛，喊着"奶奶、奶奶"，躲在韩柳氏的身后。韩柳氏从起初的疑惑变为万般的悲喜交集。当她听清河生和春花的声音后，就再也抑制不住满腔的辛酸，泪水即刻夺眶而出，她脸上的肌肉在不停地颤抖，哆嗦着苍白的嘴唇，却哭不出声来，只有无声的眼泪滴落在地上。

"春花，"刘三流泪卸下她肩上的柴火，跟她说，"真是俺跟河生和春花哩！"

韩柳氏听到刘三的话音，蓦然撒开柴火蹲在地上哇地放声哭泣："他叔……你跟他们回来啦？……河生、春花，我的儿子媳妇啊！……"

河生和春花跪着爬近韩柳氏，并一把将龙儿搂在怀里，刘三则悲痛欲绝地跪下身去，几个人紧紧地抱住韩柳氏悲泣地流下泪来。泓泓在一片哭声中，“嘤嘤”地用两手搓着眼睛直喊爹娘，春花和河生把她拉到韩柳氏眼前，教她说：“这是你奶奶和哥哥，快喊奶奶和哥哥。”

泓泓贴近韩柳氏和龙儿，用柔细的声音轻轻喊道：“奶奶，哥哥……”

韩柳氏循着声音把泓泓搂在胸前，抽泣着问：“这是俺的孙女吗？……好孙女……让奶奶摸摸……”如同龙儿躲避河生和春花一样，泓泓看着这个陌生的老人，也哭着躲到了春花背后。

“河生，”朱奎含着两眼老泪说，“让你娘摸摸你们几个的脸。”

河生和春花忽然想起了朱奎曾经说过的话，河生抓起韩柳氏粗糙的两只手，先后拉向自己和春花、刘三及泓泓的脸庞。韩柳氏凭着血缘和特有的触觉，摸到了既熟悉又生疏的河生的脸膛，摸到了春花脸上痛哭的眼泪，摸到了刘三含泪的表情，也摸到了泓泓可爱的小脸。突来的喜讯替代了压抑多年的忧伤，她喜出望外，忽觉心中沉甸甸的石头落地了。等她再睁开眼睛时，眼前陡然现出了一片光亮：“娘看见你们啦！……我的好儿子、好媳妇、好孙女啊……娘啥都能看清啦！”

河生和朱奎、铁柱、二蛋生还归来，春花和刘三再度返乡，使刚刚庆祝完鬼子投降的老河口和护马庄沸腾了。外姓的村民们满怀震惊，一拨拨拥进河生家中，关切地询问他们的生死历程。韩家族院除那些亲近的老人和妇女们跑来问候，当年参与殴打韩柳氏、刘三和春花的汉子们，没有一个敢在这时候露脸。他们在天黑后的星空下，看见六辆马车所装载的丰厚物资，从跟来的随从身上感受到了河生他们的不凡气派，听说了河生、春花、刘三和朱奎相聚在济南，并成了粮庄和船行的东家，对当初毫无理智的驱逐行动和对韩柳氏的污辱、对把春花和龙儿拆得骨肉分离的行为懊悔不及，躲在家中无脸面见河生一家。

韩二忠和韩张氏备受良心的折磨和谴责，听着后院发出的欢声笑语和热闹的气氛，他们既不做饭也不点灯，只闷头坐在前院黑乎乎的屋子里长吁短叹：“这回咱算结仇结到家啦！亲侄也不会再认咱们哩！”说着，这对曾经那么心狠手辣的夫妻，不禁掉下两行忏悔的老泪。

朱奎先让铁柱和二蛋赶回护马庄，由于从别人嘴中得知自家女人和孩子安然无恙，他也就不再急于回家，而是把河生和春花作为粮庄和船行的老板，帮他们应付着家中混乱而又热闹的场面。

朱奎发觉，村里谁都到场前来问候一番，唯独见不着韩二忠和韩张氏的人影，猜想，韩二忠必定因自己是当年的罪魁祸首躲在家中不敢见人，便对河生和春花说："我到前面你二叔家去看看。"河生两人心里一直解不开几年前的疙瘩，但当着众乡亲的面儿，对他的这一要求又不能说不行，只"嗯"了一声，算是应承。

朱奎踏黑迈进了韩二忠的家门，发现满屋漆黑，料定他是有意躲避，于是喊问："有人吗？"韩二忠听出是他的声音，往日的相处和眼前的痛悔一起涌上心头，"呜呜"地哭着迎到了门口，抖动着他的胳膊说："表哥，真没想到还有今天啊？"韩张氏流泪点亮油灯，把朱奎拉进屋里坐下。

朱奎有话却不知该从何说起，眼里只有少许的泪光。

韩二忠说："家里人都安好，你快回去瞧瞧哩。"

朱奎说，已经到家了，没啥可急的了，问他为何不去后院与河生见个面儿。韩二忠无言以对，坐在椅子上低头抹泪。韩张氏哀叹说："事到如今，俺们哪有脸见人啊。"朱奎趁机说："你们当初是咋想的，那么逼迫大嫂、刘兄弟和春花哩？"韩二忠说，啥都别说啦，都怪自己一时糊涂。

朱奎劝告说："河生和春花从济南回来一趟不容易，怎么也得向后院认个错。河生和春花毕竟是小辈，你们把话说到，他们谁都不会再讲啥啦。"

韩二忠仍有些舍不下面子，说："我这老脸往哪儿搁哩？"

"还讲啥老脸，"朱奎说，"老脸在几年前已经被你自己丢光啦。听表哥一句，现在跟我过去。"

朱奎说完，起身离开了堂屋，头也不回地往门外走去。韩二忠和韩张氏忖量了一会儿，认为朱奎这是在给自己下台阶，若是不去，只怕以后再也没有机会，便关好大门跟在他身后悻悻地去了后院。院子里的人见朱奎领来了河生的二叔和二婶，马上明白了是怎么回事，立即为他们闪开一条夹道。韩柳氏怀抱着泓泓、春花则搂着龙儿，与刘三和河生正在堂屋里迎送客人，一眼瞧见朱奎在前，韩二忠两口子在后走了进来，又想起了悲惨的往事，眼泪扑簌簌地滴湿了衣襟。

朱奎叫河生给韩二忠让座，河生啥都没喊，只示意韩二忠和韩张氏坐到上座去，而他们站在当门里，既不说话也不落座。这种极为窘迫的局面，使朱奎很是为难，说："河生、春花啊，你二叔、二婶是向你们道歉来的。事情过了这么多年，一家人也该缓和缓和啦。"

韩柳氏顿时心酸得哭起来，说："用不着向俺道歉。他叔和春花走后，俺一个瞎老太婆忍受村里人的欺辱，拉扯着俺这个不会说话、不会走路的龙儿，可俺人穷志不穷，再苦、再难不能舍下俺的龙儿。河友比你们大人有良心，是他帮着俺偷着干了家里、地里的很多活，也帮俺把龙儿抱大。俺要记住的，是那个好心的侄子。这些年的苦和罪是道歉能抵得了的吗？”

河生和刘三听完，把河友拉到身边，三人拥在一块流下了眼泪。韩二忠和韩张氏清楚韩柳氏是怎样度过的这些艰难岁月，多年来泯灭的人性被韩柳氏的哭诉顿然激醒，双双跪在了地下：“大嫂、他叔、春花，你二叔二婶不是人，对不起你们啊！”

长辈向同辈和小辈赔罪，在所有家族中是前所未有的。韩二忠和他的女人，经受不住长期以来良心的责备，他们痛苦和悔恨当初的野蛮行为，只有赔礼道歉方能减轻自己的罪责。朱奎顺势调和双方，既数叨韩二忠的不是，又劝说和安抚韩柳氏、刘三及春花，对河生说：“你二叔、二婶也够拉下脸面的，作为老人，都已当面道歉，以前的过节从此一笔勾销，往后不许再提。亲不亲一家人，河生你喊你二叔、二婶起来吧。”河生听了朱奎的吩咐，叫韩二忠和韩张氏一句“叔婶”，把他们拉起来坐到了椅子上。

了结完前后院的恩怨，朱奎才在众人的规劝下，披星戴月回了护马庄。河生差随从送了一车粮食过去，分给他和铁柱、二蛋家。

第二天，各自的家人扛把铁锨去祖坟，把几年前为铁柱、二蛋和朱奎做的假坟平掉。来老河口再次找河生时，他们提醒韩柳氏和春花，也要把给河生做的假坟平掉，韩二忠便催河友和族院的年轻人赶去了河滩。

朱奎想起了当年与刘会天的约定，问韩二忠：“李光腚的老婆孩子咋样啦？”韩二忠把刘会天成年累月供养李光腚家人的事情说了个明白，朱奎当场叫他陪着，给李光腚家送去了这些年欠下的钱粮。

回来后，河生对朱奎和韩二忠说：“舅、二叔，我和春花想跟你们商量点事。”

韩柳氏和刘三一人领着一个孩子回避出了堂屋。朱奎说，他知道河生两人要跟他们商量啥事，转头对韩二忠说：“河生和春花对他娘要尽大孝，想趁这次回来，顺便把刘兄弟和大嫂的事办喽，你看咋样啊？”

韩二忠看河生和春花对他尊敬有加，显得极其热情和诚恳，说：“唉，早该叫他们走到一块啦！都怨我哩。”问河生和春花准备什么时候办。春花说：“人都老啦，不需啥样的排场，今天趁舅、铁柱、二蛋和院里的人都在，吃顿饭就当替刘叔和娘了却一桩心事。”

于是，韩柳氏和刘三最终在日本人投降的这个秋天，由成为东家的儿子、儿媳和朱奎、韩二忠主持，真正走在了一起。

河生和春花及朱奎省亲，在老河口和护马庄住了四天，基本完成了所有的心愿。他们决定第五天回到济南去，把韩柳氏和龙儿一块接走。

临别的前一晚，韩柳氏说："河生、春花，娘不想离开老河口，你们把龙儿带到济南去吧。我想和你刘叔留下，守着咱家的庄稼地过日子。"她说，庄稼户啥都可以没有，就是不能没有庄稼地。尽管河生、春花和朱奎及铁柱、二蛋都赶来相劝，告诉她去济南会比在老河口生活好得多，可她仍认准老河口才是自己真正的家。其他人并不了解她的心思，她所惦记的，仍是埋在河边上的老船主和河长，那里也埋藏着她一生的苦痛。

刘三对河生和春花说："你们跟你舅和铁柱、二蛋走吧，那边的生意还需你们回去打理。叔会照顾好你娘，你们啥都不用牵挂。"

第二天一早，六辆马车又要上路，刘三和韩柳氏最舍不得龙儿和泓泓。韩柳氏左手抱着孙女，右手搂着龙儿，哭泣着说："龙儿，去后听爹娘的话，别让爷爷、奶奶挂心。你年龄大，可要看好妹妹。"龙儿扑在她的怀里，说啥都不想与一把屎、一把尿把自己拉扯大的韩柳氏分开，说："奶奶，你不要我了吗？"最后众人不得不硬把他们拉开。

沿街围成两排的父老乡亲们看见，当马车缓缓驶离老河口村头开始爬上大堤时，河生和春花背对着大河，挽着手跪在地上，向母亲和刘三，也向让人依恋的故土叩了三叩。

马车沿大堤朝北行走，右边的黄河依旧奔腾不息。目送河生和春花他们回程的村民发现，大堤上一个年轻的身影在拼命地紧追急奔的马车。"河生哥、春花嫂，你们等等……"河生和春花听到喊声，令随从勒住辕马，跳下车朝后走去。

"河生哥……"河友追上来红着脸说，"我有件事想求你们……"

"河友，"春花说，"有啥事儿只管说。"

"我想跟你们去济南做点事儿……"

朱奎走近他们，拍了拍河友的肩膀，说："干吗不早说哩？还怕你哥嫂不要你吗？"

河友憨憨一笑。河生欣慰地拉住他的手说："早该跟哥嫂出去闯闯啦！上车吧。"

春花返回济南的第一件事，就是带龙儿到粮庄附近的一家理发店，给他推了个极其漂亮的八式头，洗遍浑身上下，换了一身合体的衣服。再站到陈启恒和朱奎、河生面前时，立马不见了先前那种脏兮兮的模样儿，大有河生和春花二人的灵气。陈启恒把他拉到膝前说："龙儿，来，叫爷爷瞧瞧。"龙儿很乖巧地叫着"爷爷"偎过去。

第三日，春花让河生和铁柱、二蛋他们各自忙活自己的事儿，喊来粮庄一名雇工，套马车拉她和龙儿、泓泓去了千佛山。老尼看春花带来了一男一女两个孩子，顿生欢喜，念句"阿弥陀佛"，说："两位小施主天生聪颖，必受佛祖护佑，让了净出来见见他们。"

春花带龙儿和泓泓的目的本就是看小兰，老尼心领神会，几声呼唤，把小兰从观音殿里喊到院内。春花把龙儿和泓泓领到她跟前，催他两个喊"姨"，兄妹俩张口各叫出一声"姨"来。小兰蹲下身去，搂住龙儿惊讶地说，她这个受过苦的侄子都已长这么大了，从小不在爹娘身旁，咋不让大人惦记哩！再问泓泓，知不知道这是什么地方，她摇晃着小脑袋称不知道。小兰扭头指着大殿里的一尊尊佛像，告诉她这是念佛的寺院，等她长大后便会懂得佛是什么了。之后，她站起身称呼着"姐姐"，问春花为什么好久不见她和河生、铁柱来寺院。春花把回老家和刘三留在老河口的情况说给了她听，并告诉小兰，鬼子投降后，大河两岸再也见不到日本人的炮楼和据点了，正等着彻底解放的那一天。

"兰妹妹，"春花说，"铁柱和俺们都已等了你好几年了，你也该回到船行张大叔和张大婶身边啦。"

小兰依旧低下头去，避开她的话题说："姐姐，我领你和龙儿、泓泓拜佛去。"

春花满以为鬼子投降了，这趟去千佛寺会说动小兰的心，让她早日还俗，可小兰仍然不恋尘世，使春花深感迷惘。她下山直接赶往城西粮庄，顶替刘三的河友把龙儿和泓泓抱下马车，将他们迎进朱奎的屋里。春花拉过龙儿说："舅，龙儿也该识些字啦，把他暂且交给你和船行周大叔，你俩有空就去粮庄教他学点东西。"朱奎说，自己对阴阳在行，却没上过私塾，还是以周乐天为主，他抽空配合，并嘱咐春花，孩子再大点了，必须给他和泓泓找所正规的学校念书。春花应着，最后坐在凳子上发起愁来，对朱奎说，她刚去千佛山见了小兰，无论如何也劝不动她。

朱奎说："春花啊，俗话说，'人的命天注定'。你现在劝兰姑娘没用，我早给她算过，过去数五年，已过三年，还有两年她准会还俗。”

春花听了朱奎的劝导，跟张双林、张王氏和河生、铁柱、二蛋说，再等小兰两年，到时如果她这么拖泥带水没个利索劲儿，再去千佛山套九头牛把她拉回来。

鬼子投降，本来全国都该解放，却被蒋介石指挥的国民党军队所阻挠，并接连爆发了内战。陈司令被调防北平，济南城里换了第二绥靖区驻守，司令王耀武统领着多达十一万人的兵力，把济南防护得固若金汤。

一九四七年的夏天，中国大半的国土已被共产党领导的八路军所掌控。随着买卖人的增多，不断有消息传到粮庄和船行，称八路军已开始全国性的大反攻，刘伯承、邓小平、徐向前、李先念率领的晋冀鲁豫野战军，首先突破黄河防线直取大别山，有可能在农历五月初从鲁西正面抢渡黄河。

河生、陈启恒、朱奎、张双林及铁柱、二蛋等人，被这个消息激励着。陈启恒和朱奎算过，从鲁西正面过河的话，必然要走老河口、鱼山和徐屯，甚至再往西南，看来仗又要打回老家去了。河生认定，八路军过黄河离不开大量的渡船，他的船行总算有了用武之地，假若八路军过河那天，一声令下他会把全部船只拉回老家去。可是春花、朱奎及陈启恒等粮庄和船行的人谁都没有预想到，年仅二十三岁的河生，从春天开始便大咳不止，面色苍白，浑身无力，人消瘦了许多。

暮春的一天，刚起床的河生突然伴随着一阵急促的咳嗽，嘴里吐出一口鲜血。吓得春花哇哇哭着，找来干净的毛巾帮他擦拭去血迹，问：“河生，你到底咋啦？”河生靠在床头上，摇头说，不知为何那么咳嗽。春花把龙儿和泓泓托付给粮庄的人看护，赶紧让雇工套上马车，与陈启恒一起拉他去了省立医院。检查后，护士直接把河生推进了一所与外界隔绝的病房。医生戴着口罩站在走廊里喊：“谁是韩河生的亲属？”春花和陈启恒慌着跑过去，问河生究竟得了什么恶病，医生说：“他得的是肺痨病，需要住院隔离治疗。”

河生不清楚自己得的是哪种怪病。他每天躺在医院的病床上，既惦记着粮庄和船行的生意，又反复琢磨这二十多年来的经历。思念远在老家的母亲、刘三，想着春花、龙儿和泓泓，以及一直以来放心不下身处空门的小兰。他想这是咋啦？这一世的使命还没完结，难道老天爷要来收我了吗？不行啊，必须尽快好起来，走出病房看着龙儿和泓泓长大，与春花共同撑持粮庄和船行的未来，陪着铁柱把兰妹妹接出寺院，迎接即将到来的刘邓大军和全国百姓的解放。

病房被隔离，春花每次都领着龙儿和泓泓，戴着口罩站在隔离区外面，透过玻璃朝里面向他招手。每每看到春花和龙儿及泓泓深情企盼的眼神时，他都会激动一番。

那日上午，河生吃完药正在屋里走动，忽然瞅见一张面戴口罩却十分熟悉的脸颊，一双炯炯有神且含情脉脉的眼睛，穿透玻璃正凝望着他。他走到玻璃窗前，一动不动地直视着那双眼睛，看清窗外清澈的瞳孔里映出了自己的身影，泪水聚满了眼眶，口罩遮挡下的双唇对他默默无语，而他知道那双眼睛在说啥。他连喊出两声："兰妹妹……兰妹妹……"小兰听不到他的声音，但她知道河生在不停地呼唤她。她让护士转给河生一只在大黄纸上印有观世音菩萨像的护身符。

五月初八，河生的病情大有好转，但仍未完全康复。晚上，陈启恒和春花突然接到了一位陌生人送来的密信。打开一看，信上称阳历六月三十日，刘邓大军要从鲁西地区三百里长的正面抢渡黄河向南进发，要求顺风船行把所有船只，务必在农历五月十二下午摆至鱼山以西。陈启恒慌忙把朱奎和张双林喊来合计了半天，朱奎说："好家伙，刘邓大军沿途拉成了三百里长的战线过河，那不得从平阴、东阿往西，过台前还要出去？兵力至少也有十几万啊。"

他们商定，船行所有船只从即日起停发一切货物，凭东家的号令整装待发。春花问要不要告诉河生，陈启恒说："河生的病虽好了许多，他在医院不能随船队去，但要把事情跟他说清楚。"

当下，陈启恒和春花、张双林、朱奎四人带上那封信，一起赶去医院见河生。护士把信递进去，河生打开认真看了一遍，走近玻璃窗，表情十分坚定地向外打来手势。陈启恒和春花猜到了他所要表达的意思。

朱奎朝里摆摆手，又指指张双林，闷声闷气地说："河生你不能去，让你张叔领队。"

河生把嘴紧贴在玻璃上对外喊："你们要等我出去，我要亲自带船队把刘邓大军运过河！"

陈启恒和朱奎、春花商量，绝不能依照河生的想法，一再嘱托护士，必须要看护好河生，不可让他偷着跑出来。

终于到了船队出发的日子。船行和粮庄连续三天赶做出了一锅锅足够两百多口人在大河上吃四天的干粮，在农历五月十二早晨装上了大船。张双林依然按河生分出的三支船队，指定赵世虎和李明全，铁柱和二蛋，赖子和吴功各带一组，拉开距离向西南出发。陈启恒和朱奎、春花一早赶到北城大堤上为船队送行，给张双林交代完途中要注意的事情后，近百艘船只正要起锚时，堤外猛然传来河生的喊叫。他们回头望去，只见他赶着马车风尘仆仆地朝大河狂奔而来，一爬上大堤，吼叫着勒住马缰绳，匆匆跳下车：“张大叔别开船，等等我。”

一双双担忧和关切的目光聚焦在了河生身上，陈启恒朝张双林摆手，示意暂时停一会儿，问：“河生，你咋跑出来哩？”

河生大口大口喘息着，说与护士吵了一架，硬是冲出了医院。春花紧紧拽住他的胳膊，说：“河生，你干吗非得要亲自去呢？你的病还没好啊！”

河生望着春花，说他的病已好得差不多了，其他船他可以不跟，可这趟船他不能不去。朱奎心疼地提醒说：“河生啊，你得的是肺痨病，即使病好利落了，也不能干重力活，需要长期休养哩。”

河生诚恳而执拗地说：“舅、陈大叔、春花，你们都别劝我啦，这趟船我出定了，即使死，我也要死在大河上。咱粮庄和船行冒着风险为八路军送粮图的是啥，不就图快点解放吗？再说，有张大叔、铁柱、二蛋和那么多的弟兄们照顾我，我会平安回来。等把刘邓大军送过河，我也好顺路回家去看看娘和刘叔。”

春花和陈启恒、朱奎最终没能劝住河生。他让春花照料好龙儿和泓泓，叮嘱她与陈启恒和朱奎他们替他看护好生意，临上船时，他从合袍里掏出那张黄黄的纸片给春花瞧了瞧，告诉她，小兰曾下山去医院看望过他，还送给他一张护身符，“带着这张护身符，我会平安无事的。”春花不晓得他这趟出船是吉是凶，只能从小兰送给他的那张护身符上寻得一丝心灵的慰藉。

浩浩荡荡的船队在大河上形成了壮观的气势，每只船都高高地扬起了印有“顺风”两字的船帆，借助北风的吹摆向西南上游驶去。在平行的河道里，并排往南行的其他零星的船只，与河生率领的船队相比，显得极其渺小和孤单。不过，几路人马心里都很清楚，这些小船一定是跟自己一样，被改名为解放军的八路军征调，去东阿以西运送刘邓大军过河的。进入平阴河段，西岸也聚集起零零散散各式各样的小船。太阳偏西路过老河口渡口时，铁柱和二蛋忽然发现，东岸耸立着一座座青山，西岸的河滩上则堆着两座坟头，一座炮楼倒塌在了大堤上，他们辨别出已到老家，就站在大船上喊道：“河生，老河口和护马庄到啦，我们下船回去看看吧。”

赵世虎、李明全和赖子、吴功等人猛然惊醒，朝大河两岸望望，似乎回忆起当年正是在这里救起了河生和铁柱三个人，七嘴八舌朝张双林喊过话来：“是哩老大，到东家老家啦，叫他回家去吧，其他事由船队的兄弟们来做。”

张双林眺望着西岸大堤，说：“河生，叫船靠岸你下去吧，过河的事由我负责，你尽管放心。”

河生超西边望去，看不到堤外的村庄，只瞅见高耸的榆树和白杨蹿过堤坝冒出一串串的墨绿，他把视线移向大河，走到船尾朝后面喊道：“听着，咱们来不是回家的，谁都不准靠岸下去，继续往前走！”

河生与张双林乘最前头的一艘大船，在过老河口后即将进入鱼山河段时，在黄昏中清晰地看见，从河岸到大堤已神不知鬼不觉地聚集过来万千神兵，一排排轻重武器堆满各个渡口，指挥员们则在西岸河滩上观察对岸的情况，部署着大军过河的方案。船队的兄弟们边撑船边欢呼跳跃地喊道：“刘邓大军，刘邓大军来啦！”

船队到达指定的地点，在鱼山渡口暂时靠岸停下。他们发现，除了千军万马的解放军外，大堤上还分成几路集合来了长长的担架队，从东到西远远望不到尽头。河生和张双林吩咐各支船队靠岸等候，船工们一律不得下船，他们两人跳下船去联络过河的指挥官和组织人员。几名戴着袖章、腰间挎着盒子枪的军官，在两名组织者的陪同下迎上前来，向河生两人打过招呼。他俩发现，其中一人腿瘸，走路时一跛一拐，另一人则十分面熟。河生猛地想起，腿瘸的那人是当年攻打老河口炮楼时，被鬼子打断腿的游击队队长曹可村。另一个是从老东阿镇杀了鬼子逃跑、曾在自家炕洞里躲藏五天五夜，多年不见的游击队员王老五。他激动地上前一把拉住他俩的手说：“曹队长、老五哥，我是老河口的河生啊！”

河生的话令曹可村和王老五陡然一惊。王老五端详一会儿后大声喊道：“哎呀，是河生兄弟呀！这船队是你的？”河生点点头，把张双林介绍给曹可村和解放军的长官。几名军官笑着问他们咋会认识，王老五说，在老河口打游击时刚巧藏在河生家，他告诉河生，当年的曹队长，在鬼子投降后已成为县武装部长，这次刘邓大军过河和全县的担架队，正是由武装部出面组织的。同时，河生和张双林得到命令，让他们把三支船队从鱼山朝西，沿黄河拉往三个渡口。他俩随铁柱和二蛋这支留在鱼山，派赵世虎、李明全和赖子他们的另外两支船队依次撑往西面，交代他们等大军过完黄河，再到鱼山会集。

太阳落山后，大河上下呈现出一片朦胧。船队不能点灯，更无法开伙，河生和张双林命伙夫给每人分发带来的干粮充饥，并将每艘船的铁锚牢牢地扎入河滩的泥沙里，等待着辉煌时刻的到来。大约天黑不到半个时辰，忽然听到一声轻轻的哨音，“装船！装船！”由此，拉开了解放大军过河的序幕。

大堤内外都是等着过河的解放军和担架队员。河生和张双林抓起撑杆和双橹，与船工们配合着把第一船的先头部队摆过河去，而后一船接一船的人马和装备，相继被顺风船行的船只撑到对岸，从黑夜到黎明一刻不曾停顿过。而大堤上仍有黑压压的大军等待过河，好像永远撑不完似的。第二天，大河两岸突然天气大变，伴随着轰隆隆的雷声，立时下起了瓢泼大雨，增加了大军过河的难度。许多稍大一些的武器装备，装船时都陷入了泥泞，夹带着黄河特有的泥沙，只能用人力抬进船舱。一夜没合眼的河生和张双林，拖着疲惫的身体巡查各船的情况，每遇见装备抬不上船的时候，总是挤进人群，使出全身的力气“一、二、三,一、二、三”地喊着号子，帮着把沉重的武器抬上船头。等船装满后，他俩又和铁柱及二蛋把船往对岸撑。

整整三天三夜，河生和张双林所带的三支船队，已记不清在大河上从西到东、从北到南撑了多少个来回。把刘邓大军和担架队全部送达对岸时，已是第四天的早晨。曹可村和王老五率领的担架队，跟随在解放军大队伍的后面，直接开赴鲁西南战场。三支船队与他们告别后，回到鱼山渡口，在那里，河生和张双林清点完人数和船只，命令船队返航。

船队驶离鱼山，渐渐撑进大河中央朝东而去，不少船工累得躺在船舱里呼呼睡去。张双林与河生迎着朝霞站在第一艘大船的船头上，回味着刘邓大军不可阻挡的磅礴气势，脸上露出了欣然的微笑。

“铁柱、二蛋，”张双林喊，“船行完成了任务，你们在老河口下船，陪东家回家看看爹娘吧。”

此时，拖着病弱的身躯、奋不顾身连续坚持了三个昼夜的河生，经过那天的雨淋水浇，病情进一步发作、加重了。他其实早已感到身体的不适，浑身烧得厉害，可他知道，过河大军需要他和船队，或者说，战争的成败当时就掌握在他和船队的手中，闷头忍受病痛的折磨，直到把大军运完，他才长长地松了口气。

张双林催河生们回家的那一刻，河生极度疲乏和十分虚弱，觉得浑身没有半点力气，喘息也变得极为急促，他眼前一黑，“咕咚”仰摔在了船板上。

“河生……”“东家……”随着一阵惊慌的叫喊，他迷迷糊糊地觉出，有一群人围在自己身边，并把他挪到了船舱里。

“河生，我是你张大叔呀……”张双林担心地流下泪来，“你到底咋啦？”

河生脸上淌着一脸的虚汗，微微睁开无神的双眼，说：“我……没事，你们……别担心……”

铁柱满眼泪光，抬手摸了摸他的额头，大声惊呼：“他头很烫……”

“河生……你要挺住，俺们拉你回济南……”张双林知道，肯定是因过度疲劳使他的病情复发了，他站起身声嘶力竭地向船队发出命令：“快！将船撑得越快越好，把东家运回济南去……”

河生听到了他和赵世虎、李明全、赖子、吴功等人的喊声和满船的呜咽。他吃力地张开嘴巴，对围在身旁的张双林、铁柱、二蛋等众多船工说：“我……太累了！让我安静地歇会儿……”

铁柱和二蛋脱下自己的衣服盖在他身上，叫其他人散到一边去，说：“让东家好好睡一会儿吧……”

河生睁着疲惫的双眼躺在船舱里。他看见，早晨红彤彤的霞光映满了天际，天空中偶尔飞过几只翱翔的小鸟，“好美啊！……”他微笑着自言自语，在奔腾呼啸的大河潮水豪壮悲怆的颂歌中，他从身上摸出了小兰给他的那张黄色护身符。他缓缓地将其举在手中依依不舍地看了看，渐渐闭上了那双困乏的眼睛。

刹那间，他漆黑的眼前出现了一种叫人留恋的迷幻：九曲十八弯的黄河，翻卷着直立的浪头，淘尽昔日的风声鹤唳，涤荡掉一切污泥浊水韩柳氏和刘三及老河口的众乡亲们，正站在西岸绿色的大堤上朝他不断地挥手示意；春花带着龙儿及泓泓“咯咯咯”地笑着，在城北黄河大堤上奔跑着向自己扑来；小兰已脱去尼服，穿一身鲜红耀眼的衣裳，挽着铁柱的胳膊，不停地喊着“河生哥……河生哥……”；而他却在恍惚的意识中，用自己的魂魄化作一道绚丽多姿的彩虹，随着“哗”的一束强光，朝着大河去了……

图书在版编目（CIP）数据

河魂／孟广顺著. —北京：中国工人出版社，2018.11
ISBN 978-7-5008-6826-2

Ⅰ.①河… Ⅱ.①孟… Ⅲ.①长篇小说—中国—当代 Ⅳ.①I247.5

中国版本图书馆CIP数据核字（2018）第262918号

河 魂

出 版 人 王娇萍
责任编辑 安 静
责任校对 赵贵芬
责任印制 栾征宇
出版发行 中国工人出版社
地 址 北京市东城区鼓楼外大街45号 邮编：100120
网 址 http://www.wp-china.com
电 话 （010）62005043（总编室）
（010）62005039（出版物流部）
（010）62382916（职工教育分社）
发行热线 （010）62005049 （010）62005042（传真）
经 销 各地书店
印 刷 北京美图印务有限公司
开 本 710毫米×1000毫米 1/16
印 张 19.5
字 数 330千字
版 次 2019年1月第1版 2019年1月第1次印刷
定 价 39.80元